SOPHIE KINSELLA

Christmas Shopaholic

Buch

Das Leben von Becky Brandon (geborene Bloomwood) hat sich komplett verändert, seit sie aus Amerika zurück ist. Sie lebt im kleinen Dorf Letherby außerhalb Londons und arbeitet mit ihrer besten Freundin Lady Suze im Souvenirladen des Herrenhauses. Das Leben ist schön, und Weihnachten steht kurz vor der Tür. Doch dann verkünden Beckys Eltern, ins angesagte Shoreditch in London ziehen zu wollen, und Mama Bloomwood beauftragt kurzerhand Becky, das Weihnachtsfest zu organisieren. Keine leichte Aufgabe, denn Minnie braucht ein Kostüm für die Schulaufführung, Jess möchte veganen Truthahn, und das perfekte Geschenk für Luke gibt es nur in einem exklusiven Gentlemen's Club in London, der Frauen den Zutritt verwehrt. Apropos Luke: Der lässt sich einen Schnurrbart stehen – worauf Becky überhaupt nicht steht! Und dann zieht auch noch ihre alte Flamme aus Unizeiten nach Letherby – inzwischen ein cooler Musiker –, und das Chaos ist perfekt …

Weitere Informationen zu Sophie Kinsella
sowie zu lieferbaren Titeln der Autorin
finden Sie am Ende des Buches.

Sophie Kinsella

Christmas Shopaholic

Roman

Aus dem Englischen
von Jörn Ingwersen

GOLDMANN

Die englische Originalausgabe erschien 2019 unter dem Titel
»Christmas Shopaholic« bei bei Bantam Press, London,
an imprint of Transworld Publishers.

Dieses Buch ist auch als E-Book erhältlich.

Penguin Random House Verlagsgruppe FSC® N001967

4. Auflage
Deutsche Erstveröffentlichung November 2019

Umschlaggestaltung: FAVORITBÜRO, München
Umschlagmotiv: Maryia Naidzionysheva/shutterstock
briddy/shutterstock
Redaktion: Kerstin Ingwersen
MR · Herstellung: kw
Satz: Uhl + Massopust, Aalen
Druck und Bindung: GGP Media GmbH, Pößneck
Printed in Germany
ISBN: 978-3-442-48967-1
www.goldmann-verlag.de

Besuchen Sie den Goldmann Verlag im Netz

für Kim Witherspoon

Von: Store Manager
An: Becky Brandon
Betreff: Re: Anfrage

Sehr geehrte Mrs Brandon,
vielen Dank für Ihre E-Mail.

Es freut mich zu hören, dass Sie einen »ganzen Schwung« Ihrer Weihnachtseinkäufe bei Hector Goode, dem *Gentlemen's Outfitter*, zu tätigen beabsichtigen.

Darüber hinaus freue ich mich, dass Sie mit dem Gedanken spielen, den Mantel »Campbell« für Ihren Mann zu erwerben.

Leider jedoch kann ich Ihnen nicht sagen, ob der Mantel noch vor dem Weihnachtsfest im Preis reduziert werden wird.

Mit den allerbesten Wünschen für eine besinnliche Weihnachtszeit.

Hochachtungsvoll

Matthew Hicks
Store Manager
Hector Goode
Gentlemen's Outfitter
561 New Regent St
London W1

Von: Store Manager
An: Becky Brandon
Betreff: Re: Re: Anfrage

Sehr geehrte Mrs Brandon,
vielen Dank für Ihre E-Mail.

Ich kann verstehen, dass es »echt blöd« wäre, wenn der Mantel »Campbell« um die Hälfte reduziert würde, kurz nachdem Sie ihn erworben haben.

Darüber hinaus verstehe ich wohl, dass Sie nicht zu lange warten möchten, damit er nicht ausverkauft ist und Sie »am Ende an Heiligabend in Panik rumrennen«.

Dennoch bin ich leider nicht befugt, diese Information herauszugeben.

Mit den besten Wünschen für eine besinnliche Weihnachtszeit.

Hochachtungsvoll

Matthew Hicks
Store Manager
Hector Goode
Gentlemen's Outfitters
561 New Regent St
London W1

Von: Store Manager
An: Becky Brandon
Betreff: Re: Re: Re: Re: Re: Anfrage

Sehr geehrte Mrs Brandon,
vielen Dank für Ihre E-Mail.

Nein, ich kann Ihnen keinen »kleinen Tipp« geben.

Es tut mir leid, dass Sie das Gefühl haben, Weihnachtseinkäufe wären zu einem Spiel verkommen, »bei dem es allein darum geht, wer den längeren Atem hat«.

Ich gebe Ihnen recht: Es war einfacher, als es vor Weihnachten keine Sonderangebote gab und »man wusste, woran man war«.

Dennoch wünsche ich Ihnen eine besinnliche Weihnachtszeit.

Hochachtungsvoll

Matthew Hicks
Store Manager
Hector Goode
Gentlemen's Outfitters
561 New Regent St
London W1

EINS

Okay. Keine Panik. Bloß keine Panik. Nicht hektisch werden. Mir bleiben noch fünf Minuten und zweiundfünfzig Sekunden, bis mein Warenkorb verfällt. Da ist noch reichlich Zeit! Ich muss nur noch schnell irgendwas finden, um die Gesamtsumme auf fünfundsiebzig Pfund zu bringen, damit ich die Versandkosten spare.

Komm schon, Becky! Das schaffst du!

Ich scrolle mich durch die BargainFamily-Website auf meinem Computerbildschirm und fühle mich wie eine NASA-Technikerin, die unter unsagbarem Druck die Ruhe bewahrt. Aus den Augenwinkeln sehe ich, wie der Timer gleichmäßig herunterzählt, unter einer Anzeige, die besagt *Ihr Warenkorb verfällt in Kürze!* Aber man darf sich nicht der Timer-Angst hingeben, wenn man im Netz unterwegs ist. Man muss hart bleiben. Hart wie Stahl.

Das Shoppen hat sich für mich im Laufe der Jahre echt verändert. Oder vielleicht habe ich mich auch verändert. Die Zeiten, in denen ich Single war, mit Suze in Fulham gewohnt habe und jeden Tag durch die Läden gezogen bin, scheinen mir *ewig* her zu sein. Ja, früher habe ich zu viel Geld ausgegeben. Das will ich gern zugeben. Ich habe Fehler gemacht. Ich habe es gemacht, wie ich es wollte, auf meine Art und Weise, um es mit Frank Sinatra zu sagen.

(Nur dass es zu »meiner Art und Weise« gehörte, Kreditkartenabrechnungen unter dem Bett zu verstecken, was Frank bestimmt nie getan hat.)

Aber ich habe ein paar wichtige Lektionen gelernt, die meine Herangehensweise in bestimmten Fragen wirklich verändert haben. Zum Beispiel:

Erstens lasse ich mir keine Tragetaschen mehr geben. Die waren früher meine größte Freude. O mein Gott, wie sich so eine neue Hochglanztüte anfühlt … diese Kordelgriffe … das Rascheln von Seidenpapier … (Hin und wieder stehe ich noch da und freue mich an meiner alten Sammlung ganz hinten im Schrank.) Inzwischen benutze ich nur noch Stoffbeutel. Von wegen dem Planeten und so.

Zweitens stehe ich total auf ethisch einwandfreies Shoppen. Da kann man nur gewinnen! Man kriegt coole Sachen *und* verhält sich tugendhaft.

Drittens gebe ich gar kein Geld mehr aus. Ich *spare* Geld.

Okay, das entspricht natürlich nicht so ganz total und absolut der Realität. Aber entscheidend ist, dass ich immer auf der Suche nach einem guten Deal bin. Ich betrachte es als meine mütterliche Pflicht, alle Waren, die meine Familie braucht, möglichst kostengünstig zu erwerben. Und aus genau diesem Grund ist BargainFamily wie geschaffen für mich. Alles ist heruntergesetzt! Sogar Designerlabel!

Das Problem ist nur, dass man schnell sein muss, weil sonst der Warenkorb verfällt und man wieder von vorn anfangen muss. Ich bin jetzt schon bei £ 62.97, brauche also nur noch irgendwas so um die zwölf Pfund. Komm schon, da muss es doch was geben, das ich brauchen kann. Ich klicke eine orangefarbene Strickjacke an, £ 13.99, unverbindliche Preisempfehlung £ 45, doch als ich näher heranzoome, sticht mir eine grässliche spitzenartige Bordüre ins Auge.

Weiße Bluse?

Nein, eine weiße Bluse habe ich mir erst letzte Woche gekauft (100 % Leinen, £ 29.99, unverbindliche Preisempfehlung £ 99.99. Die könnte ich überhaupt mal anziehen.)

Ich klicke meinen Warenkorb an, um nochmal nachzusehen, was ich schon habe. Ein Pop-up-Fenster geht auf und verkündet: *Du hast heute £ 284 gespart, Becky!*

Ich bin richtig stolz, als ich mir meine Waren ansehe. Ich habe volle £ 284 gespart! Ich habe einen zauberhaften Häschen-Morgenmantel für Minnie gekauft und eine fantastische DKNY-Jacke, von £ 299 reduziert auf £ 39.99, dazu einen riesigen Schwimmring in Form eines Flamingos, über den wir uns bestimmt freuen, wenn wir das nächste Mal in Urlaub fahren.

Und okay, ja. Theoretisch könnte ich auschecken und £ 5.95 für den Versand bezahlen. Aber das kommt gar nicht in Frage. Ich bin ja nicht umsonst ehemalige Finanzjournalistin. Da kenne ich mich aus. Es ist ökonomisch weitaus sinnvoller, sich noch etwas zu suchen, was man brauchen kann, um dann alles versandkostenfrei geliefert zu bekommen.

Komm schon, irgendwas muss es da doch geben.

Strumpfhosen? Strumpfhosen kann man immer brauchen.

Ach, aber ich fülle Bestellungen immer mit Strumpfhosen auf. Ich habe so viele schwarze, dass sie für die nächsten hundert Jahre reichen müssten. Und die karierte, die ich letzte Woche angeklickt habe, war ein echter Fehlgriff.

Ich klicke auf »Haushaltswaren« und scrolle eilig durch das Angebot. Silberne Antilopenskulptur war £79.99, jetzt £12.99? Hm, weiß nicht so recht. Duftkerze? O Gott. Nein. Ich kann unmöglich *wieder* eine kaufen. Unser ganzes Haus ist jetzt schon eine einzige Duftkerze. Erst neulich meinte Luke: »Becky, könntest du zur Abwechslung mal eine Kerze besorgen, die für Frischluft sorgt?«

Eben sehe ich mir einen Brotkasten in Form von Big Ben an, als vor meinen Augen ein Feld aufpoppt – *Deine Zeit läuft ab, Becky!* Fast bleibt mein Herz stehen.

Ich wünschte, sie würden das nicht machen. Ich *weiß,* dass meine Zeit läuft.

»Das weiß ich selbst!«, höre ich mich laut sagen. »Stress mich nicht!«

Zur Sicherheit klicke ich noch mal auf meinen Warenkorb, und da bleibt mein Herz tatsächlich kurz stehen. Der aufblasbare Flamingo ist ausverkauft!

Ausverkauft!

Neeeiiin! Ich war zu langsam. Mist. Das Problem bei diesen Onlinediscountern ist, dass man es nicht mitbekommt, wenn einem ein Schnäppchen vor der Nase weggeschnappt wird. Mir schlägt das Herz bis zum Hals. Ich will meine Jacke nicht verlieren und Minnies

Morgenmantel auch nicht! Ich muss diesen Warenkorb vollkriegen, und zwar pronto.

»Maaaammmiiii!«, höre ich Minnies Stimme von draußen vor der Tür, unmittelbar gefolgt von Luke, der sagt:

»Minnie! Süße, lass Mama in Ruhe, wenn sie ihre Achtsamkeitsmeditation macht. Entschuldige, Becky«, ruft er durch die Tür. »Wollte dich nicht stören.«

»Äh … schon okay!«, rufe ich zurück und schäme mich ein bisschen.

Luke denkt, ich sitze hier friedlich und meditiere. Und das war auch so. Das Video läuft sogar noch oben in der Ecke vom Bildschirm, also bin ich im Grunde auch noch dabei, nur dass ich den Ton leise gestellt habe, um mich besser aufs Einkaufen konzentrieren zu können.

Hab sie mir schon richtig angewöhnt, diese Achtsamkeitsübungen. Sobald ich ins Arbeitszimmer komme, stelle ich die Meditation an, und die hält mich im mentalen Gleichgewicht. Und nur hin und wieder logge ich mich nebenbei auch bei einem Onlineshop ein.

Die Sache ist: Das Angebot von BargainFamily wechselt täglich, weshalb es sinnvoll ist, einen Blick auf die »Deals des Tages« zu werfen. Minnie braucht einen neuen Morgenmantel, also habe ich damit angefangen – und wie hätte ich eine DKNY-Jacke für £ 39.99 *nicht* kaufen können? Das ist doch wirklich ein unfassbar gutes Angebot, und so eine Jacke hält ewig. Was natürlich mit sich brachte, dass ich noch ein paar weitere Artikel hinzufügen musste, um alles versandkostenfrei zu bekommen. Und das war der Moment, in dem ich den Achtsamkeitstypen stumm gestellt habe. Er ist ja ganz nett, aber ein bisschen ernst, und außerdem lenkt er einen nur ab.

Jedenfalls – Shoppen *ist* Achtsamkeit, wenn man mich fragt. All meine anderen Sorgen sind vergessen. Ich lebe im Augenblick. Ich bin voll *bei mir*.

Ich werfe einen Blick auf den Timer, und mir wird ganz flau im Magen. 2 min 24 Sek., bis mein Warenkorb verfällt. Komm schon, Becky …

Eilig klicke ich auf Accessoires. Das ist die Lösung. Accessoires kann man gar nicht genug haben, oder? Und man kann sie immer noch verschenken.

Hastig scrolle ich mich durch langweilige Handtäschchen, seltsame Hüte und eklige Goldkettchen. Mit jeder neuen Seite, die sich öffnet, wallt Optimismus in mir auf, doch dann verlässt mich der Mut gleich wieder. Da gibt es nichts. Was ist los mit mir? Bin ich denn *so* wählerisch?

Langsam bin ich bereit, mich geschlagen zu geben und zum ersten Mal in meinem Leben Versandkosten zu bezahlen, als die nächste Seite aufgeht und mir der Atem stockt. Sollte das etwa …

Spielen mir meine Augen einen Streich?

Ich starre ein türkis gemustertes Seidentuch an. Das kann doch nicht sein …

Denny & George? Bei BargainFamily? *Im Ernst?*

Fassungslos blinzelnd lese ich die Beschreibung. *Seidentuch, war £ 239, unser Preis £ 30.*

Dreißig Pfund für ein Tuch von Denny & George? *Dreißig Pfund?*

Ich scrolle runter, und da gibt es noch zwei Stück. Alle 100 % Seide. Alle wunderschön. Alle »Begrenzter Vorrat«. Verdammt. Ich muss mich beeilen!

Ohne zu zögern, fange ich an zu klicken. *Kaufen, kaufen, kaufen. Warenkorb ansehen. Bezahlen.* Ich komme mir vor wie eine Klaviervirtuosin, die alle richtigen Töne trifft, in Bestform. Und ich habe noch zwanzig Sekunden übrig! Mein Warenkorb ist gerettet! Die Daten meiner Kreditkarte sind gespeichert, das sollte jetzt schnell gehen …

Ihr Passwort ist nicht sicher.

Ein Kästchen ist aufgegangen. Atemlos starre ich es an. Was ist denn jetzt das Problem? Ich lese den Rest der Mitteilung.

Möchten Sie Ihr Passwort ändern? Wir empfehlen C?/x887dau.

Das kann ich mir vorstellen. Die können mich mal. Mein Passwort ist gut so. Sorgfältig gebe ich *Ermintrude2* ein und klicke schließlich auf *Fertig*.

Schnaufend lehne ich mich auf meinem Stuhl zurück, da erscheint eine neue Mitteilung auf dem Bildschirm: *Herzlichen Glückwunsch! Du hast heute £ 879 gespart!*

Da sieht man es mal wieder. Frisch gespart ist halb gewonnen, was bedeutet, dass ich heute effektiv £ 879 verdient habe. Mit einer einzigen Einkaufssession. Wenn ich das jeden Tag machen würde, wären das … Ich schließe die Augen, versuche nachzurechnen. Na ja, irgendwie ein sechsstelliges Gehalt. Ich glaube, Luke weiß es gar nicht so richtig zu schätzen, dass ich unserer Familie ständig Tausende Pfund spare.

Die Sache ist nur, dass ich jetzt etwas ethisch Einwandfreies kaufen sollte. Das ist so eine Angewohnheit, die ich von meiner Schwester (eigentlich Halbschwester) Jess übernommen habe. Jess ist rigoros und sehr sparsam, und einmal hatten wir eine angeregte Diskussion – also einen Streit – übers Shoppen. Ich sagte, ich unterstütze die Wirtschaft, aber sie meinte, die Wirtschaft brauche keine Unterstützung. Und dann fügte sie noch hinzu: »Becky, wenn deine Einkäufe wenigstens hin und wieder mal ethisch einwandfrei sein könnten …«

Das hat mich irgendwie erreicht. Tatsächlich hatte ich ein echt schlechtes Gewissen. Ich sollte unbedingt ethisch einwandfrei shoppen! Wir alle sollten das tun! Also habe ich es mir angewöhnt. Nach jedem Einkauf versuche ich, zusätzlich noch ein ethisch einwandfreies Produkt zu erwerben. So wie die Leute, die Bäume kaufen zum Ausgleich für ihre Flugreisen.

Ich gehe zu der Homepage von *Ethical Consumer Today*. Das Problem ist nur, dass ich von denen schon fast alles gekauft habe. Ich habe die Bienenwachskerzen und den Fair-Trade-Kaffee und sämtliche Yoga-Armbänder …

Moment mal! Neues Produkt! »Würziger Falafel-Mix aus kontrolliert biologischem Anbau«. Perfekt! Man kann gar nicht genug würzigen Falafel-Mix aus kontrolliert biologischem Anbau haben, oder? Eilig bestelle ich acht Päckchen (versandkostenfrei), schließe meinen Kauf mit einem Klick ab und lehne mich zufrieden zurück. Ich werde Luke sagen, dass es dienstags von jetzt an Falafel gibt, was wir ohnehin mehr essen sollten, weil es so gesund ist.

Bei dem Gedanken an Luke beuge ich mich vor und stelle meine Achtsamkeitsmeditation lauter, und das keinen Moment zu früh, denn als der Achtsamkeitstyp gerade sagt: »Lass alle deine Sorgen los!«, geht hinter mir die Tür auf.

Ich wende mich zu Luke um und schenke ihm ein stilles, achtsames Lächeln.

»Hi!«, sage ich.

»Ich dachte nur, ich bringe dich auf den neuesten Stand«, sagt Luke, als müsste er sich entschuldigen. »Wenn wir pünktlich im Restaurant sein wollen, müssen wir in einer Viertelstunde los. Wie läuft's?«

»Gut«, sage ich. »Sehr gut.«

»Du siehst toll aus.« Er mustert mich voller Bewunderung. »Irgendwie so … ich weiß nicht. Heiter. Zufrieden.«

»Ich bin auch zufrieden!« Ich strahle ihn an.

Drei Tücher von Denny & George für £30 das Stück! Wie sollte ich da unzufrieden sein? Eins davon schenke ich Suze zum Geburtstag, und eins bewahre ich für Minnie auf …

»Ich freue mich so, dass du die Meditation für dich entdeckt hast«, sagt Luke und küsst meine Stirn. »Ich war ja anfangs etwas skeptisch, was diese Sache mit der Meditation angeht, aber du hast mich überzeugt.«

»Es geht nur darum, seinen Geist dem zu widmen, was im Leben *wirklich* wichtig ist«, sage ich weise, als es an der Haustür klingelt.

Luke geht hin, und ich höre eine Reihe von dumpfen Schlägen aus dem Flur. Kurz darauf fällt die Tür ins Schloss, und Luke steckt seinen Kopf ins Zimmer.

»Da ist Post für dich gekommen«, sagt er.

»Ooh!« Ich strahle ihn an. »Post!«

Ich finde es einfach toll, wie das Onlineshoppen zu einem nach Hause kommt. Eilig schiebe ich mich an ihm vorbei und sehe drei Kartons und ein Päckchen von ASOS. Ausgezeichnet! Ich hatte so gehofft, dass meine ASOS-Lieferung noch rechtzeitig für heute Abend eintreffen würde! Ich schnappe mir das Päckchen, schlitze es mit der Schere auf, die ich zu genau diesem Zweck im Flur aufbewahre, und heraus gleiten vier dunkelblaue Satin-Jumpsuits.

»Wow«, sagt Luke mit starrem Blick auf das Meer von blauem Satin. »Das sind aber viele ... was auch immer. Brauchst du denn so viele davon?«

»Die will ich doch nicht alle behalten«, sage ich, als würde ich einem begriffsstutzigen Schüler Nachhilfe in Algebra geben. »Man behält nicht *alle*. Man probiert sie an, sucht sich einen aus und schickt den Rest zurück. Und es gab sie für die Hälfte«, füge ich zur Sicherheit hinzu, während ich die Größe 38 lang aufreiße und hochhalte. »Spottbillig.«

Noch immer runzelt Luke perplex die Stirn. »Aber musstest du denn wirklich vier Stück bestellen?«, fragt er.

»Ich wusste ja nicht, welche Größe ich brauche«, erwidere ich. »Oder ob ich normal oder lang brauche. Gib nicht *mir* die Schuld, Luke«, füge ich hinzu, schieße mich schon mal auf mein Lieblingsthema ein.

»Gib die Schuld den mangelhaften Größenstandards in der Modeindustrie, die den unschuldigen Konsumenten das Leben schwer machen.«

»Hm. Und was ist mit diesen acht Kissen?«, fragt Luke, während sich sein Blick der gestrigen Lieferung zuwendet, die sich an der Fußleiste stapelt. »Gibt es da auch Probleme mit den Größen?«

»Ich konnte die Farben auf dem Bildschirm nicht richtig erkennen«, sage ich empört. »Ich musste alle bestellen, um sie mir richtig ansehen zu können. Ich behalte nur zwei davon. Den Rest schicke ich morgen zurück. Kostenlose Rücksendung. Und weißt du, wie viel ich dabei gespart habe? £ 52!«

»Becky, ich würde ohne Weiteres £ 52 bezahlen, damit unser Haus nicht ständig wie eine Lagerhalle aussieht«, sagt Luke mit Blick auf all die Kisten und Kästen im Flur. »Wir bräuchten bald mal jemanden im braunen Overall mit einem Gabelstapler.«

»Haha«, sage ich und rolle höhnisch mit den Augen.

»Und wann willst du diese Statuen zurückschicken?« Luke deutet auf die lebensgroßen Figuren von Aphrodite und Hermes, die am unteren Ende der Treppe stehen, noch halb in braunes Papier gewickelt. »Die stehen da schon über eine Woche. Die sind einfach nur grotesk.«

»Die sind nicht grotesk«, sage ich trotzig, »die sind *Avantgarde*. Und ich kann sie nicht zurückschicken, weil sie ethisch einwandfrei sind.«

»*Ethisch einwandfrei?*« Luke starrt mich an.

»Sie wurden von einer Gruppe minderprivilegierter Jugendlicher angefertigt«, erkläre ich. »Nachhaltiges Upcycling aus Fahrradteilen und Kühlschrankkomponenten.«

Ich muss zugeben, dass sie ziemlich monströs sind. Und mir war nicht klar, dass sie so groß sein würden. Aber wie könnte ich sie zurückschicken? Wenn ich das tue, wird die Jugendgruppe am Boden zerstört sein. Sie werden ihr ganzes Selbstwertgefühl verlieren, und es wird unsere Schuld sein, weil wir zu engstirnig sind, um ihre Statuen zu würdigen.

»Minnie kriegt davon Albträume«, sagt Luke nur. »Ich musste Aphrodite eine Tüte über den Kopf ziehen.«

»Ich finde, *mit* der Tüte über dem Kopf sieht sie noch bedrohlicher aus«, kontere ich. »Furchterregend geradezu. Wie eine Geisel.«

»Noch furchterregender sieht sie aus, wenn sie einen mit ihren kalten Metallaugen anstarrt.« Luke schüttelt sich. »Hätten wir dieser Jugendgruppe nicht besser etwas Geld gespendet?«

»So funktioniert ethisch einwandfreies Shoppen aber nicht, Luke«, sage ich geduldig. »Man muss *die Sachen kaufen*. Wie dem auch sei, ich muss die hier anprobieren. Wann wollen wir los?«

»In acht Minuten«, sagt Luke. »Die Zeit läuft.«

Ich haste nach oben, mit den Päckchen unterm Arm, und probiere schnell den ersten Jumpsuit an. Hm. Zu lang. Dann schnappe ich mir die normale Größe und betrachte mich im Spiegel. Passt!

Es kam so: Letzte Woche habe ich in einer Talkshow diesen echt coolen Jumpsuit gesehen. Da habe ich augenblicklich nicht mehr zugehört, sondern mir mein Notebook geschnappt und stattdessen angefangen, Jumpsuits zu googeln. Es dauerte eine Weile, bis ich einen gefunden hatte, der nicht ausverkauft war – aber es hat ja geklappt!

Ich betrachte mich und versuche, dabei objektiv zu bleiben. Es ist ein toller Stoff. Das dunkle Blau ist elegant, und die ausgestellten Hosenbeine sind ausgesprochen vorteilhaft. Es ist eher die Vorderseite, die ich etwas ratlos betrachte. Oder besser: den Mangel an einer Vorderseite. Der Ausschnitt ist noch offenherziger als bei dem Jumpsuit im Fernsehen.

Kann ich so ein Teil tragen, das bis zum Bauchnabel ausgeschnitten ist?

Kann ich?

Bin ich dafür zu alt?

Nein. Nein! Mode ist zeitlos. Man sollte tragen können, was man möchte, *wann* man möchte. Die ganzen alten Regeln gelten nicht mehr.

So was tragen sie auf dem roten Teppich ständig, sage ich mir in dem Versuch, mein Selbstbewusstsein etwas aufzupäppeln. Man nennt es Rippendekolleté. Außerdem ist es nicht *unschicklich.* Nicht streng genommen. Meine Nippel sind nicht zu sehen.

Nicht ganz.

Und, okay, ich will nicht auf einen roten Teppich, sondern zum Abendessen mit Mum und Dad ins Luigi's in Oxshott – aber ich kann doch trotzdem was Modisches anziehen, oder? Die Leute werden mich als »Die Frau im dunkelblauen Jumpsuit« kennen. Staunend werden sie mich anstarren, wenn ich an ihnen vorüberschwebe, und sie werden sich wünschen, sie könnten auch so etwas Gewagtes tragen.

Genau.

Trotzig greife ich mir einen roten Lippenstift und trage ihn auf. Ich mach das einfach. Stil muss man beweisen. Los, Becky!

ZWEI

Die Novemberluft ist frisch und kühl, und irgendwo heizt jemand sein Haus mit Holz. Gegenüber auf der anderen Straßenseite haben sie schon Lichterketten aufgehängt. Weihnachten steht vor der Tür. Bei dem bloßen Gedanken daran überkommt mich ein warmes, seliges Gefühl. Weihnachten ist einfach so … *weihnachtlich.* Der Baum. Die Geschenke. Die Krippenfiguren, die wir schon ewig haben (nur dass uns das Jesuskind vor Jahren abhandengekommen ist und wir stattdessen eine Wäscheklammer nehmen). Weihnachtslieder erklingen, und Mum tut so, als hätte sie den Plumpudding selbst zubereitet. Dad macht Feuer, und Janice und Martin kommen in ihren grässlichen Weihnachtspullis auf einen Sherry vorbei.

Unser Weihnachten läuft immer gleich. Im positiven Sinne. Mum kauft immer dieselben Sachen, von den Knallbonbons bis zur Schokoladenrolle von Waitrose. Und seit wir Minnie haben, sind wir alle sogar noch aufgeregter – und in diesem Jahr wird sie zum ersten Mal alt genug sein zu begreifen, was da vor sich geht. Ich kaufe ihr einen süßen Weihnachts-Onesie, wir suchen den Himmel nach dem Weihnachtsmann ab und stellen ihm ein Mince-Pie-Törtchen vor die Tür … ehrlich gesagt kann ich es kaum erwarten.

Lukes Dad und seine Schwester fliegen über Weihnachten nach Florida, und fairerweise muss ich dazu sagen, dass sie uns eingeladen haben. Seine Mum – Elinor – wird in den Hamptons sein, und auch sie hat uns eingeladen. Aber wir haben beiden abgesagt. Wir freuen uns auf ein traditionelles, glückliches Weihnachtsfest zu Hause.

Während ich Minnie in ihrem Kindersitz festschnalle, fällt mein Blick auf unser Haus, und mal wieder wird mir bewusst, wie sehr sich Lukes und mein Leben im Laufe des letzten Jahres verändert hat. Früher wohnten wir mitten in London, und ich habe in einem Laden namens The Look gearbeitet. Wir wussten, was wir wollten, und alles schien geregelt.

Dann haben wir uns auf dieses große, einschneidende Abenteuer in Kalifornien gewagt – und während unserer Abwesenheit ging The Look pleite. Andere Gelegenheiten für Jobs als Personal Shopper waren ziemlich rar gesät. Zur selben Zeit hat meine Freundin Suze beschlossen, ihren Souvenirshop auf Letherby Hall, dem prunkvollen Herrenhaus, in dem sie lebt, auszubauen. (Bis dahin war der Shop kaum mehr als ein Souvenir-»Schrank« gewesen.) Eines Abends saß ich mit ihr bei einem Gläschen Wein zusammen und habe den Umstand beklagt, dass ich keinen Job finden konnte, während sie den Umstand beklagte, dass sie niemanden fand, der ihr mit dem Souvenirshop half – als uns die Lösung kam.

Also bin ich nun beim Letherby-Hall-Souvenirshop angestellt! Und nicht nur das – Luke und ich sind aus London weggezogen in das kleine Dorf Letherby. Wir wohnen drei Minuten von Suze entfernt, in einem Haus, das einer Familie gehört, die für zwei Jahre nach Dubai gegangen ist. Unser Londoner Haus haben wir vermietet. Luke pendelt zu seinem Job, und Minnie besucht zusammen mit Suzes Kindern die Dorfschule. Es ist perfekt! Die Einkaufsmöglichkeiten in Letherby sind nicht so toll – aber man kann ja alles online kriegen. Lieferung am nächsten Tag. Also ist alles gut.

Mum und Dad sind auch begeistert, denn erstens ist Letherby nicht allzu weit weg von Oxshott, wo sie wohnen, und zweitens hat unser gemietetes Haus einen eigenen Parkplatz. Ein eigener Parkplatz ist so was wie die Religion meiner Eltern. Das und Doppelverglasung. Und Gardinen von »ordentlicher Qualität«.

(Wobei Mum und ich uns nicht ganz einig sind, was bei Gardinen »ordentliche Qualität« bedeutet. Das mussten wir feststellen, als sie mich in einen Gardinenladen mitgeschleppt hat und mich dazu bewegen wollte, irgendwelche wattierten blauen Blumenvorhänge zu kaufen, für »einen *Bruchteil* dessen, was sie neu kosten, Becky, Liebes, einen *Bruchteil*.« Am Ende habe ich gesagt: »Vielleicht nehme ich doch lieber Jalousien«, und sie war am Boden zerstört und meinte: »Aber die Vorhänge sind doch von so *guter* Qualität!«, und ich sagte: »Aber sie sind auch potthässlich.« Was ich nicht hätte tun sollen.)

(Ich meine, es war schon okay. Mum blieb nur etwa eine halbe Stunde lang beleidigt. Und jedes Mal, wenn ich sie besuche, sage ich: »In deinem Gästezimmer sehen die Vorhänge toll aus, Mum. Und die passende Tagesdecke ist ein Traum.«)

Als wir vor Suzes torartiger Haustür halten, wird Minnie ganz zappelig vor lauter Aufregung. Sie übernachtet dermaßen gern bei Suzes Kindern, dass ich es fast schon als beleidigend empfinde. Hat sie es zu Hause denn nicht auch schön?

»Wilfie!«, kreischt sie schon, als er in der Auffahrt erscheint. »Wilfie! Hier! Ich bin hier! Spielen wir Monter Tucks!«

»Monter Tucks« ist Minniesprech für »Monster Trucks«. Minnie, Wilfie und seine Zwillingsschwester Clemmie lassen zu gern ihre Monster Trucks durch die endlosen Korridore von Letherby Hall fahren. Ich habe Minnie ihren eigenen Monster Truck gekauft, den sie hierlassen kann.

Ich achte auch immer darauf, diesen Umstand nicht unerwähnt zu lassen, wenn ich Mails an Jess schreibe, die momentan in Chile lebt. Jess und ihr Mann Tom möchten gern ein Kind adoptieren, statt zur Überbevölkerung der Welt beizutragen. Jess hält mir ständig Vorträge, dass ich Minnie geschlechterneutral erziehen soll, und schickt mir Bücher mit Titeln wie *Das CO_2-neutrale Kind.*

Also habe ich ihr letzte Woche geschrieben: »Ich ermutige Minnie im nichtgeschlechterspezifischen Spiel«, und ein Foto von Minnie beigefügt, auf dem sie einen Truck hält und Wilfies Jeans trägt. (Sie war in den Matsch gefallen und musste ihr Rüschenkleidchen ausziehen.) Jess schrieb zurück: »Klingt vernünftig, Becky. Wir müssen die Geschlechterstereotype bekämpfen, aber konntest du denn keinen hölzernen Truck aus nachhaltiger Forstwirtschaft finden?«

Darauf habe ich ihr noch nicht geantwortet. (Wohl aber habe ich Luke gefragt, ob er für Minnie einen Monster Truck aus nachhaltig erwirtschaftetem Holz schnitzen könnte. Er hat mich nur angesehen.)

Und ich habe Jess gegenüber auch kein Wort zu Minnies umfassender Puppensammlung und den glitzernden Feenflügeln verloren, oder dass sie täglich darum bettelt, ein rosa Kleidchen anziehen zu dürfen. Denn schließlich muss man seiner anspruchslosen, veganen, prinzipientreuen Schwester ja nicht *alles* erzählen, oder?

Ich schaffe es gerade noch, Minnie ein Abschiedsküsschen zu geben, bevor sie mit Wilfie ins Haus rennt, auf dem Rücken ihren Rucksack mit Schlafanzug und Zahnbürste. Im nächsten Augenblick taucht Suze auf, in Yoga-Leggings und einem Sweatshirt, die blonden Haare aufgetürmt und mit einer Metallklemme befestigt.

»Ich will nur noch eben nachsehen, ob mit Minnie auch wirklich alles okay ist«, sagt Luke und macht sich auf den Weg ins Haus.

»Vielen Dank, dass du auf sie aufpasst, Suze«, sage ich, als ich sie umarme.

»Das tue ich doch gern!«, sagt Suze. »Und bestell deinen Eltern liebe Grüße!«

»Na klar.« Ich lege eine kurze Pause ein, bevor ich beiläufig hinzufüge: »Hey, Suze. Ihr habt doch dahinten im Park diesen Skulpturengarten …«

Eben nämlich fiel mir der North Lawn von Letherby Hall ein, auf dem überall Metallkugeln und behauene Steine und so Zeug herumstehen. Der Skulpturengarten ist für Besucher zugänglich, hat viel Platz und ist die perfekte Lösung.

»Ja?« Suze sieht mich überrascht an. »Was ist damit?«

»Na, ich hab nur überlegt, ob ihr vielleicht gern eine Kunstspende hättet.«

»Eine *Kunstspende*?« Sie starrt mich an.

»Ja, zwei Statuen. Total Avantgarde«, füge ich lässig hinzu. »Wenn ihr sie transportieren könnt, kriegt ihr sie umsonst.«

»Statuen?« Suze mustert mich verwundert – da kommt ihr plötzlich ein Gedanke. »Doch nicht diese beiden Ungetüme aus eurem Flur.«

Mist. Ich wusste nicht, dass sie die schon gesehen hat.

»Das sind keine Ungetüme«, sage ich trotzig. »Das ist Kunst. Wann hast du sie überhaupt gesehen?«

»Als ich Minnie neulich zu Hause abgesetzt habe. Bex, die Dinger sind scheußlich. Warum um alles in der Welt hast du sie gekauft?«

»Weil sie von einer sehr verdienstvollen Jugendgruppe angefertigt wurden«, sage ich erhaben. »Und außerdem finde ich sie künstlerisch wertvoll.«

»Schön für dich«, sagt Suze. »Viel Spaß damit. Aber wenn du sie so toll findest, wieso hat die eine davon eine Tüte überm Kopf?«

O Gott. Ich kann nicht länger so tun als ob.

»Suze, *bitte* nimm sie!«, flehe ich sie an. »Ihr habt so viel Platz. Ihr könntet sie hinter einem Baum verstecken, wo niemand sie sehen müsste.«

»Im Leben nicht.« Suze verschränkt die Arme. »Schick sie einfach wieder zurück.«

Im Ernst. Hat sie mir nicht zugehört?

»Ich kann sie nicht zurückschicken! Sie wurden von einer *Jugendgruppe* angefertigt!«

»Na, dann schenk sie jemand anders.«

»Wem denn?«, frage ich verzweifelt.

»Keine Ahnung.« Suze zuckt mit den Schultern. »Aber hierher kommen sie nicht.«

Eben will ich mich noch weiter bemühen, als Luke aus dem Haus tritt.

»Alles klar?«, sagt er zu mir.

»Was hast du da an?«, fragt Suze mit Blick auf meine marineblauen Satin-Beine. »Ooh, hast du eine neue Hose?«

»Jumpsuit.«

»Cool!«, sagt Suze. »So einen möchte ich auch. Zeig mal!«

Automatisch fange ich an, meinen Mantel aufzuknöpfen – und halte inne.

»Er ist ein bisschen … mutig.«

»Genial!« Suze deutet auf meinen Mantel, damit ich ihn weiter aufknöpfe, doch meine Finger rühren sich nicht. Aus irgendeinem Grund habe ich doch Bedenken, mein Outfit vorzuführen.

»Ich meine, er ist ziemlich gewagt«, füge ich hinzu, um Zeit zu schinden.

»Klingt super!«, sagt Suze begeistert. »Mach schon, Bex, lass mal sehen!«

Selbst Luke zeigt jetzt Interesse.

Rippen sind das neue Dekolleté, sage ich mir. Und dann, fast trotzig, reiße ich meinen Mantel auf und rufe: »Ta-daaah!«

Ich spüre die Novemberluft an meiner Brust und danke Gott im Stillen für meinen »Push-up-Klebe-BH«, aber sollte er mir runterfallen, *sterbe ich*.

Offenbar hat es allen die Sprache verschlagen. Lukes Mund steht offen. Suze tritt einen Schritt zurück, dann blinzelt sie etwa zwanzig Mal.

»Wow«, bringt sie schließlich hervor. »Das ist …«

»Fehlt da was?«, erkundigt sich Luke trocken. »Da so im vorderen Bereich?«

»Nein!«, entgegne ich empört. »Das gehört so.«

»Also, ich finde, du siehst fabelhaft aus.« Suze fängt sich. »Ist echt cool, Bex.«

»*Danke*. Was?«, füge ich an Luke gewandt hinzu.

»Nein. Nichts. Super. Lass uns fahren.« Sein Mund zuckt ein kleines bisschen. »Deine Eltern werden begeistert sein.«

Luigi's ist eins von diesen hübschen gemütlichen Restaurants, die einen schon beim Eintreten mit dem Duft von Knoblauch willkommen heißen. Der Tisch ist für uns gedeckt – obwohl Mum und Dad noch nicht da sind –, und als ich den Mantel von meinen Schultern gleiten lasse, fühle ich mich unfassbar cool. Dieser Jumpsuit ist *fantastisch*. Ich sollte ihn mir in allen Farben des Regenbogens besorgen! Ich sehe mein Spiegelbild im den Fenstern, als ich daran vorübergehe, und kann nicht anders, als zu stolzieren wie ein Model und den wallenden schimmernden Satin zu bewundern.

Im Stillen zähle ich die Einzelteile meines Outfits auf, als wäre ich in einer Zeitschrift, was eine alte Angewohnheit von mir ist. Mantel: Topshop. Jumpsuit:

ASOS. Schuhe: See by Chloé. Armband: Eigentum des Models. (Weiß nicht mehr, woher ich das habe.)

Ein junges Mädchen, das mit seinen Eltern da ist, starrt mich mit weit aufgerissenen Augen an, und ich lächle freundlich zurück. Ich weiß noch, wie es war, ein Vorstadt-Teenager zu sein und neidisch eleganten Frauen in atemberaubenden Kleidern hinterherzublicken. Ein alter Mann prustet in seine Suppe, als ich an ihm vorüberkomme, aber wahrscheinlich weiß er noch nicht mal, wer Miranda Kerr ist, also zählt er nicht.

Ich habe den Jumpsuit mit »Fashion Tape« an meiner Haut festgeklebt, also muss ich mir keine Sorgen darum machen, dass mir irgendwas rausfällt, und so genieße ich meinen großen Moment. Als unser Kellner mir meinen Stuhl bereithält, lächle ich ihn würdevoll an, bevor ich mich darauf sinken lasse und …

Verdammt.

Verdammt. O mein *Gott*.

Er steht offen. Wenn man sich hinsetzt, steht er offen.

Zu meinem abgrundtiefen Entsetzen ist das Fashion Tape vom Satinstoff gerissen, als ich mich hingesetzt habe (es bietet *keineswegs* »volle Sicherheit in allen Lagen«, diese Lügner). Der senkrechte Ausschnitt hat sich zu einer waagerechten Öffnung zusammengeschoben, und man sieht meine …

O Gott, *O Gott* …

Instinktiv versuchen meine Hände, den Ausschnitt wieder zurechtzurücken, aber ich habe nur zehn Finger. Da sind immer noch viel zu viel Haut und Klebeband und Silikon zu sehen. Der Kellner hat die ledergebundenen Speisekarten nach einem entsetzten Blick auf meinen Brustbereich eilig auf den Tisch gelegt und sich zurückgezogen. Ich bin wie versteinert. Hat jemand was gemerkt? Starrt mich das gesamte Restaurant an? Was mach ich jetzt?

Verzweifelt blicke ich auf und sehe, dass Luke mich fragend mustert.

»Das soll so?«, fragt er. »Tut mir leid, ich kenne mich mit Mode nicht so gut aus.«

»Haha, sehr witzig«, knurre ich böse.

Mir wird klar, dass es ein Party-Jumpsuit ist. Kein Hinsetz-Jumpsuit. Das hätten sie auf der Website deutlich machen sollen. Sie hätten einen Hinweis hinzufügen sollen: *Nur zum Stehen/Posieren geeignet, mit geraden Schultern/über geistreiche Bonmots schmunzelnd.*

»Luke ich brauche dein Jackett«, raune ich ihm hektisch zu. »Schnell, gib her!«

»Hab keins dabei.« Er zuckt mit den Schultern. »Tut mir leid.«

Bitte?

»Wieso hast du kein Jackett dabei?«, will ich wissen. »Du trägst doch immer ein Jackett!«

»Weil du mir gesagt hast, dass ich keins anziehen soll«, antwortet Luke ganz ruhig.

»Was?« Ich starre ihn an. »Nein, hab ich nicht.«

»Doch, hast du. Als wir das letzte Mal essen waren, meintest du: ›Immer trägst du Jackett. Das ist doch total langweilig. Warum lässt du es nicht einfach mal weg?‹«

Oh, stimmt. Das klingt irgendwie vertraut. Vielleicht habe ich das wirklich gesagt.

»Nun, das nehme ich hiermit zurück«, sage ich panisch. »Du solltest immer ein Jackett tragen für den Fall, dass ich mit einer akuten Kleiderfehlfunktion zu kämpfen habe.«

»Immer ein Jackett tragen.« Luke tut so, als würde er eine Notiz in seinem Telefon eintragen. »Noch was?«

»Ja, gib mir deine Serviette. Schnell!«

Dankenswerterweise sind die Servietten schön groß und aus einer Art festem rotem Stoff. Ich knote drei davon zusammen, um so etwas wie ein Bikinioberteil zu basteln, binde es fest um mich herum, dann blicke ich unsicher auf. Das Gute ist, dass ich jetzt züchtig bedeckt bin. Nicht so gut ist, wie ich *aussehe.*

»Echt scharf«, sagt Luke, als könnte er meine Gedanken lesen.

»Halt die Klappe.« Ich funkle ihn an.

»Ist mein Ernst. Du siehst echt scharf aus.« Er grinst. »Super.«

»Schätzchen!« Dads Stimme dringt an mein Ohr. Ich drehe mich um und sehe meine Eltern durchs Restaurant auf uns zukommen. Dad trägt ein Leinensakko mit Paisleytuch in der Brusttasche und Mum ein rosafarbenes Kostüm, das ich von unserer Nachbarin Janice kenne.

Mum und Janice tauschen ständig ihre Kleider, um gegenseitig ihre Garderobe »aufzufrischen«. Janice ist etwa zwei Nummern kleiner als Mum, aber das kann die beiden nicht daran hindern – Mum lässt die Hälfte der Knöpfe offen stehen, während Janice alles mit einem Gürtel zusammenhält.

»Becky, Liebes! Wie geht es dir? Was macht Minnie?« Mum drückt mich an sich, dann nimmt sie mich näher in Augenschein. »Das ist aber ein ungewöhnliches Outfit! Nennt man das ›Serviettentechnik‹?«

»Äh … so ungefähr.« Ich weiche Lukes Blick aus und füge eilig hinzu: »Wollen wir nicht gleich schon mal was zu trinken bestellen?«

Im selben Moment bringt ein ältlicher Kellner einen Sherry für Mum und dazu einen Gin Tonic für Dad. Man kennt meine Eltern hier. Mum und Dad haben schon in Oxshott gewohnt, als ich noch gar nicht auf der Welt war, und sie gehen bestimmt zweimal im Monat ins Luigi's. Mum bestellt immer das Tagesgericht, während Dad ewig lange die Karte studiert, als erwartete er, etwas Neues zu finden, nur um dann doch wieder die Scallopine al Marsala zu bestellen.

»Luke.« Dad schüttelt Lukes Hand, bevor er mich umarmt. »Schön, dich zu sehen.«

»Es gibt *so* viel zu besprechen!«, sagt Mum. »Was nehmt ihr zwei?«

Wir bestellen unsere Drinks, und der Kellner schenkt rundum Wasser ein, während Mum kaum stillsitzen kann. Ich merke, dass ihr einiges unter den Nägeln brennt, aber sie sagt nie etwas vor den Kellnern, nicht mal im Luigi's. Ich weiß gar nicht, was sie befürchtet – dass die sofort losrennen und der *Oxshott Gazette* den neuesten Klatsch simsen? *Die Bloomwoods wollen sich einen neuen Rasenmäher kaufen, können sich aber nicht auf die Marke einigen?*

»So!«, sagt Mum, als der Kellner sich entfernt. »Ich weiß gar nicht, wo ich anfangen soll.«

»Weihnachten«, sagt Dad.

»Weihnachten.« Ich strahle ihn an. »Ich kann es kaum erwarten. Ich bringe die Knallbonbons mit. Wollen wir die mit den Nagelknipsern oder die mit den aufziehbaren Pinguinen?«

Ich erwarte, dass Dad antwortet: »Aufziehbare Pinguine«, weil er letztes Jahr das Pinguinrennen gewonnen hat, und es war schon fast absurd, wie sehr er sich darüber gefreut hat. Doch zu meiner Überraschung antwortet er nicht gleich. Er sieht Mum an. Tatsächlich sieht er Mum betreten an.

Ich habe ein ausgesprochen präzises Elternradar. Ich merke es, wenn etwas im Busch ist. Und sofort habe ich eine Vermutung, was los sein könnte: Sie fahren über Weihnachten weg. Eine Kreuzfahrt. Bestimmt ist es eine Kreuzfahrt. Ich wette, Janice und Martin haben sie dazu überredet, und die pastellfarbene Garderobe ist auch schon gekauft.

»Macht ihr eine Kreuzfahrt?«, platze ich heraus, doch Mum sieht mich überrascht an.

»Nein, Liebes! Wie kommst du denn *darauf*?«

Ach so. Dann ist mein elterliches Radar also doch nicht ganz so präzise, wie ich dachte. Aber warum dann dieser betretene Blick?

»Irgendwas ist los«, beharre ich.

»Ja«, sagt Dad mit einem weiteren Blick zu Mum.

»Irgendwas mit Weihnachten«, sage ich und fühle mich mit meinen deduktiven Fähigkeiten wie Sherlock Holmes.

»Na ja, Weihnachten ist *ein* Faktor«, räumt Mum ein.

Ein Faktor?

»Mum, was ist los? Doch nichts Schlimmes?«, füge ich plötzlich besorgt hinzu.

»Natürlich nicht!« Mum lacht. »Es ist nichts, Liebes. Wir haben nur vereinbart, dass Jess in unser Haus einziehen kann. Und Tom natürlich auch«, fügt sie hinzu. »Alle beide.«

»Aber die leben doch in Chile«, sage ich verständnislos.

»Sie kommen für ein paar Monate zurück«, entgegnet Dad.

»Zu mir hat Jess kein Wort davon gesagt!«, rufe ich empört.

»Ach, du weißt doch, wie zurückhaltend Jess ist«, sagt Mum. »Sie ist ein Mensch, der eine Neuigkeit lieber für sich behält, bis sie hundertprozentig sicher sein kann. Guck mal, da kommen eure Drinks!«

Während unsere Getränke auf dem Tisch verteilt werden, preschen meine Gedanken unwillkürlich voran. Jess' Mails an mich sind eher kurz und knapp, und Mum hat recht: Sie hält Neuigkeiten eher mal zurück. Selbst großartige, aufregende Neuigkeiten. (Einmal hat sie einen wichtigen Geologie-Preis gewonnen und mir nichts davon erzählt. Später meinte sie: »Ich dachte, das würde dich nicht interessieren.«)

Könnte es also sein, weil … O mein Gott. Sobald der Kellner weg ist, frage ich begeistert: »Sag schon! Haben Jess und Tom ein Kind adoptiert?«

Sofort sehe ich Mum an, dass ich schon wieder falschliege.

»Noch nicht«, sagt Mum, und ich sehe, dass Dad

sich windet. »Noch nicht ganz, Liebes. Da drüben drehen sich die Räder langsam. Bürokratie und so weiter. Die arme Janice fragt schon gar nicht mehr nach.«

»Oh«, sage ich entmutigt. »Ich dachte, vielleicht ... Wow. Das dauert aber lange, was?«

Als Jess mir ein Foto von einem zuckersüßen kleinen Jungen gezeigt hat, vor ewigen Zeiten, dachte ich, wir würden ihn schon bald kennenlernen. Aber aus dieser Adoption wurde nichts, und wir waren doch alle ziemlich enttäuscht. Seitdem reden Jess und Tom kaum noch über ihr Vorhaben.

»Es wird schon noch passieren«, sagt Dad mit etwas gezwungenem Frohsinn. »Wir dürfen den Mut nicht verlieren.«

Während Luke sich Tonic nachschenkt, sehe ich Jess und Tom vor mir, wie sie drüben in Chile sitzen und endlos auf Nachricht warten, dass sie ein Kind adoptieren können, und mein Herz krampft sich zusammen. Jess tut mir richtig leid. Sie wäre eine *wundervolle* Mutter (auf ihre streng vegane, recycelte Hanfhosen-Weise), und es ist doch unfair, dass eine Adoption so lange dauert.

Dann muss ich an die arme Suze denken. Kurz nachdem wir aus den Staaten zurückkamen, hatte sie eine Fehlgeburt, was für uns alle ein Schock war. Und obwohl sie dazu immer nur sagt: »Ich habe schon solches Glück ... Es sollte einfach nicht sein ...«, weiß ich doch, dass sie am Boden zerstört war.

Was mich angeht, so hätten wir liebend gern noch ein Kind, aber bis jetzt ist es einfach nicht passiert.

Inzwischen ist mein Herz total verkrampft. Das

Leben ist doch seltsam. Man kann *wissen*, dass man der glücklichste Mensch auf der Welt ist. Man kann *wissen*, dass man keinen Grund zur Klage hat. Und trotzdem kann man traurig sein, weil man diesen zusätzlichen kleinen Menschen nicht an seiner Seite hat.

»Cheers!«, sagt Luke und erhebt sein Glas, und ich lächle eilig. »Trinken wir auf … Worauf genau?«

»Das wollte ich euch ja gerade erklären«, sagt Dad, nachdem wir alle einen Schluck genommen haben. »Jess und Tom kommen eine Weile wieder nach England. Janice war in Sorge darum, wo sie wohnen sollen … und herausgekommen ist dabei, dass wir ihnen für ein paar Monate unser Haus anbieten.«

»Sie werden gleich nebenan von Janice wohnen, ohne ihr auf den Füßen zu stehen«, wirft Mum ein. »Und Janice muss nicht jeden Abend Kichererbsen kochen. Die Ärmste, sie war schon ganz aus dem Häuschen deswegen! Ich meine, Janice ernährt sich wohl ausschließlich vegan, aber morgens mag sie doch ihr Frühstücksei.«

»Für wie lange kommen sie denn wieder her?«, fragt Luke, bevor ich Mum fragen kann, ob sie eigentlich weiß, was »vegan« genau bedeutet.

»Na, das ist es ja gerade!«, sagt Mum. »Mindestens bis Januar. Was bedeutet, dass wir Weihnachten nicht bei uns feiern können. Deshalb dachten wir, Becky …« Sie hält inne und wendet sich mir mit großer Geste zu. »Wo ihr jetzt in eurem hübschen Haus wohnt, wäre es vielleicht an der Zeit, dass *du* das Weihnachtsfest ausrichtest!«

»*Ich* soll Weihnachten ausrichten?« Ich starre Mum an. »Aber …«

Es kommt mir vor, als hätte die ganze Zeit über im Hintergrund eine alte Schallplatte mit *Hört der Engel Lied erklingen* gespielt – und jetzt hat plötzlich jemand die Nadel von der Platte gerissen. Es ist totenstill.

Ich richte das Weihnachtsfest nicht aus. *Mum* richtet das Weihnachtsfest aus. Sie weiß, wie man so was macht. Sie weiß, wie man die Schokoladenrolle auswickelt und auf ein Spitzendeckchen legt und Puderzucker darüberstreut.

»Oh.« Ich schlucke. »Wow. Ich meine …«

»Du kannst das, Süße.« Zuversichtlich tätschelt Mum meine Hand. »Besorg einen vernünftigen Truthahn, das ist schon die halbe Miete. Janice und Martin habe ich auch eingeladen«, fügt sie hinzu, »und Jess und Tom natürlich. Schließlich sind wir jetzt doch alle eine große Familie, oder?«

»Aha.« Ich nehme einen Schluck von meinem Gin Tonic und versuche, all diese Informationen in meinen Kopf zu kriegen. Jess und Tom kommen zurück, und wir feiern Weihnachten bei uns und …

»Augenblick mal.« Abrupt blicke ich auf. »Wenn du sagst, ihr habt Jess und Tom euer Haus angeboten, heißt das, ihr habt sie zu euch eingeladen? Oder …«

»Wir ziehen eine Weile aus«, sagt Dad mit so einem Funkeln in den Augen. »Wir gehen auf ein Abenteuer, Becky.«

»*Noch* ein Abenteuer?«, sage ich. Nach unserer Reise in die Staaten hätte ich gedacht, dass meine Eltern von Abenteuern für den Rest ihres Lebens genug hätten.

»Kleiner Tapetenwechsel.« Mum nickt. »Amerika hat uns doch zu denken gegeben, Liebes. All die Jahre haben wir im selben Haus gewohnt. Haben nie mal was anderes ausprobiert. Und Dad wollte doch immer so gern Bienen halten.«

»Das war schon immer ein Traum von mir«, sagt Dad ein wenig verlegen.

»Wenn nicht jetzt, wann dann?«, stimmt Mum mit ein.

»Wow«, sage ich, während ich das sacken lasse. Aber es stimmt ja: Meine Eltern haben wirklich nie viel experimentiert. Es wird ihnen guttun, mal die Fühler auszustrecken. Ich sehe Dad schon vor mir, wie er in einem kleinen Landhaus mit Bienenstock und Obstgarten herumwerkelt. Wir können die beiden dort besuchen, und Minnie kann Äpfel pflücken, und ich kann einen luftigen »Apfelpflück«-Rock aus dem Toast-Katalog tragen …

Offen gesagt gefällt mir die Idee richtig gut.

»Wo sucht ihr denn?«, frage ich. »Ihr könntet nach Letherby ziehen. Da findet sich bestimmt ein kleines Cottage zur Miete. Oh, ich weiß! Suze hat ein reetgedecktes Häuschen zu vermieten!« Fast verschlucke ich mich vor Aufregung, als es mir plötzlich einfällt. »Ganz zauberhaft. Zieht doch *dahin*!«

»Ach Liebes.« Mum tauscht einen amüsierten Blick mit Dad. »Das ist nicht wirklich das, wonach wir suchen.«

»Letherby passt zu dir und Suze«, sagt Dad freundlich. »Aber wir suchen etwas mit mehr ›Pep‹!« Er lacht.

Pep? Meine Eltern?

»Und wohin zieht ihr also?«, frage ich verdutzt. »Dorking?«

»Schätzchen!« Mum schüttelt sich vor Lachen. »Hast du das gehört, Graham? Dorking! Nein, Liebes, London. Mitten rein nach London.«

»Nicht mitten rein«, widerspricht Dad ihr sofort. »East London.«

»Graham, du redest Unsinn. East London ist doch heutzutage mittendrin. Stimmt's nicht, Becky?« Mum sucht meine Zustimmung.

»Weiß nicht«, sage ich perplex. »Wo genau meint ihr?«

»Nun!«, sagt Mum sachkundig. »Das ist ein hübsches kleines Viertel. Ganz versteckt. Wir sind darauf gestoßen, als Dad mir gezeigt hat, wo sein altes Büro früher war. Es heißt ...« Sie macht eine Pause, um der Wirkung willen. »Shoreditch.«

Shoreditch? Ich glotze sie an, frage mich, ob ich mich verhört haben könnte. Shoreditch, so wie in ...

Shoreditch?

»Man kommt mit der U-Bahn hin«, sagt Mum. »Ein Stückchen nördlich der Liverpool Street. Du findest uns bestimmt ganz leicht, Liebes.«

»Ich weiß, wo das ist«, sage ich, als ich meine Stimme wiederfinde. »Aber Mum, ihr könnt doch nicht nach Shoreditch ziehen!«

»Wieso nicht?« Mum wirkt gekränkt.

»Weil Shoreditch was für junge Leute ist! Da kommen die Hipster her! Da gibt's nur Craft Beer und Sauerteigbrot. Das ist ...« Hilflos rudere ich mit den Armen. »Nichts für euch.«

»Na!«, sagt Mum leicht pikiert. »Wer sagt, dass es für uns nichts ist? Ich würde sagen, dass wir uns dort sehr gut einfügen! Dein Vater hat ein Faible für Bier.«

»Es ist nur …« Ich versuche es noch mal. »Das ist ein echtes Szeneviertel.«

»Ein Szeneviertel?«, wiederholt meine Mum und rollt mit den Augen. »Das ist doch Quatsch. Oh, Carlo, entschuldigen Sie«, fügt sie an den wartenden Kellner gewandt hinzu. »Geben Sie uns noch einen Augenblick Zeit. Und dann *müssen* Sie mir erzählen, wie es Ihrer Tochter in ihrem Brückenjahr ergeht.« Sie zwinkert Carlo zu, bevor sie einen großen Schluck aus ihrem Glas nimmt und mich beleidigt darüber hinweg anfunkelt.

»Hör mal, Mum, natürlich könnt ihr wohnen, wo ihr wollt«, sage ich vermittelnd. »Aber habt ihr nicht das Gefühl, dass ihr hierhergehört?« Ich breite die Arme aus und deute auf das gemütliche Restaurant. »Ihr kennt alle Kellner. Ihr kennt deren Familien. Ihr kennt Scaloppine al Marsala. Shoreditch ist … Shoreditch.«

»Vielleicht möchte ich ja keine Scaloppine al Marsala mehr«, sagt Dad plötzlich. »Vielleicht möchte ich …« Er zögert, dann sagt er unsicher: »Avocadocreme.«

Fast trotzig hebt er das Kinn, und ich blinzle ihn an. Dad möchte Avocadocreme?

»Avocado?«, sagt Carlo, der die Ohren spitzt. »Avocado mit Garnelen vorweg? Und dann die Scaloppine al Marsala?«

Ich merke, dass Luke sich das Lachen verkneifen muss, und ich werfe ihm einen strengen Blick zu, wenn ich auch zugeben muss, dass ich selbst losprusten möchte.

»Jedenfalls haben wir eine Wohnung gefunden«, sagt Mum etwas bockig, »und sie ist sofort verfügbar. Sie hat ganz zauberhafte Jalousien, Becky. Alles inklusive.«

»Blick über die Stadt«, wirft Dad zufrieden ein.

»Und eine Nasszelle«, sagt Mum stolz. »So praktisch für ältere Menschen.«

»Da gibt es einen gemeinschaftlichen Bienenstock auf dem Dach«, fügt Dad selig hinzu. »Und einen Whirlpool!«

»Habt ihr auch einen eigenen Parkplatz vor der Tür?«, kann ich mir nicht verkneifen, doch Mum schüttelt nur mitleidig den Kopf.

»Liebes, sei doch nicht so provinziell. Wir nutzen Uber.«

Ich weiß nicht, was ich sagen soll. Meine Eltern ziehen nach Shoreditch. Ich bin direkt etwas neidisch, wie mir plötzlich bewusst wird. Gegen eine Wohnung mit einem Whirlpool und Blick über die Stadt hätte auch ich nichts einzuwenden.

»Na dann *bravo*!« Ich hebe mein Glas. »Stoßen wir an auf einen völlig neuen Lifestyle!«

»Ich finde das super«, sagt Luke warmherzig. »Schön für euch, Graham und Jane. Dürfen wir euch mal besuchen in eurem schicken neuen Apartment?«

»Aber natürlich!«, sagt Mum, deren Ärger längst verraucht ist. »Wir machen eine hübsche Einweihungsparty mit Knabberkram. Das wird ganz toll.«

Strahlend blickt sie in die Runde, da wird ihr Blick plötzlich ganz schmal. Angestrengt starrt sie ein paar Sekunden lang meine Brust an, bis sie erstaunt aufblickt.

»Becky, Liebes! Eben ist mir was aufgefallen! Dein Top passt perfekt zu den Servietten!«

Von: Jess Bertram
An: Becky
Betreff: Weihnachten

Hi, Becky,
ich nehme an, Du hast schon gehört, dass wir zurückkommen. Wir freuen uns sehr, England und unsere Familie wiederzusehen. Deine Eltern waren sehr großzügig, uns ihr Haus anzubieten.
Außerdem: Vielen Dank, dass ihr das Weihnachtsfest ausrichtet. Wir freuen uns schon sehr darauf. Natürlich hoffen wir, dass unsere konsumkritischen Werte und unser Bestreben um Nachhaltigkeit gewürdigt werden. Wir werden bestimmt viel Spaß haben.
Jess

Von: Jess Bertram
An: Becky
Betreff: Re: Re: Weihnachten

Hi, Becky,
ja, ich lebe nach wie vor vegan und Tom auch.
Jess

Von: Jess Bertram
An: Becky
Betreff: Re: Re: Re: Re: Weihnachten

Hi, Becky,
nein, wir gönnen uns an Weihnachten keinen »freien Tag vom Veganertum« als »kleine Belohnung«.
Was Geschenke angeht: Nein, es gibt nichts, worauf ich »scharf wäre«. Tom und ich schenken uns immaterielle Gaben, um auf unserer geschundenen Erde einen möglichst minimalen Fußabdruck zu hinterlassen.
Wenn Du den Drang nicht abschütteln kannst, nutzlose Dinge zu kaufen, allein um der »Tradition« zu entsprechen, möchte ich vorschlagen, dass es sich dabei um nachhaltige Geschenke aus regionaler Herstellung handelt, die dem wahren Prinzip der Verbundenheit folgen statt dem inhaltsleeren Vergnügen des Shoppens.
In Vorfreude auf einen festlichen Tag
Jess

DREI

Als ich am nächsten Morgen mit Minnie bei der Schule ankomme, dreht sich in meinem Kopf alles. Wobei ich mir nicht sicher bin, ob mich vor allem beschäftigt, dass Mum und Dad nach Shoreditch ziehen oder dass ich zum allerersten Mal das Weihnachtsfest ausrichten soll.

Es ist nur ein Tag im Jahr, sage ich mir immer wieder. Keine große Sache. Ich meine, was kann denn schlimmstenfalls passieren? (Ach nee, lieber nicht. Solche Gedanken sollte ich gar nicht erst zulassen.)

Außerdem ist alles gut, denn ich habe bereits angefangen. Ich war bei Pinterest und habe Millionen Listen gefunden, wie man Weihnachten organisiert. Ich habe zwei Eintrittskarten für den großen Weihnachtsmarkt im Olympia reserviert. Ich werde mit Mum hingehen und mich inspirieren lassen. Außerdem fange ich *jetzt* mit meinen Weihnachtseinkäufen an. Wir haben erst November. Da ist noch reichlich Zeit!

Ich gehe mit Minnie in den Garderobenraum, helfe ihr dabei, ihren Mantel aufzuhängen, dann steuern wir auf das Klassenzimmer zu. Dort sehe ich Minnies Freundin Eva, zusammen mit ihrer Mum Petra – und mir wird etwas schwer ums Herz.

»Guck mal!«, ruft Minnie mit großen Augen. »Guck mal die Trommel!«

Petra hält eine mächtige Stammestrommel in der Hand, aus Zweigen und Segeltuch, mit Schleifchen verziert. Eva fängt an, mit einer Hand darauf herumzutrommeln, während Petra sich selbstgefällig umblickt und Minnie mit offenem Mund dasteht. Haben die das Ding *selbst* gebaut?

Ich schließe kurz die Augen, dann schlage ich sie wieder auf. Ich liebe diese Dorfschule, und ich liebe Minnies Lehrerin Miss Lucas, aber muss sie denn unbedingt so ein Bastelfreak sein? Ständig kommt sie mit irgendwelchen »freiwilligen Spaß-Aktivitäten«, die kein bisschen freiwillig sind, weil alle sie machen. An diesem Wochenende hieß es »Baue ein Musikinstrument aus Gegenständen, die im Haushalt zu finden sind«. Mal ehrlich: *Wie bitte?*

Minnie und ich haben ein paar getrocknete Bohnen in einen leeren Cremetiegel getan, und ich fand, wir hatten die Aufgabe ganz gut gelöst – aber das hier spielt in einer ganz anderen Liga.

»Wir hatten *solchen* Spaß dabei«, schwärmt Petra vor Miss Lucas. »Die ganze Familie hat mitgemacht.«

»Ich freue mich!« Miss Lucas strahlt. »Kreativität ist *so* wichtig. Minnie, hast du auch ein Musikinstrument gebastelt?«

»Wir haben eine Rassel gebaut«, sage ich und gebe mir Mühe, selbstbewusst zu klingen.

»Wunderbar!«, freut sich Miss Lucas. »Darf ich sie sehen?«

O Gott.

Widerstrebend greife ich in Minnies Schulranzen und hole die kleine Rassel hervor. Ich wollte sie noch anmalen oder irgendwas, hab es aber vergessen, und so ist es im Grunde nicht mehr als ein Cremetiegel voller Bohnen. Ich sehe, dass Petras Augen immer größer werden, und Miss Lucas wirkt kurz ein wenig ratlos, doch ich stehe erhobenen Hauptes da. Schließlich hat sie ja gesagt: Sachen, die im Haushalt zu finden sind, oder?

»Super!«, sagt Miss Lucas schließlich. »Die legen wir in der Ausstellung gleich neben Evas Trommel.«

Na toll. Eva hat eine Stammestrommel, und Minnie hat einen Cremetiegel.

Glücklicherweise scheint es Minnie nichts auszumachen, aber trotzdem ist mir ganz heiß geworden. Nächstes Mal gebe ich mir mehr Mühe mit dem Basteln, nehme ich mir vor. Ich werde etwas basteln, das alle umhaut, und wenn es mich das ganze Wochenende kostet.

»Bis nachher, Minnie, mein Schatz!« Ich gebe ihr einen Kuss, und sie rennt selig in den Klassenraum.

»Tarkie, vorsichtig!« Suzes scharfe Stimme lässt uns alle herumfahren, und mir stockt der Atem. Was zum Teufel hat Suze da? Es ist ein kompliziertes Gebilde aus Rohren und Trichtern und Klebeband, das sie zusammen mit ihrem Mann Tarquin hereinträgt, während die Kinder hinter ihnen hertraben.

»Lady Cleath-Stuart!«, ruft Miss Lucas. »Du meine Güte!«

»Das ist ein Euphonium«, sagt Suze atemlos. »Es spielt drei Töne.«

Suze liebt die Kunst und das Basteln und war schon immer supergut darin. Ständig regt sie ihre Kinder dazu an, Pappfiguren und Nudelcollagen zu basteln, die sie zum Trocknen überall in der Küche herumliegen lässt. Von daher wundere ich mich also nicht, dass sie schnell mal ein Euphonium aus Haushaltsgegenständen zusammenzimmern kann.

»Suze!«, sage ich. »Das ist ja fantastisch!«

»Ach, das ist doch gar nichts«, sagt Suze bescheiden. »Wollen wir es reintragen? Tarkie, pass auf, wenn wir um die Ecke kommen …«

»Scheiße.« Eine leise Stimme hinter mir lenkt mich ab. »Scheiße, *Scheiße*!«

Ich wende mich von Suze und ihrem selbst gebauten Euphonium ab und sehe eine Mutter namens Steph Richards, die bestürzt aus dem Fenster hinunter auf die Straße blickt. »Der verdammte Verkehrspolizist kommt«, sagt sie. »Ich konnte nirgends parken, also musste ich mich da irgendwie mit reinquetschen. Harvey, Liebling, komm, wir bringen dich schnell in die Klasse!«

Sie klingt angestrengt, und man sieht ihr die Sorgen an. Ich kenne Steph nicht besonders gut, aber ich weiß, dass Harvey an ihrem vierzigsten Geburtstag zur Welt kam (hat sie uns bei einem Elternabend erzählt). Sie hat irgend so einen Wahnsinnsjob in London, verdient in der Familie die Brötchen und runzelt ständig die Stirn. Sie spricht mit Yorkshire-Akzent und hat mir erzählt, dass sie in Leeds aufgewachsen ist, aber zum Studieren wegziehen musste und nie wieder zurückwollte.

»Keine Sorge«, sage ich spontan. »Ich geh raus und lenk den Polizisten ab. Lassen Sie sich ruhig Zeit mit Harvey.«

Ich renne aus der Schule und sprinte die Straße entlang, die morgens um diese Zeit immer total vollgeparkt ist. Ich sehe den Polizisten näher kommen. Und da steht Stephs Auto im absoluten Halteverbot.

Ich werde nicht zulassen, dass er ihr einen Strafzettel verpasst! Das wollen wir doch mal sehen. Nicht mit mir!

»Hallo! Officer!« Keuchend komme ich bei ihm an, als er noch drei Autos von Stephs entfernt ist. »Wie *froh* ich bin, Sie noch zu erwischen!«

»Ach ja?« Der Verkehrspolizist schenkt mir einen entmutigenden Blick, den ich ignoriere.

»Ich wollte mich mal nach den Parkregeln auf der Cedar Road erkundigen«, sage ich fröhlich. »Wenn da eine doppelte gelbe Linie ist und ein Schild, auf dem steht ›Halteverbot von 6 bis 9‹, aber *außerdem* eine weiße Zickzacklinie ... Wie lauten dann die Vorschriften für Motorräder?«

»Bitte?« Der Polizist mustert mich.

»Und außerdem: Was heißt ›Aus- und Einladen‹ *genau?«*, füge ich hinzu, wobei ich unschuldig mit den Wimpern klimpere. »Angenommen, ich ziehe um und habe sechs Sofas zu transportieren und ein paar richtig große Topfpflanzen, fast schon Bäume eigentlich ... was mache ich da?«

»Oh«, sagt der Verkehrspolizist. »Na ja, wenn Sie umziehen, bräuchten Sie vermutlich eine Genehmigung.«

Ich sehe Steph eilig die Straße entlanglaufen, klackernd auf ihren hohen Absätzen. Sie hastet an mir vorbei, doch ich zucke mit keiner Wimper.

»Eine Genehmigung«, wiederhole ich, als lauschte ich fasziniert seinen Worten. »Verstehe. Eine Genehmigung. Und wo könnte ich mich darum bemühen?«

Steph ist bei ihrem Auto angekommen. Sie piept es auf. Jetzt kann nichts mehr passieren.

»Aber wissen Sie was?«, füge ich hinzu, bevor der Mann mir antworten kann. »Vielleicht guck ich einfach mal im Internet nach.« Ich lächle ihn an. »Vielen Dank noch mal.«

Ich sehe, wie Steph ausparkt, ein paar Meter weit fährt und dann auf meiner Höhe mit laufendem Motor in einer eben frei gewordenen Lücke hält.

»Danke«, sagt sie mit schiefem Lächeln aus ihrem Fenster. Sie ist echt dünn, die Steph, mit dunklen Haaren und so durchscheinender Haut, die verrät, wenn man erschöpft ist. Was sie offenbar ist, auch weil man die Schatten unter ihren Augen sieht. Außerdem müsste sie mal ihr Make-up besser verteilen, was ich aber lieber für mich behalte.

»Kein Problem«, sage ich. »Gern geschehen.«

»Morgens ist es hier in der Straße ein Albtraum.« Sie schüttelt den Kopf. »Und es wird auch nicht besser, wenn die Hälfte der Mütter mit einem ganzen Sinfonieorchester ankommt. Ich weiß ja, dass Sie mit Suze Cleath-Stuart befreundet sind, aber ein *Euphonium*?«

Unwillkürlich muss ich lachen – und habe sofort ein schlechtes Gewissen, weil ich Suze damit in den Rücken falle.

»Wissen Sie, was für ein ›Instrument‹ ich mit Harvey gebastelt habe?«, fährt Steph fort. »Einen Margarinetopf mit einem Holzlöffel zum Draufklopfen.«

»Wir haben Bohnen in einen Glastiegel getan«, entgegne ich. »Ich habe ihn nicht mal angemalt.« Unsere Blicke treffen sich, und wir lächeln beide – doch dann kommen Steph mit einem Mal die Tränen.

»Steph!«, rufe ich entsetzt. »Es war doch nur für die Bastelstunde. Das ist doch nicht *wichtig*.«

»Darum geht es nicht …« Sie zögert, und ich sehe ihr den Kummer an, als wollte er aus ihr hervorbrechen. »Harvey weiß nichts davon, okay?«, fährt sie mit leiser, bebender Stimme fort und sieht sich dabei um. »Aber Damian hat uns verlassen. Vor drei Tagen. Ist einfach weg, ohne Vorwarnung. Harvey denkt, er macht Urlaub.«

»*Nein.*« Sprachlos starre ich sie an. Ich kenne Stephs Mann Damian eigentlich gar nicht. Ich habe ihn nur ein paar Mal mit Harvey gesehen, sodass ich weiß, wie er aussieht. Er ist älter als Steph – ein dickbäuchiger Kerl mit eng stehenden Augen und grauem Bart.

»Doch. Tut mir leid«, fügt sie hinzu. »Ich wollte Sie nicht damit belasten. So was möchte man nicht hören, wenn man sein Kind zur Schule bringt.«

»Das ist nicht … Sie haben nicht …« Ich suche verzweifelt nach den richtigen Worten. »Möchten Sie reden? Bei einem Kaffee? Kann ich irgendwie helfen?« Doch Steph schüttelt den Kopf.

»Ich muss los. Großes Meeting. Und Sie waren mir schon eine große Hilfe, Becky. Danke noch mal.« Kraftlos lächelt sie mich an, dann legt sie den ersten Gang ein.

»Moment noch!«, rufe ich, bevor ich an mich halten kann. Ich hole ein Papiertuch aus meiner Tasche, beuge mich in den Wagen und verteile ihr Make-up. »Entschuldigung«, füge ich hinzu. »Das musste einfach sein.«

»Nein. Vielen Dank.« Sie betrachtet sich mit schiefem Blick im Spiegel. »Make-up steht momentan nicht ganz oben auf meiner Liste.« Sie zögert, dann fügt sie hinzu: »Könnten Sie es für sich behalten? Das mit meinem Mann, meine ich. Sie wissen ja, wie das mit dem Klatsch und Tratsch an der Schule ist.«

»Natürlich«, sage ich mit Inbrunst. »Ich verrate niemandem was.«

»Danke. Bis bald, Becky.«

Sie fährt davon, und ich sehe ihr hinterher. Am liebsten würde ich ihrem Mann eine reinhauen, so richtig. Ich glaube, das könnte ich ganz gut, und ich weiß sogar, was ich dafür benutzen würde. Meine neue Tasche von Zara. Die hat echt spitze Ecken.

Als ich bei der Arbeit ankomme, möchte ich Suze am liebsten gleich erzählen, was Steph mir eben anvertraut hat, aber ich habe versprochen, es nicht zu tun. Und außerdem ist Suze noch gar nicht da. Also sehe ich mir stattdessen meine E-Mails an, etwas misstrauisch, als ich welche von Jess sehe, unter der Überschrift *Weihnachten – einige Anmerkungen.*

Ich weiß gar nicht, warum ich eigentlich so misstrauisch bin. Jess und ich haben uns freundliche Mails hin- und hergeschickt, und sie hat schon gesagt, dass ihr klar sei, dass wir keine Veganer sind, und sie es in gewisser Hinsicht verstehe, dass wir Weihnachten einen Truthahn essen möchten. (Wobei sie es in anderer Hinsicht ganz und gar nicht versteht und es auch nie verstehen wird.)

Allerdings wurde auch zunehmend deutlich, dass sie findet, Lametta sei böse, Glitter abartig, und Lichterketten seien ein Werk des Teufels. Womit sollen wir denn den Weihnachtsbaum schmücken? Und was ist mit Mums leuchtendem Plastikrentier?

Ich liebe und bewundere meine Schwester Jess von ganzem Herzen. Sie ist unerschütterlich und aufrichtig, und sie möchte nur das Beste für die Welt. Wenn sie nicht gerade Steine in Chile erforscht, ist sie stets gern bereit, sich an wirklich unattraktiven wohltätigen Aktionen zu beteiligen, wie zum Beispiel dieses eine Mal, als sie eine ganze Woche damit verbracht hat, Latrinen auszuheben. (Als ich rief: »O mein Gott, Jess!«, sah sie mich nur verständnislos an und meinte: »Irgendjemand muss es ja machen.«)

Sie ist eher der ernste Typ, aber wenn sie dann doch mal lächelt, geht die Sonne auf. Im Grunde ist sie eine tolle Frau. Nur fällt es mir doch *etwas* schwer, ihren Prinzipien zu entsprechen.

Egal, alles wird gut, sage ich mir noch mal. Es ist ja nur Weihnachten. Es wird sich schon alles irgendwie finden.

Ich stecke mein Telefon weg und gehe in den Souvenir-Shop von Letherby, um nachzusehen, ob auch alles seine Ordnung hat. Wir verkaufen Kleidung, Kissen, Grußkarten, Toffees … ein bisschen von allem. Im Grunde ist das Angebot eher wahllos, aber ich habe versucht, es zu Themen zu gruppieren, und bin richtig stolz auf meinen »Hygge«-Tisch. Da gibt es Decken,

Duftkerzen, Dosen mit Kakao, Letherby-Bio-Baumwoll-Pyjamas und ein paar weiche Alpaca-Hoodies in sanftem Grau.

Eben halte ich inne, um liebevoll die Ware zurechtzurücken, da sehe ich Suze hereinkommen, in einem Letherby-Minirock aus hellblauem Tweed, der ihr einfach *fabelhaft* steht. (Es war meine Idee, dass wir alle unsere Ware tragen sollten, denn wenn es irgendwer schafft, einen Tweedrock sexy aussehen zu lassen, dann Suze.)

»Hi!«, sage ich. »Tolles Euphonium!«

»Oh, danke!« Suze strahlt übers ganze Gesicht. »Ist Miss Lucas nicht fantastisch? Sie hat immer so hübsche Ideen für Bastelprojekte!«

»Schon«, sage ich zögerlich. »Obwohl es doch *ziemlich* viele Bastelprojekte sind, findest du nicht?«

»Aber es macht immer solchen Spaß!«, begeistert sich Suze. »Ich hätte Grundschullehrerin werden sollen. Ich liebe das alles!«

Sie schließt die Ladenkasse auf und ordnet einen Stapel mit Broschüren zu Wanderwegen im Umland. Dann räuspert sie sich. Als ich aufblicke, merke ich, dass ihre langen Beine ganz verknotet sind. Richtig verlegen sieht sie aus. Was um alles in der Welt ist denn los?

»Übrigens, Bex«, fügt sie superbeiläufig hinzu. »Ich würde die Statuen vielleicht doch nehmen.«

»Bitte?« Ich starre sie an.

»Ich nehme die Statuen. Wir stellen sie hier auf.«

»Ihr *nehmt* sie?«, frage ich erstaunt. »Einfach so?«

»Ja!«, sagt sie ausweichend. »Wieso nicht? Ist doch keine große Sache.«

»Suze«, sage ich und nehme sie genauer ins Visier. »Was hast du vor?«

»Was soll ich denn *vorhaben?*«, erwidert sie empört. »Mein Gott, Bex, du bist so argwöhnisch! Ich melde mich nur freiwillig, deine Statuen zu übernehmen. Ich habe sie mir noch mal genauer angesehen und dachte: ›Eigentlich sind sie ganz eindrucksvoll.‹«

»Nein, hast du nicht!«, entgegne ich skeptisch. »Du klopfst mich weich, um mir einen Gefallen aus dem Kreuz zu leiern.«

»Nein, tue ich nicht!« Suze läuft puterrot an.

»Tust du wohl.«

»Okay!« Plötzlich gibt sie nach. »Tue ich! Bex, du musst uns zu Weihnachten bei euch aufnehmen. Tarkies Onkel Rufus hat uns auf seine Burg nach Schottland eingeladen, und ich kann das nicht. Ich kann das einfach nicht.«

Sie sieht so verzweifelt aus, dass ich lachen möchte.

»Was ist denn mit Tarkies Onkel Rufus? So schlimm kann er doch nicht sein, oder?«

»Es ist das *Grauen!*«, sagt Suze unglücklich. »Er findet heizen unnötig, und seine Haushälterin lässt jeden Morgen für alle ein eiskaltes Bad ein, und es gibt keine Cornflakes zum Frühstück, nur Haggis, und die Kinder müssen den ganzen Tag Kartoffeln schälen.«

»Die *Kinder?*«

»Er meint, es tut ihnen gut. Er bringt extra Kartoffeln für sie mit, und wenn sie Schale dranlassen, schimpft er mit ihnen.«

»Wow.«

»Genau! Und gestern Abend hat er angerufen, um

uns einzuladen. Meine Eltern fliegen nach Namibia, also wusste er, dass wir nicht bei denen sein können, und ich wusste einfach nicht, was ich sagen sollte. Also habe ich gesagt: ›Oje, Onkel Rufus, das klingt wundervoll, aber leider hat die Mutter meiner Freundin Becky uns schon zu Weihnachten eingeladen.‹ Ihr müsst uns nicht wirklich *aufnehmen*«, fügt sie eilig hinzu. »Deckt uns einfach. Dann nehme ich euch die Statuen ab«, endet sie atemlos.

»Mum richtet das Fest in diesem Jahr gar nicht aus«, teile ich ihr mit.

»O Gott.« Suze macht ein langes Gesicht. »Sag nicht, ihr fahrt weg oder so was. Kann ich Onkel Rufus trotzdem sagen, dass wir bei euch feiern?«

»Noch besser: Ihr könnt *tatsächlich* mit uns feiern!«, erkläre ich mit großer Geste. »Denn soll ich dir was sagen? *Ich* richte das Fest aus!«

»*Du* richtest Weihnachten aus?« Suzes Miene erstarrt.

»Guck nicht so!«, sage ich ärgerlich. »Das wird super!«

»Aber klar!« Eilig fängt sich Suze. »Entschuldige, Bex. Ich war nur ein bisschen … überrascht. Denn du bist ja nicht gerade die …«

»Was?«, frage ich misstrauisch. »Habe ich nicht schon Partys ausgerichtet? Und die haben ja wohl auch nicht in einem Fiasko geendet, oder?«

Wenn ich es recht bedenke, haben die meisten sehr wohl in einem Fiasko geendet. Aber trotzdem muss Suze ja nicht so gucken.

»Nichts!«, sagt Suze. »Das wird hübsch! Du machst

das bestimmt super! Aber wie kommt es, dass ihr nicht bei deinen Eltern feiert?«

»Okay, hör zu«, sage ich begeistert, denn ich wollte es Suze schon längst erzählen. »Jess und Tom kommen für eine Weile zurück nach England!«

»Wow!«, sagt Suze ganz aufgeregt. »Heißt das, ihre Adoption ist durch?«

»Nein«, sage ich, kurzfristig in meiner Begeisterung ausgebremst. »Noch nicht. Aber so lange kann es ja eigentlich nicht mehr dauern«, füge ich hinzu, denn ich bin wild entschlossen, positiv zu bleiben. »Da bin ich mir ganz sicher. Jedenfalls werden sie vorübergehend im Haus von Mum und Dad wohnen ... und meine Eltern beziehen eine Wohnung in Shoreditch!«

»Shoreditch?« Suze reißt vor Schreck die Augen auf. »Deine Mum und dein Dad?«

»Ich weiß! Ich habe sie gefragt: ›Warum Shoreditch?‹, und Dad meinte, er möchte Avocadocreme.«

»Avocadocreme?« Suze wirkt dermaßen fassungslos, dass ich unwillkürlich kichern muss. »Weiß er, dass er Avocados auch bei Waitrose in Cobham kriegen kann?«, fügt sie mit ernster Miene hinzu, was mich schon wieder zum Lachen bringt.

»Guten Morgen, die Damen!« Irene, unsere andere Verkäuferin, kommt angerauscht, in Letherby-Tweedhose und einem Pulli aus Merinowolle.

Irene ist Mitte sechzig und ein echter Schatz. Sie hat schon im Souvenir-Shop gearbeitet, als der kaum mehr als ein Regal mit ein paar Schachteln Toffees war. Sie kennt noch den »verrückten« Lord Cleath-Stuart, Tarkies Urgroßonkel, der den pink gekachelten

Saal mit den erotischen Wandgemälden in Auftrag gegeben hat, über den niemand jemals ein Wort verliert.

»Guten Morgen, Irene!«, begrüßt Suze sie. »Wie lief es denn gestern im Laden?«

»Sehr gut!«, sagt Irene nickend. »Nichts zu vermelden. Oh, nur dass ein Kunde mich gebeten hat, dir Grüße zu bestellen, Becky.«

»*Mir?*«, frage ich überrascht. Normalerweise sind es alte Freunde von Suzes Familie, mit Namen wie Huffy Thistleton-Pitt, die hereinschauen, um hallo zu sagen.

»Er meinte, er hätte gehört, dass du hier arbeitest, und wirkte richtig enttäuscht, dich nicht anzutreffen«, sagt Irene. »Hat mich gebeten, dir Grüße zu bestellen. Wie heißt er noch gleich?« Irene runzelt die Stirn. »Arnold? Ich habe es irgendwo aufgeschrieben. Wenn ich nur wüsste, wo …«

»Arnold?« Ich überlege. Ich kenne niemanden, der Arnold heißt.

»Arnold war der *Nachname*. Oder war es Irwin?«, fügt sie nachdenklich hinzu.

»Irwin?« Ich schüttle den Kopf. »Da klingelt nichts.«

»Es war ein junger Mann«, erklärt Irene. »Ungefähr dein Alter. Sah blendend aus.« Erwartungsvoll sieht sie mich an, als würde ich gleich sagen: »Ach so, der Typ, der blendend aussieht. Na klar!«

»Erzähl's mir einfach, wenn's dir wieder einfällt«, sage ich freundlich. »Wenn nicht, ist es auch nicht so schlimm.«

Irene geht weg, und Suze grinst mich an. »Ein Typ, der blendend aussieht, hm, Bex?«

»Auf Irenes Geschmack würde ich nicht bauen«,

erwidere ich. »Wahrscheinlich war es mein alter Erdkundelehrer.«

»Sah er denn auffallend gut aus?«

»Aufgefallen sind mir eigentlich nur seine Schuppen«, sage ich grinsend, und dann fangen wir beide an zu kichern.

»Na, jedenfalls ...«, sagt Suze, nachdem sie sich wieder gefangen hat. »Wir waren noch nicht fertig mit Weihnachten. Du musst mir sagen, wie ich dir helfen kann. Erzähl mir, wie dein Plan aussieht. Aber morgens müssen wir zum Gottesdienst in die Kirche«, fügt sie hinzu, »denn der Pfarrer hat extra ein Weihnachtslieder-Medley geschrieben, und er ist so stolz darauf. Passt das irgendwie in deinen Plan?«

»Aber natürlich!«, sage ich. »Definitiv! Im Grunde habe ich noch gar keinen richtigen Plan für den Tag«, füge ich hinzu, weil ich das Gefühl habe, ich sollte ehrlich sein. »Oder überhaupt irgendeinen Plan. Aber es ist ja noch Zeit.«

»Oh, absolut«, stimmt Suze mir sofort zu. »Hauptsache, es ist für ausreichend Alkohol gesorgt.«

»Mum meinte, das Wichtigste sei der Truthahn«, entgegne ich und werde jetzt schon nervös.

»Ach, na ja, der *Truthahn*«, sagt Suze leichthin. »Der Truthahn versteht sich von selbst ... Moment mal.« Sie stutzt, wirkt mit einem Mal betreten. »Wenn Jess kommt, müssen wir uns dann alle vegan ernähren?«

»Nein, alles gut, wir können ruhig Truthahn essen«, versichere ich ihr. »Und für Jess und Tom besorge ich einen veganen Truthahn.«

»Einen veganen Truthahn?« Suze starrt mich an. »Gibt es denn so was?«

»Bestimmt«, sage ich zuversichtlich. »Es gibt doch alles in vegan. Ach, und übrigens findet Jess, es sollte nur nachhaltige, ökologisch vertretbare Geschenke aus regionaler Herstellung geben, die den wahren Geist der Verbundenheit widerspiegeln, und nicht nur die hohlen Freuden des Shoppens.«

»Aha.« Suze starrt mich an, wirkt leicht erschüttert. »Wow. Ich meine … gutes Argument. Unbedingt. Wir sollten Sachen aus der Region kaufen. Das ist bestimmt … besser für den Planeten.«

»Absolut.«

»Total.«

Schweigen macht sich breit, und mir scheint, wir gehen beide unsere Weihnachtslisten durch.

»Ich meine … *Harvey Nichols* ist doch ziemlich regional, oder?«, sagt Suze schließlich. »Verglichen mit anderen Orten.«

»Verglichen mit … Australien.«

»Genau!« Suze ist erleichtert. »Ich meine, manche Leute gehen auf absurde Einkaufstrips. Meine Cousine Fenella war für ihre Weihnachtseinkäufe mal in New York.«

»Das ist so was von ungrün«, sage ich empört. »Einigen wir uns darauf, dass wir nur bei Selfridges und Liberty und solchen Läden kaufen.«

»Okay«, sagt Suze ernst nickend. »Das machen wir. Nur Sachen aus der Region. Was willst du eigentlich Luke schenken?«, fügt sie hinzu. »Hast du schon eine Idee?«

»Ich hab längst alles«, sage ich ein wenig selbstgefällig.

»Jetzt schon?« Suze starrt mich an.

»Na ja, ich habe es noch nicht *gekauft*«, räume ich ein, »aber ich weiß genau, was ich für ihn besorgen will. Wir waren zusammen bei Hector Goode und haben diesen hübschen Mantel gesehen, und Luke meinte, dass er ihm gefällt. Also habe ich gesagt: ›Vielleicht bringt ihn dir ja eine kleine Elfe!‹«

»Du Glückliche«, sagt Suze neidisch. »Ich habe keine Ahnung, was ich Tarkie schenken soll! Warum hast du den Mantel denn noch nicht gekauft?«

»Ich wollte abwarten, ob er heruntergesetzt wird«, erkläre ich. »Aber die Leute da im Laden wollen es mir nicht verraten. Die sind wirklich keine große Hilfe.«

»*Keine* große Hilfe«, wiederholt Suze mitfühlend. »Und wenn du bis nach Weihnachten wartest?«

»Dann könnte er ausverkauft sein. Also habe ich beschlossen, ihn heute Abend zu bestellen …« Ich stocke mitten im Satz, als zwei Frauen in wattierten Daunenjacken den Souvenir-Shop betreten. Lächelnd gehe ich auf sie zu. »Hallo! Willkommen im Letherby-Souvenir-Shop. Kann ich Ihnen helfen, oder möchten Sie sich nur ein bisschen umschauen?«

Die beiden ignorieren mich völlig. Mir ist aufgefallen, dass viele Leute so sind, aber ich lächle dann immer nur noch strahlender.

»*Hygge*«, sagt die eine mit skeptischem Blick auf das Schild. »Was ist das?«

»Oh, ich habe wohl davon gehört«, antwortet ihre Freundin. »Aber ist das nicht alles Quatsch?«

Alles Quatsch? Ich mustere sie gekränkt. Wie kann sie es wagen, meinen Tisch als Quatsch zu bezeichnen?

»*Hygge* ist ein skandinavisches Wort«, erkläre ich so charmant, wie es mir möglich ist. »Es bedeutet Behaglichkeit und Wärme … Freundschaft im kalten Winter … viele Kerzen anzünden und es sich gemütlich machen. Wie Weihnachten«, füge ich hinzu und beschließe in diesem Augenblick, dass ich ein Weihnachtsfest ausrichten möchte, das total *hygge* ist. Na klar! Ich habe Unmengen von Kerzen und Wolldecken und wärmende Gläser mit Glögg (Glug? Glygge?)

Als die Frauen weggehen, lege ich im Stillen schon eine Liste an – *Kerzen, Decken, Glögg* –, dann wird mir klar, dass ich unbedingt anfangen sollte, alles aufzuschreiben. Ich beschließe, mir ein spezielles Weihnachtsplanungsnotizbuch zu kaufen. Und einen besonders hübschen neuen Weihnachtskuli. Ja. Und *dann* ergibt sich alles wie von allein.

VIER

Am Abend richte ich mich mit meinem nagelneuen Weihnachtsplanungsnotizbuch samt Kugelschreiber auf dem Sofa ein. (Beides aus dem Letherby Ledersortiment, 15 % Mitarbeiterrabatt.) Minnie spielt vor dem Schlafengehen still mit ihrem Teegeschirr, sodass ich Zeit habe, mit meiner Hauptliste anzufangen.

Ich schreibe *Weihnachten* auf die erste Seite und betrachte das Wort zufrieden. So. Hab angefangen. Die Leute kriegen solche Panik wegen Weihnachten, dabei ist das gar nicht nötig. Man muss nur die anstehenden Aufgaben sortieren, sie in aller Ruhe erledigen und abhaken. Genau.

Eilig notiere ich: *Veganen Truthahn kaufen.*

Dann starre ich die Seite an. Woher kriege ich nur einen veganen Truthahn?

Okay, vielleicht gehe ich es falsch an. Vielleicht sollte ich mit einer ganz einfachen Aufgabe anfangen, um die ich mich sofort kümmern kann. Ich notiere: *Lukes Geschenk kaufen,* und klappe meinen Computer auf. Das kann ich in zwei Minuten erledigen und dann schon mal abhaken.

Ich gehe zu der Website mit dem Mantel und sehe mir die Fotos an. Er ist wirklich hübsch. Geradezu perfekt! Mir fällt auf, dass es ihn in Dunkelblau und

Grau gibt. Welchen hätte Luke wohl lieber? Ich versuche, ihn mir in dem dunkelblauen vorzustellen … und dann im grauen … dann wieder im dunkelblauen …

»Hi, Süße.« Als ich Lukes Stimme höre, halte ich einen Arm vor den Bildschirm, blicke auf – und erstarre. Luke steht vor mir, in genau demselben dunkelblauen Mantel, den ich gerade auf dem Bildschirm habe. Wie konnte das passieren? Habe *ich* das irgendwie gemacht? Habe ich übernatürliche Kräfte? Plötzlich komme ich mir vor wie in einem dieser Filme mit klimpernden Windspielen und seltsamen Dingen, die da vor sich gehen.

»Alles okay, Becky?«, fragt er und mustert mich neugierig.

»Luke …« Ich stocke. »Woher hast du diesen Mantel?«

Wenn er jetzt sagt: »Aber den hatte ich doch schon immer, Liebling«, mit ausdrucksloser Stimme, flippe ich aus.

»Habe ich mir heute gekauft.« Er dreht sich einmal um sich selbst. »Schick, nicht? Den nehme ich morgen mit nach Madrid.«

»Du hast ihn dir *heute* gekauft? Aber …«

Aus meinem Schreck wird Empörung. Luke hat ihn sich *selbst* gekauft? Wie konnte er das tun? Niemand sollte sich im November oder Dezember irgendetwas selbst kaufen, *für den Fall der Fälle.*

»Was ist?«, fragt Luke verwundert.

»Das sollte dein Weihnachtsgeschenk werden!«, sage ich vorwurfsvoll. »Das wusstest du doch.«

»Nein, wusste ich nicht.«

»Doch, wusstest du! Wir haben ihn letzten Monat bei Hector Goode gesehen, erinnerst du dich nicht mehr?«

»Natürlich erinnere ich mich.« Luke sieht mich an, als hätte ich sie nicht mehr alle. »Deswegen bin ich ja wieder hingegangen, um ihn zu kaufen.«

»Aber ich hatte dir doch gesagt, dass ich ihn dir zu Weihnachten schenken wollte!«, platze ich frustriert heraus. »Du hättest es *abwarten* sollen!«

»Becky, ich erinnere mich noch sehr gut an unser Gespräch«, sagt Luke ganz ruhig. »Weihnachten hast du dabei mit keinem Wort erwähnt.«

Ehrlich. Luke muss immer alles so wörtlich nehmen. Das ist ein echt schlechter Charakterzug. Ich sage es ihm oft genug.

»Es war ein dezenter Hinweis. Ich habe gesagt: ›Vielleicht bringt ihn dir ja eine kleine Elfe!‹ Was meinst du denn wohl, wen ich mit der ›kleinen Elfe‹ gemeint habe?«

»Hör mal, Becky«, sagt Luke amüsiert. »Ärger dich nicht. Das kann doch immer noch mein Weihnachtsgeschenk sein. Der Mantel gefällt mir sehr gut. Vielen Dank dafür.« Er gibt mir einen Kuss auf den Kopf, dann steuert er auf die Tür zu, aber ich bin noch nicht besänftigt.

»Du kannst dein Weihnachtsgeschenk doch nicht schon im November bekommen«, rufe ich ihm hinterher. »Du musst doch irgendwas zum Auspacken haben.«

»Kauf mir ein Aftershave«, sagt Luke über seine Schulter hinweg. »Ich muss meinen Kram für Madrid packen.«

Aftershave? Ist das sein Ernst? *Aftershave?* Aftershave ist das Uninspirierteste, das man je aus einem »Geschenke für Dad«-Katalog voller Golfschläger und geschmackloser Krawatten auswählen könnte.

Andererseits … wäre es die einfachste Lösung.

Ich wende mich meinem Weihnachtsplaner zu und füge hinter *Lukes Geschenk kaufen* hinzu: *Aftershave.* Aber während ich noch schreibe, beschließe ich schon, dass ich ihm nicht das schenken werde, das er immer benutzt. Ha! Ich schenke ihm ein tolles Überraschungs-Aftershave.

Dann wende ich meine Aufmerksamkeit Minnie zu, die vor dem Kamin mit ihrem süßen kleinen Teeservice spielt. Sie verteilt Tassen an all ihre Teddys und schenkt ihnen »Tee« aus dem niedlichen Kännchen ein.

»Minnie, mein Schatz«, sage ich. »Bald ist Weihnachten, und wenn du lieb bist, bringt dir der Weihnachtsmann bestimmt ein Geschenk! Was wünschst du dir denn von ihm?«

»Hamper«, sagt Minnie, ohne sich von ihrer kleinen Teegesellschaft abzuwenden. »Ich möchte einen Hamper. Bitte«, fügt sie noch hinzu. »Biittteeeee, ich möchte einen Hamper.«

Verdutzt starre ich sie an. Einen *Hamper*? Was meint sie denn? Was soll das sein?

Da fällt mein Blick auf den Teeservice-Karton, der auch für andere Produkte aus dem Sortiment des Herstellers wirbt. Die Firma heißt HAMPA. Natürlich! Seit Ewigkeiten bettelt sie schon um den kompletten Picknickkorb mit Plastikgläsern und Servietten und Sandwiches. Na, das ist einfach.

Eilig gehe ich zu der Website, von der wir auch das Teeservice haben, und gebe »Picknickkorb« ein. Er ist wunderhübsch, mit Stoff ausgelegt und mit Minimessern und -gabeln und sogar einer süßen kleinen Vase mit Plastikblumen. Es sind nur noch fünf Stück auf Lager, sodass ich mich freuen kann, dass ich Minnie früh genug gefragt habe. Und da der Onlineshop meine Daten gespeichert hat, dauert es kaum eine Minute, und schon habe ich den Korb bestellt. Erledigt!

Als die E-Mail in meinem Posteingang auftaucht – *Bestätigung Ihrer Bestellung* –, bin ich richtig stolz auf mich. Ich habe mit meinen Einkäufen angefangen! Ich greife mir meinen Weihnachtsplaner, schreibe *Minnies Geschenk kaufen* und hake es ab. Ha! Ich habe alles im Griff. Ich muss einfach nur so weitermachen, auf ruhige, geordnete Weise.

Kaum jedoch will man ruhig und geordnet sein, schon stellt einem das Leben ein Bein. Um 7:30 Uhr am nächsten Morgen bin ich weder ruhig noch geordnet. Hektisch renne ich im Haus umher auf der Suche nach ein paar wichtigen Unterlagen, die Luke dringend für ein Meeting braucht und die »verschwunden« sind.

»Hast du sie vielleicht hier reingetan?«, fragt er und reißt die Schublade der Kommode im Flur auf.

Augenblicklich gehe ich auf die Palme. Wieso gibt er mir die Schuld? Warum sollte ich irgendwelche langweiligen Unterlagen wegräumen?

»Nein«, sage ich höflich. »Habe ich nicht.«

»Was ist hiermit?« Er greift nach den Schranktüren

der Frisierkommode. »Was haben wir eigentlich hier drin?« Während er spricht, öffnet er die Türen, und eine Lawine von Stoffbeuteln fällt heraus.

»Ach nichts«, rufe ich hastig und laufe hin, um ihn aufzuhalten, doch es ist zu spät. Verdammt.

»Was um alles in der Welt ist das?«, fragt Luke fassungslos mit Blick auf den Stoffbeutelberg zu seinen Füßen.

»Nur ... äh ... ein paar Beutel«, sage ich.

»Was für Beutel?«

»Beutel! Du weißt schon – Beutel! Vielleicht sind deine Unterlagen in der Küche. Gehen wir doch hin und schauen gleich mal nach!«

Ich versuche, ihn mitzuziehen, doch Luke rührt sich nicht von der Stelle. Ungläubig betrachtet er den verhedderten Haufen von Beuteln, dann fängt er an, sie zu entwirren, und liest laut vor, was darauf geschrieben steht.

»Umwelttasche. Umwelttasche. Umweltbeutel. Tesco. Woolworth ... Becky, was soll das?«

Okay. Also, ich muss zugeben, dass ich manchmal einen Stoffbeutel kaufe und dann beim nächsten Mal vergesse, ihn mitzunehmen, also muss ich dann noch einen kaufen. Was nicht ideal ist, denn am Ende hat man einen ganzen Schrank voll von den Dingern.

Aber ich habe festgestellt, dass bei Luke Angriff oft die beste Verteidigung ist.

»Ich versuche, Stoffbeutel zu benutzen«, erkläre ich ihm von oben herab, »weil ich eine verantwortungsvolle Konsumentin bin und keine Plastiktüten mehr benutze. Möchtest du lieber, dass ich Plastiktüten benutze und die Meere verseuche? Na, das sind ja interessante Einblicke in deine moralischen Vorstellungen, Luke. Sehr interessant.«

Lukes Mundwinkel zuckt, und ich hebe trotzig das Kinn.

»Ich sage nicht, dass du Plastik verwenden solltest«, erklärt er ganz ruhig. »Ich schlage nur vor, dass du *einen* Stoffbeutel mehrmals verwendest. Das ist doch der Sinn der Sache.«

Er öffnet die andere Kommodentür, und ein noch größerer Haufen von Beuteln fällt heraus. Mist. Ich hatte gehofft, die würde er nicht finden.

»O mein *Gott*«, sagt er und klingt ehrlich erschüttert. »Becky, wie viele von diesen Stoffbeuteln brauchst du eigentlich? Was glaubst du denn, wie lange du leben wirst?«

»Eines Tages kann ich sie bestimmt gut brauchen«, verteidige ich mich. »Jedenfalls hast du deine Unterlagen noch nicht gefunden. Du versuchst nur abzulenken.«

In diesem Moment kommt Minnie mit ihrem Babykörbchen auf Rädern in den Flur. Luke wirft einen Blick darauf und stutzt.

»Da sind sie ja!«, ruft er und holt seine Unterlagen aus dem Körbchen.

»Das ist meeeeiiiins, Daddy!«, ruft Minnie ärgerlich und versucht, sie ihm wieder wegzunehmen. »Das ist für mein *Köppchen*.«

»Köppchen« ist Minniesprech für »Körbchen«. Und – ja – wir sollten sie auf die korrekte Aussprache hinweisen, aber es ist so *süß*. Ich meine, sie kann sprechen. Sie kann sich gut ausdrücken für ihr Alter (Miss Lucas sagt das), nur kommen manche Worte einfach lustig heraus, so wie »Monter« und »Köppchen« oder »Dänseblümchen«.

»Das ist nichts für dein Köppchen, Süße«, sagt Luke zu Minnie. »Das sind wichtige Unterlagen für Daddy. Guck mal hier.« Er stopft einen Stoffbeutel um Minnies Puppe Speaky im Körbchen. »Und davon haben wir noch ganz viele.« Er gibt Minnie ein Küsschen, dann richtet er sich auf. »Ich soll Minnie also nachher bei Suze abholen?«

»Wenn das noch okay ist.« Ich nicke. »Nach der Arbeit fahre ich direkt in die Stadt. Ich muss unbedingt für Weihnachten einkaufen.« Mir entfährt ein kleiner Seufzer. »Es ist echt kein Kinderspiel, so ein Weihnachtsfest auszurichten, weißt du.«

»Ich weiß«, sagt Luke und wirkt mit einem Mal besorgt. »Becky, ich will dir wirklich gern helfen. Ich bin vor Weihnachten ziemlich viel unterwegs, aber sag mir, was ich tun kann, und ich tue es.«

»Okay.« Ich nicke. Als er mich küsst, fühlt sich seine Oberlippe etwas piksig an, und ich blinzle überrascht. »Hast du dich heute nicht rasiert?«

»Oh«, sagt Luke etwas kleinlaut. »Ach. Ich lasse mir einen Schnurrbart stehen. Du weißt schon: *Movember*. Für einen guten Zweck.«

»Einen *Schnurrbart*?«, sage ich, bevor ich mich bremsen kann, dann setze ich eilig ein Lächeln auf. »Gute Idee!«

Offen gesagt bin ich nicht übermäßig scharf auf Bärte. Aber für einen guten Zweck ist es was anderes, also sollte ich ihn dabei unterstützen. »Sieht jetzt schon gut aus«, füge ich ermutigend hinzu und gebe ihm noch einen Kuss. »Steht dir. Bis später!«

»Viel Spaß beim Shoppen«, antwortet Luke, und ich starre ihn an, bin doch leicht pikiert. Hat er denn nicht zugehört?

»Ich gehe nicht shoppen, ich erledige *Weihnachtseinkäufe*. Das ist was völlig anderes. Das ist *Arbeit*. Ich habe eine Liste, die ist *so* lang!« Ich mache eine dramatische Geste. »Geschenke, Deko, Essen, Extras …«

»Extras?« Luke runzelt die Stirn. »Was für Extras?«

»Extras eben! Du weißt schon, *Extras*.«

Im Moment wollen mir gerade keine Extras einfallen, aber ich weiß, dass es sie gibt, denn in jeder Anleitung zum Ausrichten eines Weihnachtsfestes ist die Rede von »all den Extras, die einem im letzten Moment noch einfallen«.

»Augenblick!« Mit einem Mal runzelt Luke die Stirn. »Becky, hast du deine Weihnachtseinkäufe nicht schon erledigt? Auf diesem Bauernmarkt im Sommer? Ja! Du hast fünf handgemachte Lederkissen gekauft und gemeint, das waren doch ideale Weihnachtsgeschenke. Verdammt schwere Kissen«, fügt er hinzu und verzieht das Gesicht. »Den ganzen Tag habe ich sie durch die Gegend geschleppt. Wo sind die?«

Meine Wangen werden ganz heiß. Irgendwie hatte ich gehofft, er hätte sie vergessen.

»Wir wurden gebeten, Sachen für den Schulflohmarkt mitzubringen.« Ich gebe mir Mühe, entspannt zu klingen. »Also habe ich sie gespendet. Ich fühlte mich irgendwie verpflichtet.«

»Du hast sie alle weggegeben?« Er starrt mich an.

»Für einen guten Zweck!«, verteidige ich mich.

Ich werde nicht hinzufügen: »Außerdem habe ich gemerkt, dass es blöde Kissen waren, als ich sie aufs Sofa legen wollte und sie dauernd runtergerutscht sind.«

Schuld war nur dieser Budenbetreiber mit seinem hübschen Gesicht. Er hat mich dazu verführt, diese dämlichen Kissen zu kaufen *und* einen Lederelefanten.

»Also, hör mal ... könnten wir das nicht auch alles online erledigen?«, schlägt Luke vor. »Wenn wir uns zusammen mit einem Notebook hinsetzen, sind wir in einem Rutsch damit durch. Oder übertrag mir eine Aufgabe. Ich bestelle den Weihnachtsschmuck. Dauert keine fünf Minuten.«

Luke? Weihnachtsschmuck bestellen? Ist er irre? Beim letzten Mal hat er sechs scheußliche lila Christbaumkugeln bestellt, und als ich mich dann darüber beklagt habe, meinte er noch: »Na, ich find sie hübsch.«

»Nein, ist schon okay«, sage ich eilig. »Ich muss mir die Sachen richtig ansehen, im Laden. Und außerdem müssen wir den britischen Einzelhandel unterstützen.«

»Na, könntest du nicht irgendwohin gehen, was näher liegt als Selfridges?«

»Das macht mir nichts.« Ich gebe einen gequälten Seufzer von mir. »Irgendwer muss sich da reinknien. Wir sehen uns später.«

FÜNF

O mein Gott, hat mir das Shoppen gefehlt. Und London. Und alles.

Als ich mich durch die schweren Eingangstüren von Selfridges schiebe, bin ich ganz benommen. Der ganze Laden glitzert und funkelt! Es mag ja erst November sein, aber die Vorweihnachtszeit ist definitiv angebrochen. Alles ist weihnachtlich beleuchtet und mit Girlanden geschmückt. Über den Rolltreppen hängen riesige rote Christbaumkugeln. Man hört Weihnachtslieder, und die Luft ist warm und duftet, und ich weiß gar nicht, wo ich anfangen soll. Ich wanke zwischen Euphorie und fast so etwas wie Panik. Wo will ich hin? Rauf? Runter? Ich war schon seit einer halben *Ewigkeit* nicht mehr shoppen.

Ich meine, natürlich war ich online shoppen. Aber das ist eine völlig andere Tätigkeit. Im Grunde finde ich, man sollte dafür ein anderes Wort erfinden. Onlineshopping ist nicht wirklich Shopping, es ist Beschaffung. Online *beschafft* man Sachen. Aber man spürt doch nichts von der Aufregung, wie wenn man einen Laden betritt und all die schönen Sachen sieht, sie fühlt, sie anfasst, sich davon verführen lässt.

Ich trete einen Schritt vor, lasse die Atmosphäre auf mich wirken. Nicht mehr in London zu wohnen ist in vielerlei Hinsicht super – aber das hier fehlt mir doch. Mir fehlen die schillernden Schaufenster. Es fehlt mir, staunend vor einem atemberaubenden Chanel-Kostüm zu stehen. Es fehlt mir, auf dem Weg irgendwohin noch eben kurz bei *Anthropologie* reinzuschauen oder mal nachzusehen, was es bei Zara so Neues gibt, oder ein Schnäppchen bei Topshop zu finden.

Andererseits zwingt es mich, effizient vorzugehen. Wenn man nicht mehr in London wohnt, muss man jede Fahrt in die Stadt ausgiebig nutzen. Im Grunde muss man rumrennen und alles kaufen, was einem so einfällt, denn wer weiß, wann man wieder mal nach London kommt?

Luke und ich sind uns bei dieser Theorie nicht ganz einig. Aber das ist wohl kein Wunder, da wir uns auch nicht einig sind, was die Bedeutung von »effizient« angeht. Luke meinte mal, es sei keineswegs »effizient«, bei TK Maxx den gesamten Vorrat an herabgesetzten Clarins-Cremes aufzukaufen, es sei schlicht »absurd«. Aber er hat ja keine Ahnung. Ist ihm nicht klar, wie viel Geld ich dabei gespart habe? Und Zeit? Damit ist für meine gesamte Hautpflege gesorgt, praktisch bis ans Lebensende. Und dieser Vorrat nimmt in der Garage nur den Platz von zwei Kartons in Anspruch. Also kaum was.

(Das einzige kleine Problem – das ich Luke gegenüber nicht erwähnt habe, weil er ja nicht über jedes Detail meines Lebens Bescheid wissen muss – ist nur, dass ich in der Garage auf eine Kiste mit herabgesetzter L'Oréal-Feuchtigkeitscreme gestoßen bin, die ich total vergessen hatte. Aber das ist okay, denn Feuchtigkeitscreme kann man gar nicht genug haben. Die kann man immer brauchen.)

Mit einem Mal wird mir bewusst, dass ich regungslos in der Parfumabteilung von Selfridges stehe. Ich schüttle mich innerlich. Komm schon, Becky. Konzentrier dich. Weihnachtseinkäufe. Ich zücke mein Büchlein und sehe mir die Liste an – und bin doch ein wenig entmutigt. Offenbar habe ich es gestern mit den Ideen doch etwas übertrieben. Da stehen bestimmt hundert Sachen, von »neue Lichterketten, die nicht summen« bis zu »festliche Platzsets« und »Schokolade!!!«.

Wo soll ich anfangen?

Ein Mann mit einem mächtigen buschigen Schnauzbart kommt an mir vorbei, und ich merke, wie mich sein Anblick irritiert ablenkt. Was ist, wenn Luke sich auch so einen Schnäuzer stehen lässt?

Nein. Das macht er nicht. Sei nicht blöd. Und außerdem tut er es für einen guten Zweck. Ich muss positiv denken. Ich trete noch einen Schritt vor, versuche, mich zu konzentrieren. Komm schon. Ich bin in der Parfumabteilung. Ich suche Luke ein Aftershave aus. Ja. Guter Plan.

Ganz in der Nähe ist ein junger Mann in Schwarz dabei, irgendeinen neuen Herrenduft zu bewerben. Ich nehme einen kleinen Pappstreifen von ihm entgegen – aber der Geruch raubt mir den Atem. Es ist mir ein echtes Rätsel, wie es kommt, dass so viele teure Parfums auf dieser Welt so eklig sind. Die meisten riechen, als hätte jemand alle Düfte zusammengemischt, die niemand kaufen will, die Mixtur in eine neue

Flasche gefüllt und ihr einen Namen wie *Prominent!* gegeben.

Luke benutzt eigentlich immer Armani Aftershave, aber ich möchte ihm etwas schenken, das *anders* ist. Als ich weiter hinten den Verkaufstresen von Prada entdecke, beschließe ich, mich dort beraten zu lassen. Mit Prada kann man schließlich nichts falsch machen, oder?

Drei Minuten an diesem Tresen bringen mich jedoch nur noch mehr durcheinander. Die Auswahl ist so groß. Ich schnüffle an »L'homme Prada« und »Luna Rossa« und »Marienbad«. Dann kehre ich wieder zu »L'homme Prada« zurück. Der nette Typ hinterm Tresen heißt Erik und fängt an, Proben auf Pappstreifen zu sprühen, um mich daran riechen zu lassen.

Als dann jedoch acht solche Streifen vor mir aufgereiht liegen, habe ich den Überblick verloren. Erik erzählt was von Amber und von Lederduft, und ich sage dauernd »O ja«, aber in Wahrheit riecht alles wie »Aftershave«.

»Könnten Sie mir das hier noch mal draufsprühen?«, sage ich und deute auf »Prada Man«. »Oder besser: Könnten Sie vielleicht alle noch mal draufsprühen? Und gibt es eins, das ein bisschen wie ›Babylon‹ riecht, nur nicht ganz so …« Vage wedele ich mit den Händen.

»Verzeihung.« Eine tiefe Stimme unterbricht mich, und als ich mich umdrehe, sehe ich einen Mann im grauen Mantel mit blauem Tuch, der mich ungeduldig fragend ansieht. »Brauchen Sie noch den ganzen Tag?«

»Ich kaufe ein Aftershave für meinen Mann«, erkläre ich, während Erik all meine Streifen neu besprüht.

»Na, könnten Sie sich bitte beeilen mit dem Kaufen?«

»Nein, ich könnte mich nicht etwas beeilen mit dem Kaufen‹!«, entgegne ich verärgert über seinen Ton. »Ich muss das Richtige aussuchen.« Ich schnüffle noch mal an »Prada Man« und verziehe das Gesicht. »Nein. Definitiv nicht.«

»Ach, Sie sind eine von *denen*«, sagt der Mann augenrollend, und ich mustere ihn mit bösem Blick.

»Was soll das heißen – ›eine von *denen*‹?«

»Frauen, die darauf bestehen, ihrem Kerl zu Weihnachten ein neues Aftershave auszusuchen.«

»Tatsächlich hat mich mein Mann darum *gebeten*, ihm zu Weihnachten ein Aftershave zu schenken«, sage ich kühl. »Auch wenn es Sie nichts angeht.«

»Kann ja sein«, erwidert der Mann ungerührt. »Aber er meinte: ›Kauf mir das Aftershave, das ich immer trage.‹«

»Nein, meinte er nicht.«

»Doch, meinte er.«

»Sie kennen meinen Mann doch gar nicht!« Finster blicke ich an.

»Das muss ich nicht. Niemand hat in der Geschichte der Menschheit jemals erfolgreich einen Duft für jemand anders ausgesucht. L'homme Prada Intense, bitte. 100 ml«, fügt er an Erik gewandt hinzu. »Ich zahle da drüben.«

Erik reicht ihm die glänzende Schachtel, und als der Typ geht, sagt er noch »Frohe Weihnachten« über seine Schulter hinweg.

Hmpf. Die Leute haben einfach kein Benehmen. Ich wende mich wieder Erik zu und lächle ihn an. Er versteht mich wenigstens.

»Ich hab die Auswahl eingedampft«, sage ich und schwenke drei Pappstreifen in Eriks Richtung. »Die hier kommen in Frage.«

»Wunderbar!« Erik ist begeistert. »Gute Wahl! Ich bin mir sicher, dass er sie mögen wird!« Er wirft einen Blick auf die Pappstreifen, dann fügt er hilfreich hinzu: »Sie sollten sie aber wirklich noch mal auf seiner Haut ausprobieren, denn im Grunde ist ja die Körperchemie entscheidend, oder?«

Ach, du meine Güte. Das sagt er mir *jetzt*? Was ist, wenn sie alle auf Lukes Haut ganz schrecklich riechen und er würgen muss? Oder ich?

Ich gebe es nur ungern zu, aber der nervige Mister Blautuch hatte recht. Jemand anderem ein Aftershave zu schenken ist keineswegs die einfachere Option. Es ist die unmögliche Option. Entweder man kauft einen alten Lieblingsduft, was keine Mühe macht und echt lahm ist. Oder man hängt sich aus dem Fenster, sucht etwas Neues aus, das er möglicherweise nicht leiden kann, aber sagen muss, dass er es mag. Und dein ganzes Leben lang weißt du nicht, ob er nur höflich war, bis er auf dem Sterbebett plötzlich krächzt: »Prada l'Homme habe ich immer gehasst!«, und dann das Zeitliche segnet. (Ich sag's nur. Im schlimmsten Fall.)

»Möchten Sie sie eins davon kaufen?« Erik unterbricht mich in meinen Gedanken, und ich blinzle ihn an. Ich möchte keinen teuren Fehler machen, aber aufgeben möchte ich auch nicht.

In diesem Moment spaziert der nervige Mister Blautuch vorbei, spöttisch grinsend, auf dem Weg zum Ausgang.

»Immer noch dabei?«, fragt er. »Sie sollten mal eine kleine Kaffeepause einlegen.«

»Mancher Frau ist eben kein Weg zu weit, wenn sie ihrem Mann ein Weihnachtsgeschenk kaufen möchte«, entgegne ich frostig.

Amüsiert zieht er die Augenbrauen hoch und geht zur Tür hinaus. Ich sehe ihm hinterher, bin doch etwas aufgebracht – aber das kurze Gespräch hat mich in meinem Entschluss nur noch bestärkt. Ich *kann* Luke mit einem neuen Aftershave umhauen. Ich muss nur wissenschaftlich vorgehen.

»Ich überlege gerade …«, sage ich und schenke Erik mein einnehmendstes Lächeln. »Hätten Sie vielleicht so ein paar kleine Probefläschchen?«

Als ich drei Stunden später unsere Haustür aufschließe, bin ich richtig stolz auf mich. Keiner kann sagen, ich sei nicht sorgfältig vorgegangen. Ich habe an jedem einzelnen Aftershave in diesem verdammten Laden gerochen, und jetzt halte ich eine Prada-Tasche mit 31 Probefläschchen in der Hand, die ich vor Luke verstecken muss. Außerdem muss ich die große glänzende Tüte von Selfridges verstecken, die um meine Schulter hängt …

Oh. Zu spät. Da ist er.

»Wie war's?«, fragt er und kommt mit verständnisvollem Lächeln auf mich zu. »Du siehst erschöpft aus!«

»Schon okay«, sage ich tapfer. »Nicht schlecht.«

»Lass mich dir helfen.« Luke greift nach der großen glänzenden Selfridges-Tüte. »Was hast du da drin – Deko? Geschenke?«

»Ach, nur so Weihnachtszeug«, sage ich vage und drücke sie an mich. »Ich stell sie eben weg.«

Bevor er mich weiter ausfragen kann, haste ich schon die Treppe hinauf.

»Und konntest du viel von deiner Liste abhaken?« Lukes Stimme folgt mir. »Bist du gut vorangekommen?«

»Ja ... mehr oder weniger!«, rufe ich ihm zu. Eilig verschwinde ich in unserem Schlafzimmer und schließe die Tür hinter mir. Ich werfe die kleine Tüte mit den Aftershave-Proben auf das Bett, dann nehme ich mir die große vor. Ich betrachte sie einen Moment, dann hole ich vorsichtig ein eingewickeltes Päckchen heraus. Als ich das Seidenpapier abreiße, entfährt mir ein schwerer Seufzer. Ich kann nicht fassen, was ich hier in Händen halte. Ein Kleid von Alexander McQueen, um 70 % herabgesetzt, nur weil es am Rücken einen Ziehfaden hat! Ich werde Weihnachten atemberaubend aussehen!

Und okay. Ich weiß ja, dass »Neues Kleid kaufen« nicht auf meiner ursprünglichen Liste stand. Aber jeder weiß, dass erfolgreiches Shoppen darin besteht, flexibel zu sein und Gelegenheiten wahrzunehmen. Ich war auf dem Weg in die Weihnachtsabteilung und hatte total die Absicht, Christbaumschmuck zu kaufen, als ich zufällig durch die Modeabteilung kam. Und da habe ich dann zufällig einen Ständer mit reduzierten Designersachen gesehen, auf dem ein unglaublich schönes Alexander-McQueen-Kleid auf mich wartete. Es hat zauberhaft geraffte Ärmel und paillettenbesetzte Streifen, und es gibt nur ein einziges Problem – ein winzig kleines Problemchen –, nämlich dass es mir ein bisschen zu klein ist.

Nur einen Hauch. Ein Häuchlein.

Es war nämlich so: Sie hatten nur dieses eine Kleid, und es war um 70 % herabgesetzt, und ich konnte es unmöglich nicht kaufen. Außerdem ist es ja nicht so, als würde ich gar nicht reinpassen. Es ist nur ein bisschen … eng. Aber an Weihnachten muss man ja nicht so viel atmen, oder? Und die Arme bewegen. Außerdem werde ich bis dahin wahrscheinlich noch etwas abnehmen.

Vielleicht. O Gott …

Voll Sorge betrachte ich das Kleid, das einzulaufen scheint, während ich es nur betrachte. Trotz Rabatt war es noch teuer. Ich kann unmöglich an Weihnachten nicht reinpassen.

Vielleicht sollte ich vor dem Fest noch mal was für meine Gesundheit tun. Zum Sport gehen und grünen Saft trinken oder irgendwas. So nehme ich ab und passe dann ins Kleid – und gesund ist es auch noch. Perfekt!

Liebevoll betrachte ich das Kleid noch ein paar Sekunden, dann verstaue ich es im Schrank und hole mein Notizbuch aus der Handtasche. Ich schreibe »Neues Kleid für Weihnachten kaufen« und hake den Punkt zufrieden ab.

Dann wende ich mich dem Bett zu und nehme mir

die kleine Tüte mit den Aftershave-Proben vor. Ich habe einen Plan, der definitiv funktionieren wird – dafür muss Luke nur eingeschlafen sein. Ich verstecke die Tüte in meinem Nachtschränkchen, dann gehe ich runter und flöte mit meiner unschuldigsten Stimme:

»Luke, mir ist zum Feiern zumute! Lass uns Wein trinken!«

Drei Stunden später liege ich im Bett, starre an die Decke und schäume leicht vor Frust. Ich wusste ja nicht, dass Luke so lange braucht, um einzuschlafen. Was ist denn *los* mit ihm?

Immer wieder stupse ich ihn sanft an, um zu sehen, ob er eingenickt ist, und jedes Mal sagt er »Hä?« oder »Was?«, worauf ich antworte: »Entschuldige, ich strecke mich nur!« Bis er schließlich die Augen aufschlägt und ärgerlich sagt:

»Becky, ich muss morgen einen frühen Flieger nach Madrid kriegen, und ich bin hundemüde. Könntest du vielleicht aufhören, dein Yoga im Bett zu machen?«

Also lasse ich es eine Weile sein, trommle ungeduldig mit den Fingern, bis er schließlich doch eingeschlafen zu sein scheint und sich nicht mal rührt, als ich aufgeregt flüstere: »Luke, ich glaube, ich höre einen Einbrecher!«

Dann mache ich mir Sorgen, dass ich wirklich einen Einbrecher höre, also schleiche ich nach unten, mit einem hochhackigen Schuh als Waffe in der Hand, mache alles Licht an, laufe herum, finde keinen Einbrecher, dann mache ich alles wieder aus, sehe noch mal nach Minnie und gehe wieder ins Bett.

Inzwischen bin ich selbst hundemüde. Aber ich habe einen Plan auszuführen. Leise hole ich die Tüte mit den Aftershave-Proben aus dem Nachtschränkchen und nehme vier kleine Fläschchen heraus. Ich sprühe etwas »Royal Oud« von Creed an Lukes Hals, unter seinem linken Ohr. Ich tupfe das »Luna Rossa« von Prada unter sein rechtes Ohr. Dann markiere ich beide Stellen mit Filzstift diskret »L« und »R«, damit ich nicht den Überblick verliere. Ich sprühe sein rechtes Handgelenk mit »Quercus« ein, dann das linke mit »Sartorial« und markiere sie mit »Q« und »S«. Abwechselnd atme ich die Düfte ein und notiere einen Punktestand in meinem Buch. Bisher liegt »Sartorial« vorn. Es riecht fantastisch.

Luke schläft so friedlich, dass ich meine, noch einen Versuch wagen zu können. Also nehme ich die nächste Probe namens »Pacific Lime« aus der Tüte. Ich beuge mich vor und sprühe seine Brust vorsichtig damit ein – doch als ich eben auf den Zerstäuber drücke, kommt aus heiterem Himmel eine Motte angeflattert, sodass ich vor Schreck aufschreie und meine Arme in die Luft werfe.

»Aaahh!« Luke fährt auf und hält sein Auge. »Becky! Alles okay? Was ist passiert?«

Er blinzelt mich an, noch halb im Schlaf. Plötzlich sehe ich, dass sein Auge tränt. Mist! Ich habe ihm Pacific Lime reingesprüht! Aber vielleicht merkt er ja nichts davon.

»Alles gut«, sage ich atemlos. »Entschuldige. Es war nur eine Motte.«

»Scheiße. Autsch. Irgendwas ist mit meinem Auge.«

Noch immer reibt er sich das Auge, das langsam rot wird.

Entsetzen packt mich. O Gott, bitte sag, dass ich meinen Mann nicht geblendet habe! Ich sehe schon die Schlagzeile in der *Daily World*: »Frau blendet Ehemann bei Suche nach perfektem Weihnachtsgeschenk.«

»Ich hole dir ein nasses Tuch«, sage ich verzweifelt. »Kannst du sehen? Guckst du verschwommen?«

Ich renne ins Bad und komme mit einem tropfenden Waschlappen wieder. Eilig klatsche ich ihn Luke ins Gesicht, und er flucht.

»Jetzt bin ich ganz nass!«

»Vorsicht ist die Mutter der Porzellankiste«, sage ich und betrachte voll Sorge sein Auge. »Geht es jetzt besser? Wie viele Finger halte ich hoch?«

»Vier«, sagt Luke nur, und mich trifft der Schlag.

»Falsch!«, sage ich bestürzt. »O mein Gott! Luke, wir müssen dich ins Krankenhaus bringen …«

»Das ist nicht falsch!«, fährt Luke mich ungeduldig an. »Eins, zwei, drei, vier. Guck doch hin!«

Ich sehe mir meine Hand an und merke plötzlich, dass ich *tatsächlich* vier Finger hochhalte. Oh, stimmt.

»Geht schon wieder.« Luke blinzelt noch ein paar Mal, dann sieht er mich glasig an. »Aber was zum Teufel war denn *los*? Ich habe fest geschlafen.«

»Eine Motte«, sage ich eilig. »Nur eine Motte.«

»Eine Motte hat dich geweckt?«, fragt er fassungslos.

»Äh … es war eine richtig große Motte. Schlaf du ruhig weiter.«

Ich hoffe, Luke legt sich wieder hin, doch sein Blick

fällt auf sein Handgelenk. Ein paar Sekunden starrt er das »Q« an, als versuchte er, es sich zu erklären.

»Irgendwer hat ›Q‹ auf mein Handgelenk geschrieben«, sagt er schließlich.

»Wow!«, sage ich und gebe mir alle Mühe, überrascht zu klingen. »Das ist ja seltsam. Wahrscheinlich war es Minnie. Egal, es ist spät …«

»Und ›S‹ auf mein anderes Handgelenk«, sagt Luke. Plötzlich steigt er aus dem Bett und geht zum Spiegel. »Was ist *das* denn?« Er starrt die Buchstaben an seinem Hals an. Im nächsten Moment fährt er herum, sucht das Bett ab, und ich sehe, wie sein Blick auf den Filzstift fällt, den ich da auf der Decke liegen gelassen habe. Ich bin so ein *Idiot*.

»Becky?«, sagt er unheilverheißend.

»Okay, das war ich«, gebe ich hastig zu. »Ich habe bei dir Aftershaves ausprobiert, als du geschlafen hast. Für dein Weihnachtsgeschenk«, füge ich vielsagend hinzu in der Hoffnung, dass seine Miene sich entspannt und er vielleicht sagt: »Ach Liebling, du bist ja so umsichtig!«

Tut er aber nicht.

»Es ist ein Uhr nachts«, sagt er und klingt wie jemand, der sich zusammenreißen muss, um nicht die Fassung zu verlieren. »Und ich bin überall *beschriftet*. Dachtest du denn, ich *merke* nichts davon?«

»Du duschst doch immer morgens als Erstes.« Eigentlich bin ich immer noch stolz auf meinen Plan. »Und das ist abwaschbarer Filzer. Ich war mir sicher, dass alles abgeht und du nichts merken würdest.«

»Na, das ist ja was«, knurrt Luke und macht sich

wieder auf den Weg ins Bett. Da bleibt er mit einem Mal stehen und sieht sich den Filzstift noch mal an. »Warte. Du hast einen Sharpie benutzt. Der ist wasserfest.«

»Nein, ist er nicht.«

»Ist er doch!«

»Nur die schwarzen sind wasserfest«, erkläre ich. »Ich habe einen blauen benutzt.«

»Die blauen sind auch wasserfest!«, platzt Luke heraus. »Hier!« Er nimmt den Stift und schwenkt ihn vor meiner Nase, deutet mit dem Finger auf das Wort. »Wasserfest.«

Bitte?

Ich reiße ihm den Stift aus der Hand und starre ihn an. O mein Gott, er hat recht. Der *ist* wasserfest. Das wusste ich gar nicht. All die Jahre benutze ich nun Filzstifte, aber das war mir nicht klar! Im Grunde ist es eigentlich ganz lustig …

Dann blicke ich auf, und als ich Lukes Gesichtsausdruck sehe, muss ich direkt schlucken. Vielleicht ist es doch nicht so lustig.

»An meinem Hals steht ›L‹ und ›R‹«, sagt Luke mit bedrohlich ruhiger Stimme. »Aber auf den falschen Seiten. Und morgen treffe ich mich mit dem spanischen Finanzminister.«

»Oh. Tut mir leid.« Ich schlucke. »Mhm … könntest du vielleicht eine Fliege tragen?«

Luke macht sich nicht mal die Mühe, mir zu antworten. (Ich kann es ihm nicht verdenken.)

»Es tut mir wirklich ehrlich leid«, sage ich mit meiner kleinlautesten Stimme. »Ich wollte nur das perfekte Weihnachtsgeschenk für dich finden. Und da wir gerade davon sprechen«, füge ich hoffnungsvoll hinzu, »magst du eins von diesen Aftershaves riechen? Ich mag das an deinem linken Handgelenk.«

Erwartungsvoll sehe ich ihn an, doch Luke macht keine Anstalten, an seinem linken Handgelenk zu riechen.

»Ich mag das Aftershave, das ich immer benutze«, sagt er. »Können wir jetzt schlafen?«

Suchverlauf

Wie lange dauert es, sich einen Schnurrbart stehen zu lassen?
Die attraktivsten Schnurrbärte
Schnurrbärte gesundheitsschädlich
Sex mit Schnurrbart
Zwanzig Kilo abnehmen bis Weihnachten
Fünf Kilo abnehmen bis Weihnachten
Online Personal Trainer
Online Personal Trainer kein Kommandokopf
Sportkleidung
Sweaty Betty
Lululemon
Vorteilhafte Leggings
Zauberleggings
Zwei Kleidergrößen weniger mit Leggings
Schokoladendiät

SECHS

Am nächsten Morgen ist Luke doch etwas grummelig. Ich sage *Morgen*, aber es ist doch eher mitten in der Nacht. Ich hätte gedacht, wenn man Chef seiner eigenen Firma ist, würde das bedeuten, dass man eben *nicht* zu unmöglichen Zeiten aufstehen muss, um Flüge zu kriegen, aber so läuft das offensichtlich nicht.

Ich gebe ihm einen Abschiedskuss und schrecke leicht zurück vor dem fusseligen Gefühl seiner neuen Gesichtsbehaarung. (Es ist für einen guten Zweck, sage ich mir immer wieder.) Ich blicke seinem Taxi hinterher, winke und gebe mir Mühe, so liebevoll und reumütig auszusehen wie möglich. Dann kehre ich in die Küche zurück und sinke auf einen Stuhl.

Mir ist selbst eher grummelig zumute. Ich habe auch nicht genug geschlafen, und ich habe ein richtig schlechtes Gewissen, dass ich Luke fast das Augenlicht genommen habe. Die ganze Sache war eine ziemliche Katastrophe. Ich habe eine Ewigkeit gebraucht, die ganzen Aftershave-Proben zusammenzukriegen – völlig umsonst. Luke will kein neues Aftershave. Er will dasselbe wie immer. Das widerspricht total dem Geist der Weihnacht! Man stelle sich vor, der Weihnachtsmann würde seine Briefe öffnen und überall stünde: »Lieber Weihnachtsmann, bitte bring mir dasselbe wie immer.« Da würde er sich bestimmt weigern.

Als ich den Wasserkocher anstelle, fällt mir der nervige Kerl von Selfridges wieder ein, der mir erklärt hat, dass mein Mann kein neues Aftershave möchte. Ich ärgere mich, dass er recht hatte – und bleibe bei meiner Antwort. Manchen Frauen *ist* kein Weg zu weit, um ihrem Mann das Richtige zu Weihnachten zu schenken. Dann hat das mit dem Mantel also nicht geklappt und das mit dem Aftershave auch nicht. Ich lasse mich nicht abschrecken. Ich bin nur noch entschlossener, etwas zu finden, bei dem Luke die Spucke wegbleibt.

(Im positiven Sinn. Nicht weil es ein violettes Jackett aus Mohair ist. Wobei ich fairerweise sagen muss, dass ich den Beleg für dieses violette Jackett aufbewahrt habe und *trotzdem* finde, dass es ihm gut stand. Es war nur Mums Schuld, weil sie »Gütiger Gott!« gerufen hat und dabei so entsetzt klang, als er es anprobiert hat. Manchmal verstehe ich überhaupt nicht, wie ich einer Familie solcher Mode-Analphabeten entstammen kann, echt nicht.)

Als ich Minnie an der Schule absetze, sehe ich mich nach Steph um für den Fall, dass sie jemanden zum Reden braucht – aber ich kann sie nirgendwo entdecken, also mache ich mich auf den Weg zur Arbeit. Dort koche ich mir einen Kaffee, dann lehne ich mich an den Kassentresen und sehe mich im Laden um auf der Suche nach Inspiration für Geschenke. Aber ich habe Luke schon den Flachmann, das Taschentuchset für den Gentleman und die Karamell-Meersalz-Schokolade geschenkt. (Na gut, okay, die war hauptsächlich für mich.)

Ich seufze und verfluche mich. Ich hätte ihm den Flachmann nicht mitbringen dürfen. Den hätte ich für Weihnachten vormerken sollen.

»Geht es dir nicht so gut, Bex?« Suze kommt auf mich zu und mustert mich überrascht.

»Hab nicht gut geschlafen«, sage ich trübsinnig. »Ich hatte Streit mit Luke.«

»Worüber?«

»Weihnachtsgeschenke und so«, antworte ich vage.

Ich behalte lieber für mich, dass ich Luke mit einem Filzer bemalt habe, denn das klingt doch etwas seltsam.

»Ach Weihnachtsgeschenke …« Mitfühlend verdreht Suze die Augen. »Wir hatten auch Streit. Tarkie möchte jedem Kind ein Lamm schenken, aber ich möchte, dass sie Ferkel bekommen. Wer will schon ein Lamm, wenn er ein Ferkel haben kann?« Erwartungsvoll sieht sie mich an.

»Äh …« Ich persönlich würde keins von beiden wollen, aber das ist vermutlich nicht die Antwort, die Suze sich erhofft.

»Wünscht Minnie sich vielleicht ein Ferkel?« Plötzlich leuchten Suzes Augen auf. »Soll ich ihr auch eins besorgen?«

Ein Ferkel? In unserem Garten? Das ständig herumgrunzt, überall eine Sauerei veranstaltet und zu einem monströsen Schwein heranwächst? Ich liebe Suze sehr, aber es gibt doch gewisse Lebensbereiche, in denen wir nicht auf Augenhöhe sind.

»Ich *glaube* nicht«, sage ich vorsichtig. »Sie ist eigentlich kein Ferkelmädchen. Ehrlich gesagt habe ich für Weihnachten bisher nur ein Geschenk für Minnie«, füge ich hinzu. »Sie wünscht sich so dringend einen Picknickkorb, und den habe ich schon bestellt.«

Ich erwarte, dass Suze »Gut gemacht!« sagt oder darum bittet, ihn sich online ansehen zu können, doch stattdessen guckt sie skeptisch.

»Du hast ihn schon bestellt?«

»Ja. Wieso?«

»Hm.« Suze verzieht den Mund. »Ist das nicht ein bisschen früh? Was ist, wenn sie es sich anders überlegt?«

Es sich anders überlegt? Die Möglichkeit war mir noch gar nicht in den Sinn gekommen.

»Wird sie nicht«, sage ich zuversichtlicher, als mir zumute ist. »Diesen Korb wünscht sie sich schon so lange.« Doch Suze schüttelt nur den Kopf.

»Sie sind total wankelmütig. Ich nenne es ›Die Wende‹. Sie sagen: ›Ich wünsche mir so sehr eine Hüpfstelze, nichts anderes, bitte, bitte, bitte, kriege ich eine Hüpfstelze?‹ Und dann, drei Wochen vor Weihnachten, sind sie bei einem Freund zu Hause und sehen in der Fernsehwerbung eine sprechende Meerjungfrau, und plötzlich wollen sie stattdessen lieber die. Aber die ist schon ausverkauft«, endet sie mit einem Ausdruck düsterer Zufriedenheit. »Also musst du sie über eBay kaufen, für den dreifachen Preis.«

»Minnie wird es sich nicht anders überlegen«, beharre ich. »Sie liebt diesen Korb.«

»Wart's ab«, sagt Suze und klingt wie ein graubärtiger Fischer, der einen Sturm vorhersagt. »Sie wird im Fernsehen auf eine sprechende Meerjungfrau stoßen, dann ist der Korb vergessen.«

»Na, dann kriegt sie eben keine sprechende Meerjungfrau zu sehen«, sage ich ärgerlich. »Ich verbiete ihr das Fernsehen bis Weihnachten.«

»Ja genau«, prustet Suze. »Willst du solange zu den Amischen ziehen?«

Schon will ich antworten: »Möglich!« und amische Dörfer googeln (Gibt es so was in Hampshire?), als Irene ankommt und mir einen Zettel hinhält.

»O Becky!«, ruft sie. »Eine gute Nachricht. Mir ist der Name von dem jungen Mann wieder eingefallen, der nach dir gefragt hat.«

»Der gut aussehende junge Mann«, wirft Suze ein und grinst mich an.

»Genau.« Irene strahlt unschuldig. »Er heißt ...« Sie liest vom Zettel ab. »Craig Curton.«

Ich starre sie an, bin richtig baff. Craig Curton?

»Kennst du den, Bex?«, fragt Suze interessiert, als Irene mir den Zettel reicht.

»Allerdings«, sage ich. »Um ehrlich zu sein ...« Ich zögere. »Er ist eine alte Flamme von mir.«

»Eine alte Flamme?« Mit offenem Mund starrt Suze mich an. »Von dem habe ich noch nie was gehört! Wann war das?«

»Lange her.« Ich winke ab. »An der Uni.«

Craig Curton hatte ich schon völlig vergessen. Oder besser: nicht wirklich *vergessen,* aber ich kann nicht gerade behaupten, dass ich sonderlich viel an ihn gedacht hätte.

»Er sieht sehr gut aus, Becky«, wirft Irene mit leuchtenden Augen ein. »Wirklich *sehr* gut.« Sie geht, um einen Kunden zu begrüßen, und Suze grinst mich hintergründig an.

»Irene steht auf deinen alten Freund. Ist er ein Supermodel oder so was?«

»Ich glaube, Irene hat keine besonders hohen Ansprüche«, sage ich kichernd. »Eigentlich sieht er etwas merkwürdig aus. Du weißt schon, schwarz gefärbte Haare und echt blass und schiefe Zähne. Er spielte in einer Band«, füge ich eilig hinzu. »Deshalb war ich mit ihm zusammen.«

»Na, ich werde ihn mal googeln«, verkündet Suze grinsend. »Diesen griechischen Gott muss ich mir selbst ansehen.«

»Er ist kein griechischer Gott.« Ich rolle mit den Augen. »Eigentlich weiß ich gar nicht, wieso ich mit ihm zusammen war.«

Ich warte darauf, dass Suze antwortet, aber sie starrt auf ihr Telefon und macht einen eher sprachlosen Eindruck.

»Weißt du was, Bex?«, sagt sie langsam. »Er hat etwas von einem griechischen Gott. Es sei denn, es wäre ein anderer. Ist er das?«

Sie hält mir ihr Telefon hin, und ich schrecke zurück. Dieser Typ ist ein Traum. Das kann unmöglich Craig Curton sein.

Ich starre das Foto an und versuche, es mir zu erklären. Okay, ich kann Craig noch gerade so erkennen. Einen älteren Craig. Aber seine Haare, die merkwürdig und formlos waren, fallen ihm nun in dunkel schimmernden Wellen auf die Schultern. Und seine Zähne sind gemacht worden. Und er ist braun gebrannt. Und diese *Arme*!

»Der ist ja toll«, sagt Suze nur.

»Er hat sich verändert.« Ich finde meine Stimme wieder. »Er ist … So sah er nicht aus. Kein bisschen.«

»Was macht er?« Suze scrollt sich durch die Seite. »Musiker«, sagt sie und klingt ein wenig ehrfürchtig. »Seine neueste Veröffentlichung heißt ›Love Underneath‹.«

»Wirklich?« Ich versuche, ihr das Telefon wegzunehmen, doch Suze reißt es wieder an sich.

»Ich bin noch nicht fertig!«, sagt sie. »Letztes Jahr hat er ›Honest‹ veröffentlicht. Vor kurzem war er mit Blink Rage auf Deutschlandtournee. Wer ist Blink Rage?«

Ich habe keine Ahnung, wer Blink Rage ist, aber das werde ich nicht zugeben.

»Hast du noch nie von Blink Rage gehört, Suze?«, sage ich etwas mitleidig.

»Hi, Becky.« Eine rauchige Männerstimme grüßt mich durch den Laden. Abrupt blicken wir beide auf, und fast sterbe ich vor Schreck.

Er ist es. Er ist es. Und wir googeln ihn gerade. Verdammt.

»Hi!«, sagt Suze mit sonderbarem Quieken und lässt klappernd ihr Telefon fallen. »Hi. Willkommen im … Hi!« Als er näher kommt, hebt sie es eilig auf und dreht es schnell um – wenn auch erst, nachdem alle gesehen haben, dass sein Gesicht den Bildschirm ausfüllt.

Augenblicklich laufe ich rot an. Das ist so was von *peinlich.*

»Hi, Craig«, sage ich und versuche, lässig zu klingen. »Hi. Wir haben gerade … Hi. Was für eine Überraschung! Wie lange ist es her …?«

»Jahre«, sagt er und nickt. »Surreal, oder?«

Er klingt ganz genau wie ein Rockgott mit dieser rauchigen Stimme. Und er sieht auch wie einer aus mit seinen langen Haaren und der abgewetzten Lederjacke und dem tätowierten Totenkopf am Ohrläppchen.

Er begrüßt mich mit einem Kuss auf beide Wangen, dann tritt er einen Schritt zurück und betrachtet mich mit entspanntem, selbstbewusstem Lächeln. Auch das ist neu. So hat er auf der Uni nie gelächelt. Da hat er mir immer deprimierende Sachen aus der Zeitung vorgelesen und gemeint, dass ich mich mehr am Kampf beteiligen solle.

»Das ist Suze«, sage ich, und Suze sagt:

»Oh, hi!« Sie schüttelt seine Hand, dann himmelt sie ihn mit leuchtenden Augen an und zwirbelt an ihren Haaren herum wie eine Vierzehnjährige.

»Da sind Sie ja wieder!«, hören wir Irenes erfreute Stimme, und ich sehe sie eilig zu uns herüberkommen. »Wie schön!« Zu meinem Entsetzen wendet sie sich mir zu und flüstert: *»Sehr gut aussehend!«*, auf höchst unsubtile Weise.

O mein Gott. Können wir noch uncooler sein?

»Also … hm. Was führt dich her, Craig?«

»Ich wohne jetzt hier«, sagt er auf dieselbe entspannte Weise.

»Du wohnst hier?«, frage ich erstaunt.

»Ich habe Lapwing Cottage gemietet.« Er wendet sich Suze zu. »Ich bin Ihr Mieter.«

»Oh.« Ich sehe, dass Suze ein Licht aufgeht. »Ich wusste gar nicht, dass Lapwing Cottage vermietet wurde!«

Es sieht Suze mal wieder ähnlich, nicht zu wissen, dass sie ein Cottage auf ihrem eigenen Anwesen vermietet hat. Sie und Tarkie haben so viel Land und Investments und Zeug, dass sie gar nicht hinterherkommen. Einmal waren wir in einem Café im Ort essen, und man brachte uns Kuchen auf Kosten des Hauses und war richtig nett zu uns. Wir hatten keine Ahnung, wieso – bis Suze plötzlich einfiel, dass sie deren Vermieterin war. Sie hatte es einfach vergessen.

»Ist da alles okay?«, fügt sie besorgt hinzu. »Sollte es irgendwelche Probleme geben, sprechen Sie mit Gordon, unserem Gutsverwalter. Der kümmert sich um alles.«

»Es ist genial«, sagt Craig. »Charmant. Oldschool. Rustikal.«

»Und woher wusstest du, dass ich hier arbeite?«, frage ich.

»Die Welt ist klein«, sagt er leichthin. »Ich habe das Cottage übers Netz gemietet. Wollte mal raus aus der Stadt. Suchte irgendwas, wo ich Songs schreiben kann. Mal runterkommen, weißt du? Und dann bin ich im Dorfladen, um Vorräte einzukaufen, und sehe eine Postkarte: *Zu verkaufen, drei Spaten, unbenutzt, Becky Brandon, geborene Bloomwood.* Da dachte ich mir: ›Es kann nicht zwei Becky Bloomwoods geben.‹ Also habe ich den Typen gefragt, der da wohnt, und der hat mir erzählt, dass du hier arbeitest. Ist das nicht ein komischer Zufall?«

»Wow«, haucht Suze.

»Bleibt nur eine Frage«, fügt Craig hinzu und mustert mich eindringlich. »*Drei* Spaten?«

»Die waren im Angebot«, sage ich, als müsste ich mich verteidigen. »Also habe ich mehrere gekauft. Unser Garten ist ziemlich groß, und ich dachte, wir könnten gut mehrere brauchen. Stellt sich raus, das stimmt gar nicht.«

»Das sieht dir ähnlich.« Er betrachtet mich amüsiert. »Na, ich muss wieder los. Schön, dich zu sehen, Becky. Wir sollten irgendwann mal was trinken gehen. Was hast du all die Jahre so getrieben?«

»Ach … äh …« Augenblicklich ist mein Kopf wie leer gefegt. Was *habe* ich denn die ganze Zeit getrieben? Mir will überhaupt nichts einfallen. »Alles Mögliche«, sage ich lahm. »Du weißt schon …«

»Cool.« Er nickt. »Ich hab gehört, du hast ein Kind.«

»Ja, eine Tochter. Minnie.«

»Süß.« Er wendet sich Suze zu. »Eine Frage noch. Wäre es okay, wenn ich einen Whirlpool für den Garten mieten würde?«

»Einen Whirlpool?«, wiederholt Suze baff.

»Ich steh auf Whirlpools.«

Er lächelt und zeigt seine strahlenden neuen Zähne, und sofort sehe ich ihn vor mir, im Whirlpool, die Haare ganz nass und glitzernd und die Brust ganz haarig und voll so wie Ross Poldark.

Also, früher sah er nicht aus wie Ross Poldark, aber ich wette, heute schon.

»Einen Whirlpool«, sagt Suze und klingt, als hätte er sie komplett aus dem Konzept gebracht. »O Gott.

Natürlich! Ich meine, normalerweise würden wir nicht … aber, wenn Sie möchten …«

»Cool.« Er nickt noch mal. »Und ich denke, ich werde eine Weihnachtsparty geben. Ich schicke euch beiden eine Einladung.«

»Oh!«, flötet Suze. »Danke!«

»Okay, bis dann.« Er hebt eine Hand zum Gruß und schlendert zur Tür hinaus. Früher ist er nicht so gelaufen. Das hat er sich irgendwo abgeguckt.

Ich sehe Suze an, die ausatmet.

»Wow«, sagt sie.

»Ja«, sage ich noch immer etwas entgeistert. »Nun, da hast du's. Das ist mein Ex.«

»Der ist echt cool.« Sie mustert mich misstrauisch. »Bex, warst du auf der Uni denn auch echt cool?«

Schon will ich sagen: »Was redest du? Bin ich doch immer noch!« Aber ich rede hier mit Suze.

»Ich war ein *kleines* bisschen cool«, sage ich ehrlich. »So etwa ein halbes Semester lang.«

»Warst du auch in der Band?«

»Ich … also …«

Ich räuspere mich, überlege, wie ich darauf antworten soll. Die Band ist ein wunder Punkt, denn ich *hätte* dabei sein sollen. Ich habe mir diese wunderschöne pinkfarbene Bassgitarre gekauft und haufenweise Noten gelernt, und Craig meinte, ich sollte es mal probieren. Aber nach der ersten Probe hat sich der Rest der Band zusammengerottet und gemeint, ich sei nicht gut genug. Es war so was von unfair. Die wollten mich nicht mal Tamburin spielen lassen.

»Ich war seine kreative Inspiration«, sage ich

schließlich. »Es war ziemlich gemeinsam. Hat Spaß gemacht«, füge ich hinzu, lässig wie eine Rockerbraut.

»Und wieso habt ihr zwei euch getrennt?«, fragt Suze verwundert.

»Die Band kriegte einen Plattendeal, und sie haben die Uni geschmissen, um ein Album aufzunehmen.«

»Gibt's ja nicht!« Suze hält sich die Hand vor den Mund. »Ist ja irre! Kenne ich es vielleicht?«

»Eher nicht«, räume ich ein. »Sie sind dann alle nach Devon gefahren, um es dort aufzunehmen …«

»Warst du auch mit?«, unterbricht mich Suze.

»Nein.« Ich merke, wie der alte Unmut wieder in mir hochkocht. »Mum und Dad wollten mich nicht gehen lassen. Jedenfalls sind sie los und haben dieses Album aufgenommen, hatten aber dauernd Streit deswegen. Und dann hat einer von ihnen einem anderen eine reingehauen, und die Polizei musste kommen. Und dann sind alle Eltern hingefahren und haben sie gezwungen, die Aufnahmen zu beenden und wieder zur Uni zu gehen.«

»Oh«, sagt Suze enttäuscht. Ich sehe ihr an, dass sie sich ein anderes Ende erhofft hatte, so was in der Art von: »Und dann haben sie im ausverkauften Wembley-Stadion gespielt!«

»Craig hatte einen Riesenstreit mit seinen Eltern«, fahre ich fort. »Er hat sich geweigert, wieder nach Bristol zu gehen. Und dann brach die Band auseinander.«

»Was hat Craig gemacht?«

»Hat sich ein Jahr freigenommen und ist nach Manchester gegangen. Aber da waren wir inzwischen schon nicht mehr zusammen.«

»Wegen der Band«, wirft Suze etwas atemlos ein. »Weil alle dich für Yoko hielten.«

»So ungefähr.« Ich zögere, habe das Gefühl, ich sollte ehrlich sein. »Außerdem war er damals nicht besonders scharf. Ehrlich gesagt war er etwas nervig.«

Ich finde, wir haben jetzt lange genug über meinen alten Freund gesprochen, also mache ich mich daran, ein paar Pullis zu ordnen. Suze folgt mir, lässt sich nicht abschütteln.

»Und jetzt ist er hier und wohnt in Letherby«, sagt sie nachdenklich. »Das ist für dich doch bestimmt irgendwie komisch.«

»Nein, überhaupt nicht.«

Ist es doch, aber das werde ich nicht zugeben.

»Ein *bisschen* komisch ist es bestimmt«, beharrt Suze.

»Es ist überhaupt nicht komisch«, sage ich mit fester Stimme. »Warum sollte es komisch sein?«

»Weil er so ganz anders ist als Luke«, meint Suze, ohne auf meinen Protest einzugehen. »Willst du denn zu seiner Weihnachtsparty?«

»Weiß nicht«, sage ich nach kurzer Pause. »Und du?«

»Aber sicher!«, sagt sie eifrig. »Da müssen wir hin! Das wird bestimmt ganz toll, die vielen Musiker und coolen Leute.«

In diesem Moment hören wir es klappern, weil ein Kunde einen Stapel mit Toffee-Dosen umgestoßen hat, und wir beenden das Gespräch. Während ich die Dosen wieder aufstelle, versuche ich, diesen seltsamen neuen Umstand in meinem Leben zu verarbeiten. Craig Curton wohnt in Letherby. Und er sieht so *verändert* aus! Seine Arme! Seine Haare! So dicht und wallend, und dieser Drei-Tage-Bart steht ihm richtig gut …

Aus Versehen kippe ich die Toffee-Dosen noch mal um, und als Suze zu mir herübersieht, sage ich eilig:

»Uups!«

»Nicht ganz bei der Sache, Bex?«, fragt Suze mit vielsagend hochgezogenen Augenbrauen. Würdevoll hebe ich mein Kinn. Selbstverständlich bin ich bei der Sache. Zumindest soll Suze es glauben.

Aber – o Gott – ich kann mir nicht helfen. Es kommt mir vor, als hätte die Begegnung mit Craig ein Fenster in die Vergangenheit geöffnet. Erinnerungen an die Uni drängeln sich in meinem Kopf. Diese Jeans, die ich immer getragen habe. Und dieser Lippenstift. Was habe ich mir nur dabei *gedacht*?

Ich war ziemlich fasziniert von Craig, als wir zusammenkamen. Ich fand ihn ausgesprochen intellektuell, denn er erzählte von Schopenhauer und trank eine Sorte Gin, von der ich noch nie gehört hatte. Jetzt jedoch, aus meinem reiferen Blickwinkel heraus, kann ich erkennen, dass ich nicht so beeindruckt hätte sein sollen. Schließlich kann jeder Gin trinken und über prominente Deutsche sprechen. Neulich erst habe ich ausgiebig über Heidi Klum gesprochen.

Egal. Es ist ewig lange her. Wir alle sind mit merkwürdigen Leuten ausgegangen, als wir es nicht besser wussten. Als ich Luke kennenlernte, war er mit einem total hochnäsigen Mädchen namens Sacha de Bonneville zusammen, also muss er sich gerade melden.

(Wieso streite ich in meinem Kopf mit Luke darüber? Ich habe keine Ahnung.)

Ich stelle die letzte Toffee-Dose wieder an ihren Platz und schüttle meine Haare. Es ist nur einer dieser komischen Zufälle. Und Suze hat recht: Wenn Craig eine Weihnachtsparty gibt, sollten wir hingehen. Vielleicht sind da auch Prominente. Oder vielleicht spielt er einen neuen Song, und wir sind die Ersten, die ihn zu hören bekommen.

Vielleicht kann er uns VIP-Tickets für sein nächstes Konzert besorgen! Mit einem Mal kommt es mir vor, als hätte ich ein völlig neues Statussymbol, das ich beiläufig ins Gespräch einflechten kann. »Na ja, ich war mal mit einem Rockmusiker zusammen …« »Na ja, ich war wohl seine Muse …« »Na ja, er hat einen Song über mich geschrieben …«

Und dann erstarre ich. O mein Gott. Was ist, wenn er *tatsächlich* einen Song über mich geschrieben hat?

Suchverlauf

Craig Curton

Craig Curton Becky Bloomwood

Craig Curton Texte

Craig Curton Songs inspiriert von geheimnisvoller namenloser Frau

Craig Curton prominente Freunde

Sacha de Bonneville

Venetia Carter

Sprechende Meerjungfrau

Heidi Klum

SIEBEN

Bis zum nächsten Morgen habe ich die Texte jedes einzelnen Songs von Craig Curton gegoogelt, den ich finden konnte. Ich habe mir Ausschnitte von jedem einzelnen Lied angehört und einen Blick auf die Videos geworfen und kann immer noch nicht sagen, ob eins von mir handelt.

Jedenfalls komme ich nicht in seinem bekanntesten Song vor – *Lonesome Girl*. Er fängt an *She's mesmerizing*, und erst dachte ich: »Oh, das könnte ich sein, ich bin doch ganz schön faszinierend.« Aber dann geht es weiter: *She's everywhere, she's in the air, feel the pain, know the pain.* Welcher Schmerz? Außerdem bin ich nicht einsam. Also. Das bin ich nicht.

Dann gibt es da einen Song, der heißt *Girl who broke my heart*, aber sie hat *French lips, French kisses, French soul, French heart*, also gehe ich mal davon aus, dass ich das auch nicht bin.

Ich kann nur hoffen, dass ich nicht die Inspiration für die Frau in *23rd Century* bin, denn da heißt es: *What will you learn from her?*, und die Antwort lautet: *Hate, only hate, twisted hate.* Was nicht gerade besonders aufbauend ist.

Offen gesagt ist Craigs Musik überhaupt nicht sonderlich aufbauend. Sie ist ganz schön krachig und schreiig, und die Texte sind deprimierend. Seine Texte sind viel besser ohne Ton. (Das werde ich ihm gegenüber lieber nicht erwähnen.)

Außerdem habe ich ihn mir bei Instagram angesehen, und er ist ziemlich cool. Er scheint kaum jemals etwas anderes zu tragen als Leder, zerrissene T-Shirts, nietenbeschlagene Stiefel und Bartstoppeln. Seine Instagram-Seite ist voller Fotos von ihm in verrauchten Bars, umringt von hübschen Mädchen, allesamt mit Nasenringen und Tattoos und stahlblauem Lidschatten. Er hat schon immer gern gefeiert. Das weiß ich noch. Als wir zusammen waren, bin ich auf mehr Partys gewesen als im ganzen Rest meines Lebens. Ich glaube nicht, dass ich überhaupt irgendwann mal studiert habe.

Und selbst wenn wir nicht gefeiert haben, lebten wir doch zu extremen Tageszeiten. Ich weiß noch, dass wir immer die halbe Nacht wach waren, Räucherstäbchen anzündeten und auf dem Boden liegend an die Decke starrten. Craig spielte leise Gitarre und redete über südamerikanische Politik, die ihm sehr wichtig war. Ich wusste nicht besonders viel über südamerikanische Politik – aber damals hatte ich einen Spanischkurs belegt, sodass ich hin und wieder spanische Ausdrücke wie »Qué pena!« einwerfen konnte. Ich fühlte mich sehr besonders, als könnten wir die Probleme der Welt lösen, begleitet von Gitarrenklängen.

»Verzeihung?«

Eine ältere Dame reißt mich aus meinen Erinnerungen, und blinzelnd kehre ich in die Gegenwart zurück. Ich stehe auf der Jermyn Street, umgeben von

Weihnachts-Shoppern, und versperre den Eingang zu einem Laden. Uups.

»Entschuldigung!«, sage ich, und als ich beiseitetrete, merke ich, dass ich ein ganz schlechtes Gewissen habe. Okay, ich muss aufhören, über meinen Exfreund nachzudenken. Konzentrier dich, Becky, konzentrier dich. Weihnachtseinkäufe stehen an. Ich habe mir den Tag extra freigenommen. *Weihnachts-Shopping.*

Ich gehe ein paar Schritte, sehe mir die geschmückten Ladenfronten an, bringe mich wieder in Stimmung. Überall sind glitzernde Weihnachtslichter, was hilft, und von irgendwo höre ich *Last Christmas.* (Ich liebe diesen Song.)

Gestern Abend habe ich ein paar Weihnachtszeitschriften durchgesehen. Ich liebe diese Hochglanzmagazine. Selig blättert man darin herum, bewundert Weihnachtsschmuck und lachende Frauen, die in Glitzertops Champagner trinken, und man denkt: »O mein Gott! Das alles will ich auch und genau so ein Paillettentop, und ich hoffe sehr, dass Mum diesen Weihnachtspudding mit der Orange drin kauft.«

Nur ist es in diesem Jahr so, dass ich den Weihnachtspudding kaufe. Ich habe das Sagen. Manchmal fühle ich mich der Verantwortung, die man mir übertragen hat, nicht recht gewachsen. Glücklicherweise aber waren die Zeitschriften voll nützlicher Ratschläge, zum Beispiel, dass der »Must have«-Baumschmuck in diesem Jahr ein silbernes Lama mit Glitzerfell ist, das auf der einen Seite das Wort WELTFRIEDEN in Pink gestickt hat. Ehrlich gesagt war mir gar nicht bewusst, dass es so etwas wie einen »Must have-Baumschmuck« gibt. Aber er war in allen Zeitschriften, also habe ich sechs Stück bestellt. Wir werden den trendigsten Baum aller Zeiten haben!

In den Zeitschriften stand auch, dass man seine Supermarktlieferungen frühzeitig anmelden soll, also habe ich auch das getan. Und zwar sogar zweimal. Ich habe eine Lieferung am 22. Dezember mit dem Truthahn und allen wichtigen Sachen gebucht – und dann noch eine zweite für Heiligabend, falls ich etwas vergessen habe. Wenn das nicht gut organisiert ist!

Da war ich dann inzwischen schon etwas überdreht, doch dann las ich einen Artikel unter der Überschrift: »Versuchen Sie nicht, zehn Probleme gleichzeitig zu lösen!« Da stand, ein stressfreies Weihnachtsfest sei nur möglich, wenn man Prioritäten setzt und eine Sache zurzeit macht. Also konzentriere ich mich heute auf eine einfache Aufgabe: ein Geschenk für Luke.

Aber *was*?

Mir ist so uninspiriert zumute. Ich war schon in sämtlichen Kaufhäusern, und – okay – ich habe hübsche Sachen gesehen, aber kein einziges Mal dachte ich: »Jaaaa!« So bin ich dann in der Jermyn Street gelandet, denn dort schlägt das Herz der Herrenausstatter, oder? Erst nachdem ich eine Weile hier herumspaziert bin, wird mir bewusst, dass all die Anzüge erst noch geschneidert werden müssen, was ein bisschen zu kompliziert wird …

Oooh. Moment.

Abrupt bleibe ich stehen und blicke auf. Eben habe ich in einem Schaufenster einen traumhaften Morgenmantel entdeckt. Er ist dunkelblau mit Geparden drauf, und er sieht aus, als wäre er aus allerfeinster Seide. Als würden Filmstars so etwas tragen. In einem Film mit dem Titel *Der Morgenmantel.*

Ich betrete den Laden, der Fox & Thurston heißt und vor allem Westen und Strohhüte und lustige Strümpfe verkauft. Im hinteren Teil des Ladens gibt es einen Bereich mit Morgenmänteln, und darauf steuere ich zielstrebig zu. Und da ist er! Aus der Nähe betrachtet sieht er sogar noch kostbarer aus, und Luke könnte definitiv einen Morgenmantel brauchen.

Unauffällig suche ich ihn ab, finde aber kein Preisschild. Also trete ich einen Schritt beiseite und zücke mein Telefon. Neuerdings habe ich es mir zu Gewohnheit gemacht, in schicken Läden nicht mehr nach dem Preis zu fragen, sondern ihn zu googeln. Dann kann man im Stillen schlucken statt unter den hochnäsigen Blicken einer Verkäuferin.

Ich gehe zur Website von Fox & Thurston und klicke auf *Einzigartige Morgenmäntel.* Ich scrolle mich durch verschiedene Morgenmäntel, und plötzlich entdecke ich den dunkelblauen. Er heißt Cheetah Cloud und ist aus chinesischer Seide handgewebt, und er kostet …

Wie bitte?

Fassungslos starre ich die Zahl an. £ 4 000 für einen Morgenmantel? Das kann nicht *wahr* sein. Ich stelle fest, dass der Gürtel allein £ 350 kostet, und kneife den Mund zusammen, um nicht loszukichern. Wer will denn schon einen einzelnen Morgenmantelgürtel?

»Hi!« Ein sehr dünnes hübsches Mädchen mit wallenden blonden Haaren kommt lächelnd auf mich zu. »Kann ich Ihnen behilflich sein?«

Für den Bruchteil einer Sekunde weiß ich nicht so recht, was ich sagen soll – doch da kommt mir eine geniale Idee.

»Oh, hallo«, sage ich geschäftsmäßig. »Mein Name ist Becky Brandon, geborene Bloomwood.« Ich reiche ihr die Hand. »Ich arbeite im Bereich Markenrepräsentation. Wären Sie wohl die richtige Ansprechpartnerin, wenn es um geschäftliche Dinge geht?«

Das Mädchen macht große Augen und sagt: »Da hole ich doch lieber Hamish.« Bald darauf kommt ein bärtiger Mann in roten Chinos und gestreifter Weste auf mich zu.

»Hamish Mackay«, sagt er. »Ich bin der Geschäftsführer. Was kann ich für Sie tun?«

»Hallo«, sage ich und schüttle entschlossen seine Hand. »Mein Name ist Becky Brandon, geborene Bloomwood. Ich bin Beraterin für Markenbotschafter und wollte mich mal erkundigen, wer denn momentan Ihre Marke vertritt.«

»Aha«, sagt Hamish und mustert mich neugierig. »Soweit ich weiß, haben wir keinen Markenbotschafter.«

»*Tatsächlich?*« Ich gebe mich schockiert. »Sie wissen aber schon, dass alle großen Marken welche haben? Meiner Meinung nach ist es doch kurzsichtig, diese wundervolle Möglichkeit ungenutzt zu lassen.« Ich sehe, dass Hamish den Mund aufmacht, um etwas einzuwenden, also rede ich einfach weiter. »Glücklicherweise habe ich einen Klienten in meiner Obhut, der gerade verfügbar ist, und ich denke, er wäre ein sehr geeigneter Botschafter für Sie. Sieht sehr gut aus, sehr gepflegt, High Profile in der Finanzwelt. Er ist genau das, was Sie gerade brauchen.«

»Verzeihung, *worum* geht's?«, fragt Hamish verdutzt.

»Um ein Arrangement«, erkläre ich sanft. »Sie müssten nur das eine oder andere Kleidungsstück zur Verfügung stellen, vielleicht einen Anzug und einen Morgenmantel beispielsweise, und im Gegenzug würde er diese dann bei einer Reihe von High-Profile-Events tragen. Eine Win-win-Situation. Funktioniert immer.«

Eine Pause entsteht, während der Hamish mich mustert. Dann sagt er:

»Wie war noch Ihr Name?«

»Becky Brandon, geborene Bloomwood. Ich könnte ein oder zwei Stück jetzt gleich mitnehmen, wenn es das irgendwie einfacher macht«, füge ich beiläufig hinzu und greife nach dem Morgenmantel. »Am besten machen wir das so, und ich schicke Ihnen den Papierkram später rüber? Ich weiß, dass dieser Gentleman demnächst ein paar High-Profile-Events besucht, und da wäre es unbedingt in Ihrem Interesse, dass er diese Sachen trägt.«

»Einen Morgenmantel?«, sagt Hamish skeptisch und betrachtet ihn in meinen Armen. »Wie will er denn einen Morgenmantel bei einem High-Profile-Event tragen?«

Oh. Das hatte ich wohl noch nicht ganz durchdacht.

»Nun ... was *ist* denn heutzutage ein Morgenmantel?«, erwidere ich forsch. »Der eine nennt es ›Morgenmantel‹, der andere ›Smokingjacke‹ …«

»Das ist keine Smokingjacke«, unterbricht mich Hamish. »Das ist ein Morgenmantel.«

»Die alten Regeln gelten nicht mehr«, fahre ich fort, ohne auf ihn einzugehen. »Mein Klient könnte das Stück lässig zu seiner schwarzen Krawatte tragen … Er könnte sich für den legeren Look entscheiden … Er könnte den Mantel übers Jackett ziehen …«

»Einen Morgenmantel über ein Jackett?«, sagt Hamish angewidert.

»Warum nicht?«, sage ich trotzig und versuche, mir nicht den Moment vorzustellen, in dem ich Luke eröffne, dass er einen Morgenmantel über sein Jackett ziehen soll.

»Das ist ein sehr teures Stück«, sagt Hamish und nimmt mir den Morgenmantel aus den Armen. »Bitte fassen Sie ihn nicht mehr an. Wie heißt der Mann?«

»Luke Brandon von Brandon Communications«, sage ich stolz, und in Hamishs Augen macht es klick.

»Dann ist er Ihr Mann?«

Dreck. Ich hätte mir ein Pseudonym ausdenken sollen.

»Mag sein«, sage ich mit erhobenem Kinn. »Aber das ist unerheblich. Wir sind zutiefst professionell …«

»Und Sie versuchen nur, sich ein paar kostenlose Kleidungsstücke zu verschaffen«, fährt er fort.

Verletzt starre ich ihn an. Kostenlose Kleidung? Frechheit! Die sollten sich *freuen*, wenn Luke ihre Sachen trägt.

»Mir scheint, dass Sie das Prinzip eines Markenbotschafters gänzlich missverstanden haben«, sage ich von oben herab.

»Nein, ich glaube, ich verstehe ganz gut.« Hamish lächelt amüsiert. »Netter Versuch.«

Hmpf. Er wird mir den Morgenmantel nicht mitgeben, oder? Da kann ich ebenso gut aufgeben, solange ich noch die Oberhand habe.

»Na, wenn Sie meinen«, sage ich würdevoll, »dann werde ich jetzt gehen, und Sie werden sich auf ewig fragen, was hätte sein können. Auf ewig werden Sie denken: ›War Luke Brandon unser perfekter Markenbotschafter …?‹ Sie werden es noch bereuen, diese Gelegenheit aufgegeben zu haben. Im Grunde tun Sie mir leid.«

Ich werfe meine Haare zurück und mache mich auf den Weg zum Ausgang, halbwegs in der Hoffnung, dass er vielleicht ruft: »Warten Sie! Sie haben recht! Hier ist der Morgenmantel!«

Macht er aber nicht. Pah.

Ich schließe die Tür hinter mir und stampfe mürrisch die Straße entlang. Was soll ich jetzt machen? Ich beschließe, zu Fortnums zu gehen und eine Tasse Tee zu trinken. Wahrscheinlich bin ich nur unterzuckert. Ich werde dazu einen Scone oder so was essen.

Ich laufe vor mich hin, ohne weiter darauf zu achten, wohin ich gehe, und so wende ich mich in Richtung Piccadilly. Und während ich so vor mich hin spaziere, sehe ich ganz automatisch immer wieder in die Schaufenster – als mein Blick an etwas hängen bleibt. Mit offenem Mund stehe ich da. Mir schlägt das Herz bis zum Hals.

Ja! Ich habe das perfekte Geschenk gefunden! Etwas für die Reise.

Den perfekten Koffer.

Ich hatte schon immer eine Schwäche für hübsches Reisegepäck, seit jenem Tag, an dem Luke und ich gemeinsam Koffer ausprobiert haben, als wir uns noch kaum kannten. (Wie sich herausstellte, waren sie für Sacha de Bonneville, aber darauf möchte ich jetzt nicht weiter eingehen, und außerdem: *Wen* hat er geheiratet? Eben.)

Dieses Ding ist ein wahres Prachtstück – außen wie ein Koffer, innen wie ein Schrank, mit Kleiderbügeln und Fächern und allem, was dazugehört. (Ich bin mir ziemlich sicher, dass es dafür einen bestimmten Namen gibt, aber der will mir gerade nicht einfallen.) Es ist aus feinem dunkelbraunem Leder und *unfassbar* elegant.

Als ich mich ein wenig vorbeuge, traue ich meinen Augen kaum. Es ist mit seidigem Stoff gefüttert, mit einem sich wiederholenden Muster aus »LB«. Lukes Initialen! Und an der Seite ist noch mal »LB« eingraviert. Und – o mein Gott – am Griff baumelt ein »LB«-Anhänger aus Messing.

Staunend starre ich den Koffer an. Wie kann es sein, dass hier etwas derart Perfektes auf mich wartet? Haben die Götter der Weihnachtsgeschenke mich kommen sehen?

Ich blicke auf, um nachzusehen, vor welchem Geschäft ich stehe, aber es ist kein Geschäft. Der Koffer steht im Schaufenster von … was um alles in der Welt *ist* das hier? Verwundert betrachte ich die Fassade von etwas, das ein Wohnhaus zu sein scheint. Es ist ein weißes Stuckgebäude mit einer großen Eingangstür.

Da entdecke ich ein diskretes Metallschild an der Tür: *LONDON BILLIARD*, und darunter in kleinerer Schrift: *London Billiard and Parlour Music Club est 1816*. Ach so, na klar. Ein Club. Das ganze Viertel ist voll davon. Luke ist auch Mitglied in so einem noblen Londoner Club, und ein paar Mal hat er mich mitgenommen, aber da ist es todlangweilig. Es gibt weder Musik noch Mojitos.

(Fairerweise muss ich sagen, dass Luke es dort auch eher langweilig findet, aber er meint, es könne ihm geschäftlich nützen. Inwiefern es einem nützen soll, in einem alten Lehnstuhl zu sitzen und Potted Shrimp zu essen, weiß ich nicht, aber so ist es nun mal.

Wie dem auch sei. Ist ja egal, was es ist. Hauptsache, ich kann deren Kofferdingens kaufen. Ohne zu zögern, drücke ich auf die Messingklingel, und schon im nächsten Augenblick summt die Tür. Als ich eintrete, finde ich mich in einer Eingangshalle mit alten gemusterten Fliesen wieder. Ich sehe eine Treppe mit rotem Teppich und hinter einem Schreibtisch einen Mann, der aussieht wie 93 und in ein antikes Telefon spricht. Er legt eine Hand auf den Hörer und sagt: »Einen kleinen Moment, junge Dame«, dann spricht er weiter.

Da er beschäftigt ist, schlendere ich auf die andere Seite der Halle und werfe einen Blick durch zwei mächtige Holztüren in einen großen Raum. Ich sehe einen marmornen Kamin und reichlich alte Lehnstühle, genau wie in Lukes Club. Aber – o mein Gott –

im Vergleich dazu ist in Lukes Club der Teufel los. Zum einen ist dieser Saal halbleer. Zum anderen sehen hier alle aus wie 93. Selbst die jungen Leute. In meinem ganzen Leben sind mir noch nie so viele lederne Ellenbogenflicken begegnet.

Ich beobachte, wie ein verschrumpelter Kellner einen hölzernen Servierwagen voller Flaschen hereinrollt. Er bleibt an einem Lehnstuhl stehen und beugt sich herab, um einen der jüngeren 93-Jährigen anzusprechen.

»Sherry?«, tönt er mit Grabesstimme, und ich beiße mir auf die Lippe, um nicht laut loszukichern. Der Kellner sieht älter aus als alle anderen, sodass ich regelrecht erstaunt bin, dass er die Sherryflasche überhaupt heben kann.

»Junge Dame?« Als ich mich umwende, sehe ich, dass der Mann hinterm Schreibtisch mich zu sich heranwinkt, und laufe eilig zu ihm hinüber.

»Hallo!«, sage ich lächelnd. »Mein Name ist Becky Brandon, geborene Bloomwood. Ich habe Ihr zauberhaftes Kofferdingens im Fenster gesehen und würde es sehr gern kaufen. Bitte«, füge ich hastig hinzu. »Danke.«

Der Mann hinter dem Schreibtisch seufzt schwer.

»Junge Dame«, sagt er.

»Becky«, werfe ich ein.

»Becky«, wiederholt er abschätzig, als hätte er den Namen »Becky« noch nie gehört und würde ihn nicht mögen. »Ich fürchte, der ausgestellte Portmanteau …«

»Portmanteau!«, kann ich mir nicht verkneifen. »Ich wusste, dass es dafür ein Wort gibt!«

»Ich fürchte, es ist nicht verkäuflich. Es handelt sich dabei um den Preis unserer Weihnachtstombola.«

Eine *Tombola*? Das ist mal wieder typisch.

»Könnte ich dann bitte ein Los für die Tombola kaufen?«, frage ich. »Oder besser … gleich mehrere Lose?«

Spontan beschließe, so viele Lose zu kaufen, wie ich mir leisten kann. Irgendwer muss schließlich gewinnen, oder? Und was spricht dagegen, dass ich es bin?

»Die Tombola ist ausschließlich Mitgliedern vorbehalten«, sagt der Mann entmutigenderweise.

»Oh«, sage ich enttäuscht. »Okay. Verstehe.«

Wie kann ich das umgehen? Könnte ich einen der 93-Jährigen bitten, mir vielleicht zwanzig Lose zu kaufen? Ich könnte ihm Komplimente für seine Ellenbogenschoner machen und so mit ihm ins Gespräch kommen …

»Was kosten die Lose denn?«, frage ich beiläufig. »Nur so interessehalber.«

»Zwanzig Pfund«, sagt der Mann. Sprachlos starre ich ihn an.

Zwanzig Pfund? *Zwanzig Pfund?* Für ein Tombolalos? Das ist nicht in Ordnung. Das ist gegen alle Regeln. Wenn ich Mitglied in diesem Club wäre, würde ich mich beschweren.

»Gibt es sonst noch was?«, fragt der Mann und zieht die Augenbrauen hoch.

Ehrlich, er muss ja nicht gleich pampig werden. Fast fühle ich mich versucht zu sagen: »Allerdings, in Wahrheit bin ich Sherry-Inspekteurin und gekommen, um nachzuprüfen, ob Ihr Getränkewagen auch den gesetzlichen Anforderungen entspricht.«

»Ich glaube nicht«, sage ich schließlich. »Trotzdem vielen Dank. Wieso heißt der Laden eigentlich ›London Billiard‹?«, kann ich mir nicht verkneifen. »Wo ist der Teil mit der ›Parlour Music‹ geblieben?«

»Die Salonmusik ist nicht mehr«, sagt er missbilligend, wobei sich schwer sagen lässt, ob er Salonmusik überhaupt missbilligt oder allein den Umstand, dass sie nicht mehr ist.

Wenn man mich fragt, könnten die hier gut etwas Salonmusik brauchen.

Solange die Musik von Beyoncé wäre und der Salon eine Disco.

»Na, dann auf Wiedersehen«, sage ich. »Viel Glück mit Ihrem Billard.«

Etwas unwillig halte ich auf die Tür zu, mit festem Blick auf den Portmanteau. Er wäre so perfekt ... so *perfekt* ... Und da kommt mir ein neuer Gedanke.

»Verzeihen Sie«, sage ich und gehe noch mal zurück. »Wären Sie vielleicht so freundlich, mir den Namen und die Adresse desjenigen anzuvertrauen, der diesen Portmanteau gefertigt hat?«

Besonders stolz bin ich auf das »anzuvertrauen«. Es klingt angemessen hochtrabend.

Ich sehe dem Mann an, dass er nach einem Grund sucht, »nein« zu sagen, ihm aber nichts einfallen will.

»Nun gut«, sagt er schließlich. Er schlägt einen Ordner auf, blättert darin herum, kneift die Augen zusammen, um einen Namen lesen zu können, dann notiert er diesen umständlich auf einem Zettel. Es handelt sich um einen gewissen Adam Sandford mit einer Adresse in Worcestershire.

»Vielen, vielen Dank dafür.« Ich strahle ihn an.

Das ist sogar noch besser. Ich werde Luke einen ganz eigenen Portmanteau anfertigen lassen! Und um gleich Nägel mit Köpfen zu machen, schicke ich Adam Sandford eine kurze Mail, draußen auf dem Bürgersteig. Zufrieden mit mir beschließe ich, Hamleys Spielwarenhaus aufzusuchen. Ich nehme den Weg durch die Burlington Arcade, in der die prächtigsten Weihnachtsbäume voll riesiger roter Kugeln funkeln, und von dort auf die Regent Street, die vor leuchtenden Engeln erstrahlt.

Federnden Schrittes nähere ich mich den berühmten roten Bannern von Hamleys. Draußen vor dem Laden pustet eine Maschine Seifenbläschen in die Luft, Weihnachtslieder schmettern aus Lautsprechern, und zwei Elfen in gestreiften Strumpfhosen verteilen Einkaufskörbe. Schon will ich einen davon nehmen, als es in meiner Tasche summt und ich mein Telefon hervorhole. Er ist es! Adam Sandford hat mir schon geantwortet!

Doch als ich seine Nachricht lese, verfliegt meine Freude.

Liebe Mrs Brandon, geborene Bloomwood,

vielen Dank für Ihre Anfrage nach einem Portmanteau.

Gern würde ich Ihrem Mann einen solchen anfertigen, doch werden Sie verstehen, dass es seine Zeit dauert, ein derartiges Einzelstück in Handarbeit herzustellen.

Aus diesem Grunde führe ich eine Warteliste. In etwa 36 Monaten könnte ich Ihnen einen liefern. Würde das passen?

Mit freundlichen Grüßen
Adam Sandford

Sechsunddreißig Monate? *Drei Jahre?* Was nützt mir das?

»Verzeihung!«, sagt eine Frau mit etwa sechs Hamley-Tüten, und eilig wende ich mich ab. Niedergeschlagen gehe ich weiter, denke scharf nach. Nachdem ich diesen Portmanteau nun gesehen habe, kommen mir alle anderen Geschenkideen für Luke richtig lahm vor. Sollte ich Adam Sandford einen Besuch abstatten? Oder ihn bitten, mir einen anderen Portmanteau-Hersteller zu nennen? Aber wieso sollte er mir einen Rivalen empfehlen? Es sei denn natürlich, sein Sohn wäre auch in das Gewerbe eingestiegen …

Und da – aus heiterem Himmel – habe ich die Lösung.

Zwanzig Minuten später stehe ich wieder draußen vor dem *London Billiards and Parlour Music Club est. 1816.* Folgendes ist mein Plan: Ich werde Mitglied in diesem Club und nehme an der Tombola teil. Und wenn ich nicht gewinne, werde ich die Person, die gewonnen hat, überreden, mir den Koffer zu verkaufen! Wahrscheinlich braucht man Referenzen oder so was, um in den Club aufgenommen zu werden, aber ich bin mir sicher, da kann ich was improvisieren. Okay, los geht's.

Ich mache mich gerade, betrete den Club und marschiere direkt auf den Schreibtisch zu, hinter dem derselbe 93-jährige Mann sitzt, der vorhin schon dort saß. Er mustert mich misstrauisch, doch ich hole Luft, bevor er etwas sagen kann.

»Hallihallo! Mein Name ist Becky Brandon, geborene Bloomwood, und ich würde gern dem London Billiards and Parlour Music Club beitreten«, verkünde ich großspurig. »Meine Referenz ist Tarquin Cleath-Stuart, dessen Vorfahr das Billardspiel im Jahre 1743 erfunden hat.«

Das stimmt unter Umständen nicht so ganz, aber sie werden nie dahinterkommen, und außerdem kann ich Tarkie leicht überreden, es mir zu bestätigen.

»Er hieß Billiard Cleath-Stuart«, schmücke ich meine Geschichte zur Sicherheit aus. »Daher der Name ›Billard‹. Eine weitere Referenz ist Danny Kovits, der international bekannte Designer, außerdem ein angesehener Förderer des Billardspiels.«

Ich werde Danny dazu überreden, ein T-Shirt zu entwerfen, auf dem *I ♥ Billard* steht. Das macht er bestimmt.

»Meine dritte Referenz …«, setze ich an, doch der Mann hebt seine Hand. Die Liste meiner Referenzen scheint ihn nicht sonderlich zu beeindrucken. Offenbar möchte er zu Wort kommen.

»Junge Dame«, sagt er gereizt.

»Becky«, korrigiere ich ihn.

»Junge Dame«, wiederholt er mit Nachdruck. »Der London Billiard and Parlour Music Club ist nur Herren zugänglich.«

Ich starre ihn an. Er hat mir total den Wind aus den Segeln genommen. Nur Herren zugänglich? Das ist so was von unfair.

Ooh. Soll ich mich als Mann ausgeben? Soll ich sagen: »Eigentlich heiße ich gar nicht Becky. Hab's nur kurz vergessen. Ich heiße Geoff.«?

Nein. Damit darf er nicht durchkommen. Sie sollten den Club auch Frauen zugänglich machen. Wieso *sind* Frauen eigentlich nicht zugelassen?

»Nun, diesen Umstand möchte ich anfechten«, sage ich forsch. »Als Frau, die sowohl dem Billardspiel als auch der Salonmusik zugetan ist, empfinde ich es als diskriminierend, dass mich dieser Club ausschließt. An wen kann ich mich in dieser Sache wenden?«

Einen Moment lang sieht der Mann mich eisig an.

»Vorsitzender ist Sir Peter Leggett-Davey«, erklärt er schließlich. »Sie können ihm an diese Adresse schreiben.«

»Ich bin Ihnen sehr zu Dank verpflichtet«, sage ich mit einer kleinen Verbeugung. »Hiermit, Sir, verbleibe ich die Ihre etc. pp.«

Ich bin mir nicht ganz sicher, was ich damit sagen wollte, aber es kam so raus.

»Leben Sie wohl«, sagt der Mann abschließend.

»Danke gleichfalls«, wiederhole ich und fahre herum in der Absicht, einen eindrucksvollen Abgang hinzulegen, doch knalle ich aus Versehen mit meiner Tasche gegen seinen Schreibtisch und muss leider noch hinzufügen: »Oh, uups. Entschuldigung.«

Als ich auf die Straße hinaustrete, entwerfe ich im Stillen bereits Briefe an Sir Peter Leggett-Davey – und zucke schrecklich zusammen, als ich eine Hand an meinem Arm spüre und jemand zu mir sagt:

»Junge Dame, Sie waren fabelhaft!«

Ich fahre herum und sehe einen älteren Mann, der mich mit leuchtenden Augen betrachtet. Er ist groß und dürr, mit Leberflecken, längeren silbernen Haaren und einem violetten Paisleytuch um den Hals.

»Ich habe Sie eben sprechen hören und bin *voll und ganz* Ihrer Ansicht!«, sagt er leidenschaftlich. »Dieser Club lebt noch im Mittelalter! Schon lange bin ich auf der Suche nach einer gleichgesinnten Frau, mit der ich die Regeln herausfordern könnte, doch hatte meine Nichte leider kein Interesse daran.«

»Oh. *Ich* habe Interesse«, sage ich. »Definitiv.«

»Ich bin Edwin«, sagt der Mann, greift nach meiner Hand und schüttelt sie. »*Hocherfreut,* Sie kennenzulernen. Dürfte ich Sie kurz auf ein Getränk einladen, um mit Ihnen Ihre Bemühungen um eine Mitgliedschaft zu besprechen?«

»Sie meinen … da drinnen?« Ich deute auf den Eingang des Clubs.

»Selbstverständlich! Als mein Gast. Weibliche Gäste sind sehr wohl gestattet.«

»Na gut, okay!«, sage ich und strahle ihn an. »Danke. Nur habe ich nicht so viel Zeit, weil ich noch Weihnachtseinkäufe erledigen muss.«

»Ach, nur ein klitzekleines Gläschen«, sagt Edwin und nickt verschwörerisch. »Mein Wort darauf.«

Er führt mich zurück in den Club und trägt mich unter den missbilligenden Blicken des alten Mannes ein, während ich süffisant lächle. Dann geleitet er mich in den großen Salon mit den alten Stühlen, dem marmornen Kamin und dem Sherrywagen.

»Nun, suchen wir uns erst mal ein hübsches Plätzchen«, sagt er mit Blick in die Runde. Doch der Laden scheint sich gefüllt zu haben. Hinter jedem Sessel ragt ein Hosenbein hervor, oder über der Lehne ist eine Zeitung zu sehen.

»Lord Tottle?«, sagt ein Mann mit Schürze, der zu uns herüberkommt. »Ist alles zu Ihrer Zufriedenheit?«

»Sämtliche Stühle sind belegt«, sagt Edwin betrübt. »Keiner rührt sich von der Stelle. Baines dahinten wirkt eher tot als lebendig. Sie *müssen* besser darauf achten, dass die Mitglieder nicht in ihren Sesseln sterben, Finch.«

»Kommen Sie hier entlang, Mylord«, sagt Finch beschwichtigend und führt uns in einen anderen Raum, wo er uns vor einem Kamin platziert. »Soll ich den Sherrywagen herüberschicken?«

»Gute Güte, nein«, sagt Edwin entsetzt. »Wir wollen das gute Zeug. Kann ich Sie zu einem Gimlet verführen, Becky?«

»Ja!«, sage ich verdutzt. »Super! Danke!«

Dabei ist noch nicht mal Mittagszeit. Aber vielleicht wird mir ein Gimlet bei meinen Weihnachtseinkäufen helfen. Im Grunde bin ich mir da sicher.

»Finch ist auf unserer Seite«, murmelt Edwin, als Finch sich entfernt. »Wissen Sie, wir bemühen uns schon seit Jahrzehnten. Haben es nicht geschafft. Aber diesmal habe ich ein gutes Gefühl. Ich glaube, Ihnen könnte es gelingen. Ich werde natürlich Ihr Antragsteller sein, und ich suche Ihnen drei Unterstützer aus dem Club, denn die werden Sie brauchen.«

»Oh, danke.« Ich strahle ihn wieder an.

»Ich kenne die Familie Cleath-Stuart«, fügt er beiläufig hinzu. »Wusste gar nicht, dass die das Billardspiel erfunden haben.«

»Ach, es ist auch nur eine Legende«, sage ich eilig. »Eher so etwas wie ein moderner Mythos.«

Finch stellt unsere Drinks auf den Tisch, und Edwin erhebt sein Glas für einen Trinkspruch.

»Auf Ihre Mitgliedschaft!«, ruft er. »Wäre es Ihnen wohl recht, wenn ich Ihren Brief an Sir Peter entwerfe? Ich weiß genau, was man schreiben muss, um bei ihm die richtigen Knöpfe zu drücken. Der aufgeblasene Miesepeter.«

»Aber natürlich! Gerne!«

»Dann wird die Angelegenheit nämlich noch im Dezember auf der Jahreshauptversammlung behandelt.« Edwin betrachtet mich über seinen Drink hinweg, und mir fällt auf, dass er pinkfarbene emaillierte Manschettenknöpfe trägt. »Wären Sie bereit, sich bei einer Versammlung zu äußern, Becky? Ich würde Ihnen mit größtem Vergnügen eine Rede aufsetzen, wenn Sie diese mit Leidenschaft vortragen könnten.«

»Unbedingt«, sage ich entschlossen.

»Fabelhaft.« Er stößt noch einmal mit mir an. »Ich schicke Ihnen die Details, und wir beide gehen gemeinsam in den Ring. Ich bin ein Freund der Entrechteten, meine Liebe, war ich schon immer, und es würde mich sehr glücklich stimmen, wenn uns Erfolg beschieden wäre. Welch ein vortrefflicher Umstand, auf eine so eifrige Unterstützerin des Billardspiels zu stoßen«, fügt er hinzu und lächelt mich an. »So ungewöhnlich. So erfrischend.«

Oh, stimmt. Das mit dem Billard hatte ich schon ganz vergessen.

»Na ja«, sage ich nach einer Weile. »Sie wissen schon. Ich meine – *Billard.* Es ist so ...« Ausdrucksvoll breite ich die Arme aus. »Was kann man daran nicht mögen?«

»Exakt!«, sagt Edwin begeistert. Er schlägt die Beine übereinander, und mir fällt auf, dass er violette Strümpfe trägt, passend zu seinem Halstuch. »Einem anderen *aficionado* zu begegnen ist immer eine Freude.«

»Ich hätte nur noch eine Frage«, sage ich und versuche dabei, entspannt zu klingen. »Wann findet die Tombola statt?«

»Die Tombola?« Edwin sieht mich verwundert an.

»Die Weihnachtstombola. Ich habe in der Lobby etwas darüber gelesen.«

»Ach.« Edwins Stirn glättet sich. »Die. Ja, die findet normalerweise gleich nach der Jahreshauptversammlung statt. Da gibt es Glühwein und dergleichen. Feierliche Stimmung.« Er zwinkert mir zu. »Hoffen wir, dass wir diejenigen sind, die etwas zu feiern haben, meine Liebe!«

Selig lächle ich ihn an und schwenke meinen Gimlet. Langsam ergibt eins das andere. Ich werde zu der Jahreshauptversammlung gehen, die geniale Rede vorlesen, die Edwin mir schreibt, in den Club eintreten, an der Tombola teilnehmen und den Portmanteau gewinnen. Und Luke wird seinen Augen nicht trauen. Ha!

Noch immer leuchte ich innerlich, als ich wieder am Bahnhof Letherby bin. Ich hatte einen überragenden Nachmittag. Nicht nur bin ich einen Riesenschritt weitergekommen bei meinem Versuch, ein umwerfendes Geschenk für Luke zu finden, ich war auch noch mal bei Hamleys und habe ein fantastisch flauschiges Einhorn entdeckt, über das sich Clemmie bestimmt sehr freuen wird. Ich bin richtig gut im Rennen.

Eigentlich sollte ich Minnie bei Suze abholen, aber ich beschließe, vorher kurz zu Hause reinzuschauen und das Einhorn zu verstecken. Es ist ziemlich groß, aber ich kriege es gerade so niedergerungen.

»Becky.«

Als ich eine vertraute rauchige Stimme höre, zucke ich zusammen und wende mich um. Craig kommt aus dem Bahnhof geschlendert in derselben abgewetzten Lederjacke wie beim letzten Mal und schwarzen Jeans, die von Graffiti übersät sind.

»Oh, hi!«, rufe ich und verrücke das Einhorn, um ihn richtig sehen zu können. »Craig! Wie geht es dir?«

»Mir scheint, wir waren im selben Zug, ohne es zu wissen.« Er lächelt mich über das Einhorn hinweg an. »Komm, ich nehm dir was ab!«

»Oh. Danke.« Unbeholfen reiche ich ihm meine Tüten. Neugierig mustert er das Einhorn, dann folgt er mir die Hauptstraße entlang.

Craig läuft mit ganz anderem Rhythmus als Luke – tatsächlich hat alles, was er tut, einen anderen Rhythmus. Er ist viel bedächtiger. Und er lässt sich nicht aus der Ruhe bringen. Daran erinnere ich mich noch. (Ich fand das damals echt nervig.)

Er zündet eine Zigarette an, dann hält er sie mir hin. »Möchtest du?«

»Nein danke«, sage ich. Ich sehe, wie er inhaliert und eine Rauchwolke ausbläst, dann füge ich hinzu: »Und wie gefällt dir Letherby?«

»Es ist genau das, was ich brauche«, sagt er nachdenklich. »Schön ruhig, weißt du? Total verschlafen, mitten im Nirgendwo, nichts los. Perfekt.«

Fast ist mir, als müsste ich Letherby verteidigen. Es ist ja nicht so, als wäre hier *gar nichts* los. Es gibt den Dorfladen und Suzes Laden, und es gibt das *Lamb & Flag*, wo man sonntagmittags sehr gut essen kann. Aber darauf weise ich ihn nicht hin. Ich sage nur:

»Ja, dann ist es vermutlich das, was du brauchst.«

»Und wie.« Er nickt heftig. »Ich war gerade zwei Monate durchgehend auf Tour. Vorher war ich sechs Monate in Kiew. Und kennst du die Szene in Kiew?« Er wirft mir einen Blick zu. »Da geht's ab.«

Kiew? Ich weiß rein gar nichts über Kiew, nur dass ich schon mal Chicken Kiew gegessen habe. Aber das behalte ich lieber für mich.

»Oh, Kiew!« Ich nicke und gebe mir Mühe, weltenmüde und erfahren zu klingen. »O Gott, ja. Die Szene da. Extrem. Die ist einfach … irre!«

»Es ist das neue Berlin.« Craig bläst die nächste Rauchwolke aus.

»Ja«, stimme ich ihm leidenschaftlich zu. »Das sage ich auch immer. Es ist das neue Berlin.«

»Und erst Tiflis«, fährt Craig sinnierend fort. »*Das* hat eine tolle Szene.«

»Tiflis!« Ich nicke begeistert. »Total. Abgefahren. Das ist das neue Kiew«, riskiere ich.

Wo liegt Tiflis noch mal?

»Du kennst dich aus?« Interessiert sieht Craig mich an. »Wann warst du da?«

»Wann ich da war?«, sage ich und kneife die Augen zusammen, als versuchte ich, mich zu erinnern. »Hm. Bin mir gerade nicht sicher, *war* es Tiflis ... oder Teneriffa? Egal, hast du denn mit deiner alten Band noch was zu tun?« Eilig versuche ich, das Thema zu wechseln.

»Oje, nein.« Die bloße Vorstellung scheint Craig absurd. »Zu den Losern habe ich schon lange keinen Kontakt mehr. Aber hey, Becky.« Er blickt mir tief in die Augen. »Nächstes Wochenende fliegen wir mit ein paar Leuten nach Warschau, um einen neuen Club auszuchecken. Die Jungs von Blink Rage und noch ein paar andere ... Willst du nicht mitkommen?«

Sprachlos starre ich ihn an. *Er lädt mich ein, mit Blink Rage zum Feiern nach Warschau zu fliegen?* Für einen Moment bin ich in diesem Club, trage stahlblauen Lidschatten und traumhafte Schuhe (die ich mir noch kaufen müsste), hüpfe wild zu fetziger Musik herum, und die Leute nennen mich »Das Mädchen mit dem tollen Lidschatten«, nur eben auf Polnisch ...

Doch dann blinzle ich, und mir fällt ein, dass Minnie am Samstag Ballett hat. Und ich habe Suze versprochen, Sonntag den ganzen Tag auf ihre drei Kinder aufzupassen, damit sie mit Tarkie zu einer Trauerfeier für irgendeinen Freund der Familie gehen kann. Und wir kriegen eine Lieferung vom Supermarkt.

»Klingt verlockend«, sage ich bedauernd. »Aber ich bin voll eingespannt. Ein andermal vielleicht?«

»Klar«, sagt Craig auf seine entspannte Art. Wir gehen noch ein Stück, dann sagt er beiläufig: »Ich habe oft an dich gedacht, Becky. Hab mich gefragt, was du wohl so treibst.«

»Ich auch«, sage ich sofort. Das stimmt nicht so ganz, aber ich kann ja schlecht sagen: »Eigentlich hatte ich dich total vergessen.« Wir gehen noch ein paar Schritte, dann füge ich sorglos hinzu: »Und bin ich so, wie du es dir vorgestellt hast?«

»Hm.« Craig überlegt einen Moment, dann blickt er auf. »Ehrlich? Ich dachte, du wärst mehr … *edgy*.«

Ratlos starre ich ihn an. *Edgy*?

»Ich bin edgy!«, sage ich und gebe mir Mühe, fröhlich aufzulachen. »Mein Gott, ich bin so was von edgy!«

»Wirklich?«, sagt Craig verwundert. »Denn was ich sehe, ist ein verschlafenes Dorf, Ehemann, Kind, *Tweed* …« Er betrachtet das Einhorn. »Und was auch immer das sein mag.«

»Das ist ein Einhorn«, sage ich, woraufhin er die Augenbrauen hochzieht.

»Genau das meine ich.«

»Das ist doch nur ein Teil von mir!«, sage ich ein wenig aufgebracht. »Ich bin immer noch total edgy. Ich bin absolut … was auch immer. Was du willst. Affengeil. Spitzenmäßig. Astrein.«

O Gott, was *rede* ich da? Kein Mensch sagt mehr »astrein«, nur steinalte Hippies.

»Schon okay.« Er zuckt mit den Schultern. »Man baut sich ein Nest, kriegt Kinder, wird weich.«

»Ich bin nicht weich geworden!«

Ich versuche, meine Haare zurückzustreichen, um sie *edgiger* aussehen zu lassen, und wünschte, ich hätte ein Tattoo, das ich beiläufig vorzeigen könnte.

»Cool.« Craig lächelt, aber ich kann nicht sagen, ob er mich ernst nimmt. Wir kommen zur Abzweigung, die runter zu seinem Cottage führt, und bleiben auf dem Gehweg stehen.

»Soll ich dir das hier nach Hause tragen?«, fragt er und deutet auf das Einhorn.

»Nein, keine Sorge, ich komm schon zurecht.« Ich nehme es ihm ab. »Danke. Und denk an mich, wenn du mal wieder nach Warschau fliegst!«, füge ich hinzu. »Ich gehe immer noch gern auf Partys, ich bin immer noch *edgy* …«

»O Mrs Brandon!« Eine fröhliche Stimme grüßt mich, und als ich aufblicke, sehe ich Jayne, die Schulkrankenschwester, auf mich zukommen, die offensichtlich heute Abend noch was vorhat. »Was für ein süßes Einhorn!« Bewundernd streicht sie über die weiße flauschige Mähne. »Wie gut, dass ich Sie treffe, denn bei Schulschluss habe ich Sie wohl verpasst. Leider muss ich Ihnen mitteilen, dass eins der Kinder Läuse mit in die Schule gebracht hat.«

Läuse. Muss sie ausgerechnet *jetzt* damit anfangen? *Läuse?*

»Ach, du je«, sage ich eilig. »Na, vielen Dank …«

»Wir bitten alle Eltern, heute Abend die Kopfhaut ihrer Kinder zu untersuchen. Bedenken Sie dabei, dass die Eier *weiß* sind, die Läuse dagegen *braun*.« Sie strahlt Craig an. »Hallo!«

»Hi«, sagt Craig und wirkt amüsiert. »Na, dann mal viel Spaß damit. Bis bald, Becky.«

Er schlendert davon, und ich bin richtig frustriert. Das ist nicht fair. Es ist unmöglich, cool zu wirken, wenn man über Läuse spricht. Nicht mal Kate Moss würde das gelingen.

Endlich hört Jayne auf, mir zu erzählen, wie man einen Läusekamm benutzt, und wir wünschen einander einen schönen Abend. Dann mache ich mich weiter auf den Heimweg, mit dem Einhorn im Arm, und bin doch immer noch leicht empört. Ich weiß, es war nur eine beiläufige Bemerkung, aber Craigs Einschätzung ist mir doch unter die Haut gegangen.

Von: Myriad Miracle
An: Becky Brandon
Betreff: Ihr neues Abonnement!

Hi, Mrs Brandon (geborene Bloomwood),

willkommen beim Myriad Miracle Training System™!

Wir gratulieren zu Ihrer Entscheidung, Ihrem Leben neuen Schwung zu geben mithilfe unseres anerkannten Lifestyle & Gesundheitsprogramms, von Experten entwickelt.

Mit unserem Hightech »Exer-Monitor«™ wird unser Team in der Lage sein, Ihre tägliche Routine zu überwachen und zu lenken, indem wir mit unserer interaktiven App Ihren Aktivitätslevel steuern. Wir spornen Sie mit lustigen, motivierenden Nachrichten an sowie mit Ernährungstipps und einer täglich wechselnden

»Übung des Tages«.

Jeden Tag!

Sie haben sich für Ultra Miracle entschieden, dem höchsten Level unseres Programms. Sehr gut! Es bedeutet, dass wir Ihnen nicht nur eine wöchentliche Analyse Ihrer Übungen, Ihrer Ernährung und Ihrer Achtsamkeitsaktivitäten mailen, sondern Sie auch mit unbegrenzter Hilfestellung und der Möglichkeit für Skype-Realtime-Sessions ausstatten.

Mrs Brandon, Sie sind ein ganz besonderer Mensch. Genießen Sie das Leben. Genießen Sie die Steigerung Ihrer Lebensqualität. Genießen Sie den Erfolg von Myriad Miracle.

Mit ganzheitlichen Grüßen

Russ Danbuster
(Gründer)

ACHT

Ich bin immer noch edgy. *Bin* ich. Irgendwie. Oder nicht?

Auf dem Weg nach Shoreditch kann ich am nächsten Tag an nichts anderes als dieses Gespräch denken. Ich sehe immer noch Craigs mitleidigen Blick. Als wir aus dem Wagen steigen, bin ich so in dem Gedanken daran gefangen, dass mir herausrutscht:

»Luke, sehe ich edgy aus?«

»Nein, du siehst hübsch aus«, antwortet er etwas geistesabwesend, und ich bin doch leicht bestürzt.

»Dann findest du also, ich sehe scheiße aus«, sage ich verdrossen, und Lukes Kopf zuckt hoch.

»Was?« Er starrt mich an. »Becky, ich hab dir doch gerade gesagt, dass du hübsch aussiehst. Wie zum Teufel kannst du das so verdrehen, dass am Ende ›Ich sehe scheiße aus?‹ dabei herauskommt?«

»Du hast gesagt, ich bin nicht edgy. Edgy ist *gut.*« Ich gebe mir Mühe, ihn darauf hinzuweisen. »Es ist *gut.*«

»Oh«, sagt Luke verwundert. »Na dann – ja, du siehst *edgy* aus. Würde ich dir auf der Straße begegnen, würde ich sagen: ›Wow. Wenn die Frau mal nicht *edgy* ist!‹«

Hmpf. Er nimmt mich gar nicht ernst, oder?

Als wir auf das Gebäude zugehen, betrachte ich mein Spiegelbild kritisch in Autoscheiben. Okay, ich bin keine Studentin mehr. Ich feiere nicht mehr die Nächte durch. Aber steht es noch schlimmer um mich? Bin ich denn total uncool?

Mein neuer Satin-Jumpsuit ist ziemlich edgy. Aber dann betrachte ich die klobigen Stiefel, die ich zu meinen engen Jeans trage. Die sind schön bequem. Die sind praktisch. Da trifft mich die entsetzliche Erkenntnis, dass es »Muttistiefel« sind. Die müssen weg! Ich muss was unternehmen! Wieder edgy werden, bevor es zu spät ist.

»Hey, Luke«, sage ich beiläufig, als wir um die Ecke kommen. »Wir sollten mal ein Wochenende nach Warschau fliegen. Was meinst du?«

»*Warschau?*« Luke sieht mich fragend an – dann glättet sich seine Stirn. »Haben die da ein neues Shopping-Center eröffnet?«

»Nein!«, sage ich leicht gekränkt. »Ich meinte, wir sollten uns mal ein paar Clubs ansehen. Es gibt da eine tolle Underground-Techno-Szene«, füge ich lässig hinzu. »Wusstest du, dass LL Dee dieses Wochenende im Luzztro auflegt? Anscheinend ist sie dieses Jahr schwer angesagt.«

»Bitte wer?«, fragt Luke offensichtlich ratlos, und mich überkommt doch leichter Frust. Da versuche ich hier, edgy zu sein, und mein Mann hat noch nie von LL Dee gehört!

Na gut, okay, ich hatte auch noch nie von ihr gehört, bis ich gestern mal ein bisschen gegoogelt habe, aber wenigstens habe ich mich bemüht.

»Ich wundere mich doch sehr, dass du noch nie von LL Dee gehört hast«, sage ich. »Deine Branche ist die Kommunikation. Du solltest dein Ohr am Puls der Zeit haben.«

»Ich arbeite im Bereich Finanz-PR«, erwidert Luke höflich. »Techno-DJs sind nicht wirklich mein Metier.«

Ehrlich. Luke kann manchmal dermaßen engstirnig sein. Ich sehe ihn an, will es ihm eben sagen – da halte ich bestürzt inne. Ungefähr zum zehntausendsten Mal halte ich inne, seit er aus Madrid wieder da ist und sein Schnurrbart dermaßen … schnurrbärtig aussieht.

Ich gebe mir Mühe, offenen Geistes zu bleiben, wirklich wahr. Immer wieder rufe ich mir in Erinnerung, dass es für einen wohltätigen Zweck ist. Ich wünschte nur, die hätten diese Idee mit dem Schnurrbart nie gehabt.

Er ist noch nicht ganz ausgewachsen, und immer wieder betrachte ich ihn heimlich, um zu sehen, wie er sich wohl weiterentwickeln mag. Wird daraus einer von diesen dicken, buschigen, raupenähnlichen Dingern? Oder ganz schmal und dünn? Immer wieder google ich »Schnurrbart«, auf der Suche nach einem, den ich leiden mag, aber bisher habe ich nur welche gefunden, die ich *nicht* leiden mag.

»Kumma da Hase!«, unterbricht Minnie mich in meinen Gedanken und deutet auf eine Frau mit pink Haaren, die mit einem Buggy sportlich auf uns zukommt. »Ist in Schiebestuhl, Mami! In *Schiebestuhl*!«

Ich muss zweimal hinsehen, bis ich merke, dass Minnie recht hat – die Frau schiebt ein lebendiges Kaninchen im Buggy vor sich her. Ich sehe der Frau hinterher, dann tausche ich einen Blick mit Luke. So was kriegt man in Letherby definitiv nicht zu sehen.

Ich war erst ein paar Mal in Shoreditch, und es wirkt auf mich immer noch exotisch. Es ist eher wie der Meatpacking District von New York als London, überall rote Backsteinhäuser und Graffiti und überall interessante Shops und Leute, die Kaninchen in Buggys vor sich herschieben.

Plötzlich wird mir bewusst, dass meine Eltern in einer hipperen Gegend wohnen als ich. O Gott. Das ist doch bestimmt gegen die Naturgesetze, oder? Eltern sollten *weniger* cool sein als ihre Kinder.

Sollten wir auch so bald wie möglich nach Shoreditch ziehen? Oder vielleicht sogar irgendwohin, wo es noch edgiger ist als in Dalston? Am liebsten würde ich sofort mein Telefon zücken und »edgy Postleitzahl London richtig cool« googeln. Doch während ich noch darüber nachdenke, weiß ich gar nicht mehr, ob ich das wirklich möchte. Minnie ist so glücklich in ihrer Schule, und es ist toll, so nah bei Suze zu sein. Und außerdem kann ich ja auch in Letherby hip sein, oder?

»Sind die Geschenke beide für deine Eltern?«, fragt Luke mit Blick auf die Tüten in meiner Hand.

»Der Sekt ist für meine Eltern, aber das hier ist ein Willkommensgeschenk für Jess«, sage ich und hebe die kleinere eckigere Tüte an. »Kräuterkörperlotion.«

»Ein Geschenk für Jess!«, ruft Luke aus. Er klingt amüsiert. »Ist das nicht ein eher riskantes Unterfangen?«

»Es ist vegan«, erkläre ich. »Es wurde von einem Kollektiv hergestellt. Es *muss* ihr einfach gefallen.«

Ich weiß, warum Luke sich amüsiert. Einige wenige Male habe ich mich in der Vergangenheit leicht vertan, als es um ein Geschenk für Jess ging. Wie damals, als ich ihr dieses neue Hightech-Mascara geschenkt habe und sie mir – statt zu sagen: »O toll, danke!«, wie jeder normale Mensch es tun würde – diesen endlosen Vortrag über die mangelnde Umweltverträglichkeit von Kosmetika gehalten hat.

Aber heute kriegt sie von mir das würdigste Geschenk der Welt. Es ist vegan und öko, *und* es hat diese schleimgrüne Farbe. Offen gesagt bin ich ganz zufrieden mit mir.

»Da wären wir.« Luke kommt zum Stehen und mustert ein paar Doppeltüren. »*The Group*.«

So nennt sich das Gebäude, in dem meine Eltern jetzt wohnen. Es sieht aus wie eine alte Fabrik mit schwarzen metallenen Fensterrahmen und gemauerten Bogen und einem Wandgemälde von Elefanten. Als ich an der Fassade hochblicke, bin ich doch beeindruckt.

»Tja«, sagt Luke. »Ich freue mich für deine Eltern. Das sieht super aus.«

»*Richtig* super!«

»*Leben, Arbeit, Entspannung*«, liest Luke von einem Schild vor. »›So wohnt man heute.‹ Kann man hier irgendwo klingeln?«

Eben sehe ich mich nach einem Klingelbrett um, als die Tür aufgeht und Mum herausgestürmt kommt.

»Ihr habt es gefunden! Willkommen!«, kreischt sie aufgeregt. »Janice und Martin sind schon da und Jess natürlich, und Dad macht Espresso-Martinis!«

Espresso-Martinis?

Ich will schon sagen: »Seit wann versteht Dad was von Espresso-Martinis?«, da wird mir plötzlich klar, was Mum da anhat. Sie trägt eine weite orangefarbene Hose, die aussieht, als gehörte sie einem buddhistischen Mönch, und dazu ein T-Shirt mit dem Spruch *Der Clown ist die wichtigste Mahlzeit am Tag.*

Die ... was?

Als Mum merkt, dass ich ihr Outfit anstarre, strahlt sie.

»Ist meine neue Hose nicht super, Liebes? Ich habe sie von einem Stand in der Brick Lane. So was von bequem. Kommt rein, ich zeige euch unser neues Zuhause!«

Sie führt uns durch eine Lobby mit nacktem Mauerwerk und Eisennieten überall, dazu Neonschilder, auf denen »Work«, »Play« und »Relax« steht.

»Das hier ist also einer unserer Regenerationsbereiche ...« Sie drückt eine Tür auf zu einem Raum voller Sitzsäcke und niedriger Sofas. Er ist schummrig beleuchtet, es läuft leise Musik, und in der Ecke scheint ein junger Typ mit Dreadlocks eingeschlafen zu sein. Minnie will sofort auf einen der Sitzsäcke stürzen, doch Luke beugt sich vor und fängt sie gleich wieder ein.

»Entschuldige die Störung, Kyle!«, flüstert meine Mutter und schließt die Tür wieder. »So ein Sitzsack ist wunderbar«, fügt sie hinzu. »Super für meine Ballenzehen! Jetzt zeige ich euch den Dachgarten ...«

Bevor ich etwas einwenden kann, führt sie uns einen kleinen Flur entlang und drückt eine Tür auf, die zu einer coolen Terrasse hinausführt. Überall hängen Pflanzen, es gibt Gartensofas und eine Feuerstelle.

»Wow!«, sage ich bewundernd.

»Es ist schön hier«, sagt Mum und scheint zufrieden mit sich. »Die Bienen sind oben auf dem Dach. Und guck mal, da drüben gibt es einen Schuppen, in dem Dad sein Einrad abstellen kann.«

»Sein *was?*«

»Er nimmt an einem Zirkus-Workshop teil«, sagt sie strahlend. »Ein großer Spaß. Und hier ist jetzt unser ›Herzstück‹.«

Sie schiebt uns in einen großen hellen Raum mit Oberlichtern und einem riesigen Holztisch in der Mitte. Etwa zehn Leute tippen auf Notebooks ein, die meisten tragen Kopfhörer. Einige heben die Hand zum Gruß und sagen: »Hey, Jane.«

»Hey, Lia«, antwortet Mum fröhlich. »Hey, Tariq. Das sind meine Tochter Becky, ihr Mann Luke und meine Enkeltochter Minnie.«

»Hi«, sage ich, hebe freundlich eine Hand und lächle in die Runde.

»Liebes«, raunt mir Mum ins Ohr. »Ein kleiner Rat? Hier sagt niemand ›Hi‹. Das ist ein bisschen altmodisch. Alle sagen ›Hey‹.«

»Oh. Okay«, sage ich verwundert.

»Was für Geschäfte werden hier gemacht?«, erkundigt sich Luke mit Blick auf all die Notebooks.

»Viele Start-ups«, sagt Mum. »Es könnte sogar sein, dass Dad und ich auch so ein kleines Start-up-Unternehmen gründen«, fügt sie strahlend hinzu. »In unserer Freizeit. Es ist ziemlich ›angesagt‹.«

»Wunderbar!«, sagt Luke, und sein Mundwinkel zuckt ein wenig. »Gute Idee.«

»Aber jetzt lasst uns mal raufgehen«, sagt Mum. Sie drängelt uns aus dem »Herzstück« zu einem altmodischen, klappernden Fahrstuhl. »Es gibt was zu trinken, und dann haben wir einen Tisch zum Brunch reserviert. Jess ist schon ganz aufgeregt«, fügt sie hinzu. »Sie kann es gar nicht *erwarten*, euch zu sehen.«

»Hat sie das so gesagt?«, frage ich erstaunt, denn normalerweise sagt Jess nichts derart Überschwängliches.

»Na ja, vielleicht nicht«, räumt Mum nach kurzer Überlegung ein. »Aber ich bin mir sicher, dass sie das *gemeint* hat.«

Okay. Nur um es mal gesagt zu haben: Es gibt Menschen, die – wenn sie ihre Halbschwester nach ewigen Zeiten endlich wiedersehen – ihr vielleicht entgegenlaufen und sie in die Arme schließen. Aber mittlerweile habe ich mich an Jess gewöhnt. Als Mum uns in die Wohnung führt, blickt Jess von ihrem Drink auf, hebt eine Hand und sagt:

»Hi, Becky«, mit ihrer ruhigen, ausdruckslosen Stimme.

Mal ehrlich. Meint sie, ich sage genauso ausdruckslos »Hi, Jess«, und das soll dann unsere ganze Begrüßung gewesen sein?

»Jess!« Eilig laufe ich zu ihr hinüber und drücke sie fest an mich, ob sie will oder nicht. Sie fühlt sich schmaler und sehniger an als je zuvor, ihre Haut ist braun gebrannt, die Haare sind von der Sonne ganz ausgeblichen.

»Wo ist Tom?« Ich sehe mich um. »Ist er hier?«

»Nein«, sagt Jess.

»Wie kommt das?«, frage ich überrascht – und bin doch leicht in Sorge, als ich sehe, wie Jess sich windet.

Jess windet sich nie. Sie ist wie Granit. Ist irgendwas los?

»Tom hatte noch ein paar Sachen in Chile zu regeln«, sagt sie steif, ohne mich dabei anzusehen. »Du weißt, dass er da drüben für eine Wohlfahrtsorganisation arbeitet? Er kommt, sobald er kann. Natürlich möchte er auch seine Eltern sehen, also …«

Ihr Satz verklingt, als wüsste sie nicht, was sie als Nächstes sagen soll, was für sie auch eher untypisch ist.

»Oh. Okay«, sage ich. »Schade, dass ihr nicht zusammen fliegen konntet.«

»Ich hatte zugesagt, ein paar Vorträge über magmatisches Gestein zu halten«, entgegnet Jess leidenschaftslos. »Die Termine standen schon lange fest.«

»Aha.« Ich nicke wissend, als wüsste ich, was magmatisches Gestein ist. »Na gut, wie dem auch sei … Willkommen!«

»Tante Jess!« Minnie umklammert ihre Beine, und auch Luke kommt herüber, um ihr einen Kuss zu geben, und Jess' Wangen glühen etwas, als könnte sie nicht anders, als sich zu freuen. Vielleicht muss sie nur mal ein bisschen aufgeheitert werden.

»Wie war dein Flug?«, frage ich. »Hast du Jetlag? Ich habe einen kleinen Willkommensgruß für dich …«

Ich reiche Jess das Geschenk, und während sie es auswickelt, sehe ich mich in der Wohnung um. Die Fenster reichen vom Boden bis zur Decke, daneben ein petrolfarbenes Samtsofa und überall beeindruckende Lichtarrangements. Und da ist Dad, in abgewetzten Jeans und einem langärmligen grau melierten T-Shirt, mixt Espresso-Martinis an der kupfernen Cocktailbar, während Janice und Martin auf stählernen Barhockern sitzen.

Ich kann nicht anders, als Dad anzustarren, genau wie ich Mum angestarrt habe. Mein Dad trägt keine langärmligen T-Shirts. Er trägt keine Jeans. Der entspannteste Look, in dem ich ihn je gesehen habe, war in einem Poloshirt vom Golfclub.

»Herzlichen Glückwunsch zur neuen Wohnung, Dad!«, sage ich, reiche ihm den Sekt und gebe ihm einen Kuss. »Toll habt ihr es hier!«

»Gefällt es dir, Becky?« Dad strahlt.

»Es ist so *anders*!«

»Es *ist* anders, nicht?«, sagt Janice mit bebender Stimme. »Ganz anders.« Sie trägt ein besonders blumiges Kostüm mit kariertem Rock und wirkt ein wenig fehl am Platz, wie sie da auf ihrem Barhocker kauert und sich nervös umsieht, als fände sie sich mitten in der Wüste Gobi wieder.

»Espresso-Martini, Martin!«, sagt Dad fröhlich und reicht ihm ein Cocktailglas. Skeptisch starrt Martin es an, dann nimmt er einen kleinen Schluck.

»Ganz erfrischend«, sagt er nach kurzer Pause.

»Minnie, Schätzchen, hier ist ein Saft für dich …« Dad reicht ihr einen Trinkbecher, und sie strahlt selig, lässt sich im Schneidersitz nieder und fängt an zu trinken. »Und einen Gin Tonic für dich, Janice, stimmt das? Was denn für ein Sorte Gin?«

»Was für eine *Sorte* Gin?« Janices Augen gehen hin und her, als wäre das eine Fangfrage. »Äh … Gordons?«, wispert sie.

»Janice!«, tadelt Dad sie im Scherz. »Trau dich mal was! Wir waren neulich bei einer Gin-Probe. Der hier ist japanisch.« Er schwenkt eine Flasche nach Janice. »Probier *den* mal!«

»Wundervoll!«, sagt Janice verunsichert. »Ist bestimmt lecker.« Sie beobachtet Dad dabei, wie er eine Gurke aufschneidet, dann fügt sie hinzu: »Wir haben euch beim Bridgeclub vermisst. Alle haben gesagt: ›Wie schade, dass die Bloomwoods nicht da sind!‹«

»Wir werden Pokerabende organisieren!«, sagt Mum, geht zur Bar hinüber und reißt eine Tüte Rote-Bete-Chips auf.

»Poker!«, sagt Janice. »Du meine Güte!«

»Danke, Becky«, höre ich Jess' Stimme hinter mir, und als ich mich umdrehe, sehe ich, dass sie die Flasche mit der schleimgrünen Bodylotion in der Hand hält.

»Na, was sagst du dazu?«, frage ich eifrig und suche in ihrem Gesicht nach einem Hinweis auf Freude. »Die Lotion ist vegan, die Flasche aus recyceltem Glas und die Schachtel aus wiederverwendbarer Pappe.«

»Habe ich gesehen.« Sie nickt ausdruckslos. »Danke.«

Ich bin doch leicht gefrustet. Könnte Jess nicht nur ein *einziges* Mal ausrufen: »O mein Gott, ich liebe es!«, und mich in die Arme schließen?

»Ich weiß ja, dass du Konsumverweigerin bist und alles«, füge ich hinzu. »Aber ich dachte, das wäre okay, denn es wurde von einem Frauenkollektiv hergestellt.«

»Ja. Ich habe das Label gelesen.« Jess nickt. »Das ist eine gute Initiative.«

Ich blicke in ihr ausdrucksloses Gesicht, warte darauf, dass sie noch etwas sagt. Ich weiß, es ist echt jämmerlich von mir, aber ich brauche ihre Zustimmung. Ich möchte, dass sie sagt: »Wow, Becky, das ist das perfekte Geschenk!«

»Du musst zugeben, dass es ein wirklich umweltfreundliches Produkt ist«, sage ich lächelnd. »Erfüllt sämtliche Kriterien. Es ist ziemlich perfekt, oder? Dagegen kann doch keiner was haben.«

»Na ja«, sagt Jess, dann schweigt sie.

»Was?« Mit zusammengekniffenen Augen starre ich sie an.

»Ich weiß es zu schätzen, Becky. Es war sehr einfühlsam und großzügig von dir. Du bist immer sehr großzügig. Vielen Dank.« Sie stellt die Flasche auf ein Beistelltischchen. »Was gibt es denn Neues? Wie geht es Minnie in der Schule?«

Sie weicht meiner Frage aus.

»Was?«, will ich wissen. »Was stimmt nicht mit meinem Geschenk? Wieso ist es nicht perfekt? Sag es mir!«

Jess seufzt. »Also, die Verpackung ist problematisch. Aber das wird dir wohl selbst klar sein.« Sie deutet auf die beschichtete Schachtel.

»Die ist voll recycelbar«, sage ich verdutzt. »Ich habe extra nachgesehen. Da steht: ›Voll recycelbar‹.«

Jess starrt mich mit leerem Blick an. »Wir können uns aus der katastrophalen Plastikverschmutzung nicht ›herausrecyceln‹, die unseren Planeten mit gedankenloser Konsumwut heimsucht. Wie gesagt, du hast dir wirklich Gedanken gemacht.«

Ich merke, wie ich in mich zusammensinke. *Super.* Jedes Mal, wenn ich denke, jetzt bin ich grün genug für Jess, ist sie noch grüner geworden. Im Stillen schwöre ich mir, ich werde ihr zu Weihnachten etwas so Grünes schenken, wie sie es noch nie bekommen hat. Ich schenke ihr … Laub.

Ein Summer ertönt, und Mum nimmt den Hörer der Gegensprechanlage ab. »Hallo? O Suzie! Komm doch rauf! Dritter Stock!«

»Wie ich sehe, bist du auf Gesichtsbehaarung aus, Luke!«, sagt Dad jovial. »Sehr ›hip‹. Wie findest du denn Lukes Schnäuzer, Becky?«

Abrupt blicke ich auf und merke, dass mich alle anstarren. Scheiße. Okay, ich sollte auf seiner Seite sein.

»Ich finde, es ist eine lobenswerte Sache für einen guten Zweck«, entgegne ich, um der Frage auszuweichen, »und alle sollten Luke unterstützen.«

»Wir könnten dir zu Weihnachten Bartöl schenken, Luke!«, sagt Janice, und mein Lächeln wird zu einem starren Ausdruck der Bestürzung. *Bartöl?*

»Bis dahin kommt er ab«, sage ich etwas zu schnell.

»Na ja«, sagt Luke, während er unsicher über seine Oberlippe streicht. »Das war die Idee. Aber wenn er dir gefällt, Becky …«

Gefällt?

»Gefällt er dir denn, Liebes?«, fragt Mum interessiert.

Aaah! Ich fühle mich total in die Ecke gedrängt. Ich möchte nichts Negatives sagen, aber wie könnte ich behaupten, dass er mir gefällt? Verheiratete Ehepaare sollten in Gesellschaft nicht über Bärte diskutieren. Das sollte als Verstoß gegen die allgemeine Etikette gelten.

»Neulich hast du gesagt, der Bart sieht super aus«, fügt Luke hinzu.

»Stimmt«, quieke ich etwas schrill. »Ja. Das habe ich wohl, nicht?«

»Na also!«, sagt Mum, als sie Luke und mir je einen Espresso-Martini reicht. »Apropos Weihnachten. Wollen wir den Ablauf besprechen?«

»Lass uns noch auf Suze warten«, sage ich. »Die Cleath-Stuarts kommen auch!«

»O gut!«, ruft Mum. »Das wird ein so schöner Tag. Überleg nur mal, Graham! Kein Kochen, kein Schmücken … Becky macht einfach alles!«

»*Alles?*«, wiederhole ich bestürzt.

Ich weiß ja, dass ich an Weihnachten die Gastgeberin bin, aber will Mum nicht irgendwas übernehmen? Oder vielleicht … das meiste?

»Becky, Liebes, wir wollen dir nicht im Weg sein«, sagt Mum großzügig. »Es ist *dein* Weihnachtsfest.«

Bevor ich antworten kann: »Ich teile gern«, klingelt es an der Wohnungstür. Dad reißt sie auf.

»Suze, meine Liebe!«, ruft er. »Willkommen in unserem neuen Heim!«

»Wow«, sagt Suze mit tellergroßen Augen, als sie

eintritt und sich umsieht. »Einfach nur *wow*. Diese Wohnung! Und, Jess, du bist hier, und Jane, du siehst fantastisch aus und … o mein Gott, Luke!«, sagt sie, als wäre er die größte Überraschung von allen. »Du hast einen *Bart*.«

»Becky mag ihn«, sagt Janice eifrig, und Suzes Blick schwenkt staunend zu mir herüber.

»*Wirklich?*«

»Vorerst«, räume ich eilig ein. »Ich mag ihn vorerst. Man kann Sachen auch vorübergehend mögen. Man kann sie richtig gern mögen und dann … nicht mehr so sehr.« Ich räuspere mich. »So was gibt es.«

»Hm«, macht Suze und wirkt etwas verwirrt. »Ich hätte nie gedacht …« Sie stutzt. »Ich meine – absolut. Steht dir, Luke. Es ist … Es ist nur …« Sie scheint nach Worten zu suchen. »Wow!«

Als wir die High Street von Shoreditch entlang zu dem Restaurant spazieren, in dem wir brunchen wollen, läuft Minnie an meiner Hand, und wir bleiben mit Suze und Jess etwas zurück, lassen die anderen schon mal vorgehen.

»Habt ihr den Spruch auf dem T-Shirt von eurer Mutter gesehen?«, will Suze wissen, sobald Mum außer Hörweite ist. Sie klingt, als würde sie gleich einen Lachkrampf kriegen, was ich sehr gut nachempfinden kann.

»Ich weiß!«, sage ich. »Gott sei Dank kann Minnie noch nicht lesen!«

»Und Espresso-Martinis.«

»Und Zirkustricks.«

Dad hat uns was mit seinem neu erworbenen Diabolo vorgeführt, kurz bevor wir zum Essen aufgebrochen sind. Alle haben applaudiert und »Zugabe!« gerufen, und Janice hat nur einmal gekreischt, als das Diabolo um ein Haar Martin am Kopf getroffen hätte.

»Ich finde, alle Rentner sollten nach Shoreditch ziehen«, sagt Suze. »Das scheint's ja zu bringen.«

Jess ist bisher schweigend mitgelaufen, doch jetzt sagt sie: »Es ist wirklich großzügig von deinen Eltern, mir ihr Haus zu überlassen. Das wäre nicht nötig gewesen.«

»Oh, aber sie wollten es gern«, sage ich eilig. »Sie amüsieren sich hier prima! Für die beiden ist es ein Abenteuer. Was glaubst du, wann Tom nachkommt?«, füge ich beiläufig hinzu, um das Gespräch in Gang zu halten – und wieder verzieht Jess kurz das Gesicht, genau wie vorhin.

»Weiß nicht genau«, sagt sie. »Sobald er … Er will noch …« Sie schweigt, als wollte sie sich Zeit verschaffen. »Weiß nicht. Bin mir nicht sicher.«

Okay. Das war eine seltsame Reaktion. Jess kneift den Mund zusammen und starrt stur geradeaus. Ich sehe Suze an, und die wirkt auch leicht verwundert.

»Wie läuft denn Toms Arbeit in Chile?«, frage ich vorsichtig.

»Ja. Gut.«

»Und gibt es was Neues wegen der Adoption?«, frage ich besonders vorsichtig.

»Nein, nichts.« Jess kneift den Mund noch fester zusammen, und ich sehe, dass sie die Hände zu Fäusten ballt.

Ich habe so ein komisches Gefühl im Magen. Meine Schwester ist noch einsilbiger als sonst. Trauer spricht aus ihren Augen. Und ich weiß ja, wir sind nur Halbschwestern, aber wir haben definitiv eine seelische Verbindung. (Einmal haben wir haargenau denselben Schrank gebaut, ihrer für Steine, meiner für Schuhe.) Ich spüre, dass ich sie sehr gut kenne, und im Moment bin ich mir ziemlich sicher, dass zwischen ihr und Tom irgendwas nicht in Ordnung ist.

Besorgt sehe ich sie an, möchte am liebsten meine Arme um sie schlingen und sagen: »Jess, was ist los? Geht es um Tom? Er war schon immer ein bisschen seltsam, das darfst du nicht so ernst nehmen« Aber ich bin mir nicht sicher, wie sie darauf reagieren würde. Sie ist kein Mensch, der gern plaudert. Ich lasse es lieber langsam angehen.

»Übrigens, Suze«, sagt Jess mit starrem Blick geradeaus. »Wir haben uns gar nicht mehr gesehen, seit deiner … seit deinem Verlust. Hat mir leidgetan, das zu hören.«

»Danke«, sagt Suze, und auch ihr Blick verdüstert sich. »Es war … Du weißt schon. Ist eben passiert.« Sie wirft mir einen Blick zu, und ich lächle verkniffen.

Eine Weile laufen wir schweigend, und ich bin mir ziemlich sicher, dass wir alle an Kinder denken. Wehmütig denke ich: »Ob Luke und ich wohl noch mal ein Kind bekommen werden?« Aber sofort habe ich ein schlechtes Gewissen, weil Minnie mir anscheinend nicht genügt, und ich drücke ihre Hand, um ihr meine Liebe zu versichern.

Da fällt mir ein, dass Jess vielleicht gar nicht an Kinder denkt, sondern: »Wie soll ich bloß den anderen beibringen, dass Tom und ich uns getrennt haben?«

Bei dem Gedanken wird mir ganz kalt – aber gleichzeitig kann es nicht wirklich überraschen. Bestimmt ist es schwierig für die beiden, so weit weg zu wohnen. Und sie müssen viel arbeiten. Und Tom ist umgeben von hübschen jungen Helferinnen in khakifarbenen Hotpants (vermute ich). Vielleicht hat er sich in eine von ihnen verliebt.

Oder hat Jess sich in einen Typen in khakifarbenen Hotpants verliebt? Oder in ein Mädchen in khakifarbenen Hotpants?

Ist doch alles möglich.

Ich sehe noch mal zu Jess hinüber und überlege, ob ich das Thema weiter vorantreiben sollte. Aber sie ist gerade erst wieder zurück, und wir sind nicht allein. Ich beschließe, lieber mal mit ihr was trinken zu gehen, um unter vier Augen mit ihr zu reden. Nur wir zwei, ganz ruhig und entspannt. Da wird sie sich schon öffnen.

»Bex, wieso bist du bloß so unfit?«, sagt Suze. »Du schnaufst ja richtig!«

»Oh.« Benommen blicke ich auf. »Ich dachte nur gerade an … na ja. So *Sachen.*« Ich frage mich, ob Jess meine empathischen, schwesterlichen Gedanken spüren kann, aber sie schenkt mir nur einen ausdruckslosen Blick und sagt:

»Du solltest es mit intensiven Workouts versuchen. Ausdauertraining ist nicht so dein Ding, oder?«

Augenblicklich ist meine ganze Empathie verflogen. Ausdauertraining ist nicht so mein Ding? *Wie bitte?*

»Tatsächlich habe ich sogar einen neuen Online-Personal-Trainer«, sage ich erhaben. »Ich nehme an einem maßgeschneiderten Übungsprogramm teil.«

»Wow!«, sagt Suze. »Ich wusste gar nicht, dass du so was machst.«

»Na ja, ich habe mir für Weihnachten dieses neue Kleid gekauft«, erkläre ich. »Alexander McQueen. 70 % billiger.«

»Alexander McQueen!« Suze macht große Augen.

»Genau! Aber es ist ein klitzekleines bisschen zu klein. Also dachte ich mir, ich nehme mir einem Personal Trainer, um in das Kleid reinzupassen, und außerdem tue ich noch was für die Gesundheit. Win-win.«

Jess runzelt die Stirn.

»Was kostet dieses Fitnessprogramm?«, fragt sie. »Am Ende ist das alles doch bestimmt viel teurer, als wenn du von vornherein einfach ein Kleid gekauft hättest, das dir passt. Oder besser noch – du hättest auch ein Kleid aus deinem Schrank nehmen können.«

Ich hatte ganz vergessen, dass Jess diese Angewohnheit hat, nervige Fragen zu stellen und einen dann anzustarren, ohne zu blinzeln. Als Nächstes sagt sie: »Wieso machst du nicht einfach jeden Tag hundert Liegestütze«, oder »Wieso ernährst du dich nicht von Kartoffeln und Wasser?«

»Gesundheit ist unbezahlbar«, sage ich forsch. »Es ist eine Investition.«

In diesem Moment winkt Mum uns vom Eingang des Restaurants aus zu und ruft: »Hier ist es! Hereinspaziert!«

»Warte«, sagt Suze. »Bevor wir reingehen, Bex, muss ich kurz mit dir reden über … etwas. Jess, wärst du wohl so nett? Könntest du Minnie mit reinnehmen?«

Suze wartet, bis Jess im Restaurant verschwunden ist, mit Minnie an der Hand. Dann dreht sie sich zu mir um und sagt halblaut: »Was hältst du denn nun wirklich von Lukes Bart?«

»Ich hasse dieses Ding«, knurre ich. »Aber ich möchte die Aktion unterstützen.«

»Verstehe.« Suze nickt, und dann, als wir das Restaurant betreten, schenkt sie Luke ein strahlendes Lächeln.

»Ach übrigens, Luke«, sagt sie. »Schicker Schnäuzer!«

Es kommt mir vor, als würde es eine volle Stunde dauern, bis wir alle unseren Brunch bestellt haben, zum Teil, weil Janice »Chia« nicht aussprechen kann und Martin keine Kurkuma in seinem Mango-Smoothie möchte, wohingegen Mum einen Extraspritzer Spirulina in allem haben möchte, sogar in ihrem Becher Tee. Dad bestellt auf übertrieben lässige, etwas unsichere Weise Avocadocreme auf Sauerteigbrot, und Mum sagt zu mir: »Er isst jeden Tag eine Avocado, Becky! Ausnahmslos jeden Tag!«

Zu guter Letzt hat unser Kellner alle Bestellungen aufgenommen, wir trinken Saft oder Kaffee, und Minnie malt ihr *Wie der Grinch Weihnachten gestohlen hat*-Malbuch aus. Eben erkläre ich ihr, dass so ein Grinch nicht unbedingt grün sein muss, er kann auch pink sein (wir haben keinen grünen Buntstift), als Mum mit der Gabel an ihre Untertasse klopft, um sich Aufmerksamkeit zu verschaffen.

»Nun, ihr Lieben«, sagt sie. »Ich möchte euch in Shoreditch willkommen heißen und euch dafür danken, dass ihr den Weg auf euch genommen habt, um euch unser neues Zuhause anzusehen!«

Wir alle klatschen Beifall, und Mum lächelt in die Runde.

»Und jetzt«, fährt sie fort, »reiche ich euch an Becky weiter, die uns alle in diesem Jahr an Weihnachten bewirten wird. Becky, es ist *dein* Weihnachtsfest! *Dein* großer Tag! Wir wollen uns überhaupt nicht einmischen. Mach es genau so, wie du möchtest! Solange wir die Ansprache der Queen hören.«

»Als überzeugte Republikanerin werde ich die Ansprache der Queen boykottieren«, sagt Jess sofort und hebt die Hand. »Aber ich weiß ja, dass ihr die Monarchie mit all ihren repressiven und toxischen Traditionen unterstützt. Sagt mir einfach Bescheid, wenn es vorbei ist.«

»Solange es Truthahn gibt«, sagt Martin mit nervösem Lachen. »Ich mag doch zu Weihnachten am liebsten Truthahn.«

»Martins Schwester hat einmal *Fischpastete* gemacht«, flüstert Janice angestrengt, als würde sie einen Mord in der Familie beichten. »Fischpastete zu Weihnachten! Ist das zu fassen?«

»Selbstverständlich gibt es Truthahn«, sage ich. »Und für Jess einen veganen Truthahn«, füge ich stolz hinzu.

Ich habe im Netz einen veganen Truthahn gefunden, aus Sojabohnen und Pilzen. Er hat die Form eines Truthahns, mit Beinen und allem!

»Danke, Becky«, sagt Jess und wirkt zufrieden. »Das ist wirklich nett von dir.«

»Und Füllung«, sagt Martin. »Ich mag besonders gern viel Füllung. Und Würstchen im Schlafrock ...«

»Brotsoße«, sagt Dad.

»Ich mag Rosenkohl mit Maronen«, sagt Janice. »Es gibt da ein tolles Rezept von Delia Smith, Becky. Das schick ich dir.«

»Nein, nein, nein.« Mum schüttelt den Kopf. »Rosenkohl braucht keine Zutaten. Muss nur mit etwas Butter gekocht werden.«

»Ich esse keine Butter«, wirft Jess ein.

»Es wird von allem etwas geben«, verspreche ich. »Und Plumpudding und einen Weihnachtskuchen und ... äh ...«

Was gibt es noch? Mein Kopf ist leer.

»Knallbonbons!«, sagt Suze. »Ich bring die Knallbonbons mit. Es sei denn, Jess, du möchtest welche besorgen ...«

»Knallbonbons sind problematisch«, sagt Jess, ohne mit der Wimper zu zucken. »Das Spielzeug darin ist sinnloser Plastikschrott, der nur zur Zerstörung unseres Ökosystems beiträgt. Aber ich kann welche mitbringen, wenn ihr wollt«, fügt sie hinzu.

»Gut.« Suze sieht etwas geschockt aus. »Oder vielleicht gibt es einfach dieses Jahr ... gar keine?«

»Ich finde bestimmt irgendwo Ökoknallbonbons«, sage ich eilig.

»Martin und ich haben überlegt, ob wir vielleicht eine Piñata haben sollten!«, wirft Janice fröhlich ein. »Die Kinder wären begeistert.«

»Eine Piñata?«, wiederhole ich staunend. »Hat das was mit Weihnachten zu tun?«

»Martin und ich haben *Weihnachten in aller Welt* gesehen, Liebes«, erklärt mir Janice. »Das ist eine Nachmittagssendung auf BBC2. Ausgesprochen informativ. Und die Mexikaner haben zu Weihnachten eine Piñata! Wieso nicht auch wir?«

»Na ja«, sage ich etwas perplex. »Also …«

»Und wir wollen auch die heilige Lucia feiern«, fährt Janice fort. »Man setzt sich Kerzen auf den Kopf, trägt einen weißen Umhang und singt schwedische Lieder.«

»Zauberhaft!«, ruft Mum begeistert. »Feiern wir doch ein internationales Weihnachtsfest!«

»Das ist kulturelle Aneignung«, sagt Jess missbilligend.

»Nicht wenn man sich bei *allen* Kulturen bedient«, kontert Mum. »Dann ist es fair.«

»Weihnachtsbäume sind eine deutsche Tradition«, stimmt Dad sachkundig mit ein. »Prinz Albert hat sie mitgebracht.«

»Weihnachtsbäume sind problematisch«, sagt Jess, aber ich bin mir nicht sicher, ob irgendjemand zuhört.

»Jesus war kein Brite«, wirft Janice ein. »Ich möchte nicht respektlos klingen oder so, aber war er nicht.« Sie sieht sich um, als würde sie darauf warten, dass ihr jemand widerspricht.

»Also, Jesus war ganz sicher kein Brite ...«, beginnt Luke.

»Da habt ihr es!«, sagt Mum triumphierend. »Wir können sehr wohl eine Piñata haben! Becky, du kannst doch sicher eine besorgen, oder nicht?«

»Äh ... natürlich!«, sage ich. Ich hole mein Weihnachtsnotizbuch aus der Tasche und notiere *Piñata, Kerzen, schwedische Lieder???*

»Weihnachtsbäume sind problematisch«, wiederholt Jess lauter. »Eine bessere Alternative wäre, man würde einen Gegenstand schmücken, den man bereits im Haus hat, etwa einen Besen.« Sie wendet sich mir zu. »Man könnte ihn mit recycelten Gegenständen wie alten Blechdosen schmücken, die man zu weihnachtlichen Motiven hämmert.«

Einen *Besen*? Ich behänge doch keinen Besen mit alten Blechdosen und nenne das Ding »Weihnachtsbaum«. Im Leben nicht.

»Wir können bestimmt irgendeinen ökologisch angemessenen Baum besorgen«, sagt Luke mit Nachdruck, als er mein Gesicht sieht.

»Was ist mit Geschenken?«, will Suze wissen. »Hat jemand bestimmte Wünsche? Ich weiß *nie*, was ich schenken soll.«

»Von mir kriegen alle an dem Tag ein Make-up«, sagt Janice fröhlich. »Ach, jetzt habe ich die Überraschung verdorben, aber wenigstens wisst ihr nun, dass ihr hübsch aussehen werdet!«

Hilflos tausche ich Blicke mit Suze.

»Wow, Janice!«, sagt Suze. »Das klingt ja ... Was genau meinst du damit?«

»Alle Mädels bekommen von mir mein spezielles Konturen-Make-up«, sagt Janice glücklich. »Und die Männer bekommen ein Gesichtspeeling und eine kleine Auffrischung. Ich bringe meine komplette Ausrüstung mit.«

»Aha«, sage ich zaghaft. »Äh, toll!«

Janice hat mir schon mal ihr Konturen-Make-up verpasst. Erst hat sie mich mit Strichen bemalt, als wollte sie einen Straßenplan zeichnen. Dann hat sie versucht, meinem Lidschatten mit Klebeband eine »neue, frische Linie« zu geben, und ich habe mindestens vier Hautschichten eingebüßt.

Aber egal. Es ist ein sehr freundliches Angebot von ihr, und vielleicht hat sie ja auch dazugelernt.

»Und soll ich euch was sagen? Von Jess und Tom bekommen wir alle *Zero Waste*-Geschenke!«, sagt Janice stolz. »Jess hat mir schon alles darüber erzählt, stimmt's nicht, Liebes? So fantasievoll!«

»Was kriegen wir denn von dir, Jess?«, frage ich und kann mir einen provozierenden Unterton nicht verkneifen.

Ich weiß, ich sollte es nicht tun – aber ich möchte den Spieß umdrehen. Was es auch sei – ich werde etwas Problematisches finden. Und wenn es ein Hanfkorb aus dem Spendenladen ist, werde ich mitleidig den Kopf schütteln und sagen: »O Jess, aber was ist mit der Elektrizität, die in dem Laden verbraucht wurde?«

»Na ja«, sagt Jess nach einer Pause. »Ich schätze, ich kann es euch erzählen, ohne zu viel zu verraten. Was Tom und ich jedem von euch gern schenken würden, ist … ein Wort.«

Ich starre sie an. Sie hat mir total den Wind aus den Segeln genommen. Ein *Wort*?

»Du meinst ein hölzernes Wort, das man sich auf den Kaminsims stellt?«, fragt Mum verwundert.

»Nein, einfach ein Wort«, sagt Jess. »Wir werden dir das Wort laut sagen, und das ist dann unser Geschenk.«

»Wow«, sagt Suze und wirkt ein wenig sprachlos. »Das ist … Ich hab noch nie …«

»Bisschen schwierig einzupacken«, sagt Dad jovial.

»Es wird in Bedeutung verpackt sein«, erwidert Jess wie aus der Pistole geschossen, und Dad hustet.

»Davon bin ich überzeugt!«, sagt er.

»Welches Wort schenkt ihr uns?«, will ich wissen, als ich meine Stimme wiedergefunden habe.

»Damit würde ich die Überraschung verderben«, sagt Jess. »Wir wollen jedem von euch ein anderes Wort geben, je nach …« Sie blickt sich am Tisch um und zögert. »Na, jedenfalls. Das haben wir vor.«

Ich starre sie an. Welches Wort will sie mir schenken? Ich muss es wissen. Es sollte besser ein nettes Wort sein.

O Gott. Hoffentlich ist es nicht »Visa-Rechnung«.

Nein, alles gut. Das sind zwei Wörter.

»Hey, Bex«, sagt mir Suze ins Ohr, und als ich aufblicke, merke ich, dass sie herumgerutscht ist, um neben mir zu sitzen, mit ihrer Kaffeetasse in der Hand. »Ein *Wort*, ja?«

»Ich weiß«, sage ich mit unauffälligem Augenrollen. »Hätte man sich auch denken können, dass gegen Jess kein Kraut gewachsen ist, wenn es um moralisch einwandfreie Geschenke geht.«

»Weißt du, ich hab mal überlegt. Wollen wir uns dieses Jahr auch *Zero-Waste*-Geschenke machen? Du weißt, was ich meine … statt hohle Konsumenten zu sein und so?«

Suze mustert mich eingehend, und sofort wünschte ich, ich wäre selbst daraufgekommen.

»Ja!«, stimme ich begeistert zu. »Aber was? Kein *Wort*, denn das wäre von Jess abgeguckt.«

»Nein. Aber vielleicht …« Sie überlegt einen Moment. »Wir könnten jeder ein Lied schreiben und es uns dann vorsingen.«

»Was?«, sage ich entsetzt. »Suze, spinnst du?«

»Oder wir könnten was aus gefundenen Gegenständen basteln.« Suzes Augen leuchten auf. »Das könnte Spaß machen.«

Spaß? Ich überlege, wie ich Suze auf taktvolle Weise erklären kann, dass sich das ganz und gar nicht nach Spaß anhört, als mir eine Idee kommt.

»*Ich* weiß!«, sage ich begeistert. »Wir schenken uns etwas, das wir schon besitzen. Das ist voll öko und leicht gemacht, und das Geschenk ist auf jeden Fall was *Nettes*.«

»O mein Gott!«, ruft Suze. »Geniale Idee, Bex!«

Für einen Moment schweigen wir. Im Stillen gehe ich schon Suzes Garderobe durch. Sie hat so viele traumhafte Sachen. Wie wäre es, wenn sie mir ihren bestickten roten Mantel schenken würde?

Nein. Das würde sie nicht tun. Der ist zu kostbar. Aber *vielleicht* würde sie …?

Plötzlich bemerke ich denselben verträumten Blick auf Suzes Gesicht.

»Suze, verrate mir, was du gerne hättest«, sage ich. »Was es auch sein mag … es gehört dir.«

»Nein!«, protestiert sie. »Ich werde doch nicht um etwas bitten. Das widerspricht dem Geist der Weihnacht.«

»Gib mir wenigstens einen Tipp«, schlage ich vor.

»Nein! Ich freue mich über alles, was du mir schenken möchtest, Bex. Egal was.«

Doch als sie an ihrem Kaffee nippt, wirkt sie wieder so verträumt. Woran denkt sie? Meine neuen Silberpumps? Oder … nein. Meine Leopardentasche?

Aaah! So wird das nichts! Vielleicht schenke ich ihr nicht nur ein Teil.

»Mango-Smoothie, Soja-Latte, Avocadocreme auf Sauerteig« Ein Kellner unterbricht uns, alle blicken auf.

»Ich sollte mich lieber wieder auf meinen Platz setzen«, sagt Suze. »Bon appétit!«

Der Kellner fängt an, Drinks und Teller abzustellen, und ich zücke noch mal meinen Kuli. Ich sollte ein paar Sachen in meinem Notizbuch festhalten, bevor ich alles wieder vergessen habe. Ich schreibe *Suzes Geschenk, Füllung, Brotsoße, Ökokekse, Ökobaum (NICHT Besen).* Da stutze ich.

Ich merke, dass ich gar nicht weiß, wie man Brotsoße macht. Sie stand einfach immer da, in einer Sauciere, an Weihnachten. Wie macht man aus *Brot* eine *Soße*? Und woher kriege ich einen Ökobaum?

Stirnrunzelnd starre ich vor mich hin, als Luke sich einen Stuhl heranzieht, um neben mir zu sitzen.

»Alles okay?«, fragt er.

»Super!«, sage ich automatisch, aber da fallen mir plötzlich die Würstchen im Schlafrock ein, was ich schnell in meinem Buch notieren muss. Darunter schreibe ich *vegane Würstchen im Schlafrock???* Ob es so was gibt? Ohne es eigentlich zu wollen, seufze ich schwer – dann blicke ich auf und sehe, dass Luke mich beobachtet.

»Becky«, sagt er leise. »Mach dir keine Sorgen. Das ist alles völlig egal. Wenn es keine Würstchen im Schlafrock gibt, geht deswegen nicht das ganze Weihnachtsfest den Bach runter.«

»Ich weiß.« Dankbar lächle ich ihn an. »Aber trotzdem, weißt du … Ich möchte ja nur, dass alle glücklich sind.«

»Das werden sie sein«, sagt er mit fester Stimme. »Minnie, Mäuschen, dürfte ich bitte mal kurz dein Buch leihen?«

Er nimmt Minnies *Grinch*-Buch und blättert zu der Seite, auf der sich alle Whos bei den Händen halten und singen und es ihnen völlig egal ist, dass der Grinch all ihre Sachen gestohlen hat. Diese Seite gefällt mir besonders gut.

»*Das* ist Weihnachten«, sagt er und deutet auf die fröhliche Reihe der Whos. »Du erinnerst dich? Freunde und Familie sind beisammen und feiern. Keine Geschenke, keine Piñatas, *Menschen*.«

»Ich weiß, aber …«

»Der Grinch kann alles stehlen – nur nicht Weihnachten selbst«, versichert mir Luke.

Das lasse ich mir durch den Kopf gehen. *Der Grinch*

kann alles stehlen – nur nicht Weihnachten selbst. Das gefällt mir. Das muss ich mir nur immer wieder sagen. Ich betrachte das Buch noch eine Weile … dann gebe ich Luke spontan einen Kuss.

»Du hast recht«, sage ich. »Danke.«

Ich liebe meinen Mann wirklich sehr. Selbst mit Bart.

Nachrichten

Janice

Becky, hier kommt das Rezept für Rosenkohl mit Maronen. Wirklich sehr lecker! Janice xxx

Mum

Hör nicht auf Janice, Liebes. Rosenkohl muss nicht irgendwie bearbeitet werden. Einfach schnippeln und kochen. Kinderleicht. Mum xxx

Suze

Bex, ich bin nicht sonderlich scharf auf Rosenkohl. Könnten wir stattdessen Brokkoli kriegen? Suze xxx

Bex

Hi, Jess!
Ich finde eure Idee, uns allen Worte zu Weihnachten zu schenken, wirklich grandios!!! Ich habe überlegt, ob du vielleicht gern einen Vorschlag für mein Wort hättest? Denn falls ja – nur so ein Gedanke –, ihr könntet mir »edgy« schenken.
Bx

Bex

Oder »cool«.
Bx

Bex

Oder »Das Mädchen mit dem blauen Lidschatten«. Ich weiß, dass es mehr als ein Wort ist, aber die kosten ja nichts, oder?

Bx

Jess

Becky, ich werde dir nicht verraten, was du geschenkt bekommst.

Jess

Von: Myriad Miracle
An: Becky Brandon
Betreff: Online-Fragebogen!

Hi, Mrs Brandon (geborene Bloomwood),

vielen Dank für Ihren ausgefüllten Online-Fragebogen zum Thema Fitness. Wir hoffen, Sie freuen sich schon darauf, mit Ihrem neuen Myriad-Miracle-Training-System™-Programm beginnen zu können.
Jedoch glauben wir, dass Sie einige der Fragen möglicherweise missverstanden haben, und bitten Sie, uns diese für unsere Analyse noch einmal einzureichen.

FRAGEN ZUR WIEDERVORLAGE
12. Was möchten Sie erreichen?
Wir dachten da eher an ein Ziel im Bereich der Fitness oder des Wohlbefindens und nicht »Möchte in ein Alexander-McQueen-Kleid passen«.

13. Bereitet Ihnen ein spezieller Bereich besondere Sorgen?
Bei dieser Frage ging es uns eher um Bereiche wie »Körperfettanteil« oder »Körperliche Fitness« und nicht »Reißverschluss«.
Wir freuen uns auf den Erhalt Ihres überarbeiteten Fragebogens.

Mit ganzheitlichen Grüßen
Debs
(Mitgliederassistentin)

NEUN

Ich bin immer noch edgy. Bin ich.

Ich betrachte mich am Montagmorgen vor der Arbeit im Spiegel, zupfe meinen Letherby Tweedanzug zurecht, den ich gerade »bearbeitet« habe. Dabei habe ich mich von meinem Freund, dem Designer Danny Kovitz, inspirieren lassen. Der kann einen Sack nehmen, ihn an ein paar Stellen raffen, den einen oder anderen Saum ausfransen … und schon sieht der Sack aus wie ein tolles Kleid. Also dachte ich, so mach ich das auch. Leider bin ich mir nicht sicher, ob meine Bemühungen denselben Effekt haben.

Ich habe ein paar Nähte gelöst, den Saum mit meiner Nagelschere aufgetrennt und mehrere Broschen hinzugefügt. Außerdem habe ich versucht, die Jacke mit ein paar Stichen zu raffen, und so eine neue Form und Linie geschaffen – nur leider ist daraus ein merkwürdiger Wulst entstanden. Vielleicht trenne ich die neue Naht besser wieder auf.

»Ich muss los«, sagt Luke, als er ins Schlafzimmer kommt mit seinem Aktenkoffer unterm Arm. Als er mich sieht, bleibt er abrupt stehen. »Wow«, fügt er zögerlich hinzu. »Du siehst so … anders aus.«

»Das ist edgy«, sage ich eilig. »Ich habe das Kostüm ein bisschen bearbeitet.« Da merke ich, dass er mir ins

Gesicht sieht. »Ach, mein Lidschatten?«, füge ich lässig hinzu. »Ja, ich dachte, ich versuche mal einen ausdrucksstärkeren Look.«

Auf dem Rückweg von Shoreditch war ich gestern noch kurz im Drogeriemarkt und habe mir eine Make-up-Palette namens »Ultimate Drama« gekauft. Und vorhin habe ich mir gerade ein YouTube-Video mit dem Titel »Edgy Blue-Black Look« angesehen.

Okay. Für montagmorgens ist der Look vielleicht etwas zu dramatisch. Aber wieso sollte man montagmorgens keinen kühnen Lidschatten tragen?

»Uhuuuh«, macht Luke langsam. »Ist das da eine blaue Strähne in deinen Haaren?«

»Nur eine ganz kleine.« Ich zucke mit den Schultern.

»Und was ist das für Musik?«, fragt Luke neugierig und neigt den Kopf, um dem Beat zu lauschen, der den Raum erfüllt.

»Spittser«, sage ich lässig. »Du weißt schon, der DJ? Der ist der Hammer. Hat gestern Abend in Danzig aufgelegt. Schade, dass wir nicht dabei sein konnten.«

Das habe ich alles gestern Abend auf einer Website gelesen. Und ich habe auch »die zehn unverzichtbaren Clubbing-Tracks« heruntergeladen.

»*Danzig*«, wiederholt Luke perplex. »Becky … Woher kommt denn dein plötzliches Interesse an osteuropäischen Clubs?«

»Das kam nicht plötzlich«, widerspreche ich ihm. »Du weißt doch, dass ich schon immer auf *edgy* Musik stand.«

»Letztes Jahr hast du uns an Weihnachten alle gezwungen, *Abba's Greatest Hits* zu hören«, ruft Luke mir in Erinnerung.

»Mein Musikgeschmack ist breit gefächert«, sage ich frostig. »Manche Menschen haben eben einen breit gefächerten Musikgeschmack.«

Lukes Mundwinkel zucken, aber ich werde ihn ignorieren. Ich ziehe Ledermanschetten über meine Tweedjacke und betrachte mich zufrieden. Mittlerweile ist Lukes Blick abwärts zu meinen neuen schwarzen Stiefeln gewandert.

»Also, *die* sind hübsch«, sagt er.

»Ach, die?« Achtlos zucke ich mit den Schultern.

Ich bin nicht ganz sicher, ob ich in diesen Stiefeln tatsächlich laufen kann, aber die sind das Edgigste, was ich je besessen habe. Ich habe sie online bestellt, und schon am nächsten Tag waren sie da. Sie haben superhohe Absätze, Ösen, Metallnieten *und* kleine Kettchen, die hintendran baumeln.

»Die sind scharf«, sagt Luke noch immer ganz fasziniert.

Oh. Okay. Diese Stiefel machen offensichtlich Eindruck. Lukes Stimme ist ungefähr fünf Nummern tiefer geworden, und schließlich sieht er mich mit leuchtenden Augen an.

»Ich freue mich, dass sie dir gefallen«, sage ich und bin doch ein wenig stolz.

»Sehr sogar.« Er nickt langsam.

Luke hat ein echtes Faible für Stiefel. Die hätte ich mal gestern Abend anziehen sollen. Und jetzt – allein schon wie er mich ansieht, da stockt mir der Atem.

Schweigend erwidere ich seinen Blick und merke, dass mein Herz schneller schlägt.

Schon oft habe ich gedacht, ich sollte *Becky Brandon, geborene Bloomwoods Ratgeber für die gelungene Ehe* schreiben. Ich könnte die eine oder andere hilfreiche Beobachtung beisteuern. Und meine erste Beobachtung wäre, dass die Liebe in der Ehe wie eine Art Seismograf ist, bei dem der Stift auf und ab zuckt und man rein gar nichts vorhersagen kann.

Natürlich liebe ich Luke immer. Er ist wie ein verlässlicher Rhythmus in meinem Leben. Aber diese beglückenden Gitarrensolo-Momente, in denen ich denke »O mein Gott, ich will dich *jetzt*« scheinen mir doch sehr zufällig zu kommen. (Geht es nur mir so? Ich muss Suze fragen.)

Und das nun ist ein perfektes Beispiel. Gestern hatten wir ein hübsches Abendessen *à deux* in der Küche, das eigentlich romantisch hätte sein sollen. Leider konnte ich die ganze Zeit nur Lukes Oberlippe anstarren und denken: »Musstest du dir unbedingt einen Schnurrbart stehen lassen? Hättest du nicht auch was spenden können?« Wohingegen ich heute Morgen – wo wir es eilig haben und losmüssen – nur denken kann: »Der Schnurrbart ist mir total egal – du bist mein Liebesgott!« Tatsächlich ist mir ganz heiß und wuschig. Es liegt daran, wie er mich ansieht, so zielstrebig.

»Wann bist du wieder da?«, frage ich heiser. »Hast du spät noch irgendwelche Termine?«

»Die verschiebe ich«, sagt Luke, ohne sich von mir abzuwenden. »Wenn du diese Stiefel anbehältst.«

»Mami!« Minnie kommt hereingelaufen und sprengt

die Stimmung. Ich blinzle ein paar Mal, dann lächle ich Luke betrübt an. »Maaammi!« Sie nimmt mich bei den Händen und zieht daran. »Wo ist mein *Darten-auf-Tablett?*«

»Keine Sorge, Schätzchen«, sage ich. »Es steht alles bereit.«

»Ich muss schnell los«, sagt Luke und sieht mich mit ähnlich betrübter Miene an. »Bis später. Ach, und eben kam noch eine E-Mail von der Schule«, fügt er hinzu, als er hinausgeht. »Irgendwas wegen Läusen?«

Ehrlich. Immer wenn ich gerade mal was Edgiges machen will, kommt die Schule mit ihren Läusen an. Das machen die doch mit Absicht.

Als ich meinen Trenchcoat aus dem Flurschrank nehme, beschließe ich, meine Turnschuhe anzuziehen, um Minnie zu Fuß zur Schule zu bringen. Meine edgigen Stiefel nehme ich in einer Tasche mit. *Nicht* weil ich auf diesen hohen Absätzen nicht laufen kann, sondern weil die Straße an manchen Stellen gern ein bisschen matschig ist. Außerdem muss ich ungefähr 70 000 Schritte nachholen, weil ich in den letzten Tagen einiges versäumt habe.

Oh, ich frage mich, ob Sex zählt? Da verbrennt man doch auch Kalorien, oder?

Beim Laufen lausche ich halb Minnies Geplapper über den Korb, den sie sich zu Weihnachten wünscht, und behalte ansonsten den »Wintergarten auf dem Tablett« im Auge, den ich mit einer Hand balanciere. Jedes Mal, wenn ich ihn ansehe, seufze ich innerlich. Es war wirklich meine Absicht gewesen, das nächste Bastelprojekt besonders gut zu machen, aber ich hatte es total vergessen, bis wir aus Shoreditch wieder da waren, also musste ich im Garten herumrennen und hastig ein paar Zweige und Beeren sammeln. Es sieht überhaupt nicht aus wie ein »Wintergarten auf dem Tablett«, eher wie »Wahlloser Kram auf dem Tablett«.

Als ich Minnie gerade helfe, ihren Mantel aufzuhängen, sehe ich, dass Steph mit ihrem Harvey hereinkommt, und ich warte, damit wir zusammen zum Klassenzimmer gehen können. Blass und mitgenommen sieht sie aus, und doch lächelt sie mich müde an.

»Hübscher Garten«, sage ich, obwohl ihrer noch schlimmer ist als meiner, nur ein Klumpen matschiges Gras mit einem braunen Blatt darauf.

»Jep«, sagt sie nur. »Egal. O mein *Gott.*«

Ich folge ihrem Blick, und meine Augen werden groß. Suze ist schon da und hält strahlend den besten »Wintergarten auf dem Tablett« in der Hand, den ich je gesehen habe (von insgesamt drei). Er hat Moos und Zweige und Schnee und Eichelmännchen, die ein Picknick machen. Wie lange hat sie dafür wohl gebraucht?

»Du meine Güte!«, ruft Miss Lucas. »Wie wundervoll, Lady Cleath-Stuart! Ist das ein echtes Vogelnest?«

»Wir haben es in einem Baum gefunden«, sagt Suze. »Es war schon verlassen«, fügt sie eilig hinzu.

»Ein echtes Vogelnest«, wiederholt Steph fassungslos und betrachtet Suzes Garten mit erschöpftem, wehmütigem Blick.

»O Bex!«, sagt Suze, als sie sich zum Gehen wendet.

»Hab dich gar nicht gesehen …« Sie stutzt und starrt mich mit offenem Mund an. »Deine *Augen.*«

»Ich dachte, ich versuche es mal mit einem neuen Look«, sage ich leichthin. »Wie findest du ihn?«

»Also … ja!«, sagt Suze nach einer Pause. »Sehr … Soll ich dich mitnehmen zur Arbeit?«

»Nein, lass mal. Ich will laufen. Ich muss noch ein paar Schritte gehen.«

»Cool. Dann sehen wir uns da. Hi, Steph!«, fügt Suze hinzu, als sie weitergeht, und Steph murmelt:

»Hi«, während sie sich eilig abwendet, damit ihr erdiger Wintergartenklumpen nicht zu sehen ist.

Zum Glück haben Minnie und Harvey anscheinend nicht mitbekommen, wie viel besser Suzes Garten ist. (Das Tolle an Kindern ist, dass sie keine Ahnung von irgendwas haben.) Außerdem muss man Miss Lucas zugutehalten, dass sie sich über unsere Gärten genauso zu freuen scheint wie über Suzes.

»Harvey!«, sagt sie. »Minnie! Was für hübsche Wintergärten!«

»Jep«, sagt Steph noch mal mit einem Unterton, den nur ich heraushören kann. »Unserer ist für den Turner Prize vorgeschlagen.«

Ich grinse sie kurz an, da merke ich, dass ihre Augen glänzen. O Gott. Es ist dieser schreckliche Mistkerl von einem Ehemann, ich weiß es ja, nur kann ich sie nicht danach fragen, solange wir hier im Schulflur stehen.

»Wie schön, dass ich Sie beide noch erwische«, sagt Miss Lucas. »Wir haben gerade unser Krippenspiel besetzt, und Minnie und Harvey spielen beide einen König!«

Einen König! Unwillkürlich strahle ich Minnie an.

»Das Kostüm ist ganz simpel«, fügt Miss Lucas hinzu. »Hier ist das Schnittmuster …« Sie reicht uns jeweils einen großen Umschlag, und mein Lächeln gefriert. Schnittmuster? Wie beim … *Nähen*? »Nehmen Sie am besten einen einfachen Vorstich«, fährt Miss Lucas selig fort, »und stecken Sie den Rest vielleicht mit ein paar Biesen ab. Falls Sie Stickereien oder Schleifen hinzufügen möchten, wäre das wundervoll, aber das ist absolut nicht nötig.« Sie lächelt uns an.

Biesen? *Stickereien?*

Ich erinnere mich deutlich daran, wie wir uns diese Schule angesehen haben, aber ich kann mich nicht erinnern, gehört zu haben, dass der Schuldirektor gesagt hätte: »Wenn wir Ihr Kind hier aufnehmen sollen, müssen Sie sich schon mit Biesen und Stickereien auskennen.« Aber ich darf nichts sagen. Minnie beobachtet mich erwartungsvoll.

»Kein Problem!«, höre ich mich fröhlich antworten. »Ich denke, ich werde auch noch ein paar Pailletten hinzufügen und das eine oder andere handgestickte Detail.«

»Wundervoll!« Miss Lucas klatscht in die Hände.

Steph hingegen hat gar nicht reagiert, sondern nur den Umschlag gedankenverloren in ihre Tasche gestopft. Nachdem wir uns von den Kindern verabschiedet haben und auf dem Weg hinaus sind, sagt sie: »Bis dann, Becky«, und verschwindet eilig auf der Damentoilette, bevor ich noch etwas sagen kann. Ich starre ihr hinterher, bin etwas in Sorge – dann folge ich ihr hinein. Ich möchte nur sichergehen, dass alles okay ist.

Wie immer sind so einige Mütter dort. Keine muss tatsächlich aufs Klo. Sie stehen nur da und tratschen. Steph bahnt sich einen Weg zu einem der Waschbecken, betrachtet sich trübsinnig im Spiegel, dann fängt sie an, ihr Make-up aufzufrischen. Ich beschließe, ihr einen Augenblick Zeit zu lassen, bis sie fertig ist, und sie dann beiseitezunehmen, um sie ein wenig aufzubauen.

Aber sie hat Mühe, sich zu schminken, weil ihre Augen tränen, und immer wieder muss sie alles abwischen. Nach einer Weile mustert eine der Frauen Steph und sagt: »Entschuldigen Sie … Geht es Ihnen nicht gut?«

»Mir?« Steph zuckt zusammen wie eine Katze, die sich verbrannt hat. »Doch, mir geht's gut. Alles gut.«

Sie wirft mir einen verzweifelten Blick im Spiegel zu, dann zieht sie sich eilig in eine Kabine zurück. Zielstrebig gehe ich in die Nachbarkabine. Ich will ihr eine Nachricht schicken, aber hier drinnen hat man kein Netz. Wenn ich flüstere, können die anderen es vielleicht hören … Wenn ich an die Wand klopfe, hören sie es mit Sicherheit …

Ich krame einen Stift aus meiner Handtasche und stoße dabei auf einen alten Kassenbon. Er ist für drei Anti-Aging-Cremes von *Boots*, die gerade im Angebot waren. Ooh. Wo habe ich die noch mal hingetan?

Egal. Das ist jetzt nicht wichtig. Ich schreibe darauf: *Ist wirklich alles okay? LG Becky xx* und schiebe den Zettel unter der Kabinenwand hindurch.

Ein paar Sekunden später kommt er zurück, und Steph hat daruntergeschrieben: *Nein, nicht wirklich.*

Ich wusste es.

Ich schreibe: *Lass uns reden. In deinem Wagen? x* und schicke den Zettel zurück. Schon im nächsten Moment kommt ihre Antwort: *Ja bitte. Danke x*

Zwanzig Minuten später weiß ich mehr über Stephs Leben, das Leben ihres Mannes Damian und ihren letzten, misslungenen Urlaub auf Zypern, als ich mir hätte vorstellen können. Offen gesagt bin ich richtig erschüttert. Ehen sollten wie Kraftkleber sein. Sie sollten alle bombensicher halten. Tun sie aber nicht, sie lösen sich unter Dampf, und manchmal halten sie *nie* wieder richtig.

In den Staaten hatte Suze einen kleinen Hänger mit Tarkie, und ich fürchtete schon das Schlimmste. Dann ist da Jess, die gestern ganz fertig aussah … und jetzt das. Anscheinend kann man mit Damian nicht mehr reden, und er will auch keine Paartherapie machen. Anfangs meinte er, es gebe da keine andere Frau – doch dann stellte sich heraus, es gab doch eine. Sie arbeiten zusammen in derselben Firma. Er ist in der IT-Abteilung, und sie organisiert Veranstaltungen. Offenbar mussten sie zusammen zu einer Konferenz nach Manchester, und im Malmaison Hotel fing dann alles an. (Mir ist, als erführe ich mehr Details, als mir lieb ist, aber ich möchte Steph nicht unterbrechen, wenn sie mir doch gerade ihr Herz ausschüttet.)

Wir parken in einer Seitenstraße, und während Steph erzählt, blickt sie sich immer wieder wie paranoid um, als würde sie beobachtet. Ihre größte Sorge scheint zu sein, dass jemand was davon erfährt. Weil dann auch Harvey es erfahren könnte. Am liebsten wäre ihr, wenn Damian begreifen würde, was für ein Idiot er ist, und nach Hause kommt und Harvey nichts von alledem mitkriegt.

»Vermutlich hat Damian wohl recht«, sagt sie und starrt trübsinnig aus dem Fenster. »Mit mir ist es in letzter Zeit nicht besonders lustig. Ich reiße nicht gerade viele Witze. Wenn wir essen gehen, stehen die Chancen gut, dass ich am Tisch einschlafe.« Sie seufzt schwer. »Aber weißt du, es ist nicht so einfach, Harvey zur Schule zu bringen und ihn abzuholen und pünktlich im Büro zu sein, und dann hatte ich bei der Arbeit dieses Megaprojekt …« Sie reibt sich die Stirn, als wollte sie ihre Gedanken wegreiben. »Vor sechs Monaten sind wir in unser Haus gezogen, und ich habe mich noch immer nicht für eine Farbe im Schlafzimmer entschieden, geschweige denn alle Kisten ausgepackt. Wir hatten Streit deswegen. Er meinte, ich hätte mich in einen Trauerkloß verwandelt. Und er hat recht.«

Ich merke, wie ich richtig böse werde auf diesen Kerl, der einer hart arbeitenden Frau wie Steph das Gefühl gibt, ein schlechter Mensch zu sein. Neulich habe ich ihn vor der Schule kurz gesehen – und war nicht sonderlich beeindruckt. Er trug die abgewetzten Jeans, die er anscheinend immer trägt, und war ununterbrochen am Telefon. Er hat Harvey nicht mal *angesehen*, obwohl der sich an seine Hand klammerte. Außerdem hat er eine echt nervige Lache. Ich meine, für wen *hält* er sich eigentlich?

»Steph, du bist kein Trauerkloß. Er ist ein Mistkerl!«,

sage ich wütend. »Du bist toll! Du bist stark und positiv und immer da für Harvey. Und außerdem, wer hat schon immer Zeit für Spaß? Wir sind doch alle viel zu beschäftigt damit, Spaghettibilder zu basteln!«

Ich versuche, Steph ein Lächeln abzuringen, und schließlich lacht sie sogar fast.

»Bei mir stehen drei Kartons, die ich noch nicht ausgepackt habe, seit ich aus meiner Wohnung in Fulham ausgezogen bin«, erkläre ich ihr, um sie zu beruhigen. »Keine Ahnung, was da drin ist. Und außerdem, wenn dein Mann die Kartons gern ausgepackt hätte, wieso macht er es dann nicht selbst?«

Steph gibt noch so ein halbes Lachen von sich, ohne auf die Frage zu antworten, und ich habe nicht das Gefühl, sie so gut zu kennen, dass ich sie noch weiter drängen sollte.

»Was ist mit deiner Mum?«, frage ich. »Was sagt die denn zu alledem?«

»Ich habe es ihr nicht erzählt«, gibt Steph nach kurzer Pause zu. »Du bist der einzige Mensch, dem ich mich anvertraut habe, Becky.«

»Erzähl es ihr!«, sage ich eindringlich, obwohl ich gar nichts über Stephs Mutter weiß.

»Vielleicht.« Steph beißt sich auf die Unterlippe, dann bringt sie ein Lächeln zustande. »Ich sollte lieber mal los. Du musst doch bestimmt auch zur Arbeit. Vielen Dank für alles.«

»Ich hab ja gar nichts gemacht«, sage ich ein wenig hilflos.

»Doch, hast du.« Sie beugt sich herüber, um mich kurz ganz fest an sich zu drücken. »Ich weiß es wirklich zu schätzen, Becky. Komm, ich fahre dich eben zur Arbeit.«

Steph setzt mich am Tor von Letherby Hall ab, und ich haste die baumgesäumte Auffahrt zum Haupthaus entlang. Als ich den Souvenir-Shop betrete, bin ich bereit, Suze meine Verspätung zu erklären – doch an ihrer Stelle begrüßt mich Tarquin, ihr Mann.

Ich kenne Tarkie schon seit Jahren. Er hatte auch schon weniger gute Zeiten, aber im Moment ist er bester Dinge. Seit wir alle aus den Staaten zurück sind, hat er sich mit aller Kraft darauf gestürzt, Letherby Hall zum Laufen zu bringen. Er hat haufenweise gute Ideen, was das Geschäftliche angeht, und spricht oft mit Luke darüber, und Luke findet, Tarquin arbeitet sich gut in seine Rolle ein.

Andererseits ist er immer noch ziemlich schräg. Auf seine liebenswerte, tarkiemäßige Art. Heute trägt er ein eingelaufenes, löchriges Rugby-Shirt, das bestimmt noch aus Schulzeiten stammt, und seine Augen haben so etwas Eindringliches, als er tief Luft holt.

»Wie ich höre, verbringen wir das Weihnachtsfest bei euch, Becky«, sagt er. »Fabelhaft!«

»Ja!«, sage ich fröhlich. »Ich hoffe, es wird ein großer Spaß!«

»Ich weiß, es ist noch etwas früh, um über Details zu sprechen«, fährt Tarkie fort. »Aber vermutlich denkst du schon über das Unterhaltungsprogramm an jenem Tag nach. Ich frage nur, weil nachmittags eine Aufführung des *Parsifal* aus der Met übertragen wird.«

»Ist das … Wagner?«, frage ich, weil Tarkie ein totaler Wagner-Fan ist.

»Seine vollendetste, hinreißendste Oper.« Tarkie blinzelt mich an. »Ein Meisterstück. Und ich dachte, wir könnten uns vielleicht vor dem Fernseher versammeln und uns die Oper nach dem Essen ansehen. Ich denke, für die Kinder wäre es sicher eine gewaltige Inspiration.«

Eine Wagner-Oper? An *Weihnachten*?

»Wow«, sage ich und gebe mir Mühe, mein Entsetzen zu verbergen. »Das klingt … wie soll ich sagen? Super. Ich meine, ich liebe Wagner … Wer tut das nicht? Ich frage mich nur gerade, inwiefern das was mit Weihnachten zu tun hat.«

»Es ist zeitlos«, sagt Tarkie ernst. »Es ist inspirierend. Das Präludium allein ist ein Weihnachtsgeschenk für alle. *Taa-daaaah-daaaah hmm …*« Er fängt an zu summen, während er mir dabei beunruhigend tief in die Augen blickt. »*Taa-aah-daaa-deee-daaaah …*«

»Tarkie!« Zu meiner unendlichen Erleichterung unterbricht uns Suzes schrille Stimme. Sie kommt auf uns zumarschiert und fixiert Tarkie misstrauisch. »Singst du Wagner? Du kennst die Regel: kein Wagner im Laden.«

»Tarkie hat nur gerade erzählt, dass *Parsifal* an Weihnachten im Fernsehen läuft«, sage ich fröhlich. »Das ist doch eine gute Nachricht, oder?«

»Wir werden an Weihnachten ganz bestimmt nicht Wagner gucken!«, platzt Suze heraus, und ich seufze erleichtert.

»Ich wollte nur hilfreich sein, was die Unterhaltung angeht«, verteidigt sich Tarkie. »Die Oper ist eine Kunstform, die jedem Freude bereitet, Jung und Alt.«

»Nein, tut sie nicht«, entgegnet Suze. »Es ist eine Kunstform, die die meisten Menschen zu Salzsäulen erstarren lässt, weil ihnen so langweilig ist, sie aber nicht rausgehen können, weil die Opernfreunde ›Schscht!‹ machen, sobald man auch nur mit einem Muskel zuckt. Und das geht dann sechs Stunden so.«

»*Parsifal* dauert keine sechs Stunden …«, hält Tarkie dagegen, doch Suze hört gar nicht hin.

»Ich finde, Weihnachten ist vor allem für die Kinder da.« Sie wendet sich mir zu. »Ich finde, wir sollten was basteln, mit Fingerfarben und Glitter und so.«

Langsam verlässt mich der Mut. Schon *wieder* basteln? Wir reden hier doch von Weihnachten. An Weihnachten geht es nicht um Fingerfarben. Es geht darum, auf dem Sofa zu sitzen, Kekse zu knabbern und Weihnachtssendungen im Fernsehen zu gucken, während die Väter versuchen, Batterien für all das neue Spielzeug zu finden, und dann die Hälfte davon kaputtmachen, bis die Kinder am Ende heulen. *So* geht Tradition.

»Ich schätze, das könnten wir wohl machen«, sage ich zögerlich. »Nur findet Jess, dass Glitter böse ist.«

»Hm.« Nachdenklich beißt Suze sich auf die Lippe. »Könnten wir nicht Knetgummi nehmen?«

»Vielleicht«, sage ich und gebe mir Mühe, enthusiastischer zu klingen, als ich mich fühle. »Oder einfach fernsehen?«

»Okay, dann lass uns abwarten, bis wir wissen, was im Fernsehen kommt«, sagt Suze. »Dann können wir Pläne schmieden. Ach, und übrigens kann ich Aphrodite und Hermes heute Abend abholen«, fügt sie hinzu, um das Thema zu wechseln. »Der Gabelstapler ist aus der Werkstatt zurück. Ich bringe einen von den Arbeitern mit.«

»Suze«, sage ich und kriege gleich wieder ein schlechtes Gewissen. »Du musst meine hässlichen Statuen nicht nehmen. Ihr dürft auf jeden Fall Weihnachten mit uns verbringen. Du willst sie doch gar nicht haben.«

»Doch!«, sagt Suze eifrig. »Ich hatte eine geniale Idee. Wir nutzen sie fürs nächste Halloween. Ich nenne sie ›Grotesko und Groteska‹.«

»Oh«, sage ich und bin doch ein wenig verletzt. »Na gut, okay.« Und eben will ich meinen Mantel ausziehen, als Suze mich an der Schulter fasst.

»Hör mal, Bex«, sagt sie leiser. »Eins noch. Bevor irgendwelche Kunden kommen, wollte ich dich was fragen … Ich hab nur überlegt.« Sie macht eine Pause, dann spricht sie noch leiser weiter. »Glaubst du, mit Jess ist alles okay? Sie kam mir gestern etwas seltsam vor.«

»Ja!«, rufe ich. »Genau dasselbe habe ich auch gedacht! Sie war so angespannt und irgendwie … komisch.«

»Genau! Sie ist richtiggehend erstarrt, als wir Tom erwähnt haben … und ich dachte … Ich hab mir irgendwie Sorgen gemacht, dass vielleicht …«

Suzes Gesicht ist total verkniffen, und ich weiß genau, was sie denkt.

»Khakifarbene Hotpants«, sage ich, bevor ich es verhindern kann.

»Bitte?« Suze ist verwundert.

»Ich dachte, vielleicht ist Tom mit irgendeiner Mitarbeiterin in khakifarbenen Hotpants durchgebrannt. Oder sie. Oder irgendwas.«

»O Gott.« Unglücklich starrt Suze mich an. »So was Ähnliches dachte ich auch. Nur hatte ich mir angeschnittene Chinos und eine Bandana vorgestellt.«

Einen Moment lang schweigen wir, und ich stelle mir vor, wie Tom mit einem Mädchen in abgeschnittenen Chinos und einer roten Bandana knutscht. Dann ändere ich die Bandana zu einem giftigen Grün und verpasse ihr eine größere Nase, weil sie viel zu attraktiv ist. Dann mache ich ihre Chinos so richtig unvorteilhaft und lasse sie in ihrer Nase bohren. Mein Gott, ist sie eklig. Was findet Tom nur an ihr?

»Möglicherweise ist es was anderes«, sage ich schließlich. »Vielleicht hatten sie einfach nur Streit.«

»Ja.« Darauf stürzt sich Suze. »Die Ungewissheit wegen der Adoption ist bestimmt stressig.«

»So was von stressig«, stimme ich zu. »Und sie sind ganz allein da drüben, ohne jede Unterstützung … Jedenfalls habe ich überlegt, ob ich mit Jess mal was trinken gehen sollte. Möchtest du mitkommen? Vielleicht entspannt sie sich und verrät uns, was los ist.«

»Sie war noch nie besonders gesprächig«, sagt Suze skeptisch. »Und trinkt sie überhaupt?«

»Na gut, wir gehen in einen Ökoladen und knabbern Fair-Trade-Hafer«, sage ich ungeduldig. »Das Problem ist, dass sie im Moment dermaßen verschlossen ist. Wir könnten ihr helfen, sich zu öffnen und ihren Schmerz zu teilen.«

Nach meiner Sitzung mit Steph fühle ich mich wie

ein echte Expertin für Eheprobleme. Ich sehe Suze und mich schon an einem Tisch sitzen, Hafer knabbern und Jess' Hände halten, während sie uns stockend ihre Nöte unterbreitet und weint und dann sagt: »Aber allein mit euch beiden hier zu sitzen ist mir eine so große Hilfe, besonders mit dir, Becky.«

Ich meine, sie *muss* nicht sagen »Besonders mit dir, Becky«. Könnte sie aber.

»Arme Jess«, sagt Suze, als ich meinen Trenchcoat ausziehe. »Ich hatte immer geglaubt ...« Sie stutzt mitten im Satz, und als ich aufblicke, sehe ich, dass sie mein bearbeitetes Tweedkostüm anstarrt: »O mein Gott, Bex. Was ist mit deinem Kostüm passiert?«

Sie scheint mir von meiner Bearbeitung nicht ganz so beeindruckt zu sein, wie ich es mir erhofft hatte. Offen gesagt klingt sie eher, als wäre sie entsetzt.

»Oh«, sage ich unsicher und zupfe an meiner ausgefransten Jacke herum. »Gefällt es dir? Ich dachte mir, ich probier mal was aus.«

»Du hast es selbst gemacht? Mit *Absicht*?«

»Ja!«, rufe ich trotzig. »Ich habe ihm eine persönliche Note gegeben.«

»Aha«, sagt Suze nach längerer Pause. »Äh ... schick.«

Sie sieht mir dabei zu, wie ich meine Turnschuhe abstreife und in meine schwarzen Nietenstiefel steige, und ihre Augen werden immer größer. »Wow. Die sind ja ... wild.«

»Magst du sie?«, sage ich mit einem Mal beunruhigt. Wünscht sich Suze diese Stiefel zu Weihnachten? Ich habe sie mir gerade erst gekauft, aber andererseits geht es beim Weihnachtsfest ja genau darum: zu geben. »Die würden dir echt gut stehen«, füge ich großzügig hinzu. »Möchtest du sie anprobieren?«

»Nein«, sagt Suze erschrocken. »Nein danke! Also, bei dir sehen sie toll aus, aber …«

»Becky, Liebes!« Irene kommt angerauscht und mustert mein Kostüm voll Sorge. »Meine Güte, was ist mit deinen Sachen passiert? Hattest du einen Unfall?«

Ehrlich. Gibt es hier denn niemanden, der einen edgy Look erkennt, wenn er ihn sieht?

»Ich habe sie bearbeitet«, erkläre ich leicht gereizt. »Das ist *Mode.*«

»Ach so«, sagt Irene kraftlos. »Sehr modern. Oh, deine Stiefel!« Sie schlägt eine Hand vor den Mund.

»Hast du blaue Farbe in den Haaren?«, will Suze wissen und sieht sich meinen Kopf genauer an.

»Ja.« Ich zucke lässig mit den Schultern. »Du weißt ja, dass ich gern mal was auf den Kopf stelle und gern gefährlich lebe.«

So gefährlich war es im Grunde gar nicht: Es handelt sich um auswaschbares, ungiftiges blaues Haarfärbemittel für Kinder. Aber das ist nicht der Punkt. Lässig schlendere ich rüber zum Spiegel, gebe mir alle Mühe, auf den hohen Absätzen zu balancieren, und betrachte mich. Ich sehe nicht aus wie eine uncoole Vorstadt-Mama, so viel ist sicher. Ich sehe aus wie …

Na ja, langweilig sehe ich jedenfalls nicht aus.

Es wird ein eher ruhiger Morgen, und um elf *bringen mich meine Füße um,* was ich allerdings niemandem gegenüber zugeben würde. Als ich mich kurz rausschleichen will, um mir ein KitKat zu gönnen, kommt eine Gruppe von Frauen in den Shop, alle gut gekleidet und mit dem *Wegweiser für Letherby Hall* in Händen. Offensichtlich haben sie sich gerade eben das Haus angesehen.

»Also, diese Long Gallery war nicht so mein Fall«, sagt die eine mit dem blonden Pferdeschwanz, während sie sich eine Reihe bunter Tweedjacken ansieht. Empört starre ich sie an. Wie kann sie so was sagen? Die Long Gallery ist großartig. Da gibt es massenweise tolle Gemälde und Skulpturen, über die ich mich eines Tages unbedingt mal informieren möchte. Zum Glück ist Suze nicht in Hörweite – sie wäre echt verletzt.

»Der Rodin war interessant«, meint ihre dunkelhaarige Freundin, doch die fiese Blondine rollt mit den Augen.

»Klischiert«, sagt sie abfällig.

Klischiert? Die ist doch selbst klischiert!

Am liebsten würde ich etwas Unfreundliches zu ihr sagen, aber das kann ich natürlich nicht machen. Meine Füße tun höllisch weh, und ich bin richtig angefressen, aber sowohl Suze als auch Irene sind irgendwohin verschwunden, also zwinge ich mich, mit freundlichem Lächeln auf die Gruppe zuzugehen.

»Hallo, kann ich Ihnen helfen?«

Während ich das sage, mustere ich die böse Blonde von oben herab und merke, dass sie richtig viel Geld haben muss. Dieser Mantel kostet bei Net-A-Porter £800. Ich habe ihn gesehen.

»Wir kommen zurecht, danke«, sagt die nette Frau, die den Rodin mochte.

»Ist dieses Tweedkostüm Standard?«, stimmt die böse Blonde mit ein, betrachtet mich eingehend – und da merke ich, dass sie mich selbst gerade von oben herab mustert. »So etwas habe ich auf den Ständern nicht gefunden«, fügt sie hinzu und sieht sich den ausgefransten Saum näher an. »Ist es zu verkaufen?«

Hm. Also, diese Frau mag ja böse sein, aber wenigstens weiß sie meine Kunst zu schätzen.

»Tatsächlich handelt es sich um ein individuell zugeschnittenes Ensemble«, sage ich schon ein wenig besänftigt. »Wir hier auf Letherby Hall glauben, dass Tweed nicht langweilig sein muss. Er kann ausgefranst sein, plissiert, edgy, lebendig ... er bietet zahllose Möglichkeiten«, ende ich und fühle mich richtig inspiriert. Ich sollte Sprecherin der Tweed-Lobby werden! »Interessieren Sie sich selbst auch für ein individuell zugeschnittenes Ensemble?«

Ich richte es selbst her, denke ich ganz aufgeregt. Ich mache ein Geschäft daraus! Ich nenne mein Label *Becky's Tweed nach Maß*, und die Leute werden sagen ...

»Nein«, sagt sie nur. »Ich habe mich nur gefragt, warum Sie wohl so merkwürdig aussehen.«

Merkwürdig?

Meine Begeisterung bricht in sich zusammen, und ich zwinge mich, sie nicht böse anzusehen. Stattdessen sage ich so freundlich wie möglich: »Nun, sehen Sie sich ruhig noch ein wenig um, wenn Sie möchten.«

Ich gebe vor, mich an einer Auslage von Tweedtäschchen zu schaffen zu machen, doch als die Frauen sich von mir entfernen, starre ich dem Rücken der bösen Blonden übelwollend hinterher. Wenn sie noch so eine Gemeinheit von sich gibt …

Sie betrachten die Seifen und Shampoos, tun aber nichts in ihre Körbe. Auch keine Marmelade. Dann bleiben sie stehen und mustern meinen zauberhaft arrangierten *Hygge*-Tisch.

»*Hygge Kollektion*?«, sagt die böse Blonde abfällig, als sie mein handschriftliches Schild sieht. »Du meine Güte, allen Ernstes? Sind wir nicht alle schon zu Tode *gehyggt*? Ist das nicht irgendwie längst *out*?«

Okay, das war's. Mir reicht's. Die nennen mich nicht »*out*«.

»Oh, es tut mir ja so leid«, sage ich ganz sanft, als ich hinübergehe und das *Hygge*-Schild entferne. »Dieses Schild ist nicht mehr aktuell. Das ist schon unsere neue *Sprygge Kollektion*.«

Ich streiche *Hygge Kollektion* durch, drehe das Pappschild um, schreibe entschlossen *Sprygge Kollektion*, dann stelle ich das Schild wieder auf den Tisch.

»*Sprygge?*« Die böse Blonde starrt mich an.

»Ja, *sprygge*. Haben Sie etwa noch nie von *sprygge* gehört?«, sage ich etwas mitleidig. »Es ist hierzulande doch eher neu. Nur etwas für Eingeweihte. Norwegisch«, füge ich noch hinzu.

Wenn ich absolut ehrlich sein soll, habe ich mir das Wort *sprygge* eben gerade ausgedacht. Aber nachdem ich es jetzt aufgeschrieben habe, finde ich, es sieht richtig gut aus.

»Was bedeutet es?«, fragt eine andere der Frauen.

»Wenn man nicht Norwegisch spricht, ist es schwer zu vermitteln«, sage ich, um Zeit zu schinden. »Aber vor allem geht es um … etwas Positives. Ein leuchtendes, freudvolles und doch komplexes Gefühl. Intensiver als *hygge*. Sozusagen … turbo-*hygge*.«

»Turbo-*hygge*?«, wiederholt die böse Blonde skeptisch.

»Ja«, sage ich trotzig. »Es ist dieses Gefühl von Euphorie und Erleichterung, das man empfindet, wenn man eben noch dachte, alles würde schrecklich schiefgehen, dann aber doch alles gut gegangen ist. *So ein* Gefühl ist es.«

»Das Gefühl kenne ich!«, sagt die dunkelhaarige Frau.

»Da haben Sie es!« Ich strahle sie an. »Stellen Sie sich vor, Sie sind dabei, Ihren Zug zu verpassen und in Panik, aber dann kommen Sie auf den Bahnsteig gerannt und kriegen ihn doch noch. Und wenn Sie dann keuchend im Zug sitzen … dieses Gefühl, das sich dann in Ihrem Körper breitmacht, das ist *sprygge*.«

»Ich wusste gar nicht, dass es dafür ein Wort gibt«, sagt die dritte Frau neugierig. »Sprache ist ja *so* interessant.«

»Genau!« Ich lächle sie an. »Und diese sorgsam ausgewählten Produkte verströmen dieses wundervolle Gefühl«, füge ich hinzu und deute auf den Tisch. »Die Duftkerzen beruhigen Ihre Nerven … Die Decke vermittelt Ihnen, dass alles gut ist … und die Schokolade sagt: Gut gemacht, du hast es geschafft, du hast dir eine kleine Belohnung verdient!«

Die böse Blonde mustert mich immer noch hochnäsig, doch ihre Freundinnen scheinen ganz fasziniert zu sein.

»Ich nehme eine Kerze«, sagt die dunkelhaarige Frau.

»Ich werde mir etwas Schokolade gönnen«, wirft die dritte Frau ein. »Ich denke, wir haben uns eine Belohnung verdient, was?«

»Nun, möglicherweise nehme ich eine Decke«, sagt die böse Blonde widerwillig.

Verwundert sehe ich, dass alle drei Frauen Dinge vom Tisch nehmen und sie interessiert betrachten. *Sprygge* hat funktioniert!

Als ich merke, dass Suze und Irene mich vom anderen Ende des Shops aus beobachten, lächle ich stolz zurück.

»Dann lasse ich Sie noch ein wenig stöbern«, sage ich zu den Frauen. »Wenn Sie noch weitere Hilfe benötigen, wenden Sie sich bitte gern an mich.«

Ich gehe zu Suze und Irene hinüber und balle unauffällig eine Siegerfaust.

»Wow, Bex«, sagt Suze, als ich bei ihr ankomme. »Das klang ja fantastisch!«

»Sehr interessant, Liebes«, sagt Irene bewundernd.

»Guck mal, die kaufen einen ganzen Schwung Sachen«, flüstert Suze. »Bex, woher weißt du das alles über *sprygge*?«

Ich mache den Mund auf, um ihr zu erklären, dass ich mir das alles nur ausgedacht habe – da stutze ich. Ganz kurz habe ich eine Lederjacke gesehen, am Eingang. Ist das …

Ja. Er ist es. Craig. Wow. Ich hatte nicht erwartet, ihn so bald wiederzusehen.

Ich meine, nicht dass ich ihn überhaupt erwartet

hätte. Ich hatte nur … Egal. Er ist hier. Bevor ich mich bremsen kann, werfe ich meine Haare zurück und lehne mich mit kühlem Blick lässig gegen den Tresen.

»Was ist denn, Bex?«, fragt Suze überrascht, dann dreht sie sich um und sieht, was ich sehe. »Oh. Oh!« Abrupt fährt sie zu mir herum und sagt: »Oh!«, mit wissendem Unterton. Langsam wandert ihr Blick von den blauen Strähnen in meinen Haaren bis hinunter zu meinen edgy Stiefeln. »*Oh*«, sagt sie ein viertes Mal, diesmal mit Nachdruck. »*Ooooooh.*«

Also ehrlich, kann sie nicht mal aufhören, dauernd »Oh« zu sagen?

»Was?«, sage ich und gebe mir Mühe, dabei nicht allzu trotzig zu klingen.

»Du siehst heute ziemlich nach *Rock Chick* aus, stimmt's?« Noch immer mustert Suze mich mit kleinen Augen. »Ich hatte mich schon gefragt, was du wohl im Schilde führst.«

»*Rock Chick?*« Ich versuche, erstaunt zu klingen angesichts der Vermutung. »Ehrlich, Suze. Ich trage doch nur … du weißt schon. Meinen ganz normalen Look.«

»Normal?«, prustet Suze. »Diese Stiefel nennst du normal? Und deine blaue Strähne?« Sie spricht leiser. »Du willst cool aussehen für den Rockgott.«

»Nein, will ich nicht!«, erwidere ich mit wütendem Unterton. »Und außerdem tust du das auch!«, füge ich hinzu, als mir auffällt, dass Suze eilig ihr Haargummi aus den Haaren löst und sie glatt streicht. »Und schschscht! Da kommt er! Oh, hi«, sage ich lässig, als Craig zu uns herüberschlendert. »Wie war es in Warschau? Wie war Blink Rage? Wie war die Szene da?«

»Ganz gut«, sagt Craig mit seiner entspannten, rauchigen Stimme. »Du hättest mitkommen sollen, Becky.«

»Warschau?«, fragt Suze. »Ich wusste gar nicht, dass ihr nach Warschau wolltet. Wann habt ihr das denn überlegt, Bex?«

»Becky und ich haben uns neulich zufällig am Bahnhof getroffen«, sagt Craig leichthin.

»Ach *so*?«, sagt Suze und zieht die Augenbrauen hoch. »Zufälle gibt's …«

»Das Cottage ist super«, sagt Craig und wendet ihr seinen dunklen Blick zu. »Der Whirlpool ist eingebaut. Ich will hier nie mehr weg!«

»Wow«, sagt Suze und wird ein bisschen rot. »Ich freue mich, dass dir das Haus gefällt.«

»Ich liebe es!«, sagt er voller Inbrunst. »Ich. Liebe. Es.« Dann sieht er mich wieder an mit diesem intensiven Blick.

»Also, Becky, wir sollten mal zusammen was trinken gehen. Ein paar Tequilas versenken!«

»O ja!« Ich schlucke, gebe mich lässig. »Ja! Tequila! Unbedingt!«

»Wir könnten uns im *Lamb & Flug* treffen. Von da aus weitersehen? Bring deinen Mann mit«, fügt er noch hinzu. »Ich würde ihn gern kennenlernen. Hast du heute Abend Zeit?«

»Äh, ja«, sage ich etwas verunsichert. »Allerdings bräuchte ich einen Babysitter …«

»Das könnte ich machen, wenn du möchtest«, sagt Suze und wirft mir einen süffisanten Blick zu. »Ich kann Minnie mitnehmen, wenn ich die Statuen abhole. Geh du ruhig feiern!«

»Abgemacht.« Craig lächelt, wobei er so kleine Fältchen um die Augen bekommt. »Sagen wir … sieben Uhr?«

»Perfekt!«

»Bis dann, Becky.« Er legt seine Hand auf meinen Arm und drückt ihn leicht, dann wandert sein Blick abwärts. »Schicke Stiefel«, fügt er augenzwinkernd hinzu.

Und schon ist er wieder weg, schlendert ohne Eile aus dem Laden. Als ich ihm hinterhersehe, merke ich plötzlich, dass ich die Luft anhalte. Ich bin mir ziemlich sicher, dass es Suze genauso geht.

»O mein *Gott*«, sagt Suze, sobald sich die Tür hinter ihm geschlossen hat, und sie fährt zu mir herum. »Was war *das*?«

»Was meinst du?«, entgegne ich.

»*Das!*« Ausdrucksvoll fuchtelt sie mit den Händen herum. »All die britzelnden Blicke!«

»Das waren keine britzelnden Blicke!«

»Doch, und wie! Du bist ja fast dahingeschmolzen.«

»Genau wie du«, erwidere ich, und Suze wirkt etwas verschämt.

»Okay, ein bisschen vielleicht«, gibt sie zu. »Aber das ist egal, denn er interessiert sich nicht für mich. Er hat nicht *mich* um ein Date im Pub gebeten.«

»Das wird kein *Date*.« Abschätzig rolle ich mit den Augen. »Und er interessiert sich auch nicht für mich.«

»Und was war das mit seiner Hand auf deinem Arm?«, meint Suze. »Da war doch definitiv sexuelle Spannung drin. Ich hab's gesehen.«

Bevor ich es verhindern kann, merke ich doch, dass

ich ein klitzekleines bisschen stolz bin. Was *nicht* daran liegt, dass ich mich für Craig interessiere. Natürlich nicht. Es ist nur, wenn sich dein alter, mittelmäßig aussehender Freund unerwartet in einen Rockgott verwandelt, schmeichelt es einem doch, wenn er immer noch … du weißt schon.

Schließlich bin ich auch nur ein Mensch.

»Hast du Luke von Craig erzählt?«, will Suze wissen.

»Äh …«

Ich muss kurz überlegen. Ehrlich gesagt habe ich das nicht. Was komisch ist. Warum eigentlich nicht?

Ich zermartere mir das Hirn, um es herauszufinden. Ich schätze, es hat sich einfach nicht ergeben. Aber da ist absolut nichts *Finsteres* dran. Ich *verberge* ja nichts. Es liegt nur daran, dass wir beide viel um die Ohren haben und wir einander nicht jeden Tag jede kleine Einzelheit erzählen.

Aber wenn ich das Suze gegenüber zugebe, wird sie überreagieren. Sie wird denken, dass ich »etwas vor Luke verheimliche«. Sie meint es gut, aber sie ist hypersensibel, und ich kann es ihr nicht mal verübeln. Sie hatte diese wacklige Phase mit Tarkie, und da hat sie ihm einiges verheimlicht. (Und mir. Und der Welt.) Aber das jetzt ist überhaupt nicht damit zu vergleichen.

»Selbstverständlich habe ich Luke davon erzählt!«, sage ich und kreuze meine Finger hinter dem Rücken. »Er findet es zum Schreien komisch. Wir machen Witze darüber.«

»Oh.« Suze sieht aus, als wäre sie direkt ein bisschen enttäuscht. »Oh. Okay.«

Es ist halb wahr, sage ich mir, denn ich *werde* es Luke erzählen. Sobald er mir heute Abend über den Weg läuft, werde ich ihm alles über Craig erzählen, und wir werden lachen, und alles wird gut.

»Na, dann viel Spaß heute Abend«, sagt Suze mit erhobenem Kinn. »Genieß es.«

»Suze, möchtest du heute Abend auch mit in den Pub kommen?«, frage ich eilig. »Du bist bestimmt auch eingeladen.«

»O nein!«, erklärt Suze würdevoll. »Er ist dein Freund. Warum sollte ich mitkommen wollen? Erzähl mir, wenn du am Ende im Whirlpool landest«, fügt sie mit demselben süffisanten Blick hinzu. »Du solltest am besten deinen Bikini mitnehmen.«

ZEHN

Ehrlich. Meinen Bikini mitnehmen. Was für eine absurde Idee.

Obwohl – sollte ich? Für alle Fälle?

Nein. *Nein.* Wir landen nicht im Whirlpool, auf keinen Fall. Wir gehen nur auf einen kleinen Drink in den Dorfpub.

Während ich so in der Küche sitze, Minnie ihr Malbuch ausmalt und wir darauf warten, dass Luke nach Hause kommt, werde ich doch ein wenig unruhig bei der Vorstellung, Luke erzählen zu müssen, dass erstens mein Ex jetzt im Dorf wohnt, er zweitens Rockmusiker ist und uns drittens heute Abend auf einen Drink eingeladen hat.

Also, das ist nicht wirklich ein *Problem.* Aber es sind doch ziemlich viele Informationen, so aus heiterem Himmel. Suze hat recht, ich hätte Craig schon mal erwähnen sollen. Ich weiß gar nicht, warum ich es nicht getan habe.

Als ich die Haustür höre, atme ich tief ein, mache mich bereit, meine kleine Erklärung vom Stapel zu lassen, doch Luke kommt hereingestürmt, voller Energie, und legt zuerst los.

»Den ganzen Tag musste ich an deine Stiefel denken«, sagt er, kommt herüber und betrachtet mich mit leuchtenden Augen. »Und sie gefallen mir jetzt sogar noch besser als heute Morgen. Wird es nicht langsam Zeit, Minnie ins Bett zu bringen?« Er sieht sich unsere Kleine an. »Ich glaube, heute geht sie mal früher schlafen, was? Nicht, Mäuschen?«

Was er vorhat, ist so offensichtlich, dass ich lachen muss. Ich stehe auf und sage:

»Wie war dein Tag?« in der Absicht, das Gespräch schnell auf das Thema Craig zu lenken, doch Luke ignoriert meine Frage.

»Folgende Idee«, sagt er und legt seinen Arm um mich. »Wir wäre es, wenn wir beide nach Weihnachten mal wegfahren? Wenn du gern nach Warschau möchtest, Becky, warum nicht? Ich habe in der Mittagspause ein bisschen gegoogelt. Hab ein tolles Hotel mit Wellness-Bereich gefunden, gleich beim Präsidentenpalast. ›Paarmassagen möglich‹«, fügt er mit glühendem Blick hinzu.

»Das klingt ja fantastisch«, sage ich ein wenig atemlos, weil ich dringend so schnell wie möglich auf das Thema Craig kommen möchte. »Also, äh, mir ist was Lustiges passiert!« Ich mache eine Pause, um meine Worte zu ordnen, doch Luke scheint mich überhaupt nicht zu hören.

»Was du neulich zu mir gesagt hast, hat mich nachdenklich gemacht«, sagt er ernster. »Du hast völlig recht, wir sollten am Puls der Zeit bleiben. Du experimentierst immer mit Kleidung und Musik, Becky – und ich möchte dir in nichts nachstehen. Warum sollten wir nicht durch die Danziger Clubs ziehen? Warum nicht übers Wochenende nach Warschau fliegen? Sprichst du ein bisschen Polnisch?« Er grinst mich an. »Ich habe ›hübsche Stiefel‹ beim Google-Übersetzer eingegeben. Es heißt *Świetne buty*«, sagt er genüsslich. »Świetne buty, kochanie. Das heißt ›Hübsche Stiefel, Liebling‹.«

»Aha!«, sage ich in der Hoffnung, damit endlich seinen enthusiastischen Redefluss zu stoppen. »Also, jedenfalls muss ich dir was erzählen.«

»Was?«, fragt Luke, fährt mit der Hand an meinem Rücken hinab und drückt meinen Hintern. »Du hast noch drei Paar von diesen Stiefeln gekauft und sie unterm Bett versteckt? Soll mir recht sein, solange du sie mit nach Warschau nimmst.«

»Nein!« Ich lache nervös. »Es ist nur … also …«

»Juuuhuuuu!« Suzes fröhliche Stimme unterbricht mich, und da steht sie auch schon in der Tür, mit einem großen Karton in der Hand. »Eure Tür war offen, und das hier stand davor.«

»Ach ja!« Luke schlägt sich mit der flachen Hand an die Stirn. »Das wollte ich noch reinholen, wurde aber von meiner hübschen Ehefrau abgelenkt.

Ich sehe, wie sich Suzes Stirn glättet, als sie uns so sieht. Sie stellt den Karton auf den Tisch und grinst.

»Tut mir leid, wenn ich euer kleines Love-in unterbrechen muss. Ich bin gekommen, um die grotesken Statuen abzuholen.«

»Ausgezeichnet!«, sagt Luke. »Mein Tag wird immer besser. Gläschen Wein, Suze? Wir planen gerade einen kleinen Trip nach Warschau.«

»Warschau!«, sagt Suze überrascht – dann leuchten ihre Augen. »Fliegt ihr mit Craig?«

»Craig?«, wiederholt Luke.

»Du weißt schon, Beckys Exfreund«, sagt Suze unbekümmert. »War der nicht gerade am Wochenende in Warschau? Hat Becky dir von seinem Whirlpool erzählt?«, fügt sie kichernd hinzu. »Ich war eben da, um ihn mir anzusehen. Das Ding ist riesig. Ich traue mich gar nicht, Tarkie davon zu erzählen. Der flippt aus.«

Erwartungsvoll sieht sie Luke an, doch der steht nur da, mit der Weinflasche in der Hand, und wirkt doch eher verwundert.

»Exfreund?«, fragte er nach kurzer Pause.

»Warte mal, Suze … Ich habe Luke noch gar nicht von Craig erzählt.« Ich gebe mir Mühe, beiläufig zu klingen, doch Suze starrt mich mit unverhohlenem Entsetzen an.

»Aber du hast doch gesagt, du hättest es ihm erzählt!«, platzt sie heraus. »Du hast gesagt, Luke weiß Bescheid!«

Ich bin doch leicht frustriert. Warum muss Suze denn so reagieren? Sie macht was Schräges daraus, obwohl da gar nichts ist.

»Es ist keine große Sache!«, sage ich lachend und wende mich Luke zu. »Dieser Typ namens Craig, mit dem ich mal zusammen war – vor *ewigen* Zeiten an der Uni –, jedenfalls ist er in Suzes Cottage eingezogen. Und er hat uns heute Abend auf einen Drink eingeladen. Das ist alles.«

»Aha.« Das muss Luke erst mal verdauen. »Und was hat das mit Warschau zu tun?«

»Er war am Wochenende in Warschau. Er hatte dich

doch eingeladen, oder, Becky?«, fügt Suze hinzu, und ich sehe, wie ein dunkler Schatten über Lukes Gesicht zieht.

»Verstehe«, sagt er ausdruckslos. »Und deswegen … Ich hol mal eben den Wein.«

»So bin ich auf die Idee mit Warschau gekommen«, sage ich. »Da sollten wir unbedingt mal hin, Luke! Es klingt total spannend!«

Ich versuche, die Stimmung wiederherzustellen, die wir eben noch hatten, bin mir aber nicht sicher, ob es funktioniert. Luke schenkt drei Gläser ein, und als er aufblickt, lächelt er wieder, denn so ist Luke.

»Und was macht der Typ in Letherby?«, erkundigt er sich.

»Er ist ausgebrannt nach einer Tour«, sagt Suze wohlinformiert. »Er ist ein echter … du weißt schon. Rockstar. Lederjacke, Stiefel, Tattoos, lange Haare … ein bisschen *grungy*. Mit dir nicht zu vergleichen, Luke«, sagt sie hastig. »Er ist *total* anders.«

Ich glaube, Suze versucht, Luke zu beruhigen. Aber irgendwie wünschte ich, sie würde es nicht tun.

»Verstehe«, sagt Luke noch mal, und sein Blick schweift über meine blau gesträhnten Haare, dann über mein ausgefranstes Kostüm bis hinab zu meinen neuen Stiefeln. Einen Moment lang betrachtet er sie schweigend, dann sieht er mir ins Gesicht, das langsam heiß wird, keine Ahnung, wieso.

Hilflos starre ich zurück und denke: »Nein! Du täuschst dich!«

Aber worin täuscht er sich denn eigentlich? Ich möchte nicht erraten, was Luke denkt. Ich möchte nicht aus einem winzig kleinen Nichts ein Etwas machen, wenn da nichts ist. Und da *ist* nichts.

»Jedenfalls …« Ich gebe mir Mühe, heiter zu klingen. »Er hat gefragt, ob wir heute Abend mit ihm was trinken wollen. Suze hat sich als Babysitter angeboten.«

»Schön«, sagt Luke genauso ausdruckslos. »Das wird nett.«

Mein Kopf kribbelt, und ich spüre, dass Suze mich vielsagend anstarrt, aber ich möchte ihren Blick nicht erwidern. Am liebsten möchte ich eine perfekte, unbeschwerte Bemerkung machen, die augenblicklich alle Wogen glättet. Im Moment will mir allerdings keine einfallen.

Als wir durch die winterlichen Straßen von Letherby zum *Lamb & Flag* laufen, sieht das Dorf wie verzaubert aus. Die Fenster aller Cottages sind beleuchtet, und auf dem Marktplatz steht ein Weihnachtsbaum, an dem kleine Lichter funkeln. Idyllisch ist es hier, und ich mag es wirklich gern. Selbst wenn es nicht so edgy wie Shoreditch ist.

Allerdings kann ich meine Umgebung nicht wirklich genießen, denn ich bin doch etwas nervös. Luke hat nicht mehr viel gesagt, seit ich ihm unterbreitet habe, dass wir mit meinem Exfreund was trinken gehen.

Ich meine – mal ehrlich! Das ist doch kein großes Ding. Zumindest sollte es das nicht sein. Der Umstand, dass Craig mein Exfreund ist, hat doch nichts zu bedeuten. Luke sollte es nicht so eng sehen. Wäre ich an seiner Stelle, hätte ich damit jedenfalls kein Problem. Ich zumindest habe es nicht so eng gesehen, als wir vor ein paar Jahren seiner Exfreundin Venetia über den Weg gelaufen sind. *Hab* ich nicht.

(Bis wir heftig Streit bekamen, aber den hat er total provoziert.)

Entscheidend ist doch, dass Craig ein talentierter, interessanter Typ ist. Außerdem ist er unser Nachbar, und wir sollten uns mit ihm gut stellen.

»Ich schätze, dass du wahrscheinlich gern alles über Craig erfahren möchtest«, sage ich beiläufig, als wir so vor uns hin gehen.

»Eigentlich nicht«, sagt Luke mit schwer identifizierbarem Unterton.

»Ach. Oh. Na gut, jedenfalls … Wir waren nur ganz kurz zusammen«, plappere ich nervös. »Also. Im Grunde ist er fast gar kein Exfreund.«

»Hmhm«, macht Luke, als wäre dieser Umstand für ihn nicht von Interesse.

»In gewisser Hinsicht ist er dir ganz ähnlich«, sage ich nach kurzer Überlegung. »Er ist auch viel auf Reisen.«

Noch während ich diese Worte ausspreche, sehe ich erst Luke vor mir, wie er mit Mantel und Aktenkoffer auf das Flughafengebäude zugeht, dann Craig bei Instagram, wie er in seinem Tourbus herumlümmelt, Bildunterschrift: *#verkatert*. Ich muss zugeben, dass sie einander *doch* nicht so ähnlich sind. Aber darauf werde ich jetzt nicht näher eingehen.

An einer Kreuzung bleiben wir stehen, und ich zupfe an meiner neuen abgefahrenen Strumpfhose mit

Totenkopfmuster. Ich habe sie von derselben Website wie die scharfen Stiefel, und sie ist etwas zu eng, sieht aber so was von edgy aus. Tatsächlich ist mein ganzes Outfit edgy. Unter meinem Mantel trage ich ein graues ausgefranstes T-Shirt und einen schwarzen ledernen Minirock. Außerdem habe ich meine neuen schwarz-silbernen Totenkopfohrringe angelegt und stahlblauen Lidschatten aufgetragen. Und dann habe ich mir die Haare mit einem Lederband zusammengebunden.

Ich blicke zu Luke auf, der noch seinen Anzug von der Arbeit trägt, und ich merke doch, dass ich damit ein wenig unzufrieden bin. Wir gehen mit einem Rockstar Tequila trinken, und er sieht aus, als wollte er eine Präsentation auf einer Vorstandssitzung halten.

»Willst du nicht dein Hemd aufknöpfen?«, schlage ich vor. »Entspann dich doch mal, Luke! Lass dich darauf ein!«

Ich verwuschle seine Haare ein bisschen. Ich hoffe, er kommt langsam mal runter, aber er guckt mich nur an.

»Möchtest du, dass ich nach Hause gehe und eine zerrissene Lederjacke anziehe?«

»Nein!«, sage ich lachend. »Sei nicht albern!« Ich zögere, dann füge ich hinzu: »Hättest du denn eine zerrisse Lederjacke?«

Er sieht mich gleich noch mal so an, und ich beiße mir auf die Lippe. Klar. Ich Idiot.

Wir laufen noch ein Stückchen weiter, aber Luke sagt kein Wort. Bilde ich es mir ein, oder wird er immer angespannter? Mehrmals sehe ich zu Luke hinüber, doch er starrt nur stur geradeaus. Und mit einem Mal, als der Pub schon in Sichtweite ist, habe ich so ein Gefühl, als wäre das Ganze möglicherweise ein Riesenfehler.

Will ich es einfach nicht wahrhaben? Gibt es da eine sexuelle Spannung zwischen Craig und mir?

Ich meine: Na gut, okay. Hand aufs Herz – ich habe mir Mühe gegeben, heute edgiger zu wirken. Wegen dem, was Craig gesagt hat. Aber deswegen *steh* ich ja nicht gleich auf ihn.

Oder?

Na ja, vielleicht stehe ich doch ein bisschen auf ihn, einfach weil er objektiv gut aussieht und jede Frau auf ihn stehen würde. (Siehe Suze.) Aber ich *will* ihn nicht.

Oder doch?

O Gott. Will ich ihn, *ohne mir dessen bewusst zu sein*? Wünscht sich mein Unterbewusstsein eine Affäre mit Craig?

Schweigend laufe ich weiter, fühle mich ein wenig atemlos, während ich die hintersten Ecken meiner Erinnerung durchforste. Das Problem ist, wenn man sein Unterbewusstsein fragt, was es möchte, lacht es einen nur aus und sagt: »Komm doch selber drauf, du Dussel.«

Und Luke? Er wirkt ganz ruhig – aber brodelt in ihm die Eifersucht? Als wir vor dem Eingang des Pubs stehen, habe ich einen dicken Kloß im Hals. Sollte ich die Verabredung lieber absagen und vorschlagen, dass wir wieder nach Hause gehen? Aber würde es nicht alles nur noch schlimmer machen, wenn ich das tue?

Aber was ist, wenn Luke und Craig Streit bekommen? Oder sich *duellieren*? Ich habe keine Ahnung, woher dieser Gedanke kommt, aber plötzlich sehe ich Luke in seinem Armanianzug und Craig in seiner Lederjacke, wie sie mit Degen auf einander einschlagen, mitten im Pub auf den Tresen springen und zwischen den Stühlen kämpfen, während ich verzweifelt schreie: »Bitte! Streitet doch nicht um mich! Das Leben ist doch viel zu kostbar!«

»Becky?« Luke sieht mich so seltsam an. »Gehen wir rein?«

»Ach so.« Ich komme zu mir und blinzle ein paar Mal. »Ja. Gehen wir.«

Drinnen ist es warm und gemütlich, mit knisterndem Feuer im Kamin. Aus den Lautsprechern hört man Chris Rea, der davon singt, dass er zu Weihnachten nach Hause fährt, und der Duft von Glühwein liegt in der Luft. Als ich meinen Mantel ausziehe, merke ich, dass das Mädchen hinterm Tresen neugierig mein Outfit begutachtet.

»Wollt ihr noch auf 'ne Kostümparty?«, fragt es.

Echt jetzt. So was würden sie einen in Shoreditch nicht fragen.

»Nein. Nur mal vor die Tür«, erwidere ich kühl. »Freunde treffen.«

Das Wort »Freunde« klingt in meinen Ohren direkt geheimnisvoll und verschwörerisch. Noch nie habe ich mich wie eine Femme fatale gefühlt – aber in diesem Moment komme ich mir vor wie in einer Ménage à trois in einem Film noir, und jetzt kommt die entscheidende Szene.

»Luke, du weißt doch, dass ich dich liebe, oder?«, sage ich mit tiefer, bebender Stimme.

»Ja«, sagt Luke und sieht mich dabei an, als wäre ich ein Idiot.

»Was kann ich dir bringen, Becky?«, fragt Dave, der Wirt, freundlich. Doch bevor ich etwas antworten kann, fliegt hinter mir die Tür des Pubs auf, und ich höre Craigs Stimme, in meinem Kopf untermalt von Geigen:

»Becky!«

Im Grunde ist es genau wie in *Casablanca*. (Nur in einem Pub. Und nicht in Schwarzweiß. Und nicht in Casablanca.)

»Craig«, sage ich atemlos und fahre herum. Dann blinzle ich überrascht. Er trägt kein Leder. Er trägt einen Mantel. Und hat er sich rasiert?

Er begrüßt mich mit einem Küsschen auf jede Wange – dann drehe ich mich unsicher zu Luke um.

»Luke … das ist Craig«, sage ich bedeutsam.

Ich weiß gar nicht genau, was ich erwartet habe. Eine sofortige Konfrontation? Aber natürlich geschieht nichts dergleichen. Sie reichen sich die Hand, und Luke sagt: »Willkommen in Letherby«, woraufhin Craig sagt:

»Danke, Mann. Kalt da draußen. Was trinkt ihr?«

Die ganze Film-noir-Stimmung hat sich in Luft aufgelöst. Die beiden klingen wie zwei ganz normale Typen im Pub.

»Was kann ich dir bringen, Becky?«, fragt Dave noch mal. »Das Übliche? Baileys auf Eis?«

Das bringt mich richtig in Verlegenheit. Baileys auf Eis ist *nicht* das Übliche. Das hatte ich nur ein paar Mal.

»Tequila, bitte«, sage ich mit meiner coolsten Stimme und einem Blick zu Craig. »Wir trinken Tequila, oder?«

»Tequila?«, fragt Luke erstaunt, aber ich tue, als hätte ich ihn nicht gehört.

»Für mich nicht«, sagt Craig und winkt ab. Ich starre ihn an.

»Wie meinst du das?«

»Das mit dem Tequila war nicht mein Ernst«, sagt er lächelnd. »Ich kann das nicht mehr, seit ich mir die Magenschleimhaut kaputt gemacht habe. Ich halte mich an den Wein. Aber lasst euch von mir nicht den Spaß verderben«, fügt er hinzu und wendet sich an Luke.

»Ich trinke auch Wein«, sagt Luke entschlossen. »Die haben hier einen netten Malbec …«

»Den Malbec.« Craig nickt begeistert. »Das ist ein guter Wein. Den hatte ich Sonntag zum Mittagessen.«

Malbec? Seit wann trinken Rockgötter *Malbec?*

Verwundert sehe ich mir an, wie Dave zwei Gläser Wein und einen Tequila einschenkt. Irgendwie komme ich mir blöd vor. Ich will doch nicht allein Schnaps trinken.

»Cheers«, sagt Craig und stößt mit uns an. Die beiden Männer nippen an ihrem Wein, und ich kippe meinen Tequila.

Ui. Der war ganz schön stark. Alles ist etwas verschwommen.

»Möchtest du gleich noch einen?«, fragt Dave und betrachtet mich mit Interesse.

»Äh … vielleicht gleich«, sage ich und nehme mir

ein Taschentuch, um meine tränenden Augen abzutupfen.

»Du stehst also auf Wein?«, fragt Craig gerade Luke.

»Schon«, sagt Luke. »Du auch?«

»Hab erst vor kurzem angefangen, mich damit zu befassen«, sagt Craig auf seine rauchige, entspannte Art. »Mein Kumpel Adam – Leadsänger von Blink Rage – hat neulich eine Kiste Château Lafite bei Sotheby's ersteigert. 1916.«

»Davon habe ich gelesen«, sagt Luke, und sieht schon viel freundlicher aus. »Nach allem, was man so hört, gab es einen echten Bieterstreit.«

»Es war heftig«, sagt Craig. »In dem Moment war ich gerade bei Adam. Er hat per Telefon mitgeboten und ist fast ausgeflippt ... Hey, wollt ihr am Feuer sitzen?«, fragt er, als ein paar Leute von ihren Plätzen aufstehen.

»Klar.« Luke nickt. »Gute Idee.«

Als die beiden zum Feuer rübergehen, sehe ich ihnen hinterher und bin doch irgendwie gekränkt.

Als ich gehofft habe, Luke und Craig würden sich gut verstehen, meinte ich damit nicht, sie sollten sich über Wein unterhalten und mich komplett *ignorieren*.

»Becky, kommst du mit?«, fragt Luke und blickt sich um. »Und möchtest du noch einen Tequila?«, fügt er hinzu.

Macht er sich über mich lustig?

»Ich hole mir auch ein Glas Wein«, sage ich würdevoll.

Ich warte, bis Dave mir meinen Wein eingeschenkt hat, und bestelle dazu noch ein paar Chips. Und eben will ich mich zu Luke und Craig ans Feuer gesellen, als die Tür aufgeht und eine Frau hereinkommt. Sie ist etwa in meinem Alter, trägt einen Mantel und ein sehr enges Businesskostüm mit ziemlich beeindruckendem Dekolleté. Sie hat lange, glatte Haare, eine leichte Solariumsbräune und ausgesprochen modellierte Augenbrauen. Und sie hat sich definitiv die Lippen aufspritzen lassen. (Wahrscheinlich zweimal. Beim ersten Mal hat sie bestimmt gesagt: »Aber es muss natürlich aussehen«, und dann beim zweiten Mal: »Ich bin begeistert! Mehr davon! Viel mehr!«

Erstaunt mustert sie meine Totenkopfstrumpfhose, dann meine Totenkopfohrringe und beißt amüsiert auf ihre dicke Lippe – dann schweift ihr Blick durch den Pub.

»Craig!«, ruft sie mit nasaler Stimme.

»Baby!« Craigs ganzes Gesicht erstrahlt, und er kommt auf die Beine. »Baby, hier drüben! Luke, Becky, ich möchte euch Nadine vorstellen. Meine Freundin.«

Seine …

Was?

Warum sollte Craig keine Freundin haben? Selbstverständlich hat er eine Freundin. Ich weiß gar nicht, wieso ich gedacht haben könnte, dass er keine Freundin hat. Eigentlich kann es nicht überraschen.

Obwohl, was dann doch überrascht, ist …

Na ja. Sie.

Hätte jemand »Craigs Freundin« gesagt, hätte ich mir ein cooles Rock-Chick vorgestellt. Mit stahlblauem Lidschatten und grungiger Strumpfhose, wie die

Mädchen von seinen Instagram-Posts. Aber Nadine ist nichts dergleichen.

Sie hat sich was zu trinken geholt und setzt sich zu uns, und ich kann nicht anders, als sie fassungslos anzustarren. *Unmöglich* kann sie mit Craig zusammen sein. Und doch ist sie es offenbar. Sie ist sehr adrett und fährt einen kleinen Fiat und kann Craigs Musik anscheinend nicht leiden, was er immer wieder betont, als wäre es was *Gutes*.

»Sie weigert sich, zu meinen Konzerten zu kommen«, sagt er lachend. »Sie will nicht mit auf Tour. Stimmt's, Babe? Weigert sich einfach.«

»Blink Rage?«, sagt Nadine daraufhin und nimmt einen großen Schluck Prosecco. »Was ist denn das überhaupt für ein Name? Und habt ihr gehört, was für einen Krach die machen?« Abschätzig schweift ihr Blick wieder über meine Totenkopfstrumpfhose. »Aber möglicherweise stehst du ja darauf, Becky …«

»Mein Geschmack ist breit gefächert«, sage ich mit lässigem Schulterzucken. »Ich habe mich früher mit Craigs Band in Bristol herumgetrieben. So sind wir zusammengekommen. Damals. Die gute alte Zeit«, füge ich schwärmerisch hinzu.

Ich gehe davon aus, dass Nadine weiterfragt, doch sie macht nur: »Hmhm«, mit einem ausgeprägten Mangel an Interesse, dann wendet sie sich Luke zu.

»Also, über *deine* Firma weiß ich alles«, sagt sie. »Brandon Communications. Ist richtig berühmt. Dort, wo du bist, möchte ich eines Tages auch sein. Fakt ist, du bist mein großes Vorbild.«

Sie beugt sich vor und betrachtet Luke mit ihren

wasserblauen Augen. Und mir fällt auf, dass sie dabei mit einem Arm ihr Dekolleté hervorhebt.

»Nadine kommt mit ihrer Marketingfirma wirklich gut voran«, sagt Craig. »Sie hat gerade einen neuen Klienten. Sportswear.« Er trinkt von seinem Wein und tätschelt stolz ihren Arm.

»Ich würde so gern von dir lernen, Luke«, haucht Nadine. »Alles, was du mir beibringen kannst. Wie hast du angefangen? Wie war das am Anfang? Du bist mir ein solches Vorbild.«

Immer wenn sie etwas sagt, schiebt sie ihr Dekolleté etwas weiter vor. Ist das ihr Ernst? Ich sehe Luke an, suche seinen Blick … doch er scheint ganz fasziniert von Nadine.

»Meinen langen, mühsamen Weg ins Business willst du nicht hören«, sagt er lachend.

»O doch!« Nadine klimpert mit den Wimpern. »Fakt ist, dass ich jedes einzelne Detail wissen möchte. Ich will alles von dir lernen.«

»Das kann ich nur bestätigen«, gibt Craig ihr recht. »Sie hat mich echt bearbeitet! ›Stell mich Luke Brandon vor!‹ Kein Interesse, Blink Rage kennenzulernen. Muss nicht sein. Aber *dich* will sie kennenlernen!«

»Na«, sagt Luke amüsiert. »Ich fühle mich geschmeichelt. Möchtest du auch noch ein Glas Wein, Craig?«

»Ich kümmere mich drum«, sagt Craig und steht auf. »Plaudert ihr zwei ruhig weiter. Becky, alles okay?« Er wirft mir einen flüchtigen Blick zu.

»Aber natürlich!«, sage ich mit strahlendem Lächeln. »Ich bin versorgt. Alles gut!«

Aber es *ist* nicht alles gut. Eine Stunde später ist mein Lächeln endgültig eingefroren. Dieser Abend ist das absolute Gegenteil von dem, was ich mir vorgestellt habe.

Luke und Nadine sind in ein langweiliges Fachgespräch über Marketing vertieft, an dem niemand sonst teilnehmen kann. Ungefähr tausend Mal hat Nadine erklärt, »Fakt ist, du ist mein großes Vorbild, Luke!« (Alle paar Minuten sagt sie »Fakt ist«, und es macht mich *wahnsinnig*.) Aber Luke scheint das nicht zu stören. Er scheint sich einfach nur über die Aufmerksamkeit zu freuen.

Währenddessen hat Craig meine Versuche, mich mit ihm zu unterhalten, komplett ignoriert. Ich habe es mit jedem Thema probiert, von Musik bis Kiew (ich habe da ein bisschen recherchiert). Am Ende wollte ich ihm sogar von unserem Brunch in Shoreditch erzählen. Aber jedes Mal hat er mittendrin abgebrochen, um Luke zu versichern, was für ein Arbeitstier Nadine sei, wie gut sie sich mit Computern auskenne und dass sie seiner Website ein völlig neues Design verpasst habe.

»Noch was zu trinken, Luke?«, fragt Nadine, als ihr auffällt, dass sein Glas leer ist. Er wirft einen Blick auf seine Uhr, dann sieht er mich fragend an.

»Wir sollten vielleicht lieber los«, sage ich und gebe mir Mühe, bedauernd zu klingen. »Ich habe Suze versprochen, dass es nicht so spät wird. Aber es war wirklich nett, dich kennenzulernen.«

»Oh, dich auch, Becky!«, sagt Nadine unaufrichtigerweise, dann sieht sie meine Nietenstiefel an. »Bringen die einen nicht um? Ich kann auf hohen Absätzen nicht laufen. Ich stehe weder auf Rockmusik noch auf Absätze über fünf Zentimeter. Punktum.« Sie wirft Craig einen zufriedenen Blick zu, und er himmelt sie an.

»Nadine weiß, was sie will«, sagt er, und Stolz spricht aus seiner Stimme. »Immer.«

»Warst du letztes Wochenende mit in Warschau?«, kann ich mir nicht verkneifen.

»Warschau?«, sagt Nadine und wirft ihr Haar zurück. »Keine Chance! Ich habe gearbeitet. Außerdem mag ich Craigs Musikerfreunde nicht. Zu schmuddelig.« Sie rümpft die Nase. »Und ich reise auch nicht so gern.«

Okay, diese Beziehung verstehe ich nicht. Sie mag weder Musiker noch Rockmusik oder Reisen. Was haben die beiden gemeinsam? Was nur?

»Na gut, wir sehen uns!«, sage ich und stehe auf. »Es war wirklich nett, mal zu quatschen. Und willkommen in Letherby!«

»Besucht mich doch mal«, sagt Craig, der ebenfalls aufsteht. »Seht euch das Cottage an. Probiert den Whirlpool aus.«

»Oh, der Whirlpool«, sagt Nadine begeistert. »Also, *der* gefällt mir. Ich könnte den ganzen Tag drinbleiben. Magst du Whirlpools, Luke?«

Misstrauisch starre ich sie an. Sie beugt sich ganz nah zu Luke. Hält sie ihn für taub oder so was?

»Ich mag Whirlpools«, antwortet Luke, ohne mit der Wimper zu zucken, und augenblicklich stellen sich mir die Nackenhaare auf. Ich bin mir nicht mal sicher, wieso eigentlich. Es lag wohl an der Art und

Weise, wie er »Whirlpool« gesagt hat. Es klang wie »Sex im Pool«.

»Übrigens gefällt mir dein Schnurrbart, Luke«, sagt Nadine heiser und betrachtet ihn voller Bewunderung. »Wollte ich schon den ganzen Abend sagen. Wie einer von den *Drei Musketieren*.«

»Oh!« Verunsichert streicht Luke darüber. »Ach, weißt du. Der ist nur für einen guten Zweck.«

»Du solltest ihn behalten«, erklärt Nadine feierlich.

»Hab ich auch schon überlegt«, sagt Luke und scheint sich zu freuen.

»Der steht dir *sooo* gut«, schwärmt Nadine. »Passt perfekt.«

Bitte? Nein, tut er nicht! Halt die *Klappe*, Nadine!, denke ich wütend. Lukes Schnäuzer geht dich überhaupt nichts an.

»Ach Luke, bevor ihr geht …«, fügt Nadine an. »Könnte ich dich noch eine Sache fragen? Ich habe diese Website für einen Klienten angefangen, und es gibt da etwas, mit dem ich mir nicht sicher bin …« Sie fängt an, auf ihr Telefon einzutippen, und Luke folgt ihrem Blick, während ich langsam vor mich hin brodle.

»Hey, Becky.« Craigs Stimme dringt sanft an mein Ohr. »Tut mir leid, dass wir dich den halben Abend ignoriert haben.«

»Sei nicht albern!«, sage ich mit aufgesetztem Lächeln.

»Doch, haben wir.« Betrübt sieht er mich an. »Tut mir leid. Nadine ist so aufgeregt, deinen Mann kennenzulernen, ihn auszufragen und das alles. Und ich glaube, ich freue mich einfach so sehr, dass Luke sich mit Nadine versteht und dass *wir* beide uns verstehen … Wir passen gut zusammen, wir vier. Nicht? Und jetzt wohnen wir so nah beieinander. Ich glaube, wir könnten richtig gute Freunde werden. Meinst du nicht auch?«

»Tja«, sage ich und taue ein bisschen auf. »Scheint so.«

»Wir würden uns wirklich freuen, wenn ihr mal bei uns vorbeikommt.« Craig ist nur Zentimeter weit weg und sieht mich mit seinen dunklen Augen an. »Bisschen abhängen. Zeit miteinander verbringen. Relaxen. Wir springen in den Whirlpool und … was auch immer, oder? Nur wir vier, ganz privat.« Beiläufig legt er mir eine Hand auf den Arm. »Ich spiele euch meine neuesten Songs vor. Na, wie klingt das?«

Er spielt uns seine neuesten Songs vor? Okay, das wäre cool. Solange Nadine ihn nicht dauernd unterbricht, um über Einkommensteuer zu reden oder wovon sie da dauernd quasselt.

»Klingt gut«, sage ich ehrlich.

»So weit erst mal. Alles klar. Nadine!«, ruft er. »Becky und Luke wollen uns abends mal besuchen kommen!

»Wundervoll!«, haucht Nadine. »Ich kann es kaum erwarten, dich wiederzusehen. Ach, und dich auch, Becky«, fügt sie hinzu.

Wir geben uns Abschiedsküsschen und sagen, wie zauberhaft es war – dann verlassen Luke und ich den Pub. Während wir so gehen, schweigt Luke, und wieder frage ich mich, was er wohl denken mag.

»Also …«, sage ich nach einer Weile. »Wie findest

du die beiden? Tut mir leid, ich hätte dir schon früher von Craig erzählen sollen …«

»Nein, macht nichts«, sagt Luke. »Macht nichts. Nette Frau«, fügt er nachdenklich hinzu, und bevor ich es verhindern kann, stellen sich mir schon wieder die Nackenhaare auf.

Nette Frau? Oder netter *Flirt*?

Doch dann bremse ich mich. Ich darf nicht misstrauisch sein. Wenn ich mit Craig befreundet sein darf, dann darf er auch mit Nadine befreundet sein, selbst wenn ihr Mund wie ein Schlauchboot aussieht. Genau.

Von: Kundendienst@gardendecorations.co.uk
An: Becky Brandon
Betreff: IHRE BESTELLUNG 7654

Sehr geehrte Mrs Brandon,

Re: IHRE BESTELLUNG 7654

Zu unserem Bedauern haben wir die folgenden Artikel leider nicht mehr auf Lager. Der Betrag wurde Ihrer Kreditkarte wieder gutgeschrieben.

Produkt
Menge
SILBERNES LAMA – DEKORATION
6

Mit freundlichen Grüßen

Ihr Kundendienstteam

ChristmasCompare.com™

Anbieter	Produkt	Preis	Verfügbarkeit
Decorationstogo.co.uk	SILBER LAMA BAUMSCHMUCK	£6.99	**AUS-VERKAUFT**
Dieser attraktive Christbaumschmuck ist ausgestattet mit silbernem Glitzerhaar und pinkem Logo »Weltfrieden«.			
Treesandtoppers.co.uk	GLITZERLAMA SILBER DEKO	£5.99	**NICHT VERFÜGBAR**
Mit diesem süßen Lama wird Ihr Weihnachtsbaum zum echten Hingucker!			
CoolChristmas.co.uk	LAMA »WELT-FRIEDEN«	£10.99	**LIEFERZEIT 26 Wochen**

Stylischer Christbaumschmuck in Silber und Pink mit silbernem Bändchen

Chats

Du hast die Gruppe »Weihnachten!« gegründet

WEIHNACHTEN!

Becky

Hi, alle zusammen! Ich habe eine WhatsApp-Gruppe gegründet, um Weihnachten zu organisieren! Wenn ihr Ideen oder Wünsche habt, lasst es mich wissen!
Becky xxx

Janice

Liebes, ich wollte schon beim Brunch gesagt haben, dass Weihnachten ohne Quality Street für uns kein Weihnachten ist.

Martin

Am liebsten mag ich *Matchmakers*. Die orangen.

Suze

Tarkie liebt die Schokoladendinger, die wie Muscheln aussehen, wie heißen die noch?

Jess

Ich würde mir wünschen, dass es nur Fair-Trade-Schokolade gibt oder vielleicht einen gesunden Ersatz wie Johannisbrot.

Suze

Hey, Bex, bei Tesco gibt es gerade Peperoni-Lichterketten – die solltest du holen!

Janice

Bei Sainsbury's gibt es welche mit Bananen

Martin

Was haben Bananen mit Weihnachten zu tun????

Mum

Dad sagt, wir könnten doch auch Avocados zum Thema machen! Das wäre ziemlich »hip«. Wir haben gerade eine Avocado-Lichterkette für unseren Gin-&-Kaktus-Abend gekauft.

Janice

Was ist ein Gin-&-Kaktus-Abend?

Mum

Man trinkt Gin und führt seine Kakteen vor.
In Shoreditch machen das alle, Liebes.

Janice

In Shoreditch machen sie bestimmt so allerlei.

Jess

Lichterketten sind problematisch.

ELF

Okay, könnte sein, dass die Weihnachts-WhatsApp-Gruppe vielleicht ein Fehler war.

Ich habe schon 134 Nachrichten bekommen, und dabei ging es erst gestern Abend damit los. Ich kann nicht mal im Ansatz den Millionen Vorschlägen folgen, die alle machen. Innerhalb einer halben Stunde kamen wir von der besten Schokolade über die besten Mince Pies und die besten Weihnachtsfilme zur besten Version von Charles Dickens' *Weihnachtsgeschichte*.

(Die von den Muppets natürlich. Dad ist anderer Meinung – aber er kommt nur einfach nicht über die Tatsache hinweg, dass es Muppets sind, wobei er sie dauernd abfällig als »Puppen« bezeichnet. Das allein waren schon mal ungefähr zehn Nachrichten.)

Immer wieder sage ich mir, dass ich die Ruhe bewahren muss. »Der Grinch kann alles stehlen – nur nicht Weihnachten selbst.« Es sind alles nur Details. Es ist nur das Drumherum. Es ist doch egal, was für eine Sorte Mince Pie es gibt, stimmt's? Oder welche Sorte Brandy-Butter?

Aber nicht allein die Menge der Wünsche bereitet mir Sorge, auch der Ton der Diskussion. Ich verstehe *total*, wieso unsere Regierung eine Gefahr darin sieht, dass der Umgangston einer bestimmten Generation durch die sozialen Medien immer rauer wird – denn Mum und Janice werden langsam richtig schnippisch miteinander.

Dauernd erzählt Mum uns, wie sie es in Shoreditch machen, prahlt mit ihrem vollen Terminkalender und ihrer Ginprobe. Irgendwann schrieb Janice: »Bist du sicher, dass du überhaupt Zeit hast für Weihnachten, meine Liebe, bei deinem aufreibenden Sozialleben?«

Autsch. Obwohl Janice damit wohl recht hat. Mum sollte am Donnerstag mit mir zum Weihnachtsmarkt kommen, aber gestern Abend um zehn hat sie abgesagt. Offenbar nimmt sie an einem Workshop für experimentelles Theater teil, und das ist der einzige Tag, an dem es geht.

Kann ja sein. Experimentelles Theater ist definitiv eine gute Idee – aber was ist mit Weihnachten? Was ist mit mir?

Als ich am nächsten Tag bei der Arbeit erscheine, drehen sich in meinem Kopf immer noch die WhatsApp-Nachrichten, doch als Suze mich begrüßt, sagt sie:

»Und? *Und?*«, als müsste ich wissen, wovon sie redet.

»Ich kann auch mit der Brandy-Butter von Waitrose leben«, sage ich leicht umnebelt, doch sie schnalzt nur ungeduldig mit der Zunge.

»Ich meine: Was ist *passiert*? Wie war dein Abend mit Craig? Ich hab dir gestern Abend mindestens sechs Nachrichten geschickt!«

»Ach so.« Ich versuche, mich zu konzentrieren. »Entschuldige. Dieser Weihnachts-Chat hat mich total abgelenkt. Tja … es war nett. Es war gut. Er hat eine Freundin.«

»Eine *Freundin?*«, sagt Suze, als wäre es das Letzte, mit dem sie gerechnet hätte.

Einen Moment möchte ich am liebsten sagen: »Wusstest du denn nicht, dass er eine Freundin hat, Suze?«, und so tun, als hätte ich es längst gewusst. Aber ich bin mir nicht sicher, ob ich das durchziehen könnte – und außerdem möchte ich nur gemütlich plaudern.

»Ich war auch überrascht«, gebe ich zu. »Und soll ich dir was sagen? Sie ist das absolute Gegenteil von ihm! Sie heißt Nadine und ist so richtig geschäftsmäßig und supergepflegt. Und sie hasst seine Musik und das Reisen und alles, was ihn ausmacht. Es ist bizarr.«

»Hm«, macht Suze nachdenklich, während sie einen Karton mit Strickjacken auspackt.

»Ich weiß wirklich nicht, was die beiden miteinander verbindet«, fahre ich fort. »Aber am Ende hatten wir es ganz nett. Könnte sein, dass wir Freunde werden.«

»Hm«, macht Suze noch mal. Sie richtet sich auf, hockt da und mustert mich. »Wo ist denn dein Rock-Chick-Outfit geblieben, Bex?«

Ich habe mein bearbeitetes Tweedkostüm heute nicht angezogen, einfach weil …

Okay, um ehrlich zu sein, war mein erster Gedanke heute Morgen beim Aufwachen: »Was habe ich mir nur dabei *gedacht?*« Ich werde es irgendwie wieder unbearbeitet machen müssen. Was die Stiefel angeht, hatte Nadine wohl recht. Meine Füße sind heute dermaßen wund, dass ich die Stiefel sowieso nicht hätte anziehen können. Nicht dass ich es Suze gegenüber zugeben würde.

»Ach.« Ich zucke mit den Schultern. »Mir war heute einfach nach einem anderen Look zumute. Ich wechsle eben gern ab.«

»Jetzt denkst du, Craig steht auf businessmäßige Frauen, und deshalb wählst du den Businesslook?« Suze sieht mich scharf an, und mir stockt der Atem, als mir bewusst wird, was sie damit sagen will.

»Nein!«, sage ich verletzt. »Selbstverständlich nicht … nein! Suze, was meinst du damit?«

»Du weißt, was ich meine«, erwidert Suze düster, und dann schweigen wir.

Ich *glaube*, ich weiß, was sie meint.

Aber andererseits – was ist, wenn sie was anderes meint?

Oder *noch* was anderes?

»Sag es.« Herausfordernd hebe ich mein Kinn.

»Du erzählst Luke nichts davon, wenn dein Exfreund auftaucht.« Suze zählt die Punkte an den Fingern ab. »Du ziehst dir was Besonderes an, um ihn zu beeindrucken. Du gehst mit ihm was trinken. Und dann erzählst du mir, dass Craig mit seiner Freundin nichts verbindet. Aber mit dir, Bex?« Fast vorwurfsvoll zieht sie die Augenbrauen hoch.

Okay, ich weiß *doch*, was sie meint, aber sie liegt *falsch*.

»Hör auf«, sage ich verletzt. »Das wollte ich damit nicht … So war es total überhaupt nicht.«

»Willst du damit sagen, Craig steht nicht auf dich?«,

beharrt Suze. »Willst du mir erzählen, er hätte dich nicht angebaggert?«

»Ja!«, rufe ich. »Allerdings. Wenn du es genau wissen willst, haben mich die beiden fast den ganzen Abend ignoriert. Sie haben sich nur für Luke interessiert. Ganz besonders Nadine. Sie konnte gar nicht von ihm lassen. Wenn sich hier jemand Sorgen machen muss, dann *ich*«, füge ich hinzu, um den Punkt hervorzuheben. *»Ich!«*

»Hm«, macht Suze und wirkt wenig überzeugt.

»Suze, was willst du andeuten?« Ich kann nicht anders, als verletzt zu klingen. »Denkst du, ich hätte es auf eine *Affäre* abgesehen?«

»Das habe ich nicht gesagt«, antwortet Suze nach kurzer Pause. »Ich meinte nur ...« Sie zögert. »Ich weiß, dass so was passieren kann. Du solltest vorsichtig sein.«

Ihr Blick ist abgewandt – und wieder weiß ich, dass sie ihren eigenen Ausrutscher meint.

»Du musst dir keine Sorgen machen«, sage ich würdevoll. »Meine Ehe ist nicht in Gefahr.«

Eine Weile lang schweigen wir beide wieder. Suze ist immer noch dabei, Strickjacken auszupacken, und ich mache mich daran, die Jacken aufzuhängen.

»Und gehst du denn zu Craigs Weihnachtsparty?«, fragt Suze nach einer Weile, und mich sticht das schlechte Gewissen. Plötzlich begreife ich. Suze fühlt sich ausgegrenzt. *Darum* geht es.

»Wir gehen alle zusammen«, sage ich entschlossen. »Und, Suze, du *musst* mitkommen, wenn wir uns nächstes Mal wieder treffen. Ach, und möchtest du am

Donnerstag mit mir zum Weihnachtsmarkt gehen?«, füge ich hinzu. »Mum hat mir abgesagt. Ich bezahle auch die Aushilfe für den Laden. Wir könnten Irenes Nichte fragen, die macht es immer gern. Ich übernehme das.«

»Ach Bex«, sagt Suze und wirkt hin- und hergerissen. »Das würde ich gern. Aber ich habe da dieses große Projekt, das ich in den nächsten Tagen fertig haben möchte. Ich kann leider nicht.«

»Was denn für ein großes Projekt?« Überrascht starre ich sie an. Von einem großen Projekt höre ich jetzt zum ersten Mal.

»Nur ... etwas für den Shop«, sagt sie ausweichend. »Du wirst es sehen.«

»Was?«, frage ich fordernd.

»Es ist ein Geheimnis. Es wird dir gefallen«, fügt sie plötzlich grinsend hinzu. »Das kann ich dir versprechen. Du wirst begeistert sein. Aber ich brauche den ganzen Donnerstag dafür. Ich nehme mir den Tag frei.«

»Okay. Kein Problem.«

Einen Moment überlege ich und frage mich, wen ich noch mitnehmen könnte. Jess ist in Cumbria, und die hat für einen Weihnachtsmarkt nicht viel übrig. Sie würde sowieso nur von einem Stand zum anderen marschieren, die Leute mit finsterem Blick fixieren und ihnen erklären, dass sie keine Peperoni-Lichterketten verkaufen, sondern lieber Kerzen aus recycelten Peperoni herstellen sollen, oder einfach im Dunkeln sitzen, wie die Natur es vorgesehen hat.

Da habe ich eine Idee. Ich zücke mein Telefon und schreibe Janice:

Hi, Janice! Möchtest du am Donnerstag mit mir zum Weihnachtsmarkt gehen? Ich habe eine Karte übrig. Becky xxx

Sofort bekomme ich Antwort:

O Liebes, wie wundervoll! Ja, bitte! Ich freue mich jetzt schon darauf! Janice xxx

Sie klingt so begeistert, dass mir vor Freude ganz warm wird. Janice war genau die richtige Wahl. Ich werde sie hübsch zum Essen einladen. Das wird bestimmt nett!

Ich schick dir ein elektronisches Ticket, und dann treffen wir uns in der Halle. Juhu! Becky xxx

Eben will ich mein Telefon wegstecken, als ich noch eine Nachricht von Janice bekomme:

Aber wolltest du nicht mit deiner Mum gehen? Oder ist sie zu beschäftigt in »Shoreditch«? Janice xxx

Oje. Allein die Gänsefüßchen. Das sind total schnippische Gänsefüßchen. Ich möchte nicht noch mehr Ärger zwischen den beiden verursachen, also überlege ich einen Moment, dann schicke ich eine bewusst vage Antwort zurück.

Sie hat zu tun! Ist doch egal, wir machen es uns lustig! Muss los! xx

Als ich mein Telefon wegstecke, wirft Suze einen Blick auf ihre Armbanduhr und geht hinüber zur Ladentür, um aufzuschließen. Aber ich habe nicht das Gefühl, dass wir mit unserem Gespräch schon durch sind.

»Suze, warte!«, sage ich kurz entschlossen, und sie dreht sich um.

»Was?«

»Ich weiß, du meinst es gut«, sage ich ernst. »Aber du musst dir keine Sorgen machen. Ich werde keine Affäre mit Craig haben.«

»Na, lass es einfach sein, okay?« Energisch fährt sie herum. »Weil es das ganze Weihnachtsfest verderben würde.«

Das Weihnachtsfest verderben? Okay, auch wenn ich absolut nicht die Absicht habe, Ehebruch zu begehen, kommt mir diese Bemerkung quer.

»Nein, würde es nicht«, widerspreche ich ihr. »Ihr würdet ja nichts davon wissen.«

»Doch, würden wir«, spottet Suze. »Du kannst doch kein Geheimnis für dich behalten, Bex. Wahrscheinlich kämst du am Weihnachtstag rein und würdest fragen: ›Wie gefällt euch mein *Ich hab 'ne Affäre*-Rock? Ist der nicht toll?‹

Darauf überhaupt zu antworten ist nun wirklich unter meiner Würde.

Für den Rest des Tages haben wir im Shop richtig viel zu tun, und keiner von uns erwähnt Craig noch mal, also gehe ich davon aus, dass das Thema erledigt ist. Wir verkaufen einen ganzen Schwung von Suzes selbst gebastelten Fotorahmen (im Sonderangebot), zwei Gehstöcke, einen Tweedmantel, ein paar Körbe und so einige Gläser Marmelade. Mittags helfen Suze und ich Irene dabei, einen hübschen Pulli für ihre Nichte in Australien zu finden, nachdem sie auf ungefähr sechshundert Websites war, alle Tabs offen gelassen und damit fast den Computer gecrasht hat.

(Mir war gar nicht bewusst, *wie* unentschlossen Irene ist.)

Doch als wir dann am Ende des Tages rausgehen, hält Suze mich zurück und sagt irgendwie so gespielt: »Ach Bex, eins wollte ich dir gern noch gesagt haben.«

Sie wartet, bis Irene uns nicht mehr hören kann, dann räuspert sie sich und starrt mich an, als wüsste sie nicht, wie sie anfangen soll.

»Was?«, frage ich verdutzt.

»Okay«, sagt Suze hastig. »Folgendes. Ich habe Craig gegoogelt, um zu sehen, was für einer er ist.«

»Suze.« Ich werfe ihr einen tadelnden Blick zu. »Bist du *immer* noch davon besessen?«

»Ich weiß. Ich weiß.« Suze wird kurz verlegen. »Es geht mich nichts an. Aber jedenfalls habe ich im Netz dieses Interview gefunden … Na ja. Das solltest du unbedingt lesen.« Sie reicht mir ihr Telefon, und ich sehe unverständliches Kauderwelsch vor mir, dazu ein Foto von Craig.

»Es ist auf …« Ich verziehe das Gesicht. »Was für eine Sprache ist das?«

»Oh, entschuldige, das ist das Original«, sagt Suze sofort. »Es ist auf Lettisch. Du musst es durch den Google-Übersetzer jagen.«

»Was du, wie ich annehme, bereits getan hast«, erkläre ich. »Weil du eine besessene Stalkerin bist.«

»Sieh es dir an!«, sagt Suze und hält mir die englische Version hin. »Ich habe ein paar Stellen markiert.«

Als ich das Telefon nehme, frage ich mich plötzlich, ob er mich wohl in dem Interview erwähnt hat. O mein

Gott! Was ist, wenn er sagt, dass seine ganze Inspiration von seiner ersten großen Liebe – Becky Bloomwood – herrührt und er gar nicht verstehen kann, wie er mich hat können gehen lassen? Was ist, wenn ich in Lettland berühmt bin?

Doch als ich den kleinen Bildschirm betrachte, finde ich nirgendwo den Namen »Becky«. Stattdessen springt mich ein anderes Wort an: *Orgien.*

»Orgien«, sagt Suze und deutet darauf, als könnte ich nicht lesen. Also wirklich.

»Was meinst du? Suze, was *ist* das? Erwähnt er mich?«, kann ich mir nicht verkneifen.

»Nein«, sagt Suze. »Aber er erwähnt eine Menge anderer Sachen. Lies weiter.«

Ungeduldig schnaufend sehe ich mir den Text noch mal an, und mein Blick bleibt an einer markierten Stelle nach der anderen hängen.

»… glaube nicht an Monogamie«, sagt Curton … regelmäßiges Mitglied der Sexparty-Szene in Moskau … hat seine momentane Freundin in einem einschlägigen Club kennengelernt … ›experimenteller Sex ist das Größte‹ … ›Seit wann ist Blümchensex genug? Nie‹, lacht er …«

Ich blicke auf und sehe Suze an. Mir ist ein bisschen schwindlig.

»Okay, dann führt er also ein wildes Leben«, sage ich und gebe mir Mühe, unbeeindruckt zu klingen. »Was willst du mir damit sagen?«

»Vielleicht möchte er ein wildes Leben mit dir und Luke.« Vielsagend wackelt Suze mit den Augenbrauen. »*Mit dir und Luke,* Bex.«

»Was …« Ich stutze, als mir klar wird, worauf sie

hinauswill. »*Nein!* Suze, du bist verrückt! Wie um alles in der Welt kommst du darauf?«

»Betrachten wir die Fakten.« Sie fängt an, herumzumarschieren wie ein Rechtsanwalt, der seinen Fall vor Gericht bringt. »Du saßt gestern Abend da und hast dich gewundert, was Craig mit seiner Freundin verbindet. Ich habe gesehen, wie er mit dir geflirtet hat, und er ist ziemlich heiß. Und beide machen sich an Luke ran. Die Wahrheit ist ...« Sie legt eine wirkungsvolle Pause ein. »Die haben es auf euch *beide* abgesehen.«

»Nein, haben sie nicht«, sage ich abschätzig, doch Suze ignoriert mich.

»Ich sage dir: Der fehlende Faktor, der Craig mit seiner Freundin verbindet, ist nichts als Sex. Gruppensex«, fügt sie mit großer Geste hinzu.

»Gruppensex?«, wiederhole ich ungläubig. »Im Ernst?«

»Scheint so«, sagt Suze. »Die haben sich doch sogar in so einem Club kennengelernt. Die stehen darauf. Und jetzt wollen sie es mit dir und Luke treiben. Swinger. Multiplayer. Gruppensex. Wie man es auch nennen mag.«

»Quatsch!«, sage ich vehement.

»Wozu ist der Whirlpool denn sonst wohl da?«, erwidert sie, als würde sie eine Trumpfkarte auf den Tisch knallen.

»Der *Whirlpool*?« Ich starre sie an.

»Ja! Der Whirlpool! Es ist ein Sexparty-Whirlpool! Ich mag mir gar nicht vorstellen, was Tarkie dazu sagen wird«, fügt sie klagend hinzu und wird augenblicklich zur Wohnungseigentümerin. »Er ist von der Straße aus einsehbar. Die Leute werden sich bei uns beschweren!«

Sie macht ein so empörtes Gesicht, dass ich mir das Kichern nicht verkneifen kann.

»Okay, Suze«, sage ich beschwichtigend. »Sollte Craig uns zu einer Sexparty einladen, sage ich dir Bescheid, damit du dann die Polizei rufen kannst.«

»Du findest es komisch?«, sagt Suze. »Warte nur, bis du da bist und Craig sagt: ›Möchtest du nicht in etwas Bequemeres schlüpfen?‹, und Nadine erscheint im sexy Morgenmantel und sagt: ›Wow, Becky, du siehst so *heiß* aus‹, und dann fängt sie an, dir den Träger von der Schulter zu streichen und … na ja, so ungefähr.« Anscheinend ist Suze nicht in der Lage, diese spezielle Fantasie weiter auszuschmücken.

»Du bist krank!« Ich halte mir den Bauch. »Hör auf!«

»Ich bin vorausschauend«, sagt Suze unbeeindruckt. »Ich habe die sexuelle Spannung zwischen dir und Craig *gesehen*. Sie werden dich und Luke zu sich nach Hause einladen, um im Whirlpool Gruppensex zu haben.«

»Offen gesagt hat er es schon getan«, gebe ich zu. »Ich meine den Whirlpool, nicht den Gruppensex«, stelle ich eilig klar – doch Suze zeigt triumphierend mit dem Finger auf mich, als würde das irgendwas beweisen.

»Siehst du?«

»Nein, sehe ich nicht! Suze, ein Whirlpool ist was ganz Normales! Nicht alle Whirlpoolbesitzer haben

Gruppensex!« Ich fange Suzes Blick auf, und sie beißt sich auf die Lippe, als könnte sie mit einem Mal nun doch das Lustige daran sehen.

»Na, jedenfalls«, sagt sie. »Ich habe dich gewarnt.«

»Danke schön«, sage ich mit ausgesuchter Höflichkeit. »Und ich freue mich über deine Fürsorge. Wir sehen uns morgen.«

»Auch wenn du es nicht wahrhaben willst, Bex«, sagt Suze, als wir beide zur Tür hinausgehen. »Aber ich habe recht.«

Als ich die Auffahrt von Letherby Hall entlanglaufe, muss ich plötzlich laut lachen, als ich mir unser Gespräch noch mal durch den Kopf gehen lasse. Ehrlich. Gruppensex. Suze hat den Verstand verloren!

Obwohl …

Nein. Hör auf.

Aber inzwischen kann ich nichts mehr dagegen tun – ich erinnere mich daran, dass Craig uns gestern Abend eingeladen hat. So wie er ganz nah an mich herankam. So wie er leise gesagt hat: »Wir springen in den Whirlpool und … was auch immer, oder? Nur wir vier, ganz privat.«

So wie er seine Hand auf meinen Arm gelegt hat. So wie er mich angesehen hat, irgendwie so zielstrebig.

Ich meine … er wollte doch wohl nicht …?

Das war doch kein …

Nein, Becky. Selbstverständlich war es das nicht. Sei nicht albern.

Von: Myriad Miracle
An: Becky Brandon.
Betreff: Anfrage!

Hi, Mrs Brandon (geborene Bloomwood),

wir hoffen, Sie haben Spaß mit dem Myriad Miracle Training System™!

Unserem Team ist aufgefallen, dass Ihre Übungsaktivität bisher als »unwesentlich« eingestuft wurde.

Haben Sie Probleme, mit unserem interaktiven System umzugehen?

Bitte setzen Sie sich mit unserem freundlichen Kundendienstteam in Verbindung, das Ihnen mit Ihren Einstellungen behilflich sein kann, damit all Ihre Übungsaktivitäten korrekt aufgezeichnet werden.

Mit ganzheitlichen Grüßen

Debs
(Mitgliederassistentin)

ZWÖLF

Aber ich kriege den Gedanken nicht mehr aus meinem Kopf. Um 9:30 Uhr am nächsten Morgen habe ich Minnie in der Schule abgegeben und sitze am Küchentisch, schneide Stoff für ihr Krippenspielkostüm zurecht, aber ich bin nicht bei der Sache. Halb denke ich »Konzentrier dich!« und halb »O mein Gott, ich habe *noch nie* bei einem flotten Vierer mitgemacht.«

Wie soll das denn überhaupt gehen? Also, von der *Logistik* her? Fast fühle ich mich versucht, *Sexpartys was passiert da eigentlich?* zu googeln, aber Luke könnte hereinplatzen und auf komische Ideen kommen. Sollte ich ihm was davon erzählen?

Nein, denn es klingt verrückt. Es *ist* verrückt.

»Wie läuft's denn so?« Er betrachtet das Meer aus dunkelblauer Seide, das den ganzen Tisch einnimmt. »Sieht gut aus.«

»Ach so, ja …« Ich versuche, mich wieder auf Minnies Kostüm zu konzentrieren. »Läuft ziemlich gut. Danke!«

Ich möchte ja nicht prahlen, aber ich habe traumhaftes Material für Minnies Kostüm gefunden. Der Stoff ist aus prächtiger mitternachtsblauer Seide mit goldenen Punkten bestickt. Und es war vielleicht nicht die billigste Option – aber wie oft gibt dein kleines Mädchen im Krippenspiel einen der drei Könige? Außerdem habe ich etwas Schleifenband aus goldenem Samt gekauft und Pailletten. Minnie wird atemberaubend aussehen.

»Ich schneide gerade das Muster aus«, füge ich forsch hinzu, nehme meine Schere wieder in die Hand und gebe mir Mühe, wie eine Nähexpertin zu klingen. Ich werde nicht erwähnen, dass ich es schon zum zweiten Mal ausschneide. *Totale Katastrophe* beim ersten Versuch – aber diesmal habe ich ein paar Sicherheitsnadeln mitgenommen. Die sind so was von praktisch! Darauf hätte mich schon längst mal jemand bringen können. Aber wenigstens hatte ich noch reichlich Material übrig. (Ich habe mich im Stoffgeschäft etwas hinreißen lassen und dachte, ich könne mir vielleicht selbst auch ein passendes Kleid nähen. Was – ehrlich gesagt – doch ein *wenig* unwahrscheinlich ist.)

»Ich mache mir einen Kaffee zum Mitnehmen«, sagt Luke. »Möchtest du auch einen?«

»Ja bitte«, sage ich abwesend, als ich wieder mit dem Zuschneiden anfange. Ich mag das metallische Geräusch, das die Schere macht, wenn sie durch den Stoff geht. Da fühle ich mich wie ein echter Profi. Sorgsam arbeite ich mich um die Kurve des Ärmels, dann blicke ich auf und sehe, dass Luke mich beobachtet mit liebevollem Ausdruck in den Augen.

»Was ist?«, frage ich.

»Nichts weiter. Minnie hat Glück.«

»Oh«, sage ich, und mir wird ganz warm ums Herz. »Ach, weißt du, ich möchte einfach nur, dass sie ein möglichst hübsches Kostüm bekommt. Aber vielleicht hat sie auch gar nicht so großes Glück«, füge ich aufrichtig hinzu. »Vielleicht wird es auch eine Katastrophe. Ich bin gar nicht so toll mit Handarbeiten. Im Gegensatz zu Suze.« Unwillkürlich entfährt mir ein schwerer Seufzer. »Du solltest mal die Sachen sehen, die sie so macht …«

»Becky.« Luke unterbricht mich mit fester Stimme. »Du bist du. Andere Leute sind andere Leute. Das wird ein wunderbares Kostüm, und Minnie wird dein wunderbarer König sein. Muss sie was auswendig lernen?«, fügt er mit plötzlichem Interesse hinzu. »Sollten wir mit ihr üben?«

»Nein«, kichere ich. »Sie sollen sich spontan was ausdenken. Miss Lucas steht total auf Improvisation. Sie meint, dass es die Kreativität der Kinder fördert!«

»*Improvisation?*« Luke zieht die Augenbrauen hoch. »Ist das in dem Alter nicht eine eher hochriskante Strategie?«

»Sollte man meinen. Offenbar hat einer von den Hirten seinem Schaf bei der letzten Probe erklärt, es solle sich mal ein bisschen beeilen, sonst würde er es verdreschen.«

Luke lacht. »Na, Miss Lucas wird schon wissen, was sie tut.«

Er stellt einen Kaffee vor mir ab, nimmt seinen eigenen To-go-Becher (aus Bambus, Geschenk von Jess) und gibt mir einen Kuss. »Viel Spaß heute auf dem Weihnachtsmarkt.«

»Werden wir haben!«

Ich sehe Luke hinterher, und als er fast schon draußen ist, sage ich spontan: »Hey, Luke. Weißt du, wegen Craig und Nadine?«

»Ja?« Er dreht sich noch mal um, und ich zögere, weiß nicht genau, wie ich weiter vorgehen will. Eigentlich möchte ich sagen: »Meinst du, die wollen mit uns im Whirlpool einen flotten Vierer haben?«

Aber ich kann nicht. Es ist doch *lächerlich.*

»Nichts«, sage ich schließlich. »Nur ... Es war nett mit den beiden.«

»Ja.« Er nickt. »Hat Spaß gemacht. Bis nachher.«

Der große Weihnachtsmarkt findet in Earl's Court statt, und auf der Fahrt dorthin rede ich mir eindringlich ins Gewissen. Ich verbringe zu viel Zeit damit, über Craig und Sexpartys und Whirlpools nachzudenken. Das ist doch alles Unsinn und lenkt mich nur von dem anstehenden Problem ab, nämlich dass ich in diesem Jahr das *Weihnachtsfest ausrichten* soll. Und es ist nur noch ein Monat bis dahin. Ich muss mich konzentrieren.

In der Bahn blättere ich noch ein anderes Weihnachtsmagazin durch, um mich zu vergewissern – aber ich erreiche damit nur das Gegenteil. Dauernd stellt man mir Fragen, die ich nicht beantworten kann, etwa: »Warum nicht einmal Papierketten basteln?«, und »Warum nicht mal eine skandinavische Anrichte mit festlichem Geschirr ausstatten, zur Freude ihrer Gäste?«

Schon bin ich dabei, *skandinavische Anrichte, Lieferung vor Weihnachten* zu googeln, als mir bewusst wird, dass wir für eine skandinavische Anrichte gar keinen Platz haben, ebenso wenig wie ich Luke jemals dazu überreden könnte, dass wir drei lebensgroße ausgestopfte Rentiere brauchen, um sie davor aufzustellen wie auf der Fotostrecke. Entschlossen sage ich mir: Bleib mit beiden Beinen auf dem Boden! Sei realistisch und praktisch und überleg, was du wirklich *brauchst*.

Und ja, okay, ich weiß, Weihnachten geht es um Familie und Freunde – aber wie sich herausstellt, sind Familie und Freunde in meinem Fall ziemlich fordernd. Immer wieder fragt mich Janice, was mein »Tischthema« ist, und ich eiere herum. Sollte ich einen auf »skandinavisch« machen? Modern metallisch? Highland Schottenkaros? Jedes Mal, wenn ich eine Seite in einer Zeitschrift umblättere, sehe ich ein neues Foto und denke: »Ooh, *das* sieht hübsch aus«, und ändere meine Meinung.

Jedenfalls habe ich eine Liste, die anfängt mit: »Tischtuch, Servietten, Kerzen«. Ich habe beschlossen, mir heute ein Thema auszusuchen und dabeizubleiben. Ich werde mich *nicht* ablenken lassen, und ich werde *keine* nutzlosen Sachen kaufen, die ich gar nicht brauche. Genau.

Aber, o mein *Gott*. Als ich die riesige Halle betrete, bin ich ganz benommen von schierer … *Festlichkeit*. Da sind Stände, so weit das Auge reicht, allesamt liebevoll geschmückt. Es gibt Geschenke und Girlanden und Baumschmuck und Puddings, und schon jetzt lasse ich mich anstecken von diesem Gefühl der Dringlichkeit all der Leute, die hier herumwuseln. Ich schreibe Janice eine Nachricht: »Treffen wir uns in Gang A«, dann stürze ich mich ins Getümmel, atemlos vor Aufregung.

Es ist ja schön und gut, sich auf das zu konzentrieren, was man braucht. Aber manchmal weiß man erst, was man braucht, wenn man es vor sich sieht. Wenn ich allein schon diesen Stand mit den festlichen Schürzen sehe! Die sind aus festem Leinen und mit hübschen Motiven wie Ilexblättern und Rotkehlchen bedruckt. Ich *muss* ein Familienset davon kaufen. Bestimmt sind wir bessere Gastgeber, wenn wir alle die gleichen Weihnachtsschürzen tragen, oder?

Ich verbringe etwas Zeit damit, all die verschiedenen Muster durchzugehen, bevor ich für mich die Ilex, für Minnie die Rotkehlchen und für Luke die Puddings nehme. Man kriegt sie billiger, wenn man drei kauft, was umso besser ist, und als ich mit meinem Stoffbeutel weitergehe, spüre ich direkt, wie beschwingt ich bin. Ich habe angefangen!

Der Nachbarstand verkauft »Mince Pie-Präsentationsständer« aus recyceltem altem Geschirr. Ich wusste selbst nicht, dass ich so was brauche.

»Soll ich ihn in den Abholbereich bringen lassen?«, fragt der Verkäufer, als ich bezahle, und ich strahle ihn an.

»Ja bitte!«

Das ist noch viel besser. Ich muss das Teil nicht mit mir herumschleppen. Ich *liebe* diesen Weihnachtsmarkt.

Als ich meinen Abholschein entgegennehme, entdecke ich Janice in der Menge und winke ihr zu.

»Becky!« Sie kommt angelaufen in einem Mantel mit Fellkragen, von dem ich weiß, dass er mal Mum gehört hat, und dazu einem neuen, auffällig mauvefarbenen Lippenstift.

»Janice!«, rufe ich und gebe ihr ein Küsschen. »Ist es hier nicht unglaublich? Hast du schon was gekauft?«

»Ja!« Sie schwenkt ihre Tasche. »Essbaren Goldstaub und in Schokolade getunkte Orangenschalen. Und ich habe einen zauberhaften Kranz gesehen aus roten Schlittenglöckchen.«

Ooh. Sollten rote Schlittenglöckchen mein Thema werden? Schon will ich Janice fragen, wo der Kranz ist, als mir auffällt, dass ihr Blick immer wieder zu der Cafeteria hinüberschweift, also sage ich:

»Wollen wir uns eine kleine Stärkung mit Kaffee und Mince Pie gönnen?«

»Gute Idee!«, ruft sie und schiebt mich zu einem leeren Tisch. Bald sitzen wir bei Cappuccino und Mince Pie, und ich beobachte selig das weihnachtliche Treiben.

»Vielen Dank für die Einladung, Becky«, sagt Janice. »Obwohl ich wie gesagt überrascht bin, dass deine Mum nicht mitkommen konnte.«

»Ach!«, sage ich vorsichtig. »Du weißt schon. So ist das eben.«

»Sie hat in letzter Zeit sehr viel zu tun«, sagt Janice, und ihr Blick schweift in die Ferne. Sie blinzelt viel, und ihr Gesichtsausdruck lässt mich nichts Gutes ahnen.

»Ja«, sage ich noch vorsichtiger. »Hast du sie ab und zu mal getroffen?«

»Nicht der Rede wert«, sagt Janice. »Sie ist vollauf mit ihrem neuen Leben beschäftigt, oder? Im ach so berühmten ›Shoreditch‹. Postet ständig Fotos bei WhatsApp, gibt mit allem furchtbar an. Uns hier in Oxshott hat sie schon ganz vergessen.«

Sie tupft mit einem Taschentuch an ihrer Nase

herum, wobei ich nicht sagen kann, ob sie aufgebracht oder böse ist oder etwas von beidem.

»Mum hat gesagt, sie wollte dich zu allen möglichen Veranstaltungen einladen«, sage ich. »Hat sie das nicht getan?«

»Sie hat uns zu einer Lyriklesung mitgenommen«, sagt Janice nach einer Pause. »Und sie hat etwas erwähnt von einem Tanzkursus oder so. Aber da sind wir nicht hingegangen.«

»Warum nicht?«, frage ich überrascht.

»Ach Liebes, das ist nichts für uns«, sagt Janice mit Inbrunst. »Die sind alle jung. Die haben eine völlig andere Lebensperspektive. All diese neuen Speisen. Neue Wörter und neue Ansichten über das Leben … Wir würden nie dazugehören, Martin und ich. Wir sind nicht die Richtigen für ›handgemachten Gin‹.«

»Seid ihr wohl!«, sage ich ermutigend. »Ihr könntet es werden!«

»Das sind wir nicht, Liebes.« Janice klingt so entschlossen, dass ich nicht mehr weiß, was ich sagen soll. »Aber zum Glück habe ich eine neue Freundin in Oxshott gefunden«, fügt sie hinzu. »Sie heißt Flo. Wir waren nach dem Zumba-Kursus schon ein paar Mal zusammen Kaffee trinken. Das kannst du deiner Mum ruhig erzählen.«

Bestürzt starre ich sie an. Das ist ja noch schlimmer als die schnippischen WhatsApp-Nachrichten. Sind Mum und Janice dabei, sich zu *entfremden*? Das dürfen sie nicht! Die beiden waren schon befreundet, als ich noch gar nicht auf der Welt war. Wenn die sich zerstreiten, komme ich aus einer zerrütteten Familie!

»Janice …«, beginne ich – weiß aber nicht, was ich sagen soll. Ich kann nicht für Mum sprechen. Ich weiß nicht, wie ich das wieder kitten kann. Ich weiß nur, dass es nicht sein darf.

»Jedenfalls!«, sagt Janice forsch und reißt mich aus meinen Gedanken. »Reden wir über was anderes. Wie laufen deine Weihnachtsvorbereitungen, Becky? Die Kosmetika für meine weihnachtliche Schmink-Session sind gekommen. Das können wir also schon mal abhaken, obwohl die allen Ernstes den falschen Highlighter geschickt haben. Ist das zu fassen …?«

Während sie weiter von ihren Onlinebestellungen erzählt, beruhige ich mich allmählich. Ich sollte nicht überreagieren. Mum und Janice können sich unmöglich zerstreiten. Sie sind schon viel zu lange befreundet. Es ist nur ein kleiner Zwist. Ich werde mit Mum darüber sprechen, und dann wird alles …

Moment mal. Was war *das*?

Eben habe ich etwas Silbernes aufblitzen sehen. Ich reiße den Kopf herum und suche in der Menge. Etwas Silbernes ragt aus der Einkaufstasche einer Frau. Ist das der *Must-have* Lama Baumschmuck?

Angestrengt spähe ich hinüber, versuche, es genauer zu erkennen, doch schon im nächsten Augenblick ist die Frau in der Menge verschwunden. Vielleicht war es doch nur Lametta. Mit schlechtem Gewissen wende ich mich wieder Janice zu, die inzwischen bei einem anderen Thema angekommen zu sein scheint.

»Er hat einfach nicht nachgedacht!«, ereifert sie sich. »Ich meine, *du* verstehst doch, wieso ich sauer geworden bin, Becky.«

»Äh, entschuldige, Janice«, sage ich. »Das Letzte habe ich eben nicht mitbekommen. Was hast du gesagt?«

Janice seufzt. »Ich habe gesagt, Martin hat meinen Geschenkeschrank total durcheinandergebracht. All meine Namensschildchen sind abgerissen, all meine Listen sind weg … Was soll ich denn jetzt machen?«

»Du hast schon Namensschildchen an deinen Geschenken befestigt?«, frage ich überrascht. »Du bist früh dran.«

»Um die Namensschildchen kümmere ich mich jedes Jahr am zweiten Weihnachtstag, Liebes«, sagt Janice.

»Am zweiten Weihnachtstag?« Ich starre sie an.

»Während wir *Oklahoma* gucken.« Janice nickt. »Am ersten Weihnachtstag packen wir die Geschenke aus.« Sie zählt an den Fingern ab. »Am zweiten Weihnachtstag hänge ich die Schildchen dran und lege alles in den Geschenkeschrank. Dann teile ich sie im nächsten Dezember neu zu und packe sie wieder ein. So habe ich es schon immer gemacht. Und Martin *weiß* das.«

Neu zuteilen?

»Du meinst … die verschenkst du weiter?«

»Aber ja, Liebes.« Meine Frage scheint Janice zu überraschen. »Jeder verschenkt doch seine Sachen weiter.«

»Man schenkt vielleicht ein *paar* Sachen weiter! Verschenkst du denn wirklich *alles*, was du bekommst?«

Janice überlegt einen Moment, nippt an ihrem Cappuccino, dann sagt sie: »Nicht das Verderbliche.«

»Aber alles andere? Verschenkst du *alles andere* weiter?«

»Ist doch sinnvoll!«, sagt Janice etwas trotzig.

»O mein Gott, Janice.« Ich starre sie an. »Du bist eine zwanghafte Weiterverschenkerin! Ich hatte ja keine Ahnung.«

»Ich bin da sehr vorsichtig, Becky«, sagt Janice und wirkt doch ein wenig verlegen. »Ich trage Stoffhandschuhe und prüfe alles auf mögliche Beschädigungen. Niemand bekommt ein minderwertiges Geschenk.«

Allmählich dämmern mir die Auswirkungen dieser Entdeckung. Ich wusste ja, dass Janice sich gern »frühzeitig um Weihnachtskarten kümmert«, gleichbedeutend mit: Sie kauft sie zum halben Preis am Weihnachtsabend, schreibt sie am 1. Januar und verwahrt sie für den Rest des Jahres in einer Schublade. Aber das jetzt ist schlimmer.

»Du meinst also, alles, was ich dir in den letzten Jahren geschenkt habe, ist auf direktem Weg in den Schrank zur Weiterververschenkung gewandert?« Ich kann nicht anders, als verletzt zu klingen.

»Ach Liebes.« Janice tätschelt meine Hand. »Für jedes Geschenk, das ich bekomme, muss ich im nächsten Jahr eins weniger kaufen, verstehst du?«

»Aber das ist doch nicht der Sinn von Geschenken! Was ist mit dem *Make-up-Handbuch* von Bobbi Brown, das ich dir geschenkt habe?«

»Das ging an meine Schwester Anne«, gibt Janice zu.

»Und was ist mit dem Cocktailshaker?« Fassungslos starre ich sie an. »Hast du dir denn keinen einzigen Cocktail gemixt?«

»Ah«, sagt Janice mit triumphierend erhobenem

Zeigefinger. »Also, das hat sich gut ergeben. Wir haben ihn Martins Nichte Judy geschenkt. Die benutzt ihn ständig!«

Das kann ja sein, denke ich ein wenig gekränkt. Aber ich wollte nicht, dass Martins Nichte Judy ihn benutzt, ich wollte, dass Janice und Martin ihn benutzen. (Und im Übrigen: Kein Wunder, dass sich ihre Schminktechnik noch nicht verbessert hat.)

»Janice, die Leute schenken dir etwas, weil sie es wollen«, sage ich ernst. »Weil sie dich gernhaben. Sie möchten, dass du dich über ihre Gaben *freust*. Geschenke sind ein Ausdruck von Freude und Liebe, nicht nur etwas, mit dem man seinen Schrank vollstellt.«

»Ich weiß, Becky.« Sie lächelt mich schief an. »Ich weiß, ich sollte mich über meine Geschenke freuen, aber ich kann nun mal nicht anders, als praktisch zu denken.«

Ich werde ihr keinen Vortrag halten, weil die Leute schließlich nichts dafürkönnen, dass sie Weiterverschenkmüsser sind, oder? Wahrscheinlich ist es irgendwas Genetisches, über das man eines Tages wissenschaftliche Forschungen anstellen muss. Aber ich nehme mir vor, dass Janice in diesem Jahr etwas von mir bekommt, das sie *nicht* weiterverschenken kann. Vielleicht irgendwas Essbares, das man sich sonst nicht gönnt. Ooh, vielleicht einen Hummer. Unwillkürlich grinse ich bei der Vorstellung, Janice einen lebenden Hummer zu präsentieren, und sofort fragt sie:

»Was ist, Liebes?«

»Nichts.« Ich stelle meine Tasse ab. »Komm! Gehen wir shoppen!«

Wir gehen in den Bereich mit den Lebensmitteln, der den unschätzbaren Vorteil hat, dass es da etwas umsonst gibt. An jedem einzelnen Stand gibt es was zu probieren, von Toffees über Weihnachtskuchen bis zu festlichem Wodka.

»Kann Wodka denn festlich sein?«, frage ich Janice unsicher, aber sie hat uns schon zwei kleine Probiergläser besorgt.

»Aber sicher, Liebes!«, sagt sie und kippt ihren mit einem Mal herunter. »Guck mal, da ist Lametta auf der Flasche. Wollen wir die mit Geschmack probieren? Es gibt Limone. Und Zimt!«

Offen gesagt macht mir Wodka einen durchaus festlichen Eindruck, sofern er mit Zimt versetzt ist und man ihn trinkt, während man bei Mariah Carey mitsingt. Wir machen mit dem festlichen Gin weiter und dann mit dem festlichen »traditionellen« Met, und dann geht Janice noch mal hin, um uns einen Nachschlag zu holen. Wenn ich nicht bald was sage, bleibt sie den ganzen Tag bei den Schnäpsen stehen.

»Janice«, sage ich schließlich. »Wir müssen weiter! Den Glühwein probieren wir ein andermal, okay?«

Als ich an ihrem Arm ziehe, fällt mir ein Stand auf, an dem es Räucherlachs gibt, den ich tatsächlich auf meiner Liste habe. Eine lange Schlange steht davor, was ein gutes Zeichen ist, also reihe ich mich eilig ein. Und eben mache ich einen langen Hals, um die Hinweistafel zum Räuchern über Apfelbaumholz zu lesen, als mir schon wieder etwas Silbernes ins Auge sticht und ich voller Hoffnung herumfahre …

Da ist es! Das silberne Lama, der *Must-have* Baumschmuck! Es baumelt am Griff einer Kinderkarre, und ich gehe *jede* Wette ein, dass die Mutter es hier gekauft hat.

Diesmal entwischt es mir nicht.

»Janice«, sage ich eilig. »Könntest du vielleicht den Räucherlachs für mich kaufen? Hier ist meine Kreditkarte.« Ich raune ihr zu: »Die PIN ist 456. Bezahl einfach, was es kostet. Ich muss nur schnell mal eben was besorgen.«

»Aber sicher, Liebes!«, sagt Janice freundlich. »Wie viel? Ich weiß nicht, wie die Preise hier sind …«

»Mach dir keine Sorgen um den Preis. Hol einfach viel. Oder guck vielleicht mal, ob es ein Sonderangebot gibt!« Ich sehe, dass Janice Luft holt, um noch etwas zu fragen, aber ich füge hastig »Danke!« hinzu und stürze mich in die Menge. Ich *muss* dieses Lama auftreiben.

Eilig schiebe ich mich durch die Leute, bis ich die Mutter mit der Kinderkarre sehe. Und da ist es! Das silberne Lama, an einer Samtschleife baumelnd. Es hat langes Glitzerhaar, und auf der Seite ist wunderhübsch das Wort WELTFRIEDEN gestickt. Ich verstehe total, wieso es in diesem Jahr der unverzichtbare Weihnachtsschmuck ist.

»Verzeihung!«, keuche ich, als ich der Frau auf die Schulter tippe und sie herumfährt.

»Ja?«

»Haben Sie das *hier* gekauft?« Ich deute auf das Glitzerlama.

»Ja«, sagt sie. »Der Stand ist da drüben.« Sie deutet mit dem Finger auf die gegenüberliegende Ecke der Halle.

»Ich danke Ihnen *sehr*«, sage ich, als sie mit der Karre wieder losschiebt. »Es ist in diesem Jahr der *Must-have* Baumschmuck!«, füge ich noch hinzu. »Ist überall ausverkauft! Sehr gefragt!«

Als ich in die Richtung laufe, in die sie gedeutet hat, meldet mir mein Telefon piepend eine Nachricht.

Liebes, möchtest du »eichengeräuchert«, »apfelholzgeräuchert« oder »kaltgeräuchert«? Janice x

Ich bleibe kurz stehen und tippe eine Antwort:

Egal! Apfelholz vielleicht? Bx

Dann will ich gerade weiterrennen, als mein Telefon klingelt, und »Janice« auf dem Display steht.

»Hi! Janice«, schnaufe ich. »Ist alles okay?«

»Es gibt tatsächlich ein Sonderangebot, Liebes!«, sagt sie triumphierend. »Die bieten Pakete für zwanzig, dreißig oder vierzig Pfund. Ich weiß ja, du hast gesagt, ich soll mir um den Preis keine Gedanken machen, aber ich traue mich nicht, die Entscheidung zu treffen …«

»Dreißig, bitte!«, falle ich ihr ins Wort. »Perfekt! Vielen Dank!«

So schnell wie möglich haste ich weiter und schaffe es gerade bis zur nächsten Ecke, da piept die nächste Nachricht von Janice.

Entschuldige, Liebes, mein Fehler, 30 gibt es nicht über Apfelholz geräuchert. Janice x

Also, ehrlich. Als würde irgendwer nach ein paar Gläsern Buck's Fizz den Unterschied merken. Ich versuche, mir meine Ungeduld nicht anmerken zu lassen, und schreibe:

Nimm einfach irgendein Sonderangebot. Ich danke dir, Janice, ich weiß das echt zu schätzen! Bx

Wie durch ein Wunder ist der Weg vor mir frei, und so sprinte ich los, bleibe nicht mal stehen, als mein Telefon schon wieder piept. Vermutlich fragt sie nach der Verpackung oder irgendwas. Das wird Janice jetzt mal allein entscheiden müssen.

Ich erreiche die hinterste Ecke der Halle, blicke wild in die Runde – und da ist es! Es hängt draußen an einem Stand: ein silbernes Lama mit dem Wort WELTFRIEDEN in Pink an der Seite. Yay!

Ich versuche, wieder zu Atem zu kommen, während ich auf den Stand zugehe und die Frau dahinter anstrahle, die mir mit freundlichem Lächeln antwortet, während sie ihre goldene Brille putzt. Sie trägt ein Namensschild um den Hals, und ich lese, dass sie Yvonne Hanson heißt.

»Hallo, Yvonne!«, begrüße ich sie. »Hübscher Stand.«

»Danke«, sagt sie etwas selbstgefällig. »Ich tue mein Bestes. Was kann ich für Sie tun?«

»Könnte ich bitte so ein silbernes Lama für meinen Tannenbaum haben?«, frage ich und gebe mir alle Mühe, nicht allzu inständig zu klingen. »Oder besser … besser … Ihren ganzen Vorrat?«

»Ich fürchte, das Lama ist leider ausverkauft«, sagt Yvonne freundlich und setzt ihr Brille wieder auf. »Tut mir leid.«

Ausverkauft? Aber da hängt doch eins direkt vor meiner Nase.

»Könnte ich dann bitte das hier kaufen?«, frage ich höflich und deute darauf.

»Ah.« Sie legt die Stirn in Falten. »Leider nicht. Das ist nur für Ausstellungszwecke.«

Leicht verwundert starre ich sie an. »Aber es ist doch ausverkauft.«

»Genau.« Sie nickt zustimmend. »Wie ich schon sagte. Ausverkauft.«

»Aber ... könnte ich denn nicht das hier kaufen?«

»Es ist nur ein *Ausstellungs*-Lama«, sagt sie langsam und überdeutlich. »Zur *Ausstellung*.«

»Ich verstehe nicht«, sage ich und versuche, die Geduld zu bewahren. »Wenn es ausverkauft ist, wozu müssen Sie es dann noch ausstellen?«

»Weil es zum Sortiment gehört.« Sie lächelt. »Sehr beliebt.«

»Aber keiner kann es kaufen!«, sage ich frustriert. »Es ist ausverkauft! Das ist doch irreführend! Sie locken Leute an Ihren Stand wie eine Fata Morgana in der Wüste! Sie spielen mit der Hoffnung der Menschen! Ist das fair? Ist das gerecht? Ist das *menschlich*?«

Abrupt wird mir bewusst, dass ich laut geworden bin, und ein paar Leute starren mich an, einschließlich Yvonne, deren Lächeln etwas schmal geworden ist.

»Ich fürchte, das Lama ist ausverkauft«, sagt sie höflich, als wollte sie das Gespräch noch mal von vorn beginnen. »Möchten Sie stattdessen eine Schildkröte? Hübsche Pailletten, sehr beliebt.«

Ich sehe mir die paillettenbesetzte Schildkröte kurz an – kein Vergleich mit dem Lama –, dann wieder Yvonne. Für einen Moment sage ich nichts. Ich bin kein rachsüchtiger Mensch, aber diese Yvonne habe ich gefressen mit ihrer goldenen Brille und ihren Machtspielchen.

»Dürfte ich mir das Lama denn mal näher *ansehen?*«, frage ich nach einer Weile.

Yvonne mustert mich kurz, aber ihr ist anzumerken, dass ihr kein Grund einfallen will, es mir zu verwehren, also antwortet sie schließlich:

»Selbstverständlich dürfen Sie!« Sie nimmt es vom Nagel und stellt es vor mir auf den Verkaufstresen mit den Worten: »Wie gesagt, es ist ausverkauft.«

»Natürlich.« Ich bleibe genauso höflich. »Ich verstehe absolut, dass es ausverkauft ist und Sie mir dieses hier nicht verkaufen können, obwohl ich es hier bereits in Händen halte. Das klingt *total* sinnvoll.«

Yvonne antwortet nicht, doch als ich kurz aufblicke, steht es ihr ganz deutlich ins Gesicht geschrieben. Wir sind Feinde.

»Es ist wirklich süß, nicht?«, sage ich und streiche mit der Hand über das silberne Haar. »So hübsch. Man fragt sich, wie stabil diese Strähnen wohl sein mögen …« Ich fahre mit den Fingern ein paar Mal hindurch – dann reiße ich eine davon vorsichtig ab. Augenblicklich stöhne ich entsetzt auf. »O nein! Ich habe es kaputt gemacht! Wie konnte ich nur so unachtsam sein?«

»Was?« Yvonne will nach dem Lama greifen, doch ich weiche ihr aus und mache große Augen.

»Was für ein schreckliches Missgeschick! Ich entschuldige mich in aller Form. Und da es jetzt beschädigt ist, werden Sie es wohl nicht mehr ausstellen können, also *muss* ich es kaufen, um Sie zu entschädigen.« Unschuldig begegne ich ihrem Blick. »Natürlich zum vollen Preis. Ich bestehe darauf.«

»Für mich sieht es gar nicht beschädigt aus«, stimmt eine ältere Dame mit ein, die sich am Stand zu uns gesellt hat – doch Yvonne und ich beachten sie gar nicht. Diese Schlacht ist ein reiner Zweikampf.

»Was kostet es?«, füge ich hinzu, während ich nach meinem Portemonnaie greife, doch Yvonne antwortet nicht. Als ich aufblicke, sehe ich so etwas wie ein triumphierendes Leuchten in ihren Augen, und mit einem Mal kommen mir Bedenken.

»Oh, aber ich würde niemals einen beschädigten Artikel verkaufen«, sagt sie mit zuckersüßem Lächeln. »Da kann es nun wohl leider gar nicht mehr ausgestellt werden. Würden Sie es mir bitte wiedergeben? Ich möchte beschädigte Ware lieber nicht so herumzeigen, da sie meinem hohen Anspruch nicht genügt.«

Sie hält mir ihre Hand hin, und ich werfe ihr einen bösen Blick zu, überlege, was ich darauf entgegnen könnte, bevor ich ihr das Lama widerwillig aushändige.

»Sieht doch perfekt aus!«, sagt die ältere Dame – doch zucken wir beide mit keiner Wimper. Ich kann nicht *fassen*, dass Yvonne mich ausgetrickst hat.

»Darf ich es nicht als B-Ware kaufen?« Ich wage einen letzten Versuch. »Sie wollen B-Ware doch bestimmt nicht verschwenden …«

»Aber es ist doch gar nicht beschädigt!«, sagt die ältere Dame perplex.

»Im Juni werde ich beschädigte Ware anbieten«, fährt Yvonne fort und klingt endgültig. »Für Details dürfen Sie gern meine Website konsultieren.«

Sie legt das Lama in eine Schachtel und klebt diese zur Sicherheit zu, während sie mir dabei einen triumphierenden Blick zuwirft.

»Schön. Na, dann … fröhliche Weihnachten«, sage ich düster in der Hoffnung, dass sie meinen Subtext mitbekommt. *Möge es für dich alles andere als fröhlich werden!*

»Danke gleichfalls!«, entgegnet sie heiter, womit sie mir offensichtlich sagen will: *Ich habe gewonnen, also ist es mir egal, was du denkst.* »Und was kann ich für *Sie* tun?« Sie wendet sich der älteren Dame zu, und ich widme ihr einen letzten bösen Blick, bevor ich mich umdrehe und gehe. Weihnachtseinkäufe sind brutal. *Brutal.*

Niedergeschlagen mache ich mich auf den Weg zurück und will eben Janice eine Nachricht schreiben, um zu sehen, wo sie ist, als ich hinter mir eine fröhliche Stimme höre, die mich ruft:

»Becky, *da* bist du! Gute Neuigkeiten, Liebes! Ich habe den Räucherlachs bestellt und Mince Pies gekauft, *und* ich habe uns einen festlichen Brandy besorgt!«

Sie hält mir zwei kleine Becher hin, und ich reiße ihr einen davon förmlich aus der Hand. Wenn man einen Zusammenstoß mit einer bürokratischen Despotin hatte, ist festlicher Brandy definitiv die Lösung.

»Köstlich!«, sage ich, nachdem ich ihn in einem Zug hinuntergestürzt habe. »Genau, was ich brauchte. Komm, wir holen uns noch so einen!«

Von: malcolm@christmaswholesale.co.uk
An: Becky Brandon
Betreff: Re: Lama Christbaumschmuck Krise

Liebe Mrs Brandon (geborene Bloomwood),

vielen Dank für Ihre E-Mail.

Es tut mir leid zu hören, dass es Ihnen nicht gelungen ist, ein silbernes Lama als Christbaumschmuck zu erwerben. Leider haben wir auch hier in unserem Hauptbüro keine mehr auf Lager, da dieses Produkt stark nachgefragt war.

Ich wünsche Ihnen viel Glück mit Ihren Weihnachtsdekorationen und schlage vor, dass Sie vielleicht einmal in dem beigefügten Katalog blättern, der unser gesamtes Sortiment an Christbaumschmuck beinhaltet.

Beste Wünsche für die Weihnachtszeit!

Mit freundlichen Grüßen

Malcolm

Von: malcolm@christmaswholesale.co.uk
An: Becky Brandon
Betreff: Re: Re: Re: Lama Christbaumschmuck Krise

Liebe Mrs Brandon (geborene Bloomwood),

vielen Dank für Ihre E-Mail.

Ich versichere Ihnen, dass wir keineswegs absichtlich die Versorgung mit silbernen Lamas als Christbaumschmuck behindern, um eine »Spekulationsblase« zu provozieren.

Von daher spielen wir auch kein »gefährliches Spiel«, wie Sie es nennen. Ebenso wenig sind wir Ihrer Ansicht, dass unser Verhalten »wahrscheinlich die Wirtschaft bedroht und globalen Schaden anrichten wird«.

Mit den besten Wünschen für die Weihnachtszeit!

Viele Grüße

Malcolm

Chats

WEIHNACHTEN!

Martin
Becky, mein Rücken macht mir zu schaffen. Dürfte ich Weihnachten meinen orthopädischen Stuhl mitbringen?

Becky
Aber natürlich!

Jane
Martin, tut mir leid, das von deinem Rücken zu hören! In unserer Straße in Shoreditch gibt es eine tolle neue Therapiepraxis namens Tantrische Rücken-Kooperative. Soll ich für dich einen Termin vereinbaren?

Janice
Wir hier in Oxshott bevorzugen qualifizierte medizinische Fachkräfte, Liebes.

Jane
Was willst du mir damit sagen, Janice?

Janice
Nichts, Jane.

Jane
Willst du wohl.

Janice

Nein, will ich nicht. Willst DU mir vielleicht was sagen?

Martin

Immer mit der Ruhe, Ladys!

Janice

Halt dich da raus, Martin.

DREIZEHN

O mein Gott. Mein *Kopf*!

Er dröhnt so sehr, dass ich mir eine Sonnenbrille aufsetzen musste. Der festliche Brandy hat mich gekillt. Es sei denn, es wären die festlichen Piña coladas gewesen, die Janice an irgendeinem Stand aufgetrieben hat. Was hat sie sich dabei nur *gedacht*? (Die waren so lecker, dass ich eine ganze Flasche geordert habe.)

Meinen Wecker für den Black Friday habe ich verschlafen, sodass ich jetzt kein einziges Schnäppchen ergattern konnte und spät dran bin. Schlimmer noch ist, dass ich mal einen kurzen Blick auf meine Einkäufe von gestern geworfen habe – und offenbar sind doch ein wenig die Pferde mit mir durchgegangen.

Artikel, die ich kaufen wollte:
Tischtuch
Servietten
Kerzen
Geschenkpapier

Artikel, die ich gekauft habe:
Weihnachtsschürzen für die ganze Familie
Mince-Pie-Präsentationsständer

Räucherlachs
Festliche Piña colada (eine Flasche)
Festlicher Mojito (zwei Flaschen)
Aufblasbarer Mistelzweig-Kranz
Zwölf Tannenbaumkugeln, die *Jingle Bells* spielen
Filztannenbaum mit wattierten Filzzuckerstangen (zauberhaft)
Weißer Weihnachtsbaum mit LED-Lichtern und Strassverzierungen (sehenswert – *alle* blieben stehen, um ihn sich anzusehen)
Tannenbaum aus Pappmaschee mit Schokoladensternen in roter Folie (wie könnte man einen Christbaum mit leuchtend roten Schokoladensternen *nicht* kaufen?)

Das sind insgesamt drei Weihnachtsbäume. Außerdem habe ich schon eine riesige norwegische Premium-Fichte bestellt, die ich nicht wieder abbestellen kann, weil Luke immer wieder sagt, dass der Duft des Baumes für ihn das Schönste an Weihnachten ist. Und dann brauche ich noch einen Ökobaum für Jess.

Das sind insgesamt … fünf Tannenbäume.

Ich höre kurz auf, meine Haare zu bürsten, und denke scharf nach. Kann ich fünf Tannenbäume haben? Ich versuche, mir vorzustellen, wie ich Luke erkläre, dass wir fünf Tannenbäume haben werden, und beiße mir auf die Lippe. Es klingt doch irgendwie … du weißt schon. Ziemlich viel.

Könnte ich sie vielleicht ein bisschen im Haus verteilen, sodass keiner was merkt?

Oder … ja! Ich nenne sie nicht Weihnachtsbäume.

Den eigentlichen nenne ich Weihnachtsbaum, und der Rest kann dann »Weihnachtsbusch« heißen. Dann haben wir ein Weihnachtsgebüsch. Genial! Und dann …

O Gott, wo ist bloß die Zeit geblieben? Ich muss mich beeilen.

Zum Glück ist heute ein frischer, sonniger Tag mit so einem unwirklichen, leuchtend blauen Winterhimmel, sodass mich niemand auf meine Sonnenbrille anspricht, als ich Minnie in der Schule abgebe. Und als ich dann nach Letherby Hall laufe, fühle ich mich schon wieder etwas menschlicher. Solange keiner ein lautes Geräusch macht …

»Stopp! Bex, stopp!« Ich werde aus meinen Gedanken gerissen, als Suze auf mich zugestürmt kommt mit wild rudernden Armen.

»Schscht!« Ich schrecke zurück. »Leise! Was ist das Problem? Brennt es irgendwo?«

»Nein!«, schnauft Suze atemlos. »Aber ich will dir doch meine Überraschung zeigen!«

O Gott, die Überraschung. Die hatte ich schon ganz vergessen. Wahrscheinlich ist es eine neue Idee, wie man Handtaschen oder irgendwas ausstellen kann. Aber ich sollte sie unterstützen. Also nehme ich irgendwie meine ganze Kraft zusammen, um Suze anzulächeln und zu sagen:

»Natürlich! Ich kann es kaum erwarten! Zeig's mir!«

»Okay, mach die Augen zu«, sagt Suze begeistert. »Das errätst du nie …«

Ich schließe die Augen (was eine echte Erleichterung ist) und lasse mich von Suze in den Shop führen, wobei ich über die Stufe stolpere.

»Ta-daah!«, ruft sie – und als ich die Augen aufmache, sehe ich verschwommen ein großes Banner mit der Aufschrift: *Sprygge forever!*

Verdutzt starre ich es einen Moment lang an und frage mich, ob ich einfach nur verkatert bin und Halluzinationen habe.

»Hm?«, bringe ich schließlich zustande.

»Guck mal!« Enthusiastisch deutet Suze auf den Warentisch. »Guck doch mal!«

Stumm lasse ich meinen Blick abwärts zu dem Tisch wandern, auf dem ein neues Schild steht mit der Aufschrift *EXKLUSIV – NEUE »SPRYGGE«-KOLLEKTION*. Da gibt es einen ganzen Stapel von Grußkarten, auf denen fett gedruckt geschrieben steht: *Wir wünschen sprygge Weihnachten!* Daneben liegt ein besticktes Kissen mit den Worten *Don't worry, be sprygge!* Es gibt eine ganze Reihe von Bechern mit dem Aufdruck *Gut. Besser. Sprygge.* und einen Korb mit Schlüsselanhängern, auf denen *#sprygge* steht.

Ich kriege kein Wort heraus. Doch Suze scheint davon nichts zu merken.

»Das ist unser neues *Sprygge*-Sortiment!«, sagt sie begeistert. »Daran habe ich heimlich gearbeitet. Oh, Bex, es ist *so* beliebt. Gestern haben sie es uns aus den Händen gerissen! Du musst mir nur noch aufschreiben, was *sprygge* genau bedeutet«, fügt sie hinzu, »denn gestern haben Kunden uns danach gefragt, und Irene und ich konnten uns nicht mehr so ganz erinnern. Im Grunde heißt es, dass man glücklich ist, oder?« Sie blinzelt mich an: »So was in der Art? Ich habe versucht, es zu googeln, konnte aber nichts finden.«

»Ach Becky, *da* bist du!«, sagt Irene, als sie angerauscht kommt. »Also, spricht man es nun ›sprüggä‹ oder ›sprigge‹? Du musst uns Unterricht in Norwegisch geben! Es ist ein solcher *Erfolg*!«, fügt sie hinzu. »So originell. Sind wir die Ersten in Großbritannien, die *sprygge* führen?«

»Ich glaube, das sind wir wohl«, sagt Suze selig. »So viele Kunden haben gesagt, sie hätten noch nie etwas von *sprygge* gehört!«

»Wir sind der Konkurrenz voraus«, sagt Irene nickend. »Man kann sich immer darauf verlassen, dass Becky über das Allerneueste Bescheid weiß.«

»Oh, Bex kennt sich aus«, sagt Suze vertrauensvoll. »Sie ist ein echter Trendsetter.«

Mir wird ganz komisch im Magen, aber nicht wegen der festlichen Brandys.

»Suze«, setze ich an, doch die Worte vertrocknen auf meinen Lippen. Ich weiß nicht, wie ich es ihr sagen soll. O Gott. Ich *kann* es ihr nicht sagen.

Aber ich muss. Irgendwie.

»Suze, komm her.« Ich schiebe sie weg vom *Sprygge*-Tisch, in eine Ecke, weit weg von Irene.

»Suze, hör zu«, sage ich mit verzweifeltem Unterton. »Ich habe mir *sprygge* nur ausgedacht.«

»Was?« Sie starrt mich an, ohne zu begreifen.

»Ich habe *sprygge* nur erfunden, um diese hochnäsige Frau zu nerven. Ich hab mir einfach irgendwas ausgedacht. Das Wort gibt es gar nicht.«

Ich sehe Suze an, dass ihr langsam klar wird, was das bedeutet.

»Nein«, flüstert sie. »Du meinst ...« Ihr Blick wandert mehrmals zwischen dem *Sprygge*-Tisch und mir hin und her. »Du meinst … o mein Gott.« Sie schluckt. »Bex, du machst Witze.«

»Leider nicht«, sage ich gequält. »Tut mir leid.«

»Aber du hast doch einen langen Vortrag darüber gehalten! Du warst dermaßen überzeugend! Wir dachten alle, es sei echt!«

»Ich weiß! Ich *wollte* dir ja erzählen, dass ich es nur erfunden hatte, aber …« Ich runzle die Stirn und versuche, mich zu erinnern, warum ich nichts gesagt habe – da fällt es mir plötzlich ein. »Craig kam rein, und da habe ich es vergessen«, gestehe ich beschämt.

Suze lässt den *Sprygge*-Tisch nicht aus den Augen. Ich sehe ihr an, dass die Gedanken in ihrem Kopf Purzelbäume schlagen, und nicht im positiven Sinn.

»Ich kann nicht glauben, dass du dir so was ausdenkst«, sagt sie. »Wie konntest du das *tun*?« Mit vorwurfsvollem Blick wendet sie sich zu mir um.

»Ich wusste ja nicht, dass du gleich einen Stapel Kissen mit der Aufschrift *Don't worry, be sprygge* besticken lässt!«, verteidige ich mich. »Wie hätte ich das vorhersehen sollen?«

»Aber dann verstößt das alles gegen den Verbraucherschutz!« Aufgeregt deutet Suze im Shop herum. »Wir haben allen erzählt, es ist Norwegisch! Wir könnten verklagt werden! Wir könnten bestraft werden! Wir müssen die ganze Kollektion einstampfen.« Sie lässt den Kopf in die Hände sinken, und fast reißt mich das schlechte Gewissen aus der Bahn.

»Suze, beruhige dich!« Ich nehme sie in die Arme. »Niemand wird dich *verklagen*.«

Da kommen unsere ersten Kunden des Tages herein: zwei Frauen in mittleren Jahren. Sie steuern zielstrebig auf den *Sprygge*-Tisch zu, und ich höre die Begeisterung in ihren Stimmen.

»Ich muss hingehen und ihnen sagen, dass das alles Quatsch ist«, sagt Suze entmutigt.

»Tu es nicht, Suze!«, sage ich entschlossen. »Du darfst die Kollektion nicht einstampfen. Es wäre eine solche Verschwendung. Es ist doch nur ein Wort. Und du hast so wunderschöne Sachen gemacht. Ist es denn wirklich so schlimm, wenn ein paar Leute Kissen zu Hause haben, auf denen *sprygge* steht?«

»Aber wir behaupten, es sei Norwegisch«, sagt Suze ohne Hoffnung in der Stimme. »Wir sind nicht ehrlich.«

»Na, dann … sagen wir eben nicht, dass es Norwegisch ist«, schlage ich nach kurzer Überlegung vor. »Wir sagen: ›Manche Leute meinen, es käme aus dem Norwegischen.‹ Das ist doch fast wahr. Alle Kunden von gestern glauben es schon mal. Und außerdem«, fahre ich fort, als mir plötzlich eine neue Idee kommt. »Sprache verändert sich doch ständig. Sie ist fließend. Jedes Jahr gibt es im Lexikon neue Wörter! Warum sollte nicht auch *sprygge* dazugehören?«

»Was meinst du damit?« Suze starrt mich skeptisch an.

»Wenn wir anfangen, das Wort *sprygge* oft zu benutzen, tun andere Leute es vielleicht auch, und so gelangt es dann in die Sprache. *So* funktioniert Sprache doch«, erkläre ich. »So *entwickelt* sich Sprache. Wenn jemand fragt, könnten wir sagen, es ist mehr oder weniger Norwegisch. Wir könnten sagen, es ist ›vermutlich‹ Norwegisch.«

Eine der Kundinnen legt mit leuchtenden Augen einen *Sprygge*-Becher nach dem anderen in ihren Korb.

»Meine Tochter wird begeistert sein«, sagt sie zu ihrer Freundin. »So besonders!«

»So originell!«, stimmt ihre Freundin zu und greift nach einem Kissen. »Die habe ich noch nie irgendwo gesehen.«

»Siehst du?«, sage ich zu Suze. »Die beiden freuen sich! Wenn wir denen die Wahrheit erzählen, wären wir totale Spielverderber. Entspräche das etwa dem Geist der Weihnacht? Nein. Tut es nicht. Ich finde: Wenn das Wort *sprygge* die Menschen glücklich macht – wer sind dann wir, ihnen dieses Glück vorzuenthalten?«

»Es *ist* ein gutes Wort«, räumt Suze widerwillig ein.

»Es ist ein *geniales* Wort«, stimme ich zu und gebe mir Mühe, ihr Zuversicht zu vermitteln. »Es ist ein positives, Freude ausstrahlendes Wort, und da ist es doch ganz egal, woher es kommt.«

Eben will ich losgehen, um der Kundschaft beim Einkauf zu helfen, als mir mein Telefon piepend eine Nachricht meldet. Ich öffne sie und lese. Dann lese ich sie noch mal und schlucke.

»Was ist?«, fragt Suze, die mich beobachtet.

»Hm. Nichts. Nur, also … Craig fragt, ob Luke und ich vorbeikommen wollen, später, auf ein Glas Wein.« Ich bemühe mich, entspannt zu klingen. »Er schreibt: Machen wir uns einen netten Abend, nur wir vier.«

Suzes Augen werden tellergroß.

»Ein ›netter Abend, nur ihr vier‹?«, wiederholt sie empört. »Bex, du *weißt*, was das bedeutet!«

Mir ist genau derselbe Gedanke gekommen, doch das werde ich vor Suze nicht zugeben. Nicht einmal vor mir selbst.

»Nein, weiß ich nicht«, sage ich entschieden. »Suze, du hast eine echt blühende Fantasie.«

»Ach ja? Oder vielleicht bist du ja auch zu naiv, um zu sehen, was genau vor deiner Nase geschieht.« Sie legt mir beide Hände auf die Schultern und betrachtet mich mit ernstem Blick. »Versprich mir nur, dass ihr ein Safeword vereinbart, okay?«

»Ein *Safeword*?« Ich kann nicht anders, als laut loszulachen. »Ich werde mir doch kein Safeword ausdenken. Meinst du, er will uns in ein Verlies sperren?«

»Das würde mich nicht überraschen«, sagt sie düster. »Du weißt nicht, wozu er in der Lage ist.«

»Gibt es in dem alten Haus denn ein Verlies?«

»Also … nein«, gibt sie nach kurzer Überlegung zu. »Aber in dem einen Zimmer könnte er sich eine Sexkammer eingerichtet haben.«

»Suze, du bist verrückt! Wir gehen auf ein gepflegtes Gläschen Wein hin, und das war es dann. Ende der Diskussion. Und jetzt gehe ich und helfe unserer Kundschaft, denn *dafür werde ich hier bezahlt*«, erkläre ich spitz.

Als ich auf den *Sprygge*-Tisch zugehe, meldet sich mein Telefon schon wieder. Ich sehe eine zweite Nachricht von Craig und schlucke innerlich.

Bringt euer Badezeug mit, dann können wir zusammen in den Whirlpool steigen! Oder wir gehen *au naturel* ...? ;)

Ich glaube, das werde ich Suze gegenüber lieber nicht erwähnen.

O Gott ...

Um halb sieben Uhr abends habe ich mich endlich durchgerungen, was ich für unseren Abend bei Craig anziehen will. Ich habe mich für eine schwarze Hose entschieden mit einer hochgeschlossenen Schluppenbluse. Dazu ein geknöpftes Abendcape. (Das habe ich mal im Ausverkauf mitgenommen und dachte damals: »O Gott, das war ein Fehler! Wann brauche ich denn schon mal ein Cape?« Na, jetzt weiß ich es.)

Ich sitze am Küchentisch, während Minnie ihre Milch trinkt, tippe Wörter auf meinem Telefon herum und komme mir vor, als würde ich ein brandgefährliches Doppelleben führen. Da sitzt mein unschuldiges Kind, trinkt seine Milch, und hier sitze ich und suche nach dem richtigen Safeword. Bisher habe ich etwa zehn Optionen, darunter »Chanel«, »Dolce« und »Gabbana«.

Da fällt mir auf, dass sie vielleicht nicht so gut ins Gespräch einzuflechten sind. Vielleicht sollte ein Safeword etwas Unauffälligeres wie »hallo« oder »Wasser« sein.

Aber was ist, wenn ich einen Schluck Wasser möchte?

Ehrlich. Wie funktionieren Safewords überhaupt? Das sicherste Wort ist doch wohl »Stopp«, oder? Oder

»Ich gehe jetzt nach Hause, mir reicht's, und eigentlich stehe ich gar nicht so auf Gruppensex. Ich gehe lieber shoppen.« (Okay, das sind sehr jetzt viele Wörter.)

Als Luke in die Küche kommt, zucke ich vor Schreck zusammen und platze heraus: »Wir gehen also wirklich hin, ja?«

»Bitte?« Luke wirft mir einen verwirrten Blick zu. »Aber natürlich. Es sei denn – hast du es dir anders überlegt? Geht es dir nicht so gut?«

»Es geht mir prima!« Meine Stimme klingt seltsam schrill. »Das wird bestimmt super! Kann es kaum erwarten. Hm, Craig meinte was vom … äh …« Ich räuspere mich. »Vom Whirlpool.«

»Vom *Whirlpool*?« Luke muss lachen. »Na, mal sehen, ob wir so weit kommen.«

Unsicher starre ich ihn an und frage mich, was genau er mit »so weit kommen« meint. O Gott. Hat Suze recht, und ich bin wirklich so naiv, und alles hat eine doppelte Bedeutung, die ich vorher nie verstanden habe?

Luke steht bestimmt nicht auf Gruppensex.

Oder?

In diesem Augenblick klingelt es an der Tür, und Luke lässt unseren Babysitter herein. Sie heißt Kay, ist Mitte sechzig und eine echte Klatschbase. Gemeinsam bringen wir Minnie ins Bett, während wir uns alles über die Operation vom Hund ihrer Nachbarin anhören. Und dann, bevor ich weiß, wie mir geschieht, laufen wir die dunkle, kalte Dorfstraße entlang zum Lapwing Cottage.

Luke redet über die Flasche Wein, die er mitbringt,

und davon, dass wir bei Gelegenheit mal nach Frankreich fahren sollten, um Weingüter zu besichtigen. Ich nicke und sage: »Ja, ja, Burgund, super«, ohne zu wissen, was ich da rede. Mit jedem Schritt werde ich zappeliger. Ich bin albern, sage ich mir immer wieder. Gar nichts wird passieren.

Aber was, wenn doch? Was würde ich *tun*? O Gott, wir sind fast da. Sollte ich schnell was zu Luke sagen?

Lapwing Cottage liegt abseits der Dorfhauptstraße, am Ende eines kleinen unbeleuchteten Weges. Es ist allerdings nicht stockdunkel – voraus sieht man ein Licht, was das Cottage sein muss. Je näher wir kommen, desto heller wird das Licht. Ich blinzle überrascht. Wow. Das Cottage ist über und über mit Lichterketten behängt, manche weiß, manche bunt und blinkend. Minnie wäre *begeistert*!

Jetzt sind wir fast beim Haus, und Luke stößt einen leisen Pfiff aus.

»Da ist der Whirlpool.« Er lacht vor sich hin. »Guck mal. Ziemlich beeindruckend.«

Er deutet über die Hecke hinweg auf den Garten dahinter. Ich folge seinem Blick – und erstarre. Da ist nicht nur ein gigantischer Whirlpool auf der Terrasse, da gibt es außerdem eine hawaiianisch anmutende Bar, drei Sonnenliegen, mindestens sechs Heizpilze und ein paar Palmen in Kübeln.

»Haben sie diese Palmen mitgebracht?«, fragt Luke ungläubig. »Und die Sonnenliegen? Ist ja wohl kaum die richtige Jahreszeit. Und was diese Heizpilze angeht, habe ich neulich was darüber gelesen …« Er fängt an, über die Erderwärmung zu reden, aber ich kann nicht zuhören, denn entsetzt starre ich die Palmen an.

Palmen. Ist das nicht ein Zeichen? Stellen sich nicht Swinger so was in den Garten, um andere Swinger auf sich aufmerksam zu machen?

Mein Herz klopft heftig, als wir den Weg zur Haustür nehmen. Es geht los. Es ist real. Suze hatte recht. Ich muss es Luke sagen, schnell.

Als er die Hand hebt, um an der Tür zu klingeln, greife ich nach seinem Arm.

»Luke«, flüstere ich. »Ich bin mir nicht sicher, ob sie über Wein reden wollen. Das ist alles Fassade.«

»Was?« Luke starrt mich an.

»Ich glaube, sie wollen … du weißt schon …« Ich schlucke und flüstere noch leiser. »Eine Orgie.«

»Was?« Luke lacht schallend, dann mustert er mich noch mal. »Becky, ist das ein Ernst?«

»Ja! Craig steht auf flotte Dreier und Vierer und … Zwanziger. Suze hat es im Internet gelesen. Er geht ständig zu Sexpartys. Und guck dir mal die Palmen an.« Ich gestikuliere wild zum Garten hin. »Das ist das Zeichen! Swinger!«

»Ich bin mir ziemlich sicher, dass das Zeichen für Swinger Pampasgras ist«, sagt Luke gelassen.

»Palmen … Pampasgras … ist doch alles dasselbe. Wir brauchen einen *Plan*«, füge ich panisch hinzu. »Wir brauchen Zeichen.«

»Hey, Leute! Da seid ihr ja!« Craigs rauchige Stimme grüßt uns wie aus heiterem Himmel, und ich schrecke zusammen. Er beugt sich aus einem Fenster im ersten Stock, strahlend im offenen Hemd.

O Gott. Hat er uns gehört? Nein. Ich glaube nicht.

»Hi!«, sage ich mit erstickter Stimme. »Wir haben gerade … Hi!«

»Hey!« Luke grüßt ihn lässig.

»Bin gleich unten …« Craigs Kopf verschwindet, und ich höre ihn rufen. »Nadine, sie sind da!«

Schon höre ich ihre High Heels auf der anderen Seite der Tür näher kommen. Mist.

»Unser Safeword ist *sprygge*«, plappere ich in Panik. »Okay?«

»Was?« Luke ist baff.

»*Sprygge*! Safeword! *Sprygge*!«

Ich habe keine Zeit, noch mehr zu sagen, denn die Tür geht auf, und da steht Nadine in einer klitzekleinen Seidenbluse, die ihr erstaunliches Dekolleté hervorhebt, nach Moschus duftend.

»Hey!«, sagt sie, umarmt erst Luke, dann mich. »Willkommen!«

»Hi«, sagt Luke lässig. »Wir haben eine Kleinigkeit mitgebracht.«

Nadine nimmt die Flasche und unsere Mäntel und geleitet uns in einen hübschen großen Raum mit knisterndem Feuer und einer Lichterkette auf dem Kaminsims. Es wirkt wie ein Mittelding zwischen Landhaus und Musikstudio. Ich sehe gemütliche Sofas und Sessel, aber auch drei Gitarren auf Ständern und ein paar große Verstärker.

»Hey!« Craig kommt hereinspaziert, wie üblich in zerrissenen Jeans und mit einer Flasche Wein in der Hand, die teuer aussieht. (Das Etikett ist uralt und hat sich schon halb abgelöst – daran erkenne ich es.)

Er gibt mir ein Küsschen und schüttelt Luke freundlich die Hand. Schon bald sitzen wir auf den Sofas, lauschen dem knisternden Feuer und sehen uns an, wie die Lichter auf dem Kaminsims an- und ausgehen. Nadine reicht Oliven und Nüsse herum, und Craig legt Musik auf. Langsam entspanne ich mich ein bisschen. Es fühlt sich nicht an wie eine Sexparty. Allerdings war ich noch nie auf einer.

»Wie findest du den Wein, Luke?«, fragt Craig. »Kann ich dir noch was einschenken?«

»Luke, komm doch näher ans Feuer!«, stimmt Nadine mit ein. »Ist das Sofa bequem für dich? Soll ich dir noch ein Kissen holen? Mehr Oliven?«

Sofort meldet sich mein Radar. Beide scharwenzeln um Luke herum, genau wie im Pub. Aber vielleicht wollen sie auch nur nett sein.

»Das Haus sieht fantastisch aus!«, sage ich, um etwas zu sagen. »Die vielen Lichterketten! Wunderschön!«

»Die habe ich Craig anbringen lassen«, sagt Nadine zufrieden. »Ich musste nur sagen: Baby, rauf auf die Leiter, *zack, zack*!«

»Sie ist der Boss«, lacht Craig. »Ihr solltet mal sehen, wie sie ihr Team bei der Arbeit scheucht. Noch Wein, Luke? Was habt ihr denn Weihnachten so vor?«

»Wir richten es zum ersten Mal aus«, sagt Luke. »Becky hat die Fäden in der Hand.«

»Weihnachten zum ersten Mal ausrichten!«, sagt Nadine und verdreht die Augen. »Ich weiß noch, wie das bei mir war. Ich bin fast durchgedreht. Meine ganze Familie war so: ›Können wir dies haben, können wir das haben?‹ Am Ende hab ich gesagt: ›Es reicht! Wir machen es auf meine Art!‹«

»O mein Gott!«, rufe ich und fühle mich Nadine zum ersten Mal verbunden. »Kenn ich! Ich habe eine Weihnachts-WhatsApp-Gruppe gegründet, und die treiben mich in den Wahnsinn. Jeder wünscht sich eine andere Schokolade, andere Mince Pies, andere Traditionen. Meine Schwester ist Veganerin, meine beste Freundin möchte basteln mit den Kindern, ihr Mann möchte Oper gucken, und unsere Nachbarin Janice wünscht sich eine Piñata. Man kann es unmöglich jedem recht machen.«

»Wie viele habt ihr denn eingeladen?«, fragt Nadine mitfühlend, während sie mir Wein nachschenkt.

»Na ja, im Grunde haben sie sich alle selbst eingeladen«, antworte ich nach kurzer Überlegung.

»Sich selbst eingeladen?« Nadine macht große Augen.

»Ich meine, ich wollte ja, dass sie kommen«, erkläre ich eilig. »Ich habe sie alle schrecklich lieb. Es wird wunderbar! Es ist nur … ihr wisst schon. Ziemlich viel zu tun.«

»Allerdings«, meint Nadine nickend. »Fakt ist, Becky: Du musst dich durchsetzen!«

»Es ist einfach so viel.« Ich nehme einen Schluck Wein. »Und jetzt hat sich meine Mum mit Janice überworfen, und beide wollen doch kommen …«

»O nein!«, stöhnt Nadine und rümpft die Nase. »Das ist nicht gerade ideal.«

»Nein. Ist es nicht.« Ich gebe einen schweren Seufzer von mir. Mir war gar nicht bewusst, wie sehr mich diese ganze Sache mit Weihnachten stresst. Es ist eine echte Erleichterung, sie mit jemandem von außen zu teilen. »Ich wünsche mir einfach nur einen schönen Tag. Dass wir friedlich beieinander sind und es egal ist, wie der Rosenkohl zubereitet wurde.«

»Ich sage dir: Mach keinen Rosenkohl!«, meint Nadine forsch. »Scheiß auf den Rosenkohl!«

»Beim Weihnachtsfest geht's nicht um Rosenkohl«, verkündet Craig mit rauchiger, rockstarmäßiger Stimme und klingt dabei so feierlich, als würde er den Text eines richtig schlechten Weihnachtsliedes aufsagen. Ich muss laut lachen.

»Das sage ich mir auch andauernd«, gebe ich ihm recht. »Diese ganzen Details sind alle total unwichtig, oder? Entscheidend ist doch, dass wir alle um den Tisch versammelt sind. Freunde. Familie. *Darum* geht es beim Weihnachtsfest.«

»Darauf trinken wir«, sagt Craig und hebt sein Glas.

»In diesem Sinne!«, sagt Luke.

»Ich bin ganz deiner Meinung«, sagt Nadine. Und sie klingt so freundlich und warmherzig, dass ich ihr unweigerlich noch mehr zugetan bin.

»Wir haben dieses Jahr ein Motto«, vertraue ich ihnen an. »Der Grinch kann alles stehlen – nur nicht Weihnachten selbst.«

»Gefällt mir«, sagt Craig weise nickend. »Ja, das gefällt mir. Und außerdem ist Rosenkohl eklig.«

Unwillkürlich muss ich wieder kichern, und Nadine tätschelt mein Knie.

»Du wirst dein Weihnachtfest mit Freunden und Familie schon bekommen, Becky«, sagt sie beruhigend. »Achte nur darauf, dass du auch was von dem Tag hast.«

Dass *ich* was von dem Tag habe? An mich hatte ich bisher noch gar nicht gedacht. Bisher wollte ich nur verhindern, dass es eine totale Katastrophe wird. Aber ich lächle sie an und sage:

»Ja, das mache ich. Danke.«

Es entsteht eine Pause, während derer wir Oliven essen und Craig das Licht ein wenig dimmt. Ich merke, dass ich den Moment genieße. Langsam entspanne ich mich.

»Und jetzt …« Er lehnt sich auf dem Sofa zurück, streckt die Beine aus. Mit hochgezogenen Augenbrauen wirft er Nadine einen Blick zu, dann sieht er Luke an. »Also. Ihr habt es euch vermutlich schon gedacht. Dieser Abend verfolgt eine … eine gewisse Absicht.«

Augenblicklich bin ich starr und steif. Absicht?

Craig beugt sich langsam vor, sieht Luke ernst an, so wie auch Nadine. Mit einem Mal ist die Atmosphäre total aufgeladen, und meine Kopfhaut fängt an zu kribbeln. Es ist real. Sie wollen was von uns. Ich hätte mich *nie* entspannen dürfen, ich hätte *wachsam* bleiben müssen …

»Absicht?«, sagt Luke lässig. »Ich dachte, wir sind hier, um unsere neuen Nachbarn zu besuchen.«

»Ja, nun.« Craig lacht wieder. »Bevor man mit jemandem auf Schmusekurs geht, möchte man ihn doch gern näher kennenlernen, oder?«

Bevor man mit jemandem auf Schmusekurs geht. O Gott …

»Ich weiß nicht, wie offen du solchen Dingen gegenüber bist …«, wirft Nadine heiser ein, streicht ihr Haar zurück und sieht Luke direkt an. Das Licht schimmert auf ihrem Lipgloss, auf ihrem Dekolleté, ihrer glänzenden Bluse. Sie sieht ziemlich spektakulär aus.

Mein Herz rast wie verrückt, aber ich kriege kein Wort heraus. Ich fühle mich unwirklich. Außerdem: Was wird Luke darauf antworten?

»Bin ich leider gar nicht«, sagt Luke nur, und ich merke doch, wie erleichtert ich bin.

(Ich meine, ich wusste natürlich, dass er das sagen würde.)

»Okay«, sagt Nadine, ohne mit der Wimper zu zucken. »Das ist enttäuschend. Aber vielleicht können wir dich dazu bewegen, deine Meinung zu ändern.«

»Ich habe heute ein neues Wort gelernt«, sage ich, als ich meine Stimme wiederfinde. »*Sprygge.* Es ist Norwegisch. *Sprygge.*« Verzweifelt versuche ich, Luke auf mich aufmerksam zu machen. »*Sprygge!*«

Aber keiner sieht mich auch nur an.

»Ich dachte, du wärst offenen Geistes, Luke«, sagt Nadine heiser, beugt sich sogar noch weiter zu ihm vor, mit schimmernden Brüsten. »Und ich will ehrlich mit dir sein, okay? Ich will es wirklich. Ich will mich dir präsentieren.«

Sprachlos starre ich sie an. »Präsentieren?« Was soll das heißen? Ist das ein seltsamer sexueller Fetischslang, den ich nur noch nie …

Da kommen meine Gedanken abrupt ins Stocken, als ich das Wort »PRÄSENTATION« auf einem ausgedruckten Dokument zu Nadines Füßen sehe, halb unter dem Sofa.

Augenblick mal. Präsentation … so wie in *Präsentation*?

Okay, warte, *was* geht hier vor sich?

»Ich kann dir Ratschläge geben«, sagt Luke freundlich zu Nadine. »Aber ich bin kein Investor.«

»Aber du hast Kapital«, sagt Nadine und klimpert mit den Wimpern. »Du hast eine Firma, die expandieren könnte. Du hast die Erfahrung, ich habe das Talent.«

»Du willst *Geld?*«, frage ich erstaunt, und Nadine reißt genervt den Kopf herum.

»Ich will eine *Partnerschaft*«, sagt sie. »Es geht nicht um Geld, es geht darum, Talent und Ideen zu verbinden. Es geht darum, meine Energie zu kanalisieren und in tiefere Gewässer vorzudringen.« Dann nimmt sie mich ins Visier. »Was dachtest du denn, was ich will?«

»Sex!«, platze ich heraus, bevor ich es verhindern kann.

Was folgt, ist staunendes Schweigen. Craig macht große Augen. Luke hat sich mir mit einem Gesichtsausdruck zugewandt, den ich vor lauter Aufregung nicht deuten kann.

»Sex?«, fragt Nadine schließlich. Sie mustert mich mit derart amüsierter Miene, dass ich mich doch leicht ärgere. Sie muss ja nicht so tun, als hätte ich nicht mehr alle Tassen im Schrank, nur weil ich daran gedacht habe.

»Meine Freundin hat im Internet gelesen, dass du

auf Sexpartys stehst«, sage ich trotzig zu Craig. »In Moskau zum Beispiel. Flotte Dreier und … so was.« Falls Nadine nichts von den Sexpartys in Moskau wusste, dann tut es mir leid.

Doch sie zuckt mit keiner Wimper. Sie rollt sogar ungeduldig mit den Augen, als würde ich sie von einer dringlicheren Aufgabe ablenken.

»Ja, ja, da stehen wir drauf.« Craig zuckt mit den Schultern, als hätte er eben gesagt, dass er am Wochenende gern mal eine Partie Golf spielt. »Aber darum geht es hier und heute nicht.«

»Was wir so vorhaben, ist ja wohl unsere Sache«, sagt Nadine etwas schnippisch. »Aber wenn du meinst, wir hätten euch deshalb eingeladen …« Sie lässt ihren Blick über meine hochgeschlossene Bluse schweifen, als gönnte sie sich einen kleinen Scherz. »Sagen wir … dafür bist du nicht die Richtige.«

Nicht die Richtige? Augenblicklich bin ich zutiefst gekränkt. Sie weisen uns *zurück*? Wie kommen sie dazu? Wieso bin ich nicht die Richtige dafür?

»Ich bin ganz toll im Bett«, entgegne ich empört. »Und Luke ist sogar noch besser!«

»Süße«, sagt Luke, und sein Mundwinkel zuckt. »Vielen Dank für die Empfehlung. Aber … zu viele Informationen? Es war ein netter Abend«, fährt er höflich fort und stellt sein Glas ab. »Vielen Dank euch beiden. Aber vielleicht …«

»Du wirst jetzt nicht einfach gehen!« Nadine klingt angespannt. »Du hast mir noch nicht mal eine Chance gegeben! Was glaubst du eigentlich …« Sie bremst sich mitten im Satz und lächelt wieder. »Ich habe die Präsentation parat. Ich habe alles vorbereitet. Ich finde, ich habe diese Chance verdient.«

Ich sehe Luke an, dass er sich etwas bedrängt fühlt.

»Na gut«, sagt er nach einer Weile. »Ich höre es mir gern an.«

»Gehen wir nach nebenan«, sagt Nadine, steht auf und streicht ihre Haare zurück. »Da habe ich meine Präsentation bereit. Nimmst du deinen Drink mit?« Als sie Luke zu einer Tür hinter uns führt, wirft sie mir einen Seitenblick zu. »Keine Sorge, Becky. Ich werde nicht über ihn herfallen.«

Haha. Sehr witzig.

Als Luke und Nadine die Tür hinter sich geschlossen haben, stochert Craig im Feuer herum, und es knistert ein bisschen, dann sitzen wir schweigend da. Ich bin unfassbar verlegen – aber Craig scheint kein bisschen verlegen zu sein. Tatsächlich scheint er mich kaum wahrzunehmen.

»Wie läuft's mit der Musik?«, frage ich schließlich. »Hast du neue Songs, die du uns vorspielen könntest?«

»Was?«, fragt er abwesend. »Nein, nicht wirklich.«

»Und … wohin fliegst du als Nächstes? Noch mehr Wochenenden in Warschau?«

»Weiß nicht genau«, sagt Craig, immer noch in Gedanken.

»Und … also … was sagst du zu der Situation in Venezuela?«, versuche ich es in meiner Verzweiflung.

»Venezuela?« Er versteht nicht.

Wie kann es sein, dass er nicht versteht? Venezuela ist doch sein Spezialthema! Am liebsten möchte ich rufen: »Früher hast du doch ständig von Venezuela geredet! Und du hast ununterbrochen Gitarre gespielt! Und du warst in der Lage, dich mit einem zu unterhalten!« Aber ich bin mir nicht mal sicher, ob er mich überhaupt hören würde.

Wenn Suze uns sehen könnte, müsste sie alles zurücknehmen, was sie gesagt hat. Sexuelle Spannung? Flirt? Was für ein Witz! Er sieht mich nicht mal an. Stattdessen starrt er immer wieder zu der Tür, hinter der Luke und Nadine verschwunden sind, und trinkt Wein in großen Schlucken.

»Ich frage mich, wie es wohl läuft«, sagt er und klingt dabei etwas ungeduldig. »Nadine ist so talentiert. Sie hat eine echte Chance verdient, weißt du? Sie arbeitet so hart an ihren Plänen. Dauernd sage ich ihr: ›Baby, mach mal halblang‹, aber sie will nicht. Sie ist besessen, weißt du? Besessen.«

»Sie ist so ganz anders als du«, sage ich.

»Ja. Das bewundere ich am meisten.« Craigs Augen leuchten. »Sie weiß, was sie will. Sie hat einen Plan. Die erste Frau in meinem Leben, die einen Plan hat.«

Sofort möchte ich ihm widersprechen. Ich hatte schon immer reichlich Pläne! Er hat sie sich nur nie angehört. Im Grunde habe ich gar keine Lust mehr, mit Craig zu reden. Wenn man hinter das Leder und die rauchige Stimme blickt, ist gar nicht viel an ihm dran.

»Möchtest du fernsehen?«, fragt er plötzlich, und ich starre ihn an. Das ist der Tropfen, der der Fass zum Überlaufen bringt. Er hat uns auf einen Drink eingeladen, und jetzt macht er den *Fernseher* an?

Aber andererseits ist mir auch langweilig, wenn ich hier so sitze, also warum nicht?

Es läuft ein Weihnachtsfilm, in dem ein gestresstes Großstadtmädchen namens Rae an Heiligabend in einem zauberhaften kleinen Ort festsitzt: mit Schnee und heißer Schokolade und einem gut aussehenden unrasierten Holzfäller namens Chris. Gerade beschließt sie, am Wettbewerb für den »bestdekorierten Weihnachtsbaum« teilzunehmen, und Chris bietet an, ihr einen Baum zu schlagen … als die Tür aufgeht und Nadine erscheint, gefolgt von Luke.

Ich blinzle die beiden an, bin noch immer ganz verloren in der Welt des Weihnachtsfilms und sage:

»Oh, hi. Seid ihr fertig?«

»Wie gesagt, Luke«, meint Nadine, ohne auf mich einzugehen, »es gibt viele andere Möglichkeiten, die wir nutzen könnten. Fakt ist – zu meinen Stärken gehört, dass ich offen für die Zukunft bin. Für alle Versionen der Zukunft. Denn heute *ist* die Zukunft.«

»Absolut«, sagt Luke mit undurchschaubarer Stimme.

»Dann rufst du mich also an?«

»Was meinst du?«, stimmt Craig eifrig mit ein. »Nadine hat echt Talent, oder?«

»Allerdings.« Luke lächelt Craig höflich an. »Aber da gibt es eine Menge zu bedenken. Vielleicht sollten wir es erst mal dabei belassen und zu normalen Arbeitszeiten weiterreden.«

»Ich bin auch flexibel, was Summen angeht«, fügt Nadine eilig hinzu. »Vielleicht hätte ich das gleich vorweg klarstellen sollen …«

»Super«, sagt Luke. »Gut zu wissen.«

Craig hat den Fernseher stumm geschaltet und folgt aufmerksam dem Gespräch, aber ich folge noch immer halb dem Geschehen auf dem Bildschirm. Rae und Chris haben Streit. Sie schwenkt eine Axt nach ihm, während ihre Haare malerisch im Wind flattern. Warum? Was ist passiert?

»Jedenfalls …«, sagt Luke mit entschlossener Stimme, die mich in die Realität zurückholt. »Es war interessant, deine Ideen zu hören, Nadine, und vielen Dank für den Wein – ein Genuss –, aber ich glaube, unser Babysitter kann heute nicht so lange. Stimmt's nicht, Becky?«

Ah. Er will los.

Ooh, wenn wir uns beeilen, können wir uns den Rest vom Weihnachtsfilm zu Hause ansehen!

»Was ist mit dem Whirlpool?«, protestiert Nadine. »Wir könnten unser Gespräch da fortsetzen, noch ein bisschen Wein trinken …«

»Ja, ihr müsst den Whirlpool ausprobieren«, sagt Craig.

»Ich glaube, das verschieben wir auf ein andermal«, sagt Luke und sieht mich dabei an. »Ja?«

Nie im Leben steige ich mit Nadine in einen Whirlpool. Das heißt also: ja.

»Stimmt«, sage ich und komme auf die Beine. »Wir sollten lieber los, aber vielen Dank für den *zauberhaften* Abend«, füge ich unaufrichtigerweise hinzu.

Zauberhafter Abend. Pah. Mir dieses ganze Gerede über Präsentationen anzuhören und vorm Fernseher zu sitzen und erklärt zu bekommen, dass wir für einen flotten Vierer ungeeignet sind? Da wäre ich lieber zu Pizza Express gegangen. Da hätten wir wenigstens Pizza gehabt.

Dieser Abend ist das absolute Gegenteil von dem, was ich erwartet hatte. Und die größte Enttäuschung ist Craig. Eben war er noch ein faszinierender Charmeur, jetzt ist er nur noch … blah.

Wir nehmen Abschied, und Craig und Nadine bedanken sich immer wieder bei Luke und schütteln ihm die Hand, und Craig drückt ihn lange und herzlich an sich. (Mich umarmt er nicht, wie mir auffällt.)

Und dann sind wir auch schon wieder draußen und laufen durchs Dorf nach Hause, mit dem Mond über uns und dem Ruf von Eulen in der Ferne. Der ganze Abend fühlt sich an wie ein surrealer Traum.

»Schräg«, sagt Luke schließlich.

»Schräg«, gebe ich ihm recht.

»Wie fandst du ihre Präsentation?«

»*Grausam*«, sagt Luke mit solcher Entschiedenheit, dass ich laut lachen muss. »Es war *quälend*. Ich habe immer noch keine Ahnung, was für ein Geschäft sie mir eigentlich vorgeschlagen hat, nur dass Brandon Communications ihr horrende Geldsummen geben und sie mit Personal und einem Firmenwagen ausstatten soll.«

»O mein Gott.« Unwillkürlich muss ich kichern. »Hast du abgelehnt?«

»Ich werde es bei nächster Gelegenheit ablehnen«, sagt Luke. »Am liebsten wäre ich ihr gleich ins Wort gefallen. Aber ich bringe es ihr schonend bei«, fügt er mit freundlicherer Stimme hinzu. »Es gibt da ein paar

Leute, mit denen sie sprechen könnte. Ich werde ihr eine Liste geben, ihr ein paar Kontakte vermitteln. Ich meine, Hut ab vor ihrem Mut, so ein Angebot überhaupt zu machen. Sie braucht nur stärkere Ideen. Sie hat noch viel zu lernen.«

Ich drücke seine Hand, weil das so typisch für ihn ist – ihr trotzdem helfen zu wollen. Wie kann es sein, dass Nadine keinen Sex mit ihm haben will?, denke ich empört – dann vertreibe ich den Gedanken sofort. Selbstverständlich würde ich gar nicht wollen, dass die beiden Sex miteinander haben. Aber trotzdem. Sie hat null Geschmack.

Kurz bevor wir zu Hause ankommen, bleibe ich unter einem Ilex stehen und gebe Luke einen langen Kuss. Ich weiß, es sollte eigentlich ein Mistelzweig sein – aber ich weiß nicht, wo ich den jetzt herkriegen könnte. (Ich sollte meinen aufblasbaren Mistelkranz immer dabeihaben.) Auf der Straße küssen ist sexy. Es erinnert mich daran, wie wir damals zusammenkamen. Wir sollten uns öfter auf offener Straße küssen.

Der Schnurrbart ist immer noch nicht ideal, wenn ich ehrlich sein soll. Aber davon abgesehen ist der Moment ziemlich perfekt.

»Ich finde jedenfalls, dass wir ein heißes Pärchen sind«, sage ich, als wir schließlich voneinanderlassen. »Ich würde *total* gern Sex mit uns haben wollen.«

»Ich auch«, sagt Luke. »Die haben ja keine Ahnung.« Er zieht an der Schleife meiner Bluse. »Geht die auf?«

»Könnte sein.« Schelmisch lächle ich ihn an, während er die Schleife löst. Dieses viele Nachdenken über flotte Vierer hat mich irgendwie angemacht. Sobald Kay weg ist, zünden wir ein paar Kerzen an … ziehen ein Schaffell vor den Kamin …lassen sexy Musik laufen … mmh …

Oh, aber was ist mit dem Weihnachtsfilm?, fällt mir plötzlich ein. Was ist mit Rae und dem Holzfäller? Ich will unbedingt wissen, wie es da weitergeht …

Nein, lieber doch nicht. Den holen wir uns aus der Mediathek. Ein Hoch auf die Technik!

Chats

SUZE & BEX

Suze
Und??? Lümmelt ihr mit Craig und Nadine im Whirlpool rum??!!!

Bex
Nein!!! Ich gucke mit Luke einen Weihnachtsfilm.

Suze
Ihr guckt einen Weihnachtsfilm??? Was ist passiert???

Bex
Die wollten keinen flotten Dreier. Und auch keinen Vierer. Oder einen Sonstwievieler.

Suze
Tatsächlich???? Ich schwöre, ich habe gelesen, dass Craig auf so was steht.

Bex
Tut er auch. Tun sie beide. Nur nicht mit uns.

Bex
Sie meinten: »Du bist nicht unser Typ.«

Bex
Suze? Bist du noch da????

Suze
Entschuldige. Ich musste so lachen. Da ist mir das Telefon aus der Hand gefallen.

BECKY & JESS

Becky
Hi, Jess! Ich habe gerade überlegt – wird Tom definitiv Weihnachten zurück in England sein?

Jess
Ja

Becky
Nur weil er schon so lange weg ist, verstehst du?

Jess
Ja

Becky
Das ist bestimmt schwer für dich.

Jess
Ja

Becky
Jedenfalls haben Suze und ich überlegt, ob wir drei uns vielleicht mal treffen wollen. Wir könnten zu *Waste Not Foods* gehen. Das ist ein verpackungsfreier Shop mit veganem Café! Klingt doch perfekt, oder?

Jess
Ja

Becky
Und du bist sicher, dass mit Tom und dir alles okay ist?

Jess
Ja

Becky
Denn du könntest dich mir mit allem anvertrauen – das weißt du, oder?

Jess
Ja

Becky
Dann ist bei dir und Tom wirklich alles okay???

Jess
JA

Von: Tom Webster
An: Becky
Betreff: Info

Liebe Becky,

Jess hat mir von Eurer jüngsten WhatsApp-Konversation erzählt. Offensichtlich glaubst Du, wir hätten ein Problem. Ich möchte Dich gern wissen lassen:

Mit unserer Ehe ist alles in Ordnung.

Ich wiederhole:

MIT UNSERER EHE IST ALLES IN ORDNUNG!!!

Grüße

Tom

Von: Anders Halvorsen
An: Becky Brandon
Betreff: Re: Tolles neues Wort für Ihr Lexikon: »sprygge«

Sehr geehrte Mrs Brandon, geborene Bloomwood,

vielen Dank für Ihr E-Mail. Ich muss zugeben, dass ich es doch etwas verwirrend fand.

Um zunächst einmal Ihre Frage zu beantworten: Nein, ich kann »sprygge« nicht ins Norwegische Nationalwörterbuch aufnehmen. Dieses Wort ist mir nicht bekannt.

Ich glaube nicht, dass es in die »norwegische Alltagssprache übergegangen ist«. Ebenso wenig ist es »heutzutage in jedermanns Munde.«

Was meinen Sie denn, was es bedeutet?

Mit freundlichen Grüßen

Anders Halvorsen

Redakteur

Norwegisches Nationalwörterbuch

VIERZEHN

Eine Woche ist vergangen, und ich habe jeden Gedanken an Craig und Nadine verdrängt. Denn es ist doch das Beste, peinliche Begegnungen hinter sich zu lassen und nicht zurückzublicken, selbst wenn dein Mann dich immer wieder damit aufzieht. Gestern hat er mir eine Nachricht geschickt:

John von der Arbeit hat uns fürs neue Jahr zum Abendessen mit seiner Frau eingeladen. Bin mir jedenfalls ziemlich sicher, dass er Abendessen meint und nicht einen flotten Vierer im Whirlpool.

Haha. *Zum Schreien komisch.*

Aber außerdem bin ich ziemlich mit Jess beschäftigt, denn Toms E-Mail beunruhigt mich doch. Kein Mensch schreibt so eine Mail, wenn mit seiner Ehe alles in Ordnung ist. Wenn man mich fragt, klingt Tom eher etwas neben der Spur. Obwohl er offen gesagt noch nie das war, was man als »durchschnittlich« bezeichnen würde. Es ist noch gar nicht so lange her, dass er bei Janice und Martin ein monströses Gartenhaus gebaut und allen erzählt hat, dass er dort leben wollte.

Als ich am Samstagmorgen den Zuckerguss auf Minnies Geburtstagskuchen verstreiche, mache ich mir richtig Sorgen – allerdings mache ich mir gerade noch mehr Sorgen um den blöden Kuchen. Der Biskuitteig fällt jedes Mal auseinander, wenn ich versuche, Buttercreme daraufzustreichen. Ich dachte, es würde vielleicht zehn Minuten dauern, und ich könnte alles schaffen, während Minnie beim Ballett ist, aber das Ganze ist die reine Katastrophe.

»Suze, Hilfe!«, sage ich verzweifelt, als sie in die Küche kommt. »Mein Kuchen fällt schon auseinander, wenn ich ihn nur scharf angucke.«

»Hast du ihn vorher mit einem Krümelmantel überzogen?«, erkundigt sie sich.

»Natürlich nicht.« Ich starre sie an. »*Krümelmantel?* Woher weißt du so was?«

Suze zuckt vage mit den Schultern, was vermutlich bedeutet, dass sie es auf dem Mädchenpensionat gelernt hat. Immer mal wieder kommt sie mit nützlichen Tipps an, die man dort lernt, zum Beispiel wie man einen Tisch für sechs Gänge deckt oder einen Brief an einen Bischof adressiert. Eben will ich fragen: »Ist es denn jetzt zu spät, um dieses Krümeldingsbums zu machen?«, als Luke hereinspaziert kommt.

»Mannomann«, sagt er und atmet schnaufend aus.

»Was?«

»Ich habe eben gerade mit Nadine telefoniert.«

»Nadine?« Ich lege mein Streichmesser weg und starre ihn an. »Wieso das?«

»Sie hat mich wegen ihrer Präsentation angerufen.«

»An einem Samstag?«

»Sie meinte, sie würde schon ungeduldig auf meinen Anruf warten.« Er verzieht das Gesicht. »Anscheinend hat sie … Sagen wir mal so: Offenbar hat sie eine völlig falsche Vorstellung davon, wie unser letztes Treffen gelaufen ist.«

»Inwiefern?«

»Insofern als sie dachte, ich stünde kurz davor, ihr einen Scheck zu schicken, einen Firmenwagen zu stellen und meine Firma in ›Brandon & Nadine Communications‹ umzubenennen.«

»O mein *Gott*!« Ich starre ihn an, halb entsetzt, halb kichernd. »Aber das ist doch absurd! Du hast ihr überhaupt nichts versprochen. Du hast nur gesagt: ›Da gibt es eine Menge zu bedenken.‹ Ich habe es genau gehört.«

»Natürlich habe ich ihr nichts versprochen!«, sagt Luke. »Sie greift immer nach den Sternen. Oder sie hat nicht mehr alle Nadeln an der Tanne. Oder beides. Hi, Suze«, fügt er hinzu.

»Hi, Luke«, sagt Suze unbekümmert. »Dann sind Craig und Nadine also doch nicht eure neuen besten Freunde? Wie *schade*.«

Ich werfe ihr einen misstrauischen Blick zu. Ich hore ein dickes, fettes »Hab ich ja gleich gesagt« aus ihrer Stimme, aber würde ich sie darauf ansprechen, würde sie sagen: »Ich weiß überhaupt nicht, was du meinst.«

»Es ist nicht zu glauben«, sagt Luke und macht sich an der Kaffeemaschine zu schaffen. »Nadine wurde richtig unangenehm am Telefon. Sie hat angedeutet, dass die beiden das Geld brauchen.«

»Dass sie das Geld brauchen?« Ich starre ihn an. »Wie kann das sein?«

»Sie hat mehr oder weniger angedeutet, dass Craig pleite ist.« Luke zuckt mit den Schultern. »Ich schließe es nur aus dem, was sie gesagt hat.«

»Aber er ist doch ein Rockstar!«, sage ich verdutzt. »Er war in Warschau! Er kann nicht pleite sein!«

»Na klar, Bex«, sagt Suze trocken. »Weil Rockstars ja nie nach Warschau fliegen, wenn sie pleite sind. Sie bügeln den Nachbarn die Hemden und sammeln Rabattmarken.«

»Haha.« Ich rolle mit den Augen.

»Arme Bex«, sagt Suze dann mit einem Mal. »Wie ich sehe, hast du dir die blaue Farbe aus den Haaren gewaschen. Und wo sind deine ultrascharfen Stiefel geblieben? Ob du die jemals wieder tragen wirst?«

»Die stehen oben«, sage ich ungerührt. »Und selbstverständlich werde ich sie wieder tragen, bei passender Gelegenheit.«

»Ich mag die ultrascharfen Stiefel«, sagt Luke fröhlich. »Nichts gegen die ultrascharfen Stiefel. Möchte jemand Kaffee?«

»Nein danke«, sage ich. »Wir wollen gleich los, um uns mit Jess zum Mittagessen zu treffen, und vergiss nicht, dass du Minnie nachher abholst.«

»Aber *das* sind sehr hübsche Stiefel«, sagt Suze mit Blick auf meine Füße. »Neu?«

»Ja! Nagelneu!«

Es sind karamellfarbene Stiefeletten, die ich schon ganz vergessen hatte, bis sie heute Morgen mit der Post kamen. Ich wende mich hin und her, um sie Suze vorzuführen – da geht mir ein Licht auf. Ist das ein Hinweis?

»Suze, du kannst sie haben«, sage ich spontan.

»Haben?«

»Zu Weihnachten!« Ich fange an, mir den ersten auszuziehen. »Probier sie an!«

»Nein! Ich werde nicht deine nagelneuen Stiefel annehmen, die du noch nie getragen hast!«, sagt Suze fast ärgerlich. »Zieh sie wieder an, Bex. Wir sollten bald mal los. Was machst du denn jetzt mit deinem Kuchen?«

»Keine Ahnung!«, gebe ich zu und zwänge meinen Fuß wieder in den Stiefel zurück.

»Das ist ein *Kuchen*?«, fragt Luke erstaunt mit Blick auf den unförmigen Haufen aus Biskuit und Buttercreme auf dem Küchentresen. »Ich dachte …« Er bremst sich. »Aber Minnie wird begeistert sein, so oder so.«

»Stell ihn ins Eisfach«, rät Suze. »Dann mach noch eine Schicht Buttercreme obendrauf. Buttercreme kann man nie genug nehmen. Und sprüh essbaren Glitter drüber«, fügt sie sorglos hinzu. »Das wird super. Komm, lass uns los!«

Ich habe mich richtig auf den verpackungsfreien Laden gefreut – und als wir *Waste Not Foods* betreten, trifft mich die Erkenntnis wie ein Schlag: *Hier* sollten wir shoppen! Immer! Nur hier!

Das muss man gesehen haben! Grobe Holzkisten mit Kartoffeln und Karotten, die noch voller Erde sind. An manchen Eiern kleben sogar noch kleine Federn. Und überall stehen große Glasbehälter wie altmodische Bonbonnieren, voller Nüsse und Getreide und solchen Sachen. Man bedient sich einfach selbst! Total genial!

»Hi!«, sagt die junge Frau hinterm Tresen. Sie hat einen Nasenring, die Haare mit Paketband zusammengebunden und trägt einen von diesen braunen Künstlerkitteln, wie ich sie mir auch immer kaufen möchte, in denen ich aber leider aussehe wie ein Sack.

Nicht dass die Verkäuferin wie ein Sack aussehen würde.

Na gut, okay, ein bisschen vielleicht, aber vermutlich macht es ihr nichts aus, wie ein Sack auszusehen.

»Hi!« Ich strahle sie an. »Toller Laden!«

Neben der Tür hängen braune Strümpfe aus Sackleinen, mit jeweils einer Tafel Fair-Trade-Schokolade in Altpapier, einem Öko-Kaffeebecher und einem Buch mit dem Titel *Wir werden alle untergehen*. Ich werde definitiv wieder herkommen, um so einen Strumpf für Jess zu kaufen. Sie wird begeistert sein!

»Hast du vor, hier was zu kaufen?«, frage ich Suze.

»Ja, ich brauche Reis«, sagt sie und holt zwei leere Eiscremebecher aus ihrer Einkaufstasche. »Und vielleicht ein paar Nudeln. Und die Süßkartoffeln sehen gut aus, oder?« Während sie spricht, holt sie einen weiteren Stoffbeutel hervor und schüttelt ein paar braune Papiertüten aus.

Ich starre all die Taschen und Becher an und bin doch leicht verwirrt. »Hast du die alle mitgebracht?«

»Aber ja«, sagt Suze überrascht. »Na klar. Es gibt hier keine Verpackungen, Bex. Man muss sich seine Behälter selbst mitbringen.«

Ach ja.

Ich meine, ist ja klar. Wusste ich. Es ist nur …

O *Gott*. Warum habe ich nicht ein paar Eimer oder so was mitgebracht? Entsetzt fällt mir auf, dass ich nicht mal einen Stoffbeutel bei mir habe. Aber das werde ich nicht zugeben. Nie im Leben.

Während ich so zwischen den Gewürzen und Hülsenfrüchten herumlaufe, fühle ich mich gleichzeitig inspiriert und gestresst. Ich möchte alles haben, was es hier gibt! Nur bräuchte ich irgendeine Verpackung. Ich bräuchte einen Topf oder einen Sack oder *irgendwas* …

Da entdecke ich hinter der Kasse ein Regal mit großen Weckgläsern. Ausgezeichnet. Ich werde einen Haufen Gläser kaufen und so tun, als hätte ich das von vornherein vorgehabt.

»Hallo!«, sage ich, als ich auf die Frau hinter der Kasse zugehe. »Ihr Laden ist wirklich inspirierend. Ich werde das mit den Verpackungen *total* aufgeben.«

»Oh, gut«, sagt sie.

»Könnte ich bitte dreißig Einweckgläser bekommen? Fünfzehn große und fünfzehn kleine?«

»Dreißig Gläser?« Sie starrt mich an.

»Um Sachen reinzutun«, erkläre ich.

Ich habe beschlossen, nie wieder Pakete zu kaufen. Ich sehe meine Küche schon vor mir, wie sie aussieht wie in einem Hochglanzmagazin, mit ordentlich aufgereihten, sauber beschrifteten Gläsern. Das wird ein Traum!

Doch die Frau sieht mich nur skeptisch an.

»Dreißig Einweckgläser habe ich gar nicht auf

Lager«, sagt sie. »Können Sie denn dreißig Gläser überhaupt tragen?«

Oh. Das hatte ich nicht bedacht.

»Die meisten Leute haben alte Plastikbehälter dabei«, fährt sie fort. »Wir möchten unsere Kundschaft dazu anregen, so viel wie möglich wiederzuverwenden. Haben Sie sich denn nichts mitgebracht?« Sie betrachtet meine leeren Hände. »Überhaupt nichts?«

Sie braucht gar nicht so hochnäsig zu klingen.

»Ich bin eben plastikfrei«, erwidere ich etwas herablassend. »Na gut, dann nehme ich erst mal sechs Gläser, bitte. Fürs Erste.«

Die Frau zieht die Augenbrauen hoch, was ich unnötig finde, aber sie greift hinter sich und stellt sechs Gläser auf den Tresen.

Die sind ziemlich klobig. Aber sie werden bestimmt fabelhaft aussehen!

Ich nehme mir einen Weidenkorb, stelle die Einweckgläser hinein, dann gehe ich hinüber zu einem großen Behälter voller Hülsenfrüchte und fülle ein Glas damit voll. Dann sehe ich mir an, was ich da kaufe. Mungobohnen! Ich habe keine Ahnung, was man mit Mungobohnen macht, aber ich finde bestimmt ein Rezept.

Eben will ich ein zweites Glas mit Gerste auffüllen, als ich eine Nachricht von Luke bekomme: **Könntest du Eier mitbringen? Wir haben keine mehr.** Schnell schreibe ich **Kein Problem** zurück und gehe noch mal zu den gefiederten Eiern zurück. Ich nehme mir zwei – dann frage ich mich, wohin damit. Es gibt ja keine Verpackung – wie soll man sie transportieren?

»Haben Sie einen Eierkarton dabei?«, fragt die Verkäuferin, die mich beobachtet. »Wir bitten unsere Kunden immer, einen alten Karton mitzubringen, wenn sie Eier kaufen wollen. Ansonsten können Sie für ein Pfund auch einen wiederverwendbaren Karton aus Bambus kaufen, aber natürlich fördern wir eher das Recycling. Möchten Sie einen aus Bambus?«

Ich kann ihren höhnischen Gesichtsausdruck sehr wohl lesen. Eigentlich meint sie: »Willst du den Planeten immer weiter verseuchen, du blöde Kuh? Kannst du nicht mal an einen Eierkarton denken?«

»Nein danke«, sage ich mit hoch erhobenem Kinn. »Ich habe ja bereits Behälter erworben.«

»Sie können Eier nicht in Gläsern transportieren«, sagt sie, als wäre ich ein Idiot.

»Kann ich wohl«, halte ich dagegen.

Vorsichtig lege ich zwei Eier in ein Einweckglas und mache den Deckel drauf, dann tue ich dasselbe mit drei weiteren Gläsern. Ich muss sie nur vorsichtig tragen.

»Hi, Becky.« Als ich Jess' Stimme höre, fahre ich herum.

»Hi, Jess!« Ich drücke sie an mich. »Dieser Laden ist fantastisch!«

»Was machst du?« Verwundert mustert sie meine Einweckgläser.

»Eier kaufen.« Ich hieve meine Gläser auf den Tresen, wo die Verkäuferin sie anstarrt. »Hi«, sage ich lässig. »Das hier möchte ich bitte gern bezahlen.«

»Wieso hast du keinen Eierkarton gekauft?«, fragt Jess fassungslos.

»Weil ich den Planeten nicht mit hohlem Konsum zerstören möchte«, erwidere ich. Als müsste sie das fragen.

»Aber die Hälfte Ihrer Eier sind schon kaputtgegangen«, sagt die Verkäuferin mit Blick auf die Gläser.

Dreck.

»Die sind für Rührei«, sage ich eilig. »Macht also nichts. Wie viel kostet das?«

»£ 45.89«, sagt sie. »Haben Sie einen Beutel dabei, oder müssen Sie einen kaufen?«

Für einen Moment weiß ich nicht, was ich sagen soll. Nie im Leben werde ich zugeben, dass ich vergessen habe, einen Stoffbeutel mitzubringen.

»Ich stehe nicht so auf Beutel«, sage ich schließlich. »Mein Motto ist: ›Kauf nur, was du tragen kannst!‹«

»Aber Sie können das nicht alles tragen«, sagt die Frau.

»Meine Schwester wird mir helfen«, sage ich wie aus der Pistole geschossen. »Du hilfst mir doch, das alles raus ins Auto zu tragen, oder? Und, Suze?«, rufe ich. »Ich möchte den Planeten nicht zerstören. Könntest du mir vielleicht auch helfen?«

Zu dritt schaffen wir all meine Weckgläser in Suze' Kofferraum und gehen wieder rein, weil Suze noch bezahlen muss.

»Verzeihung?«, sagt die Frau an der Kasse zu mir. »Sie haben Ihr letztes Einweckglas vergessen.« Sie hält mir das leere Glas hin, und ich nehme es lässig entgegen, möchte Jess irgendwie beeindrucken.

»Danke«, sage ich. »Vielleicht tue ich da … schwarze Schildkrötenbohnen rein.«

Ich habe keine Ahnung, was man mit schwarzen Schildkrötenbohnen macht, aber sie hören sich total so an, als müsste man sie mal probieren.

»Ich liebe schwarze Schildkrötenbohnen«, füge ich an Jess gewandt hinzu. »Die sind so *vegan.*«

Ich schlendere zu einem riesigen Glasbehälter mit der Aufschrift »Schwarze Schildkrötenbohnen«, stelle mein Glas darunter und lege den Hebel um. Sofort strömen kleine schwarze Bohnen im Schwall heraus, und ich lächle Jess an. Als mein Einweckglas fast voll ist, will ich den Hebel lässig wieder umlegen – aber er weigert sich. Ich versuche es noch mal, aber er sitzt fest. Verdammt.

Verdammt.

Zu meinem Entsetzen rieseln die Bohnen inzwischen über den Rand meines Glases hinaus und prasseln auf den Boden. Verzweifelt reiße ich an dem Hebel herum, aber ich kriege ihn nicht bewegt, und die Bohnen kommen immer schneller und schneller.

»Was *soll* das?«, ruft die Frau hinter der Kasse, und alle drehen sich um und starren mich und den Strom der Bohnen an. »Den Hebel wieder umlegen! Schnell!«

»*Versuch* ich ja!«, rufe ich mit heißen Wangen. »Was meinen Sie, was ich hier *tue*?«

Die Frau springt von ihrem Platz auf und kommt herübergelaufen, doch es ist schon zu spät. Das Prasseln hat aufgehört. Der Glasbehälter ist leer. Der ganze Boden ist von Bohnen übersät. Ich höre so etwas wie ein Prusten aus Suze' Richtung, und als ich aufblicke, hält sie sich den Mund zu.

»Ich kaufe sie natürlich«, sage ich eilig, bevor die

Verkäuferin sich beschweren kann. »Alle. Die sind gut zu gebrauchen zum ... Essen.«

»Sie kaufen *alle*?« Die Frau im Sack mustert mich ungläubig.

»Natürlich!«

»Aha.« Sie überlegt einen Moment, dann zieht sie die Augenbrauen hoch. »Wie wollen Sie die denn transportieren? Brauchen Sie einen Beutel? Zufällig?«

Sie klingt dermaßen pampig, dass ich doch leicht verärgert bin.

»Nein, ich brauche keinen Beutel«, sage ich kühl. »Wie ich schon sagte: Ich bin eine moralisch empfindende, beutelfreie Konsumentin. Daher trage ich sie ... äh ... in meinem Rock«, sage ich, als mir plötzlich die Idee kommt.

»In Ihrem *Rock*?«

»Ja!«, sage ich trotzig. Ich forme eine Art Hängematte aus meinem Rock, der ziemlich lang und stabil ist, und fange an, Bohnen hineinzuschaufeln. »Sehen Sie?«

Suze prustet noch mal kurz, dann kommt sie zu mir herüber.

»Bex«, sagt sie. »Das ist ein großartiger Plan. Natürlich. Aber wenn du deine ethischen Prinzipien ein ganz klein wenig herunterschrauben würdest ... Könnten wir vielleicht einen Karton nehmen?«

Hmpf. Ich glaube immer noch, dass wir diese Bohnen in meinem Rock da rausgekriegt hätten. Einen Teil davon hätte ich im Handschuhfach verstaut, einen anderen im Kofferraum. Das Auto hätte unser Schildkrötenbohnenlager werden können.

Andererseits ging es bestimmt schneller, sie alle in einen Karton zu fegen, zu bezahlen und ins Café zu gehen. Jetzt sitzen wir an einem Fenstertisch ganz gemütlich beieinander. Wir haben unser Essen bestellt und trinken Wasser, und Suze und ich tauschen einen Blick nach dem anderen. Es wird Zeit, Jess aus ihrem Schneckenhaus zu locken, so sensibel und empathisch wie möglich.

»Warte, bis du an Weihnachten unseren veganen Truthahn siehst«, sage ich als Einleitung zu Jess. »Das wird super!«

»Schön«, sagt Jess.

Ich werfe Suze noch einen Blick zu und überlege, wie wir weiter vorgehen wollen. Unser Plan war es, Jess dabei zu helfen, sich zu »öffnen« – aber wie?

»Also … wie ist das Leben in Chile?«, beginne ich vorsichtig. »Es muss schwer sein. Wie geht es … Tom?«

»Gut, danke«, sagt Jess knapp. »Alles ist gut.«

Doch sofort sehe ich, wie die Muskeln an ihrem Hals zucken. Und sie scheint sich an ihrem Wasserglas festhalten zu müssen. Denkt sie denn, sie kann uns täuschen?

»Jess, du bist wirklich stark und unabhängig«, sage ich ernst. »Das habe ich immer an dir bewundert. Aber ich möchte, dass du weißt … Wir sind für dich da.«

»Total«, bestätigt Suze.

»Für den Fall, dass es da etwas gibt …« Mein Satz verklingt.

»Die ganze Sache mit der Adoption ist doch bestimmt eine ziemliche Belastung für euch beide«, sagt Suze leise. »Oder?«

Es folgt eine sehr viel längere Pause, und ich kann kaum atmen, weil Jess' Augen anfangen zu glänzen. Jess' Augen glänzen *nie*. Ich dachte immer, die wären aus Granit, so wie ihre Bauchmuskulatur.

»Ja, es ist eine ziemliche Belastung«, sagt sie schließlich mit erstickter Stimme. »Es ist schwerer, als wir gedacht hatten. Man hält sich für geduldig, man hält sich für gelassen … aber …«

Dann schweigt sie. O Gott. Wir müssen ganz vorsichtig sein. Nervös werfe ich einen Blick zu Suze hinüber, die mich aufmunternd ansieht.

»Ist es … Ich meine …« Ich zögere. »Habt ihr …«

Ich weiß gar nicht so recht, was ich fragen will. *Eigentlich* wünsche ich mir, dass Jess mit ihren Gefühlen spontan herausplatzt, woraufhin ich etwas Weises sage, und dann halten wir uns alle bei den Händen.

Doch sie fängt sich bereits wieder. Ihre Augen glänzen auch nicht mehr.

»Vielleicht sollten wir noch etwas Brot dazu bestellen«, sagt sie mit Blick zum Tresen hinüber.

»Jess, rede doch jetzt nicht von Brot!«, sage ich so mitfühlend wie möglich. »Wir sind hier. Nur wir drei, ganz allein in sicherer Umgebung. Reden wir doch lieber über …«

»Was?« Mit schmalen Augen nimmt sie mich ins Visier.

»Irgendwas!« Vage wedle mich mit den Händen herum. »Egal was! Chile … Tom …«

Als ich das Wort »Tom« ausspreche, atmet Jess scharf ein.

»Was soll das?«, will sie wissen, und ihr Blick geht von mir zu Suze. »Fangt ihr schon wieder mit Tom an? Ich dachte, er hätte eine Mail geschrieben, dass alles okay sei.«

»Schon«, sage ich nach kurzer Pause. »Ja, hat er.«

Ich möchte nicht hinzufügen: »Und nach seiner Mail habe ich mir noch mehr Sorgen gemacht als vorher!« Und ebenso wenig möchte ich schon wieder fragen: »Wann kommt er denn jetzt nach England?«

»Es ist alles in Ordnung.« Jess mustert mich düster. »Was soll ich sagen, Becky? Worauf willst du hinaus?«

»Nichts!« Hastig rudere ich zurück. »Nein! Ich wollte nicht … Nur für den Fall, dass du etwas loswerden möchtest … Schließlich bin ich deine Schwester.« Sanft lege ich ihr eine Hand auf den Arm und versuche, nicht darauf zu achten, wie sehr sie zurückschreckt.

»Und ich bin deine Freundin«, stimmt Suze mit ein, legt eine Hand auf Jess' anderen Arm und betrachtet sie mit ernsten blauen Augen. »Wenn du also etwas loswerden möchtest …«

»Sie *möchte* aber nichts loswerden!«, höre ich die sarkastische Stimme der Frau im Sack, die hier offenbar auch als Kellnerin arbeitet und gerade an uns vorbeiläuft. »Meine Güte! Lasst die Ärmste doch in Ruhe!«

»Das ist ja wohl nicht *Ihre* Sache!«, sage ich genervt, doch Jess hat ihre Arme schon aus unserem Griff befreit. Sie schiebt sie unter den Tisch und scheint sich in ihrer Haut nicht wohlzufühlen.

»Tut mir leid, Becky, aber sie hat recht«, sagt sie mit leiser, angespannter Stimme. »Lass es einfach. Hör auf, in meinem Leben nach Problemen zu suchen, die es nicht gibt.«

»Aber …«

»Lass es einfach sein«, fällt sie mir ins Wort, und ich seufze frustriert. Wie können wir reden, wenn Jess nicht reden will?

Ich mache den Mund auf – dann mache ich ihn wieder zu. Ich möchte so unbedingt noch etwas sagen, doch Jess' entschlossener Gesichtsausdruck hält mich davon ab. Sie wird nur böse werden, und das will ich auf keinen Fall.

»Wenn du dir um etwas Sorgen machen solltest, dann nicht um Tom und mich«, fährt Jess fort. »Wohl eher um deine Mum und Janice. Das ist die Beziehung, die gerade den Bach runtergeht. Soweit ich weiß, sprechen sie nicht mal mehr miteinander.«

»Bitte was?«, sagt Suze schockiert, und mir fällt auf, dass ich ihr noch gar nicht erzählt habe, wie der Stand der Dinge ist.

»O ja, Mum und Janice haben sich irgendwie überworfen«, gebe ich zu. »Gar nicht schön.«

»Aber wieso?«, will Suze wissen. »Was ist passiert?«

»Janice fühlt sich ignoriert«, sagt Jess rundheraus. »Sie fühlt sich, als hätten deine Eltern sie einfach vergessen.«

»Mum und Dad haben Janice und Martin immerhin mehrfach nach Shoreditch eingeladen«, sage ich, weil ich mich auf ihre Seite schlagen möchte.

»Ja, ich weiß.« Jess zuckt mit den Schultern. »Ich

will auch niemanden verurteilen. Janice hilft sich nicht selbst. Sie ist irgendwie blockiert, was Shoreditch angeht. Ihr neuester Tick ist die Kriminalstatistik für Messerattacken. Ständig sagt sie Sachen wie: ›Na, ich *hoffe* nur, dass Jane und Graham nicht von einem Drogenkurier auf einem Moped überfallen werden‹, und ›Na, ich *hoffe* nur, dass Jane und Graham sich nicht in einen Bandenkrieg verstricken lassen‹.«

Jess ahmt Janices bebende Stimme so gut nach, dass ich nur grinsen kann. »Trotzdem ist sie verletzt«, schließt Jess.

»Aber nicht zu verletzt, um sich gleich eine neue Freundin zu suchen?«, kann ich mir nicht verkneifen.

»O Gott.« Jess rollt mit den Augen. »Flo.«

»Flo?«, fragt Suze interessiert. »Wer ist Flo?«

»Janices neue beste Freundin«, erkläre ich. »In Oxshott.«

»Ich kann mir Janice überhaupt nicht mit einer anderen besten Freundin *vorstellen*«, sagt Suze staunend. »Das ist doch absurd!«

»Es ist grauenvoll«, sagt Jess kopfschüttelnd.

»Du bist kein Fan von Flo?«, fragt Suze kichernd. »Entschuldige«, fügt sie hinzu. »Ich weiß, es ist nicht lustig.«

In diesem Augenblick bringt die Kellnerin unser Essen, also brechen wir das Gespräch ab. Und als ich gerade nach meiner Serviette greife, piept mein Telefon mit einer Nachricht, und ich gehe davon aus, dass Luke noch etwas zur Einkaufsliste hinzufügt – doch als ich lese, was da steht, schlage ich mir die Hand vor den Mund.

»Das kann nicht wahr sein!«, sage ich, als ich meine Stimme wiederfinde.

»Was denn?«, fragt Suze.

»Nachricht von Janice«, sage ich und drehe mein Telefon um, damit die anderen selbst lesen können:

Freue mich schon auf Minnies Geburtstagstee, Becky! Wenn du nichts dagegen hast, bringe ich meine neue Freundin Flo mit. Liebe Grüße Janice xxx

Von: Anders Halvorsen
An: Becky Brandon
Betreff: Re: Re: Re: Tolles neues Wort für Ihr Lexikon: »sprygge«

Sehr geehrte Mrs Brandon, geborene Bloomwood,

vielen Dank für Ihre E-Mail.

Ihre Definition für »sprygge« sagt mir nichts.

Ich erinnere mich nicht an alte nordische »Sprygge«-Mythen, die Sie andeuten, und auch weder an »Reime, die ich auf dem Schoß meiner Mutter lernte« noch an irgendwelche Witze um das Wort »sprygge«.

Ich muss meine vorherige Antwort wiederholen: Ich kann »sprygge« leider nicht ins Norwegische Nationalwörterbuch aufnehmen. Vielen Dank für Ihr Angebot eines T-Shirts mit der Aufschrift »Sprygge geht immer«, das ich hiermit ablehne.

Mit freundlichen Grüßen

Anders Halvorsen

Redakteur

Norwegisches Nationalwörterbuch

FÜNFZEHN

Ich meine, im Grunde ist das eine Kriegserklärung. Ich weiß, es klingt extrem, aber genau das ist es: eine neue Freundin auf unser Territorium mitzubringen. Sie *weiß*, dass Mum da sein wird. Sie *weiß*, dass es da zu Spannungen kommen wird. Sie geht auf Konfrontationskurs.

Nicht dass ich momentan Zeit hätte, darüber nachzudenken, denn ich bin viel zu sehr damit beschäftigt, Buttercreme auf Minnies Geburtstagskuchen zu verstreichen. Ich habe eine ganze Menge von dem Zeug gemacht. Zwei Schüsseln voll. Ich betrachte den Kuchen, der immer noch ein bisschen seltsam aussieht, und verteile noch einen Daumenbreit Buttercreme. Dann noch einen. Dann denke ich: »Ach, scheiß drauf« und klatsche den Rest obendrauf. Wie Suze schon sagte: Buttercreme kann man gar nicht genug nehmen. Und jetzt ist der Kuchen so hoch wie ein Hut und sieht super aus.

Minnie hatte einen schönen Geburtstagsmorgen, hat selig ihre Glückwunschkarten aufgemacht und mit ihrem neuen Monstertruck und dem interaktiven Plüschkätzchen gespielt. (Sie hat es im Fernsehen gesehen und sich gewünscht, was ich Suze allerdings noch nicht gebeichtet habe.) Jetzt ist Suze mit ihren

Kindern gekommen, und es herrscht Chaos. Minnie und Wilfie fahren mit ihren Monstertrucks auf dem Wohnzimmerboden hin und her, während Ernest ein Stück auf dem alten Klavier spielt (das zum Haus gehört und total verstimmt ist). Inzwischen hat Clemmie die *Jingle Bells*-Kugeln gefunden und löst immer wieder eine nach der anderen aus.

»Dieses Kätzchen ist ja toll!«, sagte Suze, als sie mit Jess in die Küche kommt. »Es schnurrt und trinkt Milch und alles! Wo hast du das her?«

»Ach ... ist mir irgendwo über den Weg gelaufen«, sage ich vage. »Natürlich habe ich eine nachhaltige Holzversion gesucht«, füge ich mit Blick auf Jess eilig hinzu. »Bei nachhaltigesholzspielzeug.com. Aber die hatten so was nicht. Schade.«

»Bei der Spielzeugindustrie liegt einiges im Argen«, antwortet Jess streng.

»Und weißt du, was? Minnie wünscht sich zu Weihnachten immer noch einen Korb«, teile ich Suze mit, wobei ich mir Mühe gebe, nicht allzu selbstgefällig zu klingen. »Ich habe sie gestern Abend gefragt. Mehr wünscht sie sich nicht. Ich wusste, sie würde sich nicht davon abbringen lassen.«

»Sei dir deiner Sache nur nicht zu sicher«, sagt Suze grinsend. »Sie könnte immer noch jederzeit umschwenken.«

»Nein, könnte sie nicht.« Ich werfe ihr einen bösen Blick zu. »Mach mich nicht fertig.«

»Es sind noch ein paar Tage bis Weihnachten. Reichlich Zeit umzuschwenken.« Mit kindischer, atemloser Stimme sagt Suze: »Mami, ich wünsche mir *nur* eine sprechende Meerjungfrau! Wenn der Weihnachtsmann mich wirklich liebhat, dann bringt er mir so eine. Er weiß, dass ich mich umentschlossen habe, weil er zaubern kann!«

»Hör auf. Du willst mich nur auf den Arm nehmen.«

»Ja, aber hat der Weihnachtsmann mich denn … *gar nicht* mehr lieb?«, fährt Suze mit trauriger Stimme fort. »War ich nicht brav, Mami? Hat er mir deshalb diesen hässlichen alten Picknickkorb gebracht, für den ich mich gar nicht mehr interessiere?«

»Hör auf!« Unwillkürlich muss ich lachen. »Du bist böse!«

»Hübsche Schürze übrigens«, sagt Suze und deutet auf meine festliche Küchenbekleidung.

»Oh«, sage ich besänftigt. »Gefällt sie dir? Ich hab sie aus dem … oooh!« Ich stutze. »Möchtest du sie zu Weihnachten haben?«

»Bex, hör auf damit!«, ruft Suze empört. »Hör auf, mir all deinen neuen Sachen schenken zu wollen! Wir schenken uns Sachen aus dem Bestand«, erklärt sie Jess. »Du weißt schon, von wegen Konsumkritik und so.«

»Gute Idee.« Jess nickt.

»Leider will Suze nicht mal eine Andeutung machen, was sie sich wünscht«, sage ich vorwurfsvoll.

»In manchen Kulturen ist es so: Wenn dir was gefällt, was einem anderen gehört, schenkt er es dir sofort«, sagt Jess.

»O mein Gott!«, kichert Suze. »Stellt euch das mal vor! Bex und ich würden uns ständig umziehen und alles tauschen, was wir haben. ›Schicke Schuhe, Bex.‹ ›Hier, bitte schön!‹ ›Hübsche Wimpern, Suze‹. ›Da hast du sie!‹«

Ich muss richtig grinsen bei der Vorstellung, dass Suze sich auf einer Party die falschen Wimpern abreißt und mir hinhält.

»Wimpern?«, fragt Jess verwundert. »Du meinst *falsche Augenwimpern*?«

»Na ja … ja«, sagt Suze.

»Du klebst dir *Wimpern* auf, Suze?« Jess wirkt angewidert, und eilig trete ich einen Schritt zurück, bevor sie mich fragt, ob ich das auch tue.

»Manchmal«, sagt Suze vorsichtig, und Jess mustert sie mit sorgenvollem Blick.

»Findest du es nicht selbst tragisch, dass du meinst, deinen Körper verbessern zu müssen, um sexistischen Stereotypen zu entsprechen?«

»Nur für Partys«, sagt Suze. »Die sind bio, glaube ich«, fügt sie ausweichend hinzu und blickt zur Decke auf.

Hinter dem Rücken kreuzt sie die Finger. Die Dinger sind so was von unbio.

»Ooh«, fügt Suze hastig hinzu, als es an der Tür klingelt. »Sind das deine Eltern, Bex?«

Gott sei Dank, denn ich habe das Gefühl, Jess wollte mich schon darüber ausfragen, warum ich mir die Haare bürste, weil Haarbürsten nämlich sexistisch sind oder irgendwas. Während ich pinkfarbenen essbaren Glitter über die Buttercreme sprenkle, höre ich Lukes Schritte im Flur und im nächsten Augenblick Mums unverkennbare Stimme:

»Luke! Minnie, Schätzchen, alles Gute zum Geburtstag!«

Ich setze noch schnell eine kleine Feenfigur oben auf den Kuchen, dann verstecke ich das ganze Ding unter einer riesigen Salatschüssel, die ich mal mehr oder weniger aus Versehen bestellt habe.

(Okay, total aus Versehen. Das Problem mit dem Onlineshopping ist: Man kann die Größe so schwer beurteilen. Ich weiß ja, da *steht* »54 cm«. Aber wer weiß schon, wie 54 cm aussehen? Kein Mensch. Eben.)

Ich lege meine Schürze ab, dann renne ich aus der Küche und komme bei Mum und Dad an, als sie gerade ihre Mäntel aufhängen.

Okay. Wow. Ich muss ein paar Mal blinzeln. Irgendwie hatte ich schon vergessen, dass meine Eltern einen ganz neuen Look haben. Ich hatte mir vorgestellt, dass sie heute in traditionellen Oxshott-Sachen herkommen. Vielleicht ein Blazer. Vielleicht ein geblümtes Hemdblusenkleid.

Doch weit gefehlt! Mum trägt ein Kleid mit psychedelischem Muster und dazu eine seltsame Halskette, die geflochten ist aus … ist das ein Tonband? Von einer Kassette? Anstelle ihrer üblichen Handtasche hat sie sich eine Schultertasche umgehängt, auf der *Postbote* geschrieben steht. Dad wiederum trägt eine seltsame schwarze Wollmütze zusammen mit einem *Rick & Morty*-T-Shirt und engen stonewashed Jeans. Jedes einzelne Teil lässt mich zusammenzucken. Die engen Jeans sehen einfach nur unbequem aus, und ich glaube nicht, dass Dad in seinem ganzen Leben auch nur eine einzige Folge von *Rick & Morty* gesehen hat.

Aber ich sollte nicht an ihnen herummäkeln.

»Hi!« Ich begrüße beide mit einer warmherzigen Umarmung. »Wie geht es euch? Was macht Shoreditch?« Ich stutze, und mein Blick wandert abwärts. »Moment mal, was ist mit deinem *Fuß* passiert?«

Dads Fuß ist bandagiert. Und, wie mir gerade auffällt, steht da eine Krücke an die Wand gelehnt.

»Ach, nichts weiter!«, sagt Dad sofort, reicht Mum seinen Mantel und nimmt die Krücke. »Nur eine kleine, ähm … Kollision mit dem Erdboden. Und wie geht es meiner liebsten, süßen, kleinen Enkeltochter?«

Als Dad hinter Minnie ins Wohnzimmer humpelt, sehe ich Mum an.

»Was ist passiert?«

»Ach Liebes«, sagt sie und spricht extra leise. »Dad ist ein bisschen empfindlich deswegen. Er ist mit seinem Einrad gestürzt.«

»O nein!«, sage ich entsetzt.

»Er konnte nichts dafür«, verteidigt Mum ihn. »Er wird langsam richtig gut. Aber er hat im Green Space auf dem Dach geübt und wurde von einer der Gemeinschaftsbienen gestochen. Er hat einen solchen Schreck bekommen, dass er runtergefallen ist.«

»Armer Dad!«, sage ich und verziehe das Gesicht. »Na, ich habe ihm ein paar Avocado-Sandwiches gemacht. Da wird er sich freuen.«

»O Becky, Schätzchen.« Mum spricht immer leiser. »Ich habe dir die schlechte Nachricht ja noch gar nicht erzählt, oder?« Sie macht eine Pause, und mich packt die Angst. »Dad hat festgestellt, dass er gegen Avocados allergisch ist.«

Sie sieht dermaßen betrübt aus, dass ich fast lachen muss, was nicht nett wäre.

»Ja.« Sie atmet aus. »Er war beim Arzt. Er musste sie aufgeben. Ich habe sie auch aufgegeben, aus Mitgefühl.«

Sie kratzt sich am Hals und rückt die Tonband-Kette zurecht, die nicht sonderlich bequem aussieht.

»Mum, reagiert deine Haut auf diese Kette?«, frage ich, als ich plötzlich einen roten Fleck an ihrem Hals entdecke. »Willst du sie nicht lieber abnehmen?«

»Oh«, sagt Mum niedergeschlagen. »Na gut … vielleicht. Aber es ist ein tolles Ding. Lia aus unserem Haus hat es gebastelt. Es stellt das Chaos dar.«

»Wie hübsch!«, lüge ich. »So … künstlerisch!«

Als Mum die Kette abnimmt und in ihre neue Schultertasche steckt, sehe ich ihr an, dass sie geknickt ist. Ist ja auch kein Wunder. Die Bienen, das Einrad *und* die Avocados machen ihnen das Leben schwer. Fehlt nur noch, dass sie auch allergisch sind gegen handgemachten Gin.

»Mum, ist alles okay?« Ich drücke ihren Arm. »Freut ihr euch immer noch über Shoreditch?«

»O *ja*, Liebes«, sagt Mum begeistert. »Es ist ein solches Abenteuer. Dad und ich wachen jeden Morgen auf und denken: ›Was passiert heute?‹« Sie stockt, dann fügt sie hinzu: »Aber wir vermissen unsere alten Freunde doch sehr.«

»Okay«, sage ich vorsichtig. »Ich glaube, Janice vermisst dich auch.«

»Wirklich? Sie hat uns nicht ein einziges Mal besucht.« Mum lächelt, aber ich sehe ihr an, wie verletzt sie ist. »Ich mache ihr keinen Vorwurf. Shoreditch ist ja doch ein ganzes Stück von Oxshott entfernt. Aber ich hätte gedacht, dass sie mich wenigstens mal zurückruft.«

»Bitte?« Ich mustere sie. »Wie zurückruft?«

»Ach, ich habe ihr ein paar Nachrichten auf der Mailbox hinterlassen, aber sie hat nie darauf reagiert.« Mum strahlt mich an. »Egal. Wahrscheinlich war sie beschäftigt.«

»Ich glaube, sie denkt, *du* bist zu beschäftigt für *sie*«, sage ich. »Du schickst dauernd Fotos per WhatsApp und zeigst, wie ereignisreich euer neues Leben ist.«

»Aber dafür ist WhatsApp doch *da*«, sagt Mum überrascht. »Um Fotos zu teilen.«

Ich starre sie einen Moment lang an, bis es klick macht. »Mum, meinst du vielleicht Instagram?«

»Ach, das ist doch alles dasselbe, Liebes«, sagt Mum leichthin.

Gerade will ich ihr erklären, dass es keineswegs alles dasselbe ist, als es wieder an der Tür klingelt und mir kurz flau im Magen wird. Weiß Mum, dass Janice ihre neue Freundin mitbringt? Weiß Mum überhaupt, dass Janice eine neue Freundin *hat*? Ich mache auf, und tatsächlich ist es Janice, die da vor der Tür steht mit einem Strauß knallrosa Blumen.

Sobald sie Mum im Flur stehen sieht, hebt sie trotzig das Kinn.

»Hallo, Becky«, sagt sie bebend und ignoriert Mum dabei komplett.

»Janice!«, rufe ich. »Da bist du ja!« Schon will ich hinzufügen: »Wo ist denn deine Freundin?«, als Mum zur Tür gestürmt kommt und sich an mir vorbeischiebt.

»Janice, meine Liebe!«, sagt sie und drückt Janice ganz fest an sich. »Es ist schon viel zu lange her! Ach, ich hab dir so viel zu erzählen! Hast du meine Nachricht wegen der Theateraufführung nicht bekommen? Na egal, nur schade, dass du sie verpasst hast, aber das machen wir ein andermal, und du musst mir erzählen, was du von meiner Idee mit den Dahlien hältst.« Erwartungsvoll sieht sie Janice an, die offenbar nicht weiß, wie ihr geschieht.

»Idee mit den Dahlien?«, wiederholt sie schließlich.

»Ich habe eine Nachricht auf deiner Mailbox hinterlassen!«, sagt Mum unbekümmert. »Ich war gerade auf dem Laufband, also habe ich mich vielleicht ein *bisschen* atemlos angehört …«

»Ich habe keine Nachricht bekommen.« Janice ist baff.

»Aber ich habe dir ganz viele hinterlassen!«, sagt Mum. »Kein Wunder, dass du mir nicht gesagt hast, was du von der neuen Poirot-Adaption hältst. Viel zu schäbig gekleidet«, fügt sie naserümpfend hinzu. »Poirot war nie schäbig gekleidet. Wo ist Martin?«

»Bei einem … Lunch im Golf Club«, stammelt Janice. »Jane, ich habe überhaupt keine Nachrichten von dir bekommen. Keine einzige.«

Inzwischen ist Luke in den Flur hinter uns getreten, und er stimmt mit ein: »Momentan funktioniert das mit den Nachrichten auf der Mailbox öfter mal nicht. Ist jemandem bei der Arbeit passiert. Hat sie alle verloren. Janice, hast du ein Back-up deiner Mailbox in der Cloud?«

Mum und Janice starren ihn an, mit leerem Blick – dann sagt Mum gereizt:

»Habe ich was falsch gemacht?«

»Es liegt nicht an dir, Jane. Es liegt am System«, will Luke erklären, als Janice mit besorgter Stimme sagt:

»Flo sucht nur noch einen Parkplatz.«

»Flo?« Mum legt die Stirn in Falten. »Ist das eine von deinen Freundinnen, Becky?«

»Nein, sie ist *meine* Freundin«, sagt Janice mit zitternder Stimme. »Du warst nicht da, Jane. Ich habe nie was von dir gehört, und da dachte ich … Jedenfalls ist Flo … meine neue Freundin.«

Was folgt, ist eine lange, schreckliche Pause. Ich sehe Luke an, dann Jess, die auch in den Flur gekommen ist und gespannt wartet.

»Deine neue Freundin«, wiederholt Mum nach einer Weile mit der seltsamsten, gepresstesten Stimme, die ich je von ihr gehört habe. »Verstehe. Deine neue Freundin. Na … wie schön, Janice! Ich kann es kaum erwarten, sie kennenzulernen!«

O mein Gott. Die Spannung, die in diesem Flur in der Luft liegt, ist unerträglich. Ich sehe Luke an, der ein Gesicht macht, das ich nicht deuten kann, dann Jess, die einen Finger über ihre Kehle zieht, dann Mum, die immer noch ein strahlendes Lächeln zur Schau trägt, aber Gott allein weiß, was sie in Wahrheit denkt.

Als es an der Tür klingelt, zucken wir alle zusammen.

»Okay«, sage ich allzu begeistert. »Ich werde mal … aufmachen.«

Ich öffne die Tür, und eine dünne Frau im beigefarbenen Mantel mit Hut betrachtet mich durch eine randlose Brille.

»Oh, hallo«, sagt sie mit ängstlicher, zarter Stimme, die ich kaum hören kann. »Sind Sie Becky? Ich bin Flo.«

Okay. Ich weiß, ich sollte es nicht persönlich nehmen. Aber Flo? Lieber als *Mum*?

Ich stimme Jess von ganzem Herzen zu. Flo ist schrecklich, völlig schlaff und schlapp. Als ich sie mit Janice und Mum ins Wohnzimmer begleite, schreit Minnie:

»Weniss! Omimi! Ich hab *Geburtstag*! Guck mal meine *Geschenke*!«

Als Janice und Mum sich über das Kätzchen freuen, kommt Suze mit einem Tablett voll heißer Getränke herein, die sie auf ihre Suze-typische Art organisiert hat.

»Hallo«, sagt sie mit breitem, freundlichem Lächeln zu Flo. »Ich bin Suze, eine Freundin von Bex. Möchten Sie Kaffee oder Tee? In den blauen Tassen ist Tee, in den weißen Kaffee. Milch ist im Krug.«

»Oh«, sagt Flo. »Du meine Güte.« Unsicher blickt sie sich um, als suchte sie nach einer zweiten Meinung. »Ja. Bitte. Wenn es nicht zu viele Umstände macht … Aber es muss auch nicht sein. Nicht extra für mich.«

»Aber ich habe doch schon alles hier auf dem Tablett«, sagt Suze etwas verunsichert. »Tee oder Kaffee? Bitte bedienen Sie sich!«

»Was am wenigsten Mühe macht«, sagt Flo mit hilflosem Lächeln.

»Na ja, wir haben beides, also ist beides einfach.« Suze hält ihr das Tablett hin. »Tee? Kaffee?«

»Ist mir wirklich egal«, sagt Flo und ringt nach Luft. »Beides gut.«

»Sie haben die Wahl«, sagt Suze freundlich.

»Oh …« Flo streckt eine Hand aus, dann zieht sie sie wieder zurück. »Ich bin mir nicht sicher.«

Ich sehe Suze an, dass sie gleich die Geduld verliert, was mich nicht überrascht. Tee und Kaffee werden kalt, während Flo dasteht und das Tablett mustert.

»Na!«, sagt sie schließlich forsch. »Dann nehmen Sie doch ein Tässchen Tee! Bex, sei so gut und nimm eine Tasse für Flo!«

Wir werfen uns einen kurzen Blick zu, als ich die Tasse nehme, dann schiebe ich Flo zum Sofa hinüber.

»Bitte nehmen Sie doch Platz«, sage ich höflich.

»Du meine Güte.« Flo betrachtet das Sofa, als wäre es ein Minenfeld. »Wo soll ich mich denn hinsetzen?«

»Wo Sie möchten!«, sage ich und gebe mir Mühe, so freundlich zu klingen, wie es mir möglich ist.

»Verstehe!« Flo rückt in die Ecke vom Sofa, dann hält sie inne, als wüsste sie nicht weiter. »Wo wollen denn alle anderen sitzen? Ich möchte auf keinen Fall im Weg sein.« Wieder sieht sie mich mit diesem hilflosen Lächeln an, und ich unterdrücke den Drang zu sagen: »Setz dich einfach irgendwohin, du Träne!«

»Ich stelle Ihnen den Tee hierhin«, sage ich freundlich und platziere ihre Tasse auf dem Kaffeetisch.

Schon habe ich ein schlechtes Gewissen, weil ich Flo

eine Träne genannt habe, und sei es auch nur in meinem Kopf. Vielleicht ist sie einfach nur unsicher, wenn sie von Unbekannten umgeben ist. Als sie sich endlich setzt, starte ich einen neuen Versuch.

»Und, haben Sie den neuen Poirot im Fernsehen gesehen, Flo?«

»Ja, habe ich«, sagt Flo hypervorsichtig, als müsste sie fürchten, dass ich ihre Antwort irgendwie vor Gericht gegen sie verwenden könnte.

»Und wie fanden Sie die Adaption?«

»Ich weiß nicht recht«, sagt Flo und wirkt eher ratlos. »Das müssen die Experten beurteilen, nicht wahr?«

»Ach so. Aber … hat er Ihnen gefallen?«, hake ich nach.

»Das kann ich so gar nicht sagen.« Wieder sieht sie mich mit diesem hilflosen Lächeln an.

O mein Gott. Ich hatte recht. Sie ist eine Träne. Wie hält Janice es nur mit ihr aus?

Und als könnte sie meine Gedanken lesen, kommt Janice selbst mit einer Tasse Tee zum Sofa herüber und setzt sich neben Flo. Im nächsten Augenblick setzt Mum sich ihnen gegenüber, und dann trinken alle wortlos ihren Tee. Sie starren nur so vor sich hin. Es ist alles dermaßen betreten, dass ich es kaum ertragen kann.

»Kuchen!«, rufe ich schrill. »Lasst uns Minnies Geburtstagskuchen anschneiden!«

Eilig haste ich in die sichere Küche, setze sorgsam die Kerzen auf den Kuchen, zünde sie an, bringe den Kuchen ins Wohnzimmer und rufe die Kinder zusammen. Wir singen *Happy Birthday*, und Minnie kriegt sich vor lauter Freude gar nicht ein, als sie ihre Kerzen auspustet. Dann stelle ich den Kuchen auf den Kaffeetisch, um ihn anzuschneiden, während Luke Teller und Gabeln holen geht.

»Was für ein großer Kuchen!«, sagt Janice und beginnt, ihn anzuschneiden. »Und was für eine interessante Form, Becky. Hast du eine kuppelförmige Backform benutzt?«

»Äh … nein …« Ich kann nicht richtig antworten, weil ich zu beschäftigt damit bin, den Kuchen anzuschneiden. Es ist doch komisch. Mein Messer geht durch die Buttercreme, ohne wirklich etwas zu *schneiden.*

»Gibt es ein Problem, Liebes?«, fragt Mum, die mich beobachtet. »Lass mich mal versuchen.«

Sie nimmt mir das Messer ab, schneidet durch die Buttercreme, starrt sie verwundert an. »Schätzchen, wo ist denn der Kuchen?«

»Der ist irgendwo darunter«, sage ich verzweifelt, nehme ihr das Messer wieder ab und drücke daran herum. »Ich weiß, dass darunter irgendwo ein Kuchen ist. Ich habe ihn gesehen. Ich habe ihn gemacht!«

»Welches Verhältnis von Buttercreme und Kuchen hast du denn verwendet?«, erkundigt sich Jess, was ihr so was von ähnlich sieht.

»Vielleicht bräuchte man einen Löffel«, sagt Suze hilfreich. »Und wir könnten ihn ja auch mit dem Löffel essen. Vielleicht betrachten wir ihn als eine Art … Mousse?«

»Hier«, sagt Luke und reicht mir einen Löffel. »Verteile ihn damit!«

»Ich kann doch nicht allen nur Buttercreme geben!«, raune ich Luke verzweifelt zu. »Die kriegen alle einen Herzinfarkt! Ich weiß gar nicht, wie das passieren konnte!«

»Kuchen!«, sagt Minnie und hält mir ihren Teller hin. Alle anderen Kinder stimmen mit ein und schreien: »Kuchen! Kuchen!«

Voll Sorge starre ich den Kuchen an – oder besser: den Berg Buttercreme –, und Luke sagt eilig:

»Ich nehme ihn mit raus in die Küche und sehe ihn mir mal genauer an.« Als er ihn hochhebt, sagt er in die Runde: »Becky hat ein tolles Kostüm für Minnies Krippenspiel genäht. Das solltet ihr euch mal ansehen.«

In dem Moment spüre ich mal wieder, wie sehr ich ihn liebe, weil er so auf meiner Seite ist – und alle spielen mit.

»Wow«, sagt Suze. »Super, Bex!«

»Bravo, Schätzchen!«, sagt Dad.

»Zeig es uns doch!«, meint Suze, doch ich schüttle den Kopf.

»Es soll doch eine Überraschung werden. Ich will mich erst mal eben um den Kuchen kümmern …«

Ich renne rüber in die Küche, wo Luke gerade dabei ist, die Buttercreme mit einem Pfannenwender zu bearbeiten.

»Da *ist* irgendwo ein Kuchen drunter«, sagt er, während er das Ding inspiziert, »aber nicht sehr viel. Wollen wir ihn ausgraben und den Kindern geben?«

»Ich weiß echt nicht, was da schiefgegangen ist«, sage ich betrübt. »Hat sich der Kuchen in der Buttercreme aufgelöst?«

»Löst sich Kuchen denn in Buttercreme auf?«, erkundigt sich Luke.

»Ich weiß es nicht!«, sage ich, als es an der Tür klingelt. »O Gott, was denn jetzt? Geh du an die Tür, ich grabe den Kuchen aus.«

Ich hole so viel Kuchen hervor, wie ich finden kann, und arrangiere ihn zu vier Klecksen auf Tellern. Den Kindern ist die Optik ja egal. Ich stelle die Teller auf ein Tablett und trage es raus in den Flur, als ich eine nasale Stimme höre, die ich nicht gleich erkenne.

O mein Gott. Ist das etwa *Nadine*?

Ich stelle das Tablett auf den Boden und laufe zur Haustür, die weit offen steht. Luke und Nadine stehen auf der Schwelle, und Nadine spricht schnell und eindringlich, während Luke versucht, zu Wort zu kommen. Als ich hinaustrete, sagt er gerade:

»Nadine, es tut mir leid. Das wird nicht passieren.«

»Nimm das hier!« Sie fuchtelt mit irgendwelchen Unterlagen vor ihm herum, dann wirft sie mir einen unfreundlichen Blick zu. »Oh, hi, Becky.«

Sie trägt ein Kostüm, selbst am Wochenende, und ihr Parfum ist übermächtig. Das ist doch alles sehr seltsam.

»Hi!«, sage ich vorsichtig. »Das ist ja eine Überraschung!«

»Nadine ist gekommen, um Geschäftliches zu besprechen«, sagt Luke etwas angestrengt. »Aber wie ich ihr schon erklärt habe, sehe ich keine Zukunft in einer gemeinsamen Partnerschaft.«

»Du hast mir noch gar keine Chance gegeben.« Nadine scheint überhaupt nicht zuzuhören. »Du kannst mich nicht einfach abschreiben. Du kannst mich nicht so *abqualifizieren.*« Ihre Stimme ist ganz ruhig, aber ihre Brust wogt auf und ab.

»Ich qualifiziere dich nicht ab«, sagt Luke sofort. »Ganz und gar nicht. Aber …«

»Es ist eine Gelegenheit für uns beide«, fällt sie ihm ins Wort. »Das ist meine Chance. Du kannst nicht einfach ›nein‹ sagen.«

»Tja«, sagt Luke nach einer sehr kurzen Pause. »Das kann ich sehr wohl. Und es ist ganz bestimmt nicht deine einzige Chance …«

»Lies das hier.« Nadine versucht noch einmal, ihm das Dokument zu übergeben. »*Lies* es. Es ist ganz anders als die Version, die du kennst. Ich habe auf dich gehört. Ich habe den Vorschlag überarbeitet. Jetzt schon. Siehst du?« Sie blättert zur zweiten Seite und tippt mit ihrem makellosen pinken Fingernagel auf einen Absatz. »Das hattest du gesagt. Wort für Wort. Du hast gesagt, es sei nicht fokussiert genug, nicht professionell genug. *Das* hier ist professionell …«

»Nadine, das hier ist alles andere als professionell!«, platzt Luke heraus und zeigt auf sie. »Du kannst nicht einfach ohne Vorwarnung am Wochenende bei Leuten vor der Tür stehen! Ich hatte gesagt, ich wäre bereit, mit dir zu telefonieren …«

»Mich abblitzen zu lassen, meinst du.« Finster starrt sie ihn an. »Wie waren deine Worte? ›Nach Weihnachten vielleicht.‹«

»Ich bin vor Weihnachten auf Reisen und eine Weile nicht zu erreichen, wie ich dir bereits erklärt habe«, sagt Luke gelassen. »Aber ich bin gern bereit, im neuen Jahr mit dir zu sprechen und dir ein paar Tipps zu geben …«

»Oh, *Tipps.*« Sie wiederholt das Wort so böse, dass ich innerlich erschauere. Diese Frau ist wirklich etwas durchgeknallt. Heute ist Minnies Geburtstag, und ich will mir das nicht anhören.

»Nadine, wir haben zu tun«, sage ich. »Wir sind gerade voll beschäftigt.« Ich sehe Luke an, der nickt.

»Ich bin immer noch gern bereit, zu einem vereinbarten Zeitpunkt am Telefon mit dir zu sprechen«, sagt er. »Aber jetzt solltest du besser gehen.«

Nadine schweigt, aber ich sehe, dass sie noch schwerer atmet als zuvor. Sie sieht aus, als könnte sie gleich aus ihrer engen Jacke platzen. Es wäre komisch, wenn sie nicht so feindselig gucken würde.

»Was meinst du eigentlich, wieso wir dieses blöde Cottage überhaupt gemietet haben?«, bricht es mit einem Mal aus ihr hervor. »Um *dich* kennenzulernen.«

»*Was?*« Sprachlos starre ich sie an.

»Was habt *ihr* denn gedacht? Dass wir in diesem verlassenen Dreckloch wohnen *wollten*?«

»Entschuldige mal!«, sage ich empört, aber Nadine ist nicht zu bremsen.

»Wir haben über alte Liebschaften geplaudert. Craig hat mir von einer alten Freundin namens Becky Bloomwood erzählt. Da hat es geklingelt. Ist die nicht mit Luke Brandon verheiratet? Kann ich durch einen persönlichen Kontakt an Luke Brandon herankommen? Ist *das* meine große Chance? Deine Firma habe ich nämlich schon angeschrieben«, fügt sie an Luke gewandt hinzu. »Bin von irgendeinem Lakaien abgebügelt worden.«

O mein Gott, sie ist eine Stalkerin.

»Nadine, du solltest jetzt gehen«, sage ich vorsichtig. »Heute ist Minnies Geburtstag. Wir haben Freunde und Familie zu Besuch.«

»Ach ja.« Sie richtet ihren scharfen Blick auf mich. »Deine kostbaren *Freunde und Familie.*«

»Genau!«, sage ich entschlossen. »Meine kostbaren Freunde und Familie.«

Nadine mustert uns beide abwechselnd mit ihren furchteinflößenden Augen – dann scheint sie aufzugeben.

»Na, dann tut es mir leid, euer fröhliches Beisammensein gestört zu haben«, sagt sie, und ihre Stimme trieft vor Sarkasmus. »Ich wünsche euch einen guten Tag. Schönes Leben noch!«

Sie dreht sich um und macht sich auf den Weg den Gartenpfad entlang, während Luke und ich ihr schweigend hinterherstarren. Ich bin doch leicht erschüttert.

»Wow«, sagt Luke, als sie nicht mehr zu sehen ist, und ich merke, wie die ganze Anspannung von mir abfällt.

»Verdammt.«

»Das habe ich nicht kommen sehen«, sagt Luke nachdenklich.

»Wie hätte man das kommen sehen sollen?« Einen Moment lang sagen wir beide nichts. Dann wende ich mich Luke zu mit vor Verlegenheit glühenden Wangen. »O mein Gott, Luke, es tut mir so leid. Ich hätte dir Craig nie vorstellen dürfen. Ich hätte die beiden niemals in unser Leben bringen dürfen …«

Ich hätte nie in edgy Klamotten steigen sollen, um meinen Exfreund zu beeindrucken, füge ich im Stillen hinzu.

»Sei nicht albern!« Luke sieht mich überrascht an. »Du hättest nichts von alledem vorhersehen können. Und jetzt ist sie weg. Ist ja nichts weiter passiert.«

Er ist so vernünftig und fair und ruhig, dass ich vor lauter Liebe fast dahinschmelze. Unsere Ehe klebt bombenfest und wird sich niemals lösen. Ich schlinge meine Arme um Luke, blicke auf zu dem Mann, den ich anbete, und mit neuerlicher Leidenschaft höre ich mich sagen: »Dein Schnurrbart gefällt mir richtig gut.«

Moment. Wo kam das denn her?

»Ehrlich?« Luke wirkt verdutzt und beinahe gerührt. »Oh. Liebste.«

Er küsst mich, und ich drücke ihn noch fester an mich, während mein Verstand sagt: *Warte mal. Warum habe ich das gesagt?*

Jetzt wird er ihn nie wieder abrasieren. Was habe ich mir nur dabei *gedacht*? Mir war einfach so allgemein liebevoll zumute, dass die Worte ungebeten aus meinem Mund kamen.

Wir lösen uns voneinander, und Luke betrachtet mich mit großer Zuneigung.

»Meine liebste Becky«, sagt er und streicht mit dem Finger über meine Wange. »Ich liebe dich.«

»Ich liebe dich auch«, sage ich etwas atemlos.

Soll ich schnell hinzufügen: »Nur das mit dem Schnurrbart habe ich gar nicht so gemeint.«?

Nein. Nein. Keine gute Idee.

Schließlich wendet sich Luke zur Haustür um.

»Wir sollten uns mal wieder zu den anderen gesellen«, sagt er. »Wollen wir dieses kleine Gespräch lieber für uns behalten? Wenn jemand fragt, sagen wir einfach, da war jemand, der Spenden gesammelt hat.«

»Ja«, stimme ich inbrünstig zu. »Gute Idee. Da drinnen ist es auch so schon aufregend genug.«

Ich möchte hinzufügen: »Was hältst du von Flo?«, aber wir müssen wieder rein, und außerdem ahne ich seine Antwort schon.

Luke nimmt das Tablett mit den Kuchenklecksen, mustert sie einen Moment, dann sagt er:

»Na ja, lecker sehen sie jedenfalls aus.«

Augenblicklich schmilzt mein Herz dahin. O Gott, er ist so lieb. Er ist so ein guter Ehemann. Ich beschließe, ihm nie im Leben die Wahrheit über seinen Schnurrbart zu sagen. Lieber will ich … Ich werde mich hypnotisieren lassen, um Bärte zu mögen. Ja! Guter Plan. Das muss ich googeln.

Eben mache ich die Tür zum Wohnzimmer auf, als mein Telefon klingelt. *Ehrlich.* Kann man nicht mal in Ruhe eine kleine Geburtstagsparty feiern? Schon denke ich daran, den Anruf zu ignorieren, werfe jedoch zur Sicherheit einen Blick aufs Display … und sehe **Edwin**.

Hm. Vielleicht sollte ich lieber rangehen.

»Dauert nur zwei Sekunden«, sage ich entschuldigend. »Es ist … hat mit Weihnachten zu tun.«

Als Luke den Kuchen ins Wohnzimmer bringt, haste ich in die Küche und schließe die Tür hinter mir.

»Hallo, Edwin!«, sage ich leise. »Wie geht es Ihnen?«

»Sehr gut, danke!«, höre ich Edwins wohlklingende Stimme. »Und Ihnen?«

»Auch gut, danke!«

»Nur ganz schnell, meine Liebe. Unglücklicherweise wurde ich kurzfristig nach Südfrankreich abberufen, *furchtbar* langweilig, und es bedeutet, dass ich nun doch nicht die Zeit haben werde, Ihre Rede für die Versammlung zu schreiben. Könnten Sie nicht etwas zusammenzimmern?«

Entsetzt starre ich das Telefon an. *Wie* bitte? Ich habe mich doch nur darauf eingelassen, weil *er* die Rede schreiben wollte.

»Oh.« Ich räuspere mich. »Na ja ... ich denke schon. Was sollte ich denn sagen?«

»Ach, Sie kennen das doch«, sagt Edwin leichthin. »Ihre Begeisterung für Billard, wie sehr Sie sich als Frau ausgeschlossen fühlen, so was in der Art. Soziale Gerechtigkeit. Diskriminierung. Damit die Nichtsnutze sich ordentlich schämen. Was ich Sie noch fragen wollte: Sind Sie eigentlich in einem sozialen Brennpunkt aufgewachsen?«

»Na ja, also ...«, winde ich mich bei dem Gedanken daran, dass Mum und Dad nur wenige Meter entfernt sitzen und man ein Einfamilienhaus in Oxshott nicht wirklich als »sozialen Brennpunkt« bezeichnen kann. »Ein paar Sachen waren wahrscheinlich schon ein *bisschen* ...«

»Famos! Tragen Sie auch das dick auf! Ich muss gehen, meine Liebe, aber wir treffen uns dort, nicht wahr?«

»Absolut!«, sage ich und will noch hinzufügen: »Was genau soll ich nochmal über Billard sagen?«, da hat er schon aufgelegt.

Regungslos stehe ich eine Weile da und überlege. Eine Rede über Billard. *Kann* ich eine Rede über Billard halten? O Gott. Wächst mir das Ganze langsam über den Kopf? Soll ich Luke einfach sein normales altes Aftershave schenken, was online in dreißig Sekunden erledigt ist? Soll ich das mit dem Portmanteau lieber vergessen?

Doch dann festigt sich mein Entschluss. Komm schon. Du *kannst* das schaffen. Du *wirst* es schaffen. Für Luke. Es kann ja wohl nicht so schwer sein, über Billard zu sprechen. Es ist doch nur ein Spiel mit sechs Kugeln.

Oder vielleicht auch acht Kugeln.

Irgendeine Anzahl Kugeln jedenfalls. Das kann man googeln. Aber jetzt sollte ich unbedingt wieder zurück zur Party.

Ich stecke mein Telefon in die Tasche und gehe ins Wohnzimmer, wo die Kinder allesamt Buttercreme im Gesicht haben und Flo mit gequälter Stimme nuschelt: »Ich muss sagen, für Kuchen hatte ich noch nie sonderlich viel übrig.« Mum sieht aus, als würde sie gleich explodieren.

Während ich in die Runde blicke, versuche ich, mich in entspannte Feierlaune zu bringen. Ich möchte lächeln und den Moment genießen. Aber irgendwie will es mir nicht gelingen. Ich bin doch zu gestresst. Von Flo … von meinem Katastrophenkuchen … von Nadine … von der Billard-Rede, die ich schreiben soll … ganz zu schweigen von Weihnachten, das mir bevorsteht wie eine Art Lametta-Examen, das ich ablegen muss.

»Da drüben könntet ihr eine Girlande aufhängen«, sagt Suze zu Jess mit Blick auf den Kaminsims. »Oder hier vielleicht.« Dann sieht sie mich an. »Wir haben uns gerade gefragt, wann du wohl anfangen magst, den Weihnachtsschmuck aufzuhängen, Bex.«

Und ich weiß, es ist nur eine Frage. Ich weiß, Suze fragt nur, weil sie künstlerisch denkt und kreativ ist … Aber irgendwie kann ich nicht anders, als mich kritisiert zu fühlen.

»Ich wollte warten«, erkläre ich. »Ich dachte, wir feiern erst mal Minnies Geburtstag und fangen dann an, für Weihnachten zu dekorieren.«

»Ah! Apropos Weihnachten …« Mum blickt auf. »Hast du das Rezept für die Füllung gesehen, das ich dir geschickt habe?«

»Ähm …« Ich runzle die Stirn, versuche, mich zu erinnern, in welcher ihrer Millionen WhatsApps es um die Füllung ging.

»Ich hatte Bex schon ein geniales Rezept für eine Füllung geschickt«, wirft Suze ein. »Aprikose und Haselnuss. Sehr lecker.«

»Meine Füllung hat Cranberrys und Maronen«, hält Mum dagegen. »Ist weihnachtlicher.«

»Aber was ist mit Salbei und Zwiebeln?«, fragt Janice. »Und, Becky, werden wir an dem Tag Zeit für einen kleinen Spaziergang haben, auch wenn Graham sich den Fuß verletzt hat? Denn ich dachte *erst* ein kleiner Spaziergang, *dann* Piñata.«

»Eine Piñata ist kulturelle Aneignung«, sagt Jess missbilligend. »Ich sage es immer wieder. Und, Becky, du willst doch wohl kein Holz verbrennen, oder? Denn das ist besonders schädlich für den Planeten …«

»Diesen Alkoven könntest du wunderbar dekorieren«, unterbricht Suze, die immer noch den Raum in Augenschein nimmt. »Wo wollt ihr den Baum hinstellen?«

»Äh …« Ich habe mich noch nicht entschieden, wo der Baum hinkommt, möchte es aber nicht zugeben.

»Und hast du schon die Weihnachtslieder ausgesucht, Becky?«, will Janice wissen. »Denn *Good King Wenceslas* liegt mir doch sehr am Herzen …«

»Soll ich bei Gelegenheit mal rüberkommen und dir mit dem Baum helfen?«, fällt Suze ihr ins Wort. »Und überlegen, wo deine Girlanden hinkommen?«

»Nein!«, rufe ich etwas überfordert, weil alle gleichzeitig auf mich einreden. »Nein danke! Ich schmücke das Haus nach meinem Geschmack. Und ich werde auch die Füllung aussuchen. Und wir machen kein Feuer. Und alles, was ihr wollt, werde ich bestellen, okay?«

Als ich schnaufend innehalte, merke ich, wie gestresst ich klinge. »Tut mir leid«, füge ich hinzu und versuche, mich zu beruhigen. »Ich bin nur etwas … Es ist alles ein bisschen …«

»Aber natürlich!«, sagt Suze und wirft Mum einen Blick zu. »Bex, mach dir keine Sorgen! Setz dich und trink einen Tee. Entspann dich.«

Ich setze mich neben Flo, hole ein paar Mal tief Luft und merke, wie mein Herz schon etwas langsamer schlägt. Ich sage mir, dass ich überreagiere. Alles wird gut. Ich bin mir darüber im Klaren, dass Mum und Suze mit Janice Blicke wechseln – aber es ist mir egal. Sollen sie Blicke wechseln.

»Und …«, sage ich schließlich, zwinge mich, höflich zu sein, und wende mich Flo zu. »Wo verbringen Sie denn das Weihnachtsfest, Flo?«

»Ach Weihnachten«, sagt sie und runzelt skeptisch die Stirn. »Ich war noch nie eine große Freundin von Weihnachten.«

Im Ernst? Okay, das war's. Irgendwer sollte es Janice sagen: Flo muss weg.

REDE VOR DEM *LONDON BILLIARDS CLUB*
Vom angehenden Mitglied
Rebecca Brandon (geborene Bloomwood)

Copyright Rebecca Brandon (geborene Bloomwood)

STRENG VERTRAULICH

Gesperrt bis zum 11. Dezember

ERSTER ENTWURF

~~Billard ist sehr~~
~~Billards sind sehr~~
Billard ist sehr

O Gott.

Von: Myriad Miracle
An: Becky Brandon
Betreff: Re: Re: Fragebogen!

Hi, Mrs Brandon (geborene Bloomwood),

wir hoffen, Sie haben Freude am Myriad Miracle System™!
Vielen Dank, dass Sie Ihre interaktiven Einstellungen in der App geprüft haben. Wir beobachten Ihre Fortschritte, und allem Anschein nach hat sich Ihre Trainingsaktivität von »unwesentlich« zu »unwesentlich bis gegen null« entwickelt.
Zur Philosophie des Myriad Miracle Training Systems™ gehört es, zusätzlich aufbauende Inhalte für Klienten anzubieten, deren Aktivität nachgelassen hat. Daher würden wir Ihnen gern eine kostenlose Echtzeit-Trainings- und Gesundheits-Session per Skype mit unserer Trainerin Olga Ritsnatsova anbieten. Olga hat schon olympische Gewichtheber trainiert. Sie wird sich bald mit Ihnen in Verbindung setzen, um einen Zeitpunkt für ihre kostenlose dreistündige Trainingseinheit zu vereinbaren, zu der gehören:

- Hochintensive Kraftarbeit
- Ausdauerstunde
- Ernährungsgespräch
- Eisbad zur Entspannung.

Mit ganzheitlichen Grüßen
Debs
(Mitgliederassistentin)

Von: Myriad Miracle
An: Becky Brandon
Betreff: Re: Re: Re: Fragebogen!

Hi, Mrs Brandon (geborene Bloomwood),

vielen Dank für Ihre prompte Antwort.

Es tut mir leid zu hören, dass Sie sich ein Bein gebrochen haben.

Olga freut sich darauf, von Ihnen zu hören und Ihre kostenlose dreistündige Skype-Session zu vereinbaren, sobald Sie wieder gesund sind.

Mit ganzheitlichen Grüßen
Debs
(Mitgliederassistentin)

Chats

WEIHNACHTEN!

Janice
Liebe Becky. Es war so ein schöner Tag gestern. Vielen Dank für alles. Ich hätte eine kleine Anfrage: Dürfte ich Flo zu unseren Feierlichkeiten am Weihnachtstag mitbringen?

> **Suze**
> OMG Bex, hast du GESEHEN, was Janice fragt? Sie will Flo an Weihnachten mitbringen!!! Die trübe Tasse!!!

SUZE & BEX

Bex
Suze!!! Falsche Gruppe!!!!

> **Suze**
> Mist. Meinst du, Janice hat es gesehen?

Suze
O Gott. Zwei blaue Häkchen. Ja, hat sie.

WEIHNACHTEN!

Suze
Oh. Janice. Verdammt. Tut mir leid. Ich wollte diese Nachricht nicht posten. Und außerdem habe ich

sowieso eigentlich von einer ganz anderen Flo gesprochen, die ich früher mal auf einer anderen Party kennengelernt habe. Auf der Bex und ich waren, du aber nicht. Ist das nicht ein lustiger Zufall? Nur um klarzustellen, dass es eine andere Flo war. Nicht deine Freundin.

Suze
Janice???

Suze
Hallo??? Ich weiß, dass du meine Nachricht gelesen hast.

Suze
Okay, vergiss das. Ich HABE von deiner neuen Freundin gesprochen, weil wir sie alle SCHRECKLICH finden.

SECHZEHN

Okay. Keine Panik. *Keine Panik,* Becky! Es ist doch nur Weihnachten. Das sage ich mir immer wieder – das Problem ist allerdings: Ich glaube mir selbst nicht mehr. So etwas wie »nur Weihnachten« gibt es nicht.

Alles gleitet mir aus den Händen. Zum einen fallen meine Girlanden immer wieder vom Kamin, obwohl ich es schon mit Klebeband, Klebeknete, Bindfaden und – in meiner Verzweiflung – sogar mit meinen Hanteln versucht habe. Dann hat sich gestern meine große Schneekugel mit dem Weihnachtsdorf über den Fußboden ergossen. Und mein Alexander-McQueen-Kleid passt mir immer noch nicht, obwohl ich vor dem Anprobieren zwanzig Rumpfbeugen gemacht *und* die Luft angehalten habe.

(Sollte ich die dreistündige Skype-Session mit Olga vielleicht doch machen?)

(Nein. Echt jetzt – ein Eisbad? Das meinen die nicht ernst, oder?)

Aber was mir am meisten entgleitet, sind meine Gäste.

Alles fing mit Suze und Janice an. Nach ihrem WhatsApp-Fauxpas hat Suze beschlossen, sich auf Mums Seite zu stellen und Janice zu erklären, sie hätte sich nicht so schnell eine neue beste Freundin suchen sollen. Woran Janice Anstoß nahm und drohte, Weihnachten nicht zu kommen. Doch dann hat sie es sich anders überlegt und meinte, soweit sie wisse, sei die Einladung von »der lieben Becky« gekommen, und vielleicht sei Suze diejenige, die ihre Pläne für das Weihnachtsfest mal überdenken sollte.

Aaaah!

Mum spielt total die Märtyrerin und sagt Sachen wie: »Janice muss ja selbst wissen, ob sie meine Nachrichten ignorieren möchte. Ich wünsche ihr viel Glück. Ihr Weihnachtsgeschenk kann ich leicht umtauschen.«

(Nur zur Information: Janice hat ihre Nachrichten nicht ignoriert. Sie gingen in der Cloud verloren, aber Fakten scheinen inzwischen niemanden mehr zu interessieren.)

Jess weigert sich, Partei zu ergreifen. Im Grunde weigert sie sich, überhaupt zu kommunizieren, und sie ist in letzter Zeit wirklich keine große Hilfe. Ich habe ihr eine zweiseitige E-Mail geschrieben und gefragt, ob ich was für sie tun kann, und ihre Antwort war doch tatsächlich: »Ich weiß es nicht.«

Als ich Dad mein Herz ausgeschüttet habe, meinte er nur: »Ach, das wird schon wieder.« Dann habe ich Luke darauf angesprochen, und der meinte so ziemlich dasselbe. (Er hat länger geredet, aber im Grunde lief es auf »Ach, das wird schon wieder« hinaus.) Außerdem fand er, ich solle mich da raushalten. Gestern Abend sagte er: »Becky, du kannst nicht alles regeln. Weihnachten zu organisieren ist aufreibend genug. Da musst du nicht auch noch das Gefühlsleben der anderen organisieren.«

Was ja stimmen mag. Aber vielleicht habe ich gar keine andere Wahl. Vielleicht ist das »Gefühlsleben« auch etwas, das eine Gastgeberin ordnen muss, neben den Servietten und den Schnittchen. Denn wenn ich es *nicht* tue, wird es kein Weihnachtsfest geben.

All die gereizten Stimmen und WhatsApps kreiseln in meinem Kopf herum, und dauernd denke ich: »Es *muss* doch eine Möglichkeit geben, alle miteinander zu vereinen.« Nur habe ich momentan keine Zeit, darüber nachzudenken, denn neben der ganzen Aufregung muss ich eine Rede halten, ausgerechnet über Billard.

Ich laufe die Regent Street entlang, im schicken Kleid, die Haare sorgsam geföhnt und gehe ein letztes Mal meine Kenntnisse zum Thema »English Billiards« durch, das offensichtlich so ähnlich ist wie Snooker, aber eben nur so ähnlich. Dieses Stockdings nennt man Queue. Das wusste ich schon. Aber alles andere an diesem Spiel ist für mich das reine Kauderwelsch. Da gibt es »Baulk« und »Winning Hazard« und »Cannon«. Wenn man 76 Karambolagen nacheinanderspielt, ist das ein Foul, das weiß ich. Ich kann mich nur nicht mehr erinnern, was eine Karambolage ist.

Immer wieder sage ich mir, dass sie die Billardregeln vermutlich nicht abfragen werden. Ich habe ein paar Bemerkungen vorbereitet, die ich im Gespräch fallen lassen könnte, damit ich mich wie ein Profi anhöre. Zum Beispiel: »Neulich habe ich doppelt eins vor die Bande bekommen. Was für ein *Albtraum*!« Vor allem aber hoffe ich, dass ich da kurz reingehe, meine Rede halte und mit dem Portmanteau wieder rauskomme. Zum Glück wird Edwin auf mich aufpassen. Er kann Gespräche über Doppelbanden und dergleichen führen.

Und – ja – ich habe wohl mit dem Gedanken gespielt, die Idee fallen zu lassen. Was Luke gestern Abend gesagt hat, stimmt: Man kann nicht alles regeln. Ich habe keine Ahnung von Billard. Luke weiß noch nichts vom Portmanteau. Ich könnte ihm ein Aftershave-Geschenkset kaufen. Er würde sich freuen, und das Leben wäre um einiges einfacher.

Aber dieser ganze Weihnachtswahnsinn hat mich noch entschlossener gemacht. Vielleicht kann ich Mum und Janice im Moment nicht wieder miteinander vereinen. Vielleicht kann ich meine Girlanden nicht dazu bewegen, oben zu bleiben. Aber ich kann vor einem Haufen alter Männer mit Ellenbogenflicken eine Rede über Billard halten.

Als ich im Club ankomme, ist der ganze Laden von Kerzen in Messingständern beleuchtet, und Mitglieder schlurfen mit Gläsern in der Hand umher. Fast sieht es aus, als wäre Leben in der Bude. Ich trete an den 93-Jährigen hinter dem Schreibtisch heran, und er betrachtet mich mit seinem vertrauten »Geh weg«-Blick.

»Hallo«, sage ich höflich. »Ich glaube, Lord Edwin Tottle erwartet mich.«

»Lord Tottle wurde aufgehalten«, antwortet der Mann, nimmt einen Zettel in die Hand und betrachtet ihn. »Er wird in Kürze eintreffen.«

Das kann ja heiter werden. Edwin ist noch gar nicht da? Ich dachte, er würde mich herumführen und mir sagen, was ich tun soll.

»Kein Problem!«, sage ich und gebe mir Mühe, selbstsicher zu klingen. »Hat er mir auch eine Nachricht hinterlassen?«, füge ich hinzu, als ich sehe, dass der Zettel total vollgeschrieben ist.

»Ja«, sagt der Mann widerwillig. »Er hat mich gebeten, Ihnen Folgendes zu übermitteln: ›Machen Sie denen ordentlich Feuer! Ich weiß, Sie schaffen das, Becky. Ich komme, sobald ich kann.‹«

»Danke«, sage ich. »Also … darf ich reingehen?«

»Ihnen wurde spezielle Erlaubnis erteilt«, sagt der Mann mit einem Ausdruck allergrößter Missbilligung. »Von Sir Peter Leggett-Davey höchstpersönlich.«

Er reicht mir ein Pappkärtchen mit der Aufschrift *Gästepass*.

»Danke!«, sage ich, und gleich ist mir schon etwas munterer zumute. »Auf einen schönen Abend! Wie heißen Sie?«, füge ich hinzu.

»Sidney«, sagt der Mann abwesend.

»Hi, Sidney! Ich bin Becky, aber das wussten Sie ja schon. Und um welche Uhrzeit geht die Jahreshauptversammlung los?«

»Die Jahreshauptversammlung hat heute Nachmittag um vierzehn Uhr begonnen«, sagt Sidney und deutet auf die hölzerne Flügeltür. »Ich glaube, Ihr … Thema ist Nummer 56 auf der Tagesordnung. Bitte nehmen Sie sich gern einen Sherry.«

Ich greife mir einen Drink, trete durch die große Tür in den saalartigen Raum, der heute für die Jahreshauptversammlung umarrangiert wurde. Da steht ein langer Tisch, an dem fünf 93-Jährige dem Publikum zugewandt sitzen. Dann stehen da reihenweise

Stühle, die meisten leer, hier und da mit einem 93-Jährigen darauf, der an seinem Sherry nippt und zuhört. Oder auch schläft.

Als ich mich setze, ist alles so, wie ich es mir vorgestellt hatte. Irgend so ein weißbärtiger Mann nuschelt mit der langweiligsten Stimme, die ich je gehört habe:

»Tagesordnungspunkt 54: die Arbeiten im *Lower Middle Dining Room*. Das zuständige Komitee hat einen Bericht über den Kostenvoranschlag übermittelt, und ich würde gern Ihre Aufmerksamkeit auf die folgenden Punkte lenken …«

Er dröhnt noch etwas über Holzwurm, und ich blende ihn aus, sehe mich im Saal um. Da fällt mir auf, dass die Preise für die Tombola auf einem Tisch arrangiert wurden. Ich sehe den Portmanteau, eine Kiste Sherry und ein Buch über Billard. Ich beschließe, mir sofort Lose zu kaufen, sobald ich Mitglied bin. Noch im selben Moment.

Mein Blick schweift die Stuhlreihe entlang, in der ich sitze, und blinzle, als ich mit einem Mal ein bekanntes Gesicht sehe. Ist das … wer *ist* das? Ein Vater aus der Schule? Einen Moment lang zermartere ich mir das Hirn, da fällt es mir ein. Das ist der Typ! Der nervige Mister Blautuch von Selfridges! Was macht der denn hier? Er ist doch noch nicht 93!

Er merkt, dass ich ihn betrachte, und auch ihm ist die Überraschung anzusehen. Er rückt die Reihe entlang, um etwas näher bei mir zu sitzen.

»Hallo!«, sagt er mit interessiertem Unterton. »Sie müssen die Frau sein.«

»Welche Frau?«

»Die Frau, die eine zweihundertjährige Tradition brechen möchte.«

»Oh«, sage ich stolz. »Ja, die bin ich tatsächlich. Sind Sie Mitglied?«

»Nein, ich bin als Stimmrechtsbevollmächtigter hier«, sagt er. »Mein Vater schickt mich, um gegen Sie zu stimmen.«

Gegen mich?

»Sie wissen doch noch gar nicht, was ich sagen will!«, fauche ich gereizt, weil einige der 93-Jährigen in der Nähe uns ärgerliche Blicke zuwerfen. »Woher wissen Sie, dass Sie gegen mich stimmen wollen?«

»Ich habe gar nicht darüber nachgedacht.« Er zuckt mit den Schultern. »Es ist der Club meines Vaters, nicht meiner. Ich bin nur hier, um ihm einen Gefallen zu tun.«

»Dann denken Sie eben jetzt darüber nach!«, fahre ich ihn an. »Ich bin im Geiste der Moderne hergekommen. Im Geiste der Verbundenheit. Im Geiste des *Billards*.« Ich mustere ihn eingehend, als der weißbärtige Mann vorn sagt:

»Tagesordnungspunkt 55: Neues von Mitgliedern. Etwaige Informationen für den Newsletter des London Clubs sind noch bis Freitag zu richten an Alan Westhall. Tagesordnungspunkt 56: Mitgliedschaft der Rebecca Brandon, geborene Bloomwood.«

Das bin ich! Ich bin dran! Mein Herz macht einen Satz, und ich komme auf die Beine, krame nach meiner Rede.

Meine Rede.

Wo zum Teufel ist meine *Rede*?

»Was ist denn?«, fragt der nervige Mister Blautuch, während ich in meine Handtasche abtauche.

»Nichts«, sage ich und blicke auf mit heißen Wangen. Ich weiß, dass meine Rede in der Tasche sein muss. Ich weiß es genau. Aber ich habe sie in allen Fächern gesucht und kann nichts finden. Hätte ich mir bloß nie eine Tasche mit Fächern gekauft, denke ich wütend. Es ist so viel praktischer, wenn man es mit einem einzigen großen Durcheinander zu tun hat.

Da fällt mir auf, dass die Flügeltüren aufgehen und eine Flut von 93-Jährigen hereinkommt, allesamt mit Gläsern in der Hand und plaudernd. Einer nach dem anderen sucht sich einen Platz, und die meisten werfen durchdringende Blicke zu mir herüber.

»Was ist hier los?«, frage ich verwundert. »Wieso kommen die jetzt alle rein?«

»Sie kommen, um über Sie abzustimmen«, sagt der nervige Mister Blautuch. »Sie sind der einzige Tagesordnungspunkt von Interesse. Viel Glück«, fügt er beiläufig hinzu. »Machen Sie ihnen Dampf!«

Als ich aufstehe, bin ich etwas wacklig auf den Beinen. Aber ich kann jetzt nicht aufgeben. Ich bahne mir einen Weg nach vorn, als mir mit einem Mal ein 93-Jähriger im Samtsakko auf die Schulter klopft.

»Becky!«, sagt er. »Ich habe Sie schon gesucht! Ich bin Edwins Freund John. Ich bin einer Ihrer Unterstützer. Viel Glück wünsche ich! Edwin meint, Sie werden das ganz *wunderbar* lösen!«

»Hoffen wir das Beste«, sage ich mit meinem selbstsichersten Lächeln. »Danke!«

Wenigstens einer unterstützt mich. Ich nähere mich dem Mann mit dem weißen Bart und hebe mein Kinn.

»Wie geht es Ihnen?«, sage ich höflich. »Ich bin Rebecca Brandon, geborene Bloomwood. Zuerst einmal möchte ich sagen, dass Ihr Club ganz *fabelhaft* …«

»Danke«, sagt der Mann und schneidet mir kalt das Wort ab. »Ich bin Sir Peter Leggett-Davey. Sie werden Gelegenheit bekommen, sich zu äußern. Bitte nehmen Sie dort Platz.«

Er deutet auf einen Stuhl am Rand, und ich setze mich darauf, ganz kribbelig vor Widerwillen. Er muss ja nicht gleich so hochnäsig sein. Ich bin fest entschlossen, in diesen blöden Club aufgenommen zu werden. Vielleicht lerne ich dafür sogar Billard.

»Einen guten Abend auch all jenen, die eben erst eingetroffen sind!«, sagt Sir Peter mit Blick aufs Publikum. »Nun kommen wir zum umstrittensten Punkt des heutigen Tages. Die Frage der Aufnahme einer weiblichen Person in unseren Club, was die Unterstützung mehrerer der heute anwesenden Herren findet. Diese Mitgliedschaft würde eine Satzungsänderung nötig machen, wie sie Lord Edwin Tottle vorgeschlagen hat. Bitte beachten Sie das Dokument, das gerade herumgegeben wird. Und wenn ich das Gespräch vielleicht beginnen darf, so möchte ich sagen, dass ich es für eine schändliche Idee halte.«

Schändlich?

Ich bin richtiggehend entrüstet, während er immer weiter davon redet, wie besonders dieser Club sei und dass Frauen ihn ruinieren würden und dass Lord Edwin Tottle schon immer etwas gegen ihn – Sir

Peter – hatte, woran sich die Mitglieder im Zusammenhang mit dem schmerzlichen Zwischenfall um den Sherry-Wagen im Jahr 2002 gewiss erinnern werden.

Okay. Er sollte echt mal runterkommen.

Schließlich hört er auf zu reden, und ein 93-Jähriger nach dem anderen steht auf, sagt mehr oder weniger dasselbe über Tradition und Unantastbarkeit und »Räumlichkeiten«, womit er die Klos meint. Nach einer Weile habe ich keine Lust mehr zuzuhören und google »English Billiards Cannon was ist das« – obwohl ich noch nicht *ganz* genau weiß, wie ich das in meine Rede einbauen will.

»Mrs Brandon, möchten Sie darauf etwas erwidern?« Sir Peters Stimme unterbricht mich in meinen Gedanken, und mein Kopf zuckt hoch. Mist. Ich bin schon dran.

»Ja!«, sage ich würdevoll. »Ich danke Ihnen sehr. Ganz die Ihrige et cetera.«

Ein letztes Mal tauche ich in meine Tasche ab in der Hoffnung, dass ich meine Rede doch noch finde – aber sie ist nicht da. Ich werde improvisieren müssen.

Langsam trete ich in die Mitte des Raumes, wende mich den Mitgliedern zu und sage:

»Guten Abend. Ich bin Rebecca Brandon, geborene Bloomwood, billardbegeistert wie jeder hier in diesem Raum.«

Alles schweigt, wartet darauf, dass ich weiterrede. Selbst Sidney drückt sich an der Tür herum, um zuzuhören.

»Ich könnte sprechen über … Cannons.« Lässig

breite ich die Arme aus. »Ich könnte darüber sprechen, wie ich neulich doppelt eins vor die Bande bekommen habe. Ein Albtraum!« Ich gebe ein wissendes, kleines Lachen von mir. »Jedoch. Heute möchte ich sprechen über … Billardkugeln«, sage ich einer spontanen Eingebung folgend. »Überlegen Sie selbst. Wir polieren sie. Wir respektieren sie. Wir spielen unser geliebtes Spiel mit ihnen. Aber vor allem sollten wir von ihnen *lernen*.«

»Was? Was war das?«, bellt ein Mann in der vordersten Reihe, der aussieht wie 103, und sein 93-jähriger Sitznachbar sagt laut:

»Sie meint, wir sollten von *Billardkugeln* lernen, Sir Denis.«

»Denn wenn eine Kugel die andere trifft, entsteht schließlich nichts anderes als eine *Verbindung*!«, fahre ich fort. »Billardkugeln machen keinen Unterschied. Sie sind tolerant. Sie rollen auf dem Tisch überallhin, sehen ihn von allen Seiten, interagieren mit anderen Kugeln, egal ob männlich oder weiblich. Oder metrosexuell«, füge ich nach kurzer Überlegung hinzu.

»Wovon reden Sie da?«, will Sir Denis wissen, und sein 93-jähriger Nachbar brüllt förmlich zurück:

»Sex, Sir Denis!«

»Sex!«, wiederholt Sir Denis beeindruckt.

»Billardkugeln begegnen sich unvoreingenommen«, fahre ich fort, während ich mir Mühe gebe, die beiden zu ignorieren. »Billard*clubs* jedoch nicht.« Ich fixiere Sir Peter mit meinem strengsten Blick. »Billardclubs sagen: ›Nein, die roten Kugeln dürfen nicht mit den weißen Kugeln spielen, weil rote Kugeln männlich und weiße Kugeln weiblich sind.‹ Und was passiert? *Keiner* gewinnt. Es macht die Welt kein bisschen besser.«

»Vielen Dank, Mrs Brandon«, setzt Sir Peter mit eisiger Stimme an, aber ich hebe eine Hand, damit er gar nicht erst weiterredet.

»Ich bin noch nicht fertig«, sage ich mit fester Stimme. »Ich stehe hier vor Ihnen – eine leidenschaftliche Billardliebhaberin und darüber hinaus ausgeprägte Freundin der Salonmusik –, weil mir die größte Erfahrung vorenthalten wird, die Billardbegeisterte erleben dürfen, nämlich als Mitglied in diesen geheiligten Club aufgenommen zu werden. Und warum? Wegen einer überholten, vorurteilsbelasteten Regel, die im Herzen wahrer Billardliebhaber nichts zu suchen hat. Sie wollen mich gar nicht *wirklich* ablehnen. Ich sehe es Ihnen an. Ihnen allen.«

Ich schreite die Reihen ab, blicke jedem einzelnen 93-Jährigen tief in die Augen und bleibe besonders lange vor Sir Denis stehen, der begeistert zu mir aufblickt.

»Wovor haben Sie denn Angst?«, frage ich sanfter. »Zeigen Sie Mut. Zeigen Sie, woran Sie wirklich glauben. Und nehmen Sie mich in diesen Club auf, damit ich alles tun kann, um mich dessen würdig zu erweisen. Danke schön.«

Ich mache einen kleinen Knicks, und donnernder Applaus bricht aus. Sir Denis ruft sogar: »Bravo!«

»Nun, wenn das alles ist«, sagt Sir Peter, als ich mich wieder setze, »dann schlage ich vor …«

»Moment!«, unterbricht ihn eine Stimme. »Ich habe auch etwas zu sagen.«

Es entsteht so ein knirschendes Geräusch, als sich hundert Tweedjacken umwenden, um zu sehen, wer da spricht – und zu meinem größten Erstaunen ist es ausgerechnet der nervige Mister Blautuch, der in der letzten Reihe aufsteht. Er zwinkert mir zu, dann sagt er:

»Ich möchte mich kurz vorstellen. Mein Name ist Simon Millett, und ich bin heute von meinem Vater hergeschickt worden, um als sein Stellvertreter gegen diesen Antrag zu stimmen. Und wissen Sie, was er im selben Atemzug noch gesagt hat? Er sagte: ›Ich wünschte, du würdest überlegen, selbst auch Mitglied zu werden, mein Junge. Wir brauchen junges Blut.‹« Simon macht eine Pause. »Um ehrlich zu sein, bin ich diesem Club nie beigetreten, weil er im Mittelalter gefangen zu sein scheint. Voller Menschen und Einstellungen, mit denen ich nichts anfangen kann. Hier nun bietet sich Ihnen eine Chance, das zu ändern. Daher möchte Ihnen raten …« Er sieht sich unter den 93-Jährigen um. »Tun Sie etwas, mit dem Sie Ihre Enkelkinder stolz auf sich machen! Möglicherweise möchten diese daraufhin dem Club beitreten. Danke. Das wäre alles.«

Er setzt sich, und ich lächle ihn dankbar an.

Unter den Zuhörern macht sich eine gewisse Unruhe breit, da sagt Sir Peter mit verkniffenem Mund:

»Dann lassen Sie uns darüber abstimmen. Alle, die dafür sind, die Satzung dahingehend zu ändern, dass es Mrs Rebecca Brandon, geborene Bloomwood, gestattet wird, Mitglied unseres Clubs zu werden.«

Ein Wald von Armen zuckt hoch, und ich fange an

zu zählen, komme aber immer wieder durcheinander. Dann plötzlich stimmen alle ab, die dagegen sind, und wieder habe ich einen Wald von Armen vor mir und kann auch die nicht zählen. O Gott. Ich kriege kaum noch Luft vor Anspannung. So eine Abstimmung ist aber auch stressig! Kein Wunder, dass Abgeordnete immer so faltig sind und grimmig gucken.

Einen Moment herrscht Stille, als die Mitglieder des Komitees sich beraten. Dann holt Sir Peter tief Luft.

»Der Antrag wurde angenommen«, sagt er mit Grabesstimme, und jemand greift nach meiner Hand und sagt: »Glückwunsch!«, und da erst wird es mir so richtig klar – ich habe gewonnen! Ich bin drin!

»Ich brauche ein paar Lose für die Tombola!«, japse ich. »Ich möchte bitte an der Tombola teilnehmen.«

»Vergessen Sie die Tombola, meine Beste!«, ruft Lord Edwin, der plötzlich vor mir steht mit knallrosa Krawatte und nach Brandy riechend. Er nimmt meine Hand und schüttelt sie wohl hundert Mal. »Sie haben gewonnen! Sie haben den Laden auf den Kopf gestellt! Ich habe Ihre Rede gehört! Fabelhaft! Im Zweifel hilft Sex immer!«

Mal ehrlich, was ist mit diesen Leuten los? In meiner Rede ging es doch nicht um Sex. Aber ich widerspreche ihm nicht, weil ich so nervös bin wegen der Tombola.

»Das ist ein echter Schlag ins Kontor für Sir Peter«, triumphiert Edwin. »Haben Sie sein Gesicht gesehen?«

»Die Tombola«, sage ich noch einmal. »Wer verkauft die Lose?«

»Ach, das dürfte wohl Leonard sein«, sagt Edwin.

»Ein Knabe mit weinroter Smokingjacke. Bin mir nicht sicher, wo er geblieben ist … John, ist es nicht grandios?« Er wendet sich John zu, der gerade in unsere Richtung kommt, und ich nutze die Gelegenheit, mich wegzuschleichen. Ich muss diesen Leonard finden. Da weit und breit keine weinrote Smokingjacke zu sehen ist, haste ich hinaus, wobei mir 93-Jährige entweder gratulieren oder böse Blicke zuwerfen. Auch draußen in der Halle sind keine weinroten Smokingjacken, aber ich sehe einige 93-Jährige auf der Treppe, also mache ich mich eilig auf den Weg nach oben.

Der Treppenabsatz ist leer. Wo zum Teufel ist der Mann? Ich steuere auf eine weitere mächtige Tür zu, drücke sie auf – und finde mich in einem riesigen Raum wieder, in dem ich Billardtische und Simon sehe, der ganz allein etwas spielt, bei dem es sich vermutlich um English Billiards handelt.

»Oh, hi!«, sage ich. »Vielen Dank für Ihre kleine Rede. Erst Ihre Worte haben den Stein ins Rollen gebracht.«

»Gern geschehen«, sagt er und nickt zu seinem Queue. »Ich dachte mir, wenn ich schon hier bin, probiere ich mal den berühmten Tisch aus.«

»Ah ja«, sage ich. »Na klar. Der berühmte Tisch.«

Eben will ich ihn fragen, ob er Leonard gesehen habe, doch Simon kommt mir zuvor.

»Freuen Sie sich schon auf Ihren Kunststoß?«, fragt er und locht geschickt eine Kugel ein.

»Hm?« Ratlos sehe ich ihn an.

»Sie wissen schon. Die Clubtradition. Das neue Mitglied macht seinen ersten Stoß auf diesem Tisch.

Große Sache. Alle machen Fotos. Normalerweise sind es mehrere neue Mitglieder, aber heute sind Sie die Einzige.«

»Wow!«, sage ich und gebe mir Mühe, meine Bestürzung zu verbergen. »Hm … davon hat mir keiner was gesagt.«

Okay. Ich muss los. An der Tombola teilnehmen, dann los. So schnell wie möglich.

»Die Leute üben das ganze Jahr, um den perfekten Stoß parat zu haben. Üblicherweise irgendein ausgeklügelter Trick-Shot.« Er blickt auf, nachdem er die Kugel auf Linie gebracht hat. »Was haben Sie denn so in petto?«

»Ach … na ja«, sage ich vage. »Ein kleiner Stoß, den ich selbst erfunden habe … aber eigentlich brauche ich dringend ein paar Lose für die Tombola. Haben Sie jemanden namens Leonard in weinroter Smokingjacke gesehen?«

»Nein, tut mir leid. Zeigen Sie doch mal!« Er reicht mir den Queue, und automatisch greife ich danach. »Ich wollte den Tisch nicht blockieren.«

Ich versuche, den Queue natürlich zu halten, aber er ist ziemlich schwer und länger, als ich dachte. Ich hätte an der Uni wenigstens mal Poolbillard spielen sollen. Warum habe ich nie Pool gelernt? Ich habe noch nie im Leben so ein Ding in der Hand gehalten.

»Da sind Sie ja!« Plötzlich erscheint Edwins Gesicht an der Tür. »Und wie ich sehe, Sie haben schon einen Queue parat. Fabelhaft! Bleiben Sie da, Becky! Ich hole die anderen für Ihren Kunststoß.«

Was? Nein!

»Jetzt gehört er Ihnen«, sagt Simon und tritt vom Tisch zurück.

Ich starre den endlosen grünen Filz an und versuche, ganz schnell nachzudenken. Was soll ich jetzt machen?

»Ich will Sie ja nicht verschrecken«, fügt Simon hinzu, »aber in diesem Moment stehen Sie mehr oder weniger für alle billardspielenden Frauen auf der Welt. Also rate ich Ihnen, nicht allzu ehrgeizig vorzugehen. Halten Sie es schlicht und einfach.«

Es ist, als wollte sich mir der Magen umdrehen. Ich kann doch nicht für alle billardspielenden Frauen auf der Welt stehen. Das ist doch verrückt. Ich muss diesen Queue weglegen, die Treppe runterrennen und fliehen. *Mach schon*, Becky!

Aber irgendwie wollen sich meine Füße nicht bewegen. Wenn ich jetzt weglaufe, gebe ich Lukes Geschenk auf, und das kann ich einfach nicht. Nicht nach all der Mühe.

Könnte ich denn einen Kunststoß schaffen? Bin ich vielleicht ein Naturtalent im Billard, ohne es zu wissen?

Probeweise trete ich an den Tisch und versuche, den Queue so auszurichten, wie sie es im Fernsehen machen. Leider schwabbelt er so rum. Er ist zu *lang* – das ist das Problem.

»Muss mich nur mal eben an den Queue gewöhnen«, sage ich eilig, als ich merke, dass Simon mich anstarrt. »Die sind alle unterschiedlich.«

»Das ist … das falsche Ende«, sagt er mit sonderbarer Stimme.

»Oh.« Mein Gesicht flammt auf, und ich sehe mir den Queue genauer an. »Natürlich! Bin nur eben durcheinandergekommen …« Eilig drehe ich den Queue um, wobei ich ihn Simon fast ins Gesicht schlage.

»Hey!«, sagt er und hebt eine Hand, um sich zu schützen. »Was soll das? Sie können gar nicht Billard spielen, oder?« Vorwurfsvoll starrt er mich an.

»Kann ich wohl!«, beginne ich forsch – da wird mir klar, dass es keinen Sinn hat. »Okay, kann ich nicht«, gebe ich mit leiserer Stimme zu, »aber das dürfen Sie niemandem verraten.«

Einen Moment lang starrt er mich schweigend an, dann geht er zur Tür und verkeilt sie von innen.

»Erzählen Sie schnell!«, sagt er. »Warum haben Sie den ganzen Aufwand wegen der Mitgliedschaft betrieben, wenn Sie gar nicht Billard spielen können?«

»Um die Tombola zu gewinnen«, gebe ich nach kurzer Überlegung zu.

»Die Tombola?« Er sieht mich an, als hätte ich den Verstand verloren. »Die *Tombola*?«

Also ehrlich. Da muss er ja nicht gleich so gucken. Man kann doch wohl eine Tombola gewinnen wollen!

»Um das Weihnachtsgeschenk für meinen Mann zu gewinnen!«, erkläre ich etwas steif. »Der erste Preis ist dieser fantastische Portmanteau, und man darf nur teilnehmen, wenn man Mitglied ist, also musste ich dem Club beitreten.«

Simon gibt so ein Schnauben von sich.

»Ist das Ihr Ernst? Ich dachte, Sie wollten ihm Aftershave kaufen.«

»Das mit dem Aftershave habe ich aufgegeben«, räume ich ein. »Sie hatten recht, er wollte nicht überrascht werden. Aber ich wollte ihm auf keinen Fall etwas … Sie wissen schon … Berechenbares kaufen, und deshalb …«

»Und deshalb haben Sie beschlossen, stattdessen lieber die Geschichte einer zweihundert Jahre alten Institution zu ändern«, beendet Simon meinen Satz. »Weiß Ihr Mann denn irgendwas davon?«

»Selbstverständlich nicht!«, sage ich schockiert. »Es ist ja schließlich sein Weihnachtsgeschenk! Man darf doch die Überraschung nicht verderben …«

Ein Rütteln an der Tür unterbricht mich, und man hört Edwin rufen: »Hallo? Die Tür klemmt! Finch? Wo ist Finch?«

Verdammt. Sie kommen. Was soll ich tun?

»Haben Sie denn überhaupt schon mal Snooker gespielt?«, will Simon wissen. »Oder wenigstens Pool?«

»Nein. Aber wie man das macht, weiß ich. Hier, ich zeig's Ihnen!«

Ich nehme ihm den Queue wieder ab, trete an den Billardtisch und starte einen – wie ich finde – ganz passablen Versuch, nur dass ich die Kugel verfehle und die Queuespitze den grünen Filz streift.

Simon verzieht das Gesicht und reißt mir den Queue aus der Hand.

»Hören Sie«, sagt er ernst. »Wenn Sie diesen Tisch aufreißen, kann ich für Ihre Sicherheit nicht garantieren. An Ihrer Stelle würde ich plötzliches Unwohlsein vortäuschen und schnell verschwinden.«

»Na also!« Die Tür fliegt auf, und Edwin erscheint,

gefolgt von einem Pulk 93-Jähriger. »Ich sehe, Sie sind schon bereit, Becky! Dann müssen wir nur noch auf Sir Peter warten.«

»Okay«, sage ich mit klopfendem Herzen. »Noch viel lieber hätte ich ein Tombolalos. Ist Leonard hier irgendwo?«

»Weiß nicht genau«, sagt Edward vage, als Sir Peter eben den Raum betritt. Er funkelt mich an, als wäre ich ein niederes Lebewesen, dann verkündet er in einem Tonfall, als würde ihm jedes einzelne Wort Übelkeit bereiten:

»Willkommen bei der heutigen Aufnahmezeremonie. Ich freue mich, unser neuestes Mitglied – Mrs Rebecca Brandon, geborene Bloomwood – begrüßen zu dürfen. Mrs Brandon: Ihr Tisch.« Er tritt einen Schritt zurück und deutet auf den Filz. Edwin juchzt begeistert.

Ich fühle mich schwach. Der Queue ist ganz rutschig in meiner Hand. Immer mehr 93-Jährige drängen in den Raum, um zuzusehen. Edwin hat sein Handy gezückt und scheint mich zu filmen. Sollte ich einfach weglaufen?

Da entdecke ich eine weinrote Smokingjacke in der Menge, was meine Entschlossenheit wieder aufflammen lässt. Komm schon. Der Preis ist nach wie vor in Reichweite. Ich *darf* nicht aufgeben. Ich muss nur irgendwie diesen Moment hinter mich bringen …

Und da kommt mir eine Idee.

»Guten Abend«, sage ich und wende mich der Versammlung alter Männer zu. »Und vielen Dank, dass viele von Ihnen mich so freundlich aufgenommen haben. Ich möchte gern ein paar Worte sagen.«

Ich warte, bis es still wird, dann hole ich tief Luft.

»Heute Abend habe ich eine lange Tradition beendet«, verkünde ich. »Ich möchte mich bei Ihnen als Club für Ihre Flexibilität, Ihre Bereitschaft für eine Veränderung und Ihre Unterstützung bedanken. Jetzt haben wir uns hier für meinen Kunststoß versammelt.«

Lässig lehne ich mich an den Tisch, stütze mich besitzergreifend mit der Hand auf dem grünen Tuch ab, als wäre ich eine Weltklasse-Billardspielerin.

»Das jedoch ist eine weitere Tradition, die ich gern ändern würde. Ich möchte meine Mitgliedschaft nicht feiern, indem ich ›Kugeln in Löcher stoße‹ oder ›mir mein Feld erkämpfe‹, da es mir – offen gesagt doch etwas sexistisch erscheint – in der heutigen Zeit.«

»*Wie bitte?*«, stammelt Sir Peter empört.

»Sie redet schon wieder über Sex«, sagt Sir Denis zu seinem Nachbarn. »Die Kleine gefällt mir.«

»Stattdessen würde ich gern einen Treueschwur leisten«, fahre ich eilig fort. Ich halte meinen Queue hoch und betrachte ihn ein paar Sekunden lang bedeutsam. »Auf diesen Queue schwöre ich, o du mein Billardclub«, sage ich mit ernsthafter Stimme. »Im Lichte des frühen Morgens. Oder … späten Abends. Lange lebe Billard!«, ende ich eilig und verneige mich vor der Menge.

Es folgt sprachloses Schweigen, dann macht sich Gemurmel breit, durch das hindurch ich Edwin rufen höre: »Lang lebe Billard! Gut gemacht, meine Liebe!«

»Lächerlich!«, ruft Sir Peter seinen Freunden wütend zu. »Absolut *lächerlich.*«

Ich ignoriere ihn und eile zu der weinroten Smokingjacke hinüber, die von einem Mann mit puterrotem Gesicht getragen wird. (Er hätte wirklich ein andersfarbiges Jackett wählen sollen.)

»Hallo!«, begrüße ich ihn. »Sind Sie Leonard? Könnte ich bitte fünf Lose für die Tombola kaufen?«

Endlich! Endlich! Schon nehme ich das Geld aus meiner Börse, als Leonard den Kopf schüttelt.

»Es tut mir leid, meine Liebe, aber die Tombola ist geschlossen«, sagt er ganz ruhig.

»Geschlossen?« Ich erstarre mit meinem Geld in der Hand.

»Ich werde gleich draußen in der Halle die Zahlen ziehen«, erklärt er. »In zwei Minuten beginnen wir mit der Tombola!«, ruft er laut, und die Mitglieder machen sich auf den Weg zur Tür hinaus.

Einen Moment lang stehe ich fassungslos da – doch dann rüttle ich mich wach. Das macht nichts. Ich kann es immer noch schaffen. Ich warte einfach ab, wer gewinnt, und überrede ihn, mir den Portmanteau zu verkaufen. Als ich den Queue wieder zurückstellen will, sehe ich, dass Simon mich angrinst.

»Hübsche Rede«, sagt er. »Sie haben heute richtig Eindruck hinterlassen. Wozu die Eile?«, fügt er hinzu, als ich den Queue wegstelle.

»Ich muss los und mir die Tombola ansehen«, sage ich abwesend. »Ich muss diesen Portmanteau demjenigen abkaufen, der ihn gewinnt.«

»Sie lassen auch nicht locker, was?«, fragt er kopfschüttelnd.

»Natürlich nicht! Deshalb bin ich doch *hier*! Das ist doch der ganze *Sinn* der Sache.«

Ein seltsamer Ausdruck streicht über Simons Gesicht, und er betrachtet mich einen Moment lang.

»Manchen Frauen ist eben kein Weg zu weit, um ihrem Mann ein Weihnachtsgeschenk zu kaufen«, sagt er. »Erinnern Sie sich, dass Sie das gesagt haben? Es ist mir irgendwie in Erinnerung geblieben.«

»Ja.« Trotzig hebe ich mein Kinn, wobei ich mich frage, worauf er eigentlich hinauswill. »Und das stimmt auch.«

»Ich würde sagen, es war ein bemerkenswerter Umweg.« Mit einem Mal sieht er mich so freundlich an. »Absolut bemerkenswert. Ich hoffe, Ihr Mann weiß das zu schätzen.«

»Na ja.« Ich zucke etwas verlegen mit den Schultern. »Sie wissen schon. Ich gebe nicht gern auf.«

»Ein feiner Zug von Ihnen.« Mit einer Verbeugung zieht er einen ganzen Fächer von Losen aus seiner Tasche und hält sie mir hin. »Die habe ich vorhin gekauft. Sie gehören Ihnen, alle zehn. Ich hoffe, Sie gewinnen.«

»O mein Gott!«, stöhne ich. »Vielen, vielen Dank!« Ich renne hinaus auf den Treppenabsatz und die breite, mit Teppich bezogene Treppe hinab, die voller Mitglieder steht, die sich alle hier versammelt haben, um bei der Ziehung zuzusehen.

Unten in der Halle hält Leonard eine große Silberschale hoch. Sidney steht neben ihm in seiner Weste und der gestreiften Hose, bereit, die Lose zu ziehen.

»Und für den Portmanteau, den Hauptpreis der diesjährigen Tombola …«, verkündet Leonard. »Sidney, bitten seien Sie so gut.«

Sidney greift mit einer Hand in die Silberschale, wühlt herum und holt ein zusammengefaltetes Los heraus.

»Nummer 306«, liest er laut. »Erworben von … Simon Millet.«

Einen Moment lang kann ich nicht recht verarbeiten, was ich da höre. Simon Millett? Der nervige Mister Blautuch?

»Das bin ich!«, quieke ich. »Ich! Ich! Ich hab gewonnen!«

Euphorisch schiebe ich mich die Treppe hinunter, zwänge mich zwischen all den kratzigen Jacken und Gehstöcken hindurch. Ich habe gewonnen! Ich kann Luke den Portmanteau zu Weihnachten schenken!

»Hi!«, sage ich, als ich atemlos unten in der Eingangshalle ankomme und meine Lose schwenke. »Das bin *ich*! Das ist *mein* Los! Ich freue mich ja so! *Vielen*, vielen Dank …«

»Augenblick mal!«

Die überlaute Stimme von Sir Peter Leggett-Davey unterbricht mich, und er tritt auf den gemusterten Fliesen vor mit einem Ausdruck äußerster Feindseligkeit im Gesicht.

»Mrs Brandon, mir ist nicht ganz klar, wie Sie die Gewinnerin sein können«, sagt er in scharfem Ton. »Der Name auf dem Los ist Simon Millet.«

»Ja, aber er hat mir sein Los geschenkt«, erkläre ich eifrig.

»Das stimmt. Ich habe es ihr geschenkt«, höre ich Simons Stimme von der Treppe her, und ich winke ihm dankbar zu. Sir Peters Miene ändert sich jedoch kein bisschen.

»Leonard«, sagt er kühl. »Haben Sie dieses Tombolalos an Simon Millet verkauft? Er ist kein Mitglied und kann von daher nicht teilnehmen.« Während er spricht, zerreißt Sir Peter das Los in kleine Fetzen. »Bitte geben Sie Mr Millet sein Geld zurück. Seine Lose sind sämtlich null und nichtig.«

»Was?«, ruft Simon von der Treppe her. »Das ist doch Quatsch! Ich bin als Stellvertreter hier …«

»Es gibt keine Stellvertreterlose«, schneidet Sir Peter ihm ungerührt das Wort ab. »Sydney, ziehen Sie neu!«

Nein. *Nein.* Das kann er doch nicht machen.

»Aber ich habe den Preis gewonnen!«, sage ich verzweifelt. »Das ist nicht fair! Ich bin Mitglied. Ich habe gewonnen!«

»Schämt euch!«, höre ich Edwin loyalerweise rufen, aber allen anderen scheint es egal zu sein.

»Ziehen Sie neu!«, wiederholt Sir Peter an Sidney gewandt.

»Mit Vergnügen, Sir Peter«, sagt Sidney, wobei er mir einen unnötig triumphierenden Blick zuwirft. Er zieht ein weiteres Los, entfaltet es und liest mit lauter, kehliger Stimme: »Nummer 278. Sir Peter Leggett-Davy.«

»Ach!«, sagt Sir Peter. »Wie ausgesprochen erfreulich.«

Sir Peter hat gewonnen?

Verzweifelt starre ich in sein Gesicht. Das war es dann. Es ist alles aus. Er wird mir den Portmanteau nie im Leben verkaufen. Nach all der Mühe habe ich doch verloren.

Als Sidney das nächste Los zieht, wende ich mich ab und sinke ein wenig in mich zusammen. Was Simon vorhin gesagt hat, stimmt. Es fühlt sich tatsächlich so an, als hätte ich für Lukes Geschenk einen meilenweiten Umweg auf mich genommen. Aber wozu? Ich war *so* nah dran … und bin gescheitert.

Suchverlauf

Portmanteau zu verkaufen
Portmanteau eBay
Bestes Weihnachtsgeschenk für Ehemann
Bestes Weihnachtsgeschenk für Ehemann nicht
Aftershave
Bestes Weihnachtsgeschenk für Ehemann nicht
Strümpfe
Lama Baumschmuck jetzt erhältlich
Lama Baumschmuck auf Lager
Lama Baumschmuck eBay
Sprygge
Sprygge ist das neue hygge
Eisbäder
Eisbäder ungesund Forschungsergebnisse
Wie man Weihnachten feiert, wenn Gäste nicht reden
Löst sich Kuchen in Buttercreme auf

SIEBZEHN

Es ist eine Woche später, und die Lage ist … Wie ist sie? Gut und schlecht, nehme ich an. Sagen wir … durchwachsen.

Zuerst einmal das Gute. Ich will es nicht verschreien … auf Holz geklopft … aber meine Vorbereitungen laufen tatsächlich nach Plan. Endlich habe ich das Gefühl, Weihnachten im Griff zu haben. Ich habe Minnies Kostüm fertig. Ich habe das Haus geschmückt, und meine Girlanden bleiben dort, wo sie sind. Ich habe alle Geschenke eingepackt, auch den Picknickkorb. Der vegane Truthahn kommt morgen und der richtige Truthahn am Tag darauf. Ich habe überall Duftkerzen verteilt. Ich habe eine Playlist von Weihnachtsliedern, die den ganzen Tag läuft. Ich habe Weihnachtskarten an Bändseln aufgehängt (die meisten sind von Leuten wie Immobilienmaklern, aber egal), und ich habe Zweige hinter die Bilder geklemmt. Das »Weihnachtsgebüsch« steht eingeklemmt im Erkerfenster vom Esszimmer, wo es einfach fantastisch aussieht (allerdings muss ich unbedingt aufhören, die Schokoladensterne zu essen, sonst sind am Ende keine mehr da).

Und letzte Woche haben wir den richtigen Tannenbaum geschmückt, der einfach toll aussieht und durch den das ganze Haus wie ein Wald riecht. Er funkelt vor lauter Lichtern und Glitzerkugeln und ist einfach perfekt. Wen interessiert es da noch, dass wir keinen blöden Lama Baumschmuck haben? Mich jedenfalls nicht!

(Okay. Vielleicht checke ich einmal in der Stunde, ob das Lama online zu haben ist. Ist es aber nicht. Also ist es mir auch völlig egal.)

Das ist also schon mal gut. Und jetzt kommt das nicht so Gute: Ich habe immer noch kein Geschenk für Luke. Inzwischen lässt mich der bloße Gedanke daran verzweifeln. Meine schreckliche Niederlage habe ich immer noch nicht verwunden, und irgendwie kann ich mir jetzt gar nicht mehr vorstellen, ihm irgendwas anderes zu schenken als einen Portmanteau vom *London Billiards and Parlour Music Club*.

Ich weiß, ich bin albern. Es ist nur ein Weihnachtsgeschenk. Wenn ich ihm einen dunkelblauen Pulli schenken würde, als Ergänzung für seine Sammlung dunkelblauer Pullis, wäre er sicher begeistert. Ich sollte ihm einfach einen kaufen und den hübsch verpacken, und dann wäre ich damit durch. Aber ich kann mir nicht helfen – ich bin immer noch auf der Suche nach etwas Atemberaubendem, etwas Spektakulärem. Obwohl ich keine Ahnung habe, was das sein könnte.

Das ist also nicht so gut. Und jetzt kommt das richtig Schlechte. Meine Freunde und Familie sind sich nach wie vor spinnefeind. In unserer WhatsApp-Gruppe passiert überhaupt nichts mehr. Wenn die Stimmung eben noch vergiftet war, so ist sie jetzt mausetot. Die letzte Nachricht kam von Janice, die meinte: »Ja, und ICH BIN NICHT DEINER MEINUNG«, als Antwort auf

Suzes Frage, ob sie ihre E-Mail gelesen habe. (Welche E-Mail?) Und seitdem *nada.*

Suze ist unterwegs bei einem vorweihnachtlichen Familientreffen in Norfolk, wo sie kein Netz hat, also konnte ich bisher noch nicht richtig mit ihr darüber reden. Sobald ich Mum darauf anspreche, sagt sie pikierte Sachen wie: »Na, vielleicht gehe ich sowieso nie mehr nach Oxshott zurück«, und »Vielleicht war meine ganze Freundschaft zu Janice gar nicht echt, Becky.« Und als ich Janice angerufen habe, um mit ihr zu plaudern, kam Flo ans Telefon. Flo! Ich war so erschüttert, dass ich Janice nur kurz fragen mochte, was für eine Bratensoße sie mag, um dann schnell aufzulegen. Ich kann mich nicht mal mehr erinnern, was sie gesagt hat. Soweit ich weiß, gibt es gar keine verschiedenen Sorten Bratensoße, oder?

(Oder? O Gott. Ich sollte wirklich kein Weihnachtsfest ausrichten.)

In meiner Verzweiflung habe ich mir einen Weihnachtsfilm nach dem anderen angesehen und bekomme zwischendurch richtiggehend Entzugserscheinungen. Diese Filme sind wie Valium – nicht dass ich wüsste, wie Valium wirkt, aber so stelle ich es mir vor. Mit ihnen ist mir ruhig und glücklich und hoffnungsvoll zumute, denn ausnahmslos in allen Filmen bringt der Geist der Weihnacht alle zusammen. Geschiedener Workaholic-Dad und vernachlässigtes Kind? Geist der Weihnacht. Griesgrämiger Kerl, der keine »Neulinge« und eingewanderten Nachbarn mag? Geist der Weihnacht. Fabrikbesitzer und all seine geknechteten Arbeiter? Geist der Weihnacht. (Und in dem Film haben sie auch alle ein Lied gesungen, während er ihnen als Weihnachtsmann verkleidet eine stattliche Lohnerhöhung geschenkt hat.)

Immer wenn mal wieder ein Abspann läuft, lehne ich mich zufrieden zurück und denke: »Alles wird gut – der Geist der Weihnacht wird es schon richten!« Doch dann werde ich mir wieder der Fakten bewusst, und mein Optimismus schmilzt dahin. Es ist ja alles schön und gut, wenn man in einem malerischen Örtchen in Neuengland lebt und man sich darauf verlassen kann, dass der Schnee genau im richtigen Moment fällt. Im alten England schneit es nie, und wenn, dann immer im beschissensten Moment, wenn man gerade auf der A3 unterwegs ist. Ebenso wenig sind wir alle auf einer Sternsingerparty oder bei einem Holzhackerwettbewerb verabredet, wie also sollen wir uns vertragen, einander in Weihnachtspullis in die Arme fallen und zugeben, dass wir alle fehlbar sind?

Blödes echtes Leben. Wieso ist es nicht wie ein Weihnachtsfilm?

Ich hatte gedacht, Minnies Krippenspiel könnte ein netter Treffpunkt sein ... aber meine Eltern können nicht kommen, weil Dad einen Arzttermin mit seinem Fuß hat. So viel zu meiner tollen Idee. Hmpf.

Ich sitze in der Küche, trinke meinen Frühstückskaffee, während Minnie singt *Hört der Engel Flieder klingen,* so laut sie kann. (Ich habe versucht, sie zu korrigieren, aber sie ist nicht davon abzubringen, dass es »Flieder« heißt. Meine Tochter ist ziemlich stur.) Heute Morgen um fünf ist sie aufgewacht, kam in unser Zimmer gerannt und schrie: »Krippenspiiieeel! Krippenspiiiiiel!«

»Bist du schon aufgeregt?« Ich drücke sie an mich. »Ich bin es jedenfalls! Ich kann es kaum erwarten!«

Voller Bewunderung betrachte ich immer wieder ihr Kostüm, das da auf dem Bügel hängt. Es hat mich fast um den Verstand gebracht, dieses Ding zu nähen, und ich will ja nicht angeben … aber es ist fantastisch. Die Seide fällt so hübsch, und die Pailletten schimmern so schön, und wenn Minnie nicht der schönste König wird, dann stimmt irgendwas nicht mit dieser Welt. (Okay, ich weiß, es gibt eigentlich keinen »schönen« König. Nur in meinem Kopf.)

»Okay«, sagt Luke, als er hereinkommt. »Das Haus sieht fantastisch aus, der Baum steht, wir sind bereit.«

»Nur dass keiner mehr mit dem anderen redet«, erkläre ich.

»Ach, das wird schon wieder«, sagt Luke leichthin, und ich bin doch etwas verärgert. Er achtet nie auf WhatsApp, woher will er das also wissen?

»Und wenn nicht?«, halte ich dagegen.

»Wird schon.«

»Aber wenn *nicht*? Gott, ich wünschte, das Leben wäre wie ein Weihnachtsfilm. Du nicht auch?«, füge ich mit schwerem Seufzer hinzu.

»Hm«, macht Luke skeptisch. »In welcher Hinsicht?«

»In jeder Hinsicht!«, sage ich erstaunt.

Gibt es denn eine Hinsicht, in der man nicht wollen kann, dass das Leben wie ein Weihnachtsfilm ist?

»In jeder Hinsicht?« Luke bellt vor Lachen. »Auch

in der zuckersüßen, künstlichen und absolut unrealistischen Hinsicht?«

Ich funkle ihn an. Er guckt einfach zu wenig Weihnachtsfilme, das ist sein Problem. Wenn wir in einem Film wären, würde er sich nicht über mich lustig machen. Er würde sagen: »O Liebling, lass mich dir noch ein wenig heißen Apfelwein einschenken.«

»Okay.« Luke gibt nach. »Was würde in einem Weihnachtsfilm passieren?«

»Alle würden zu einer hübschen, festlichen Feier zusammenkommen, und alle würden Weihnachtspullis tragen, sie würden einander umarmen und plötzlich merken, dass der Geist der Weihnacht wichtiger ist als …« Ich stutze inspiriert. »Moment! Das ist es! Luke, wir brauchen eine festliche Feier!«

»Uns steht doch eine festliche Feier bevor«, sagt er baff. »Man nennt sie ›Weihnachten‹.«

»Eine vorweihnachtliche Feier! Bei der alle zusammenkommen und Weihnachtspullis tragen und den Geist der Weihnacht spüren und sich wieder vertragen. Genau so was werde ich organisieren«, füge ich entschlossen hinzu. »Und Flo werden wir *nicht* einladen.«

Ich sehe, dass Luke den Mund aufmacht, um etwas einzuwenden, aber ich ignoriere ihn, denn was er auch zu sagen haben mag, ich habe recht. Das ist die Lösung.

Keine Sternsingerparty, weil keiner von uns singen kann. Kein Holzfällen, weil … echt jetzt? Keine Schlittenfahrt, weil wir nicht in Vermont sind.

Und dann, als ich gerade Minnie zur Schule bringe, fällt es mir ein. Wir basteln Lebkuchenhäuser! Das macht Spaß, und es ist egal, ob sie was taugen oder nicht, denn man kann die Lebkuchen auch einfach nur essen.

»Minnie«, sage ich, »wollen wir eine Lebkuchenhaus-Bastelparty feiern?«

»Ja!«, ruft Minnie begeistert, und ich strahle sie an. Endlich habe ich das Gefühl, als hätte ich die Fäden wieder in der Hand. Ich habe einen Plan.

Als wir beim Klassenzimmer ankommen, ist da ein lebhafter Pulk von Eltern mit Kostümen in der Hand und Kindern, die Mrs Luca zurufen: »Guck mal meins! Guck mal meins!«

»Ja!«, sagt sie und lächelt in die Runde. »Wundervoll! O Zack, deine Eselsmaske!«

Ha. Mitternachtsblaue Seide und Pailletten sind einer Eselsmaske immer überlegen. Zum ersten Mal fühle ich mich, als wäre ich die Mutter mit dem allerbesten Bastelprojekt. Ich bin die Mutter, die sich extragroße Mühe gegeben hat. Ich sehe Wilfies und Clemmies Mäntel an den Haken, was bedeutet, dass Suze schon da war und wieder weg ist – was ich schade finde, weil ich mich darauf gefreut habe, ein bisschen mit meiner Arbeit anzugeben. Aber sie wird das Kostüm ja auf der Bühne sehen. Eigentlich ist es sogar besser, wenn sie es bei der Aufführung zum ersten Mal sieht. Ich kann es kaum erwarten.

Inmitten meiner Träumereien sehe ich plötzlich Steph draußen auf dem Gehweg näher kommen, und mir wird ganz flau vor Entsetzen. Sie sieht furchtbar aus. Ihre Haut ist grau, ihre Haare sind fettig, ihr Blick geht ins Leere. Immer wieder zupft Harvey an ihrem Arm und versucht, sie auf sich aufmerksam zu machen, aber offensichtlich kann sie ihn nicht hören. Sie ist total in Gedanken. In schlechten Gedanken.

Ich muss mit ihr sprechen – aber nicht hier vor allen anderen. Eilig laufe ich mit Minnie wieder hinaus auf den Spielplatz, um Steph entgegenzugehen, die gerade durchs Tor hereinkommt.

»Steph!«, begrüße ich sie. »Ich habe dich schon eine Weile nicht gesehen. Alles okay?«

Steph sieht mich erschrocken an, als hätte ich sie aus einem Albtraum geweckt.

»Oh, hi, Becky«, sagt sie mit trockener, kratziger Stimme. »Hi. Tut mir leid, dass ich mich hier so rargemacht habe. Bin immer nur schnell rein und wieder raus.«

»Du musst dich nicht entschuldigen!«, sage ich. »Ich wollte nur mal nachfragen, wie es bei dir so läuft.«

»Ach.« Ihre Stimme ist kaum mehr als ein Wispern, und sie holt tief und bebend Luft, als müsste sie ihre Tränen unterdrücken. »Na ja. Nicht so toll.«

»Okay. Gibt es … Bist du …« Ich zögere unsicher, möchte für sie da sein, sie aber nicht bedrängen. »Ist es …«

»Er war bei einem Anwalt«, sagt sie so leise, dass sie kaum zu hören ist. »Er will die Scheidung.«

»Schon?«, frage ich schockiert.

»Ich bin den halben Tag am Telefon mit meinem Anwalt. Es ist der helle Wahnsinn. Ich habe einfach keine Zeit, mich scheiden zu lassen. Auch jetzt bin ich spät dran für ein Meeting, aber gerade eben hat der Anwalt schon wieder angerufen. Und dann *Weihnachten*«, fügt sie verzweifelt hinzu. »Woher nehmen die Leute bloß die *Zeit* dafür?« Sie gibt ein sonderbares Lachen von sich, dann schweigt sie abrupt, als Evas Mum vorbeikommt, mit einem riesigen flauschigen Schafskostüm im Arm.

»Guck mal, mein Kostüm!«, ruft Eva. »Hat meine Mama gemacht!«

Steph erstarrt und wird aschfahl. Wild blickt sie um sich, nimmt jetzt erst all die aufgeregten Kinder wahr, die mit ihren Kostümen eintreffen.

»Kostüm«, sagt sie und schluckt. »Kostüm. Ich habe gar nicht … O Gott. Das Schnittmuster. Ich habe es … Ich weiß gar nicht, wo ich es hingetan habe … Das ist heute, oder?«

Widerstrebend nicke ich, und ich sehe, wie Panik von ihr Besitz ergreift.

»Wo ist mein Kostüm?«, fragt Harvey und blickt dermaßen gutgläubig zu ihr auf, dass sich mein Herz zusammenkrampft.

»O Harvey. O Schätzchen. Keine Sorge!« Steph sieht aus, als müsste sie sich gleich übergeben. »Ich gehe zum … Ich hol dir …« Sie sieht auf ihre Uhr. »O Gott, aber ich bin jetzt schon zu spät dran …« Sie wankt auf ihren hohen Absätzen, und ich bin doch leicht beunruhigt.

»Ich habe einen Ersatz«, höre ich mich eilig sagen. »Nimm das hier.«

»Einen *Ersatz*?« Steph starrt mich an.

»Ja!«, sage ich so überzeugend wie möglich und

halte meine Tüte hoch. »Das hier hat Minnie am Ende nicht gepasst, also habe ich es mit in die Schule gebracht, um zu sehen, ob jemand anders es brauchen kann … Ist das nicht genial? Da steht immer noch Minnies Name drauf, aber das kannst du ja ändern. Harvey, *hier* ist dein Kostüm!«, sage ich fröhlich.

»Becky, bist du sicher?«

Der Ausdruck von Dankbarkeit auf Stephs Gesicht ist kaum zu ertragen, weil sie dabei gleichzeitig so erschöpft und niedergeschlagen aussieht. Ich wünschte, ich könnte auch alles andere für sie klären.

Aber jedenfalls ist das schon mal was.

»Natürlich! Und lass dich nicht von mir aufhalten«, füge ich hinzu, »wenn du es eilig hast.«

»Danke.« Steph legt ihre Hand auf meinen Arm und drückt ihn fest. »Ich danke dir *sehr*, Becky.« Dann hastet sie zum Klassenzimmer mit Harvey an der einen Hand und der Tüte in der anderen.

»Das ist mein Kostüm«, sagt Minnie, die aufmerksam zugesehen hat. »*Mein* Kostüm.« Sie wird immer lauter. »Mein Kostüüüüüüühühüm!«

O Gott. Es ist schon eine Weile her, dass Minnie mal ausgeflippt ist. Ich hatte schon ganz vergessen, wie schneidend ihre Stimme werden kann.

»Gib es wiiiieeder!«, schreit sie. »Das ist mein Kostühühüüüm!«

»Minnie, es hätte dein Kostüm sein sollen«, sage ich eilig und gehe vor ihr in die Knie, damit wir auf Augenhöhe sind. »Das *sollte* es sein. Aber wir haben es Harvey geschenkt. Darum geht es beim Weihnachtsfest – ums Schenken. Du verschenkst doch gerne Sachen, oder?

Na siehst du. Genau das haben wir … das haben wir gemacht!«

Als ich es ausspreche, wird mir zum ersten Mal bewusst, was ich getan habe. Ich habe so hart an diesem Kostüm gearbeitet. Es ausgeschnitten und genäht und umgenäht. Diese endlos vielen Pailletten mühsam aufgenäht. Es hat ewig gedauert. Und jetzt werde ich Minnie niemals darin auf der Bühne sehen. Noch immer lächle ich in ihr kleines Gesicht, merke aber doch, dass mir die Tränen kommen wollen.

Ich mache mich gerade und schüttle meine Haare zurück. Ist keine große Sache. Macht nichts.

»Süße, wir müssen nur schnell noch mal eben nach Hause«, sage ich. »Wir holen dein anderes Kostüm. Dein noch *besseres* Kostüm«, füge ich so überzeugend wie möglich hinzu.

Eilig laufe ich mit ihr durchs Schultor und zum Auto, zermartere mir das Hirn, woraus ich in fünf Minuten ein Königskostüm basteln könnte. Zu Hause renne ich sofort die Treppe rauf und fange an, meine sämtlichen Schubladen zu durchwühlen, auf der Suche nach irgendetwas, das glitzert oder Pailletten hat. Tuch? Schal? Könnte ich irgendwelchen Modeschmuck umfunktionieren?

Minnie beobachtet mich einen Moment lang schweigend, dann fängt auch sie an herumzuwühlen.

»Könige tragen Halztetten«, erklärt sie mir, als sie eine Strasskette aus meiner Schublade zieht. »Könige tragen zwei Halztetten.«

Als es an der Tür klingelt, fluche ich und renne wieder nach unten. Ich reiße die Haustür auf und sehe den Postboten, der über einen Stapel brauner Kartons hinwegspäht.

»Sie sind zu Hause!«, ruft er. »Gerade wollte ich die Pakete am üblichen Platz abstellen …«

»Danke!«, sage ich atemlos, nehme die Pakete entgegen und werfe die Tür mit der Hüfte zu. Ich packe später aus. Das hat jetzt wohl kaum Priorität.

Oder vielleicht werfe ich doch mal eben einen kurzen Blick hinein. Nur um zu sehen, was es ist.

Ich reiße den ersten Karton auf und finde Leibchen für Minnie. Im nächsten Karton ist Druckerpapier. Laaaangweilig. Im letzten ist ein großer wattierter Umschlag, der etwas Weiches enthält, in Seidenpapier gewickelt …

O mein Gott. Das sind meine Denny & George-Tücher. Endlich!

Ungeduldig reiße ich sie aus dem Papier. Eins ist aus türkisfarbener Seide, eins aus rosa Tüll und noch eins aus weinrotem Samt. Es ist schwer – fast wie eine Stola –, und plötzlich wird mir bewusst, dass es perfekt ist.

Eilig haste ich die Treppe hinauf mit den Tüchern in der Hand und rufe: »Minnie! Schätzchen! Du wirst das schickste Kostüm von allen haben!«

Ich finde ein rotes Baumwollkleid, das Minnie im letzten Sommer getragen hat, dann umwickle ich es mit dem Samtschal, befestige diesen mit Broschen und Sicherheitsnadeln und werde beim Anblick des weltberühmten Labels von Denny & George wie immer kurz sentimental.

»Weißt du eigentlich, dass du gar nicht auf der Welt

wärst, wenn es Denny & George nicht gäbe?«, erkläre ich Minnie. »Denny & George haben Mama und Papa nämlich erst zusammengebracht.«

Und während ich ihr Kostüm zurechtzupfe und -stecke, erzähle ich ihr die ganze Geschichte, wie Luke mir das Geld geliehen hat, ein Tuch von Denny & George zu kaufen. Ich bin mir ziemlich sicher, dass sie kein Wort versteht von dem, was ich da rede – auf mich wirkt es trotzdem beruhigend.

»Okay«, sage ich schließlich, gehe in die Hocke und betrachte mein Werk. »Sehr schön. Die Krone nehmen wir aus der Verkleidekiste – jetzt brauchst du nur noch eine Goldschatulle.«

Kurz muss ich an die Pappschachtel denken, die ich zwei Abende lang bemalt und geschmückt habe. Aber die braucht Harvey. Wir müssen improvisieren.

»Da haben wir's«, sage ich, als ich in die unterste Schublade abtauche und eine goldene Pappbox für Gucci-Parfüm hervorhole. »Hier ist eine *fabelhafte* Schatulle. Das könnte dein Gold sein, Süße. Da steht Gucci, und das fängt mit einem ›G‹ an, genau wie Gold.« Ich deute auf das geprägte »G«. »Siehst du? ›G‹ für Gold … und ›G‹ für Gucci.«

»Gucci«, wiederholt Minnie und wirkt etwas verwirrt.

»Gucci.« Ich spreche es ganz deutlich aus. »Gu-cci. Gucci ist sehr besonders und teuer, genau wie Gold. Die machen tolle Schuhe und Gürtel und Taschen natürlich auch. Mama hat irgendwo eine zauberhafte Gucci-Tasche …« Ich stutze mitten im Schwall. Das tut jetzt nichts zur Sache. »Jedenfalls wirst du aussehen wie ein großartiger König, Mäuschen.« Ich gebe ihr einen Kuss auf die Stirn. »Du wirst der König mit dem Denny-&-George-Tuch sein.«

Endlich habe ich das Kostüm mit einem Namen versehen, es in eine Tüte gepackt, Minnie in der Schule abgegeben und bin zur Arbeit gefahren. Ich bin fix und fertig, und dabei hat der Tag kaum angefangen. Das Problem mit Weihnachten ist, dass es kein Ende nimmt. Ich brauche immer noch ein Geschenk für Luke und muss diese Lebkuchen-Bastelparty organisieren und meine Gäste miteinander versöhnen und in mein Alexander-McQueen-Kleid passen und tausend andere Dinge tun. Ehrlich gesagt würde ich am liebsten wieder ins Bett gehen.

Suze hingegen begrüßt mich mit entspanntem Lächeln an der Tür.

»Rate, was passiert ist!«, sagt sie.

»Keine Ahnung«, sage ich. »Wie war es in Norfolk?«

»Ach gut.« Sie winkt ab. »Du weißt schon. Immer derselbe Familienirrsinn. Ich habe das Rückwärts-Rafting-Rennen gewonnen«, fügt sie nach kurzer Überlegung hinzu.

Das Rückwärts-Rafting-Rennen? Schon will ich sie fragen, was das ist, aber ich kann es mir denken. Vor meinem inneren Auge sehe ich eine exzentrische englische Familie auf Flößen, und alle schreien herum und tragen komische Klamotten und lachen sich krumm und schief über Witze, die kein Mensch versteht, während sie alle ins eiskalte Wasser fallen.

»Rate, was passiert ist!«, sagt sie noch mal. »Unsere

Einnahmen sind gut! Also, *sehr* gut. Es ist unser bestes Jahr bisher! Das liegt am *sprygge*-Effekt«, fügt sie zuversichtlich hinzu.

»Tatsächlich?«, frage ich etwas abwesend. »Woher weißt du das?«

»Man sieht es an den Zahlen! *Sprygge* ist unsere beste Abteilung! Du bist so clever, Becky! Dir so was auszudenken!«

»Na ja, du bist diejenige, die das alles gebastelt hat«, erkläre ich.

»Aber du hast mich inspiriert«, sagt Suze großzügigerweise. »Und wir alle haben die Sachen verkauft. Also dachte ich, es sollten auch alle einen Bonus erhalten. Und ein Geschenk. Ich habe den *Hotel du Chocolat*-Katalog. Komm, trinken wir einen Kaffee und suchen uns ein paar hübsche Sachen aus. Ist bei dir alles okay?«, fügt sie hinzu und mustert mich etwas eindringlicher. »Du wirkst leicht … gestresst.«

»Ach, alles gut«, sage ich und gebe mir Mühe, so zu klingen, als wäre ich bester Dinge. »Abgesehen von … du weißt schon.«

»Was denn?«, fragt sie, als hätte sie keine Ahnung.

»*Weihnachten* natürlich!« Ich kann nicht anders, als etwas ärgerlich zu klingen. Da raufe ich mir die Haare wegen ihres Streits mit Janice, und sie fährt auf einem Floß herum, kauft Schokolade und tut, als wenn nichts wäre.

»Weihnachten wird doch gut, oder?«, fragt Suze überrascht, als wir in unserem winzigen Personalraum sind.

»Nicht wenn keiner mit dem anderen spricht!«

»Ach Bex, du übertreibst mal wieder«, sagt Suze. »Das ist doch nur ein kleiner Knatsch. Zu Weihnachten gibt es immer Knatsch. Bei meinem Onkel Rufus stand es zwischen meinen Verwandten so schlecht, dass es sich im Sitzplan wiederfand.«

»Was fand sich im Sitzplan wieder?«

»Wer mit wem redete«, erklärt Suze. »Und wer nicht. Meine Cousine Maud weigerte sich, meine Cousine Fenella auch nur *anzusehen,* also musste ihr Stuhl in die andere Richtung blicken. Und mein Vater hatte gerade versucht, Onkel Rufus aus der Church of England exkommunizieren zu lassen, und deshalb bedrohte Onkel Rufus ihn mit dem Tranchiermesser. Und ich glaube, es war das Jahr, in dem Tarkie für einen Nachmittag enterbt wurde«, fügt sie mit nachdenklicher Miene hinzu. »Aber es war okay«, schließt sie beruhigt. »Eben der übliche Familienwahnsinn.«

»Das klingt überhaupt nicht okay«, sage ich entsetzt. »Es klingt schrecklich. Und ich möchte nicht, dass mein Weihnachtsfest so wird. Ich möchte, dass es *harmonisch* wird. Also bin ich dabei, ein vorweihnachtliches Friedensfest zu arrangieren.«

»Ein was?«

»Eine Lebkuchenhaus-Bastelparty. Alle müssen kommen und ihre Differenzen austragen, in Weihnachtspullis. Ich koche heiße Schokolade, wir machen den Kamin an und …«

»Bex, du spinnst«, unterbricht mich Suze. Verletzt starre ich sie an. Ich dachte, sie wäre begeistert von der Idee. »Du siehst jetzt schon total gestresst aus«, fährt sie entschlossen fort. »Du machst jetzt schon zu viel.

Warum um alles in der Welt solltest du *noch* was organisieren? Entspann dich. Es wird schon!«

»Und wenn *nicht?*«, fahre ich sie an – und ich weiß, ich klinge gereizt, aber es war bis jetzt schon kein so toller Tag, und jetzt macht mir Suze auch noch meine Weihnachtsfilmidee kaputt. Außerdem habe ich auf dem Weg hierher schon 20 Lebkuchenhaus-Bastelsets bestellt.

»Bex«, sagt Suze. »Hör mal.« Sie holt tief Luft, als wollte sie mir einen guten Rat geben ... doch bevor sie das tun kann, kommt Irene zur Tür herein.

»Ach Suze«, sagt sie etwas besorgt. »Da ist eine Kundin, die den Geschäftsführer sprechen möchte. Sie sagt, es geht um *sprygge*.«

»Oh. Okay«, sagt Suze leichthin. »Ich komme raus. Was will sie denn wissen?«

»Na, alles eigentlich«, sagt Irene.

»Hast du ihr gesagt: ›Angeblich kommt es aus dem Norwegischen?‹«

»Na, das ist es ja gerade«, sagt Irene und wirkt nur noch nervöser. »Sie ist die norwegische Botschafterin.«

Suze ähnelt einer verschreckten Katze. Sie springt von ihrem Stuhl und starrt Irene an, die Augen groß wie Untertassen.

»*Norwegisch?*«, faucht sie.

»Die norwegische Botschafterin.« Irene nickt unglücklich. »Und sie sagt, sie hat noch nie was von *sprygge* gehört, und sie möchte den Geschäftsführer sprechen.«

»Ogottogott.« Suze sieht aus, als müsste sie gleich in Ohnmacht fallen. »O Gott. Sie wird uns verklagen.«

Ihr Blick zuckt zum Fenster hin, als wollte sie rausklettern und flüchten – und ich greife nach ihrem Arm.

»Nein, wird sie nicht!«, sage ich selbstsicherer, als mir zumute ist. »Man wird nicht verklagt, nur weil man etwas als norwegisch bezeichnet. Komm schon. Gehen wir raus und … und sagen hallo.«

Als wir aus dem Pausenraum kommen, erkennen wir sie sofort – eine gut gekleidete blonde Frau in einem besonders coolen Parka. Suze sieht aus, als wollte sie jeden Moment die Beine in die Hand nehmen, also stoße ich sie an, und sie tritt zögerlich vor, streckt der Frau die Hand entgegen.

»Hallo«, sagt sie mit etwas quäkender Stimme. »Und willkommen im Letherby-Hall-Souvenir-Shop. Ich bin Susan Cleath-Stuart, Geschäftsführerin und Inhaberin von …« Sie schluckt. »Womit kann ich … also …«

»Mein Name ist Karina Gunderson«, sagt die Frau mit kühler, angenehmer Stimme. »Ich interessiere mich für Ihre Ausstellung.« Sie deutet auf den *Sprygge*-Tisch. »Ihre Verkäuferin sagt, es sei angeblich norwegisch?«

Offenbar ist Suze nicht in der Lage zu antworten. Sie macht den Mund auf und schließt ihn wieder, wirft mir panische Blicke zu.

»Hallo!« Ich komme ihr zu Hilfe und trete mit all meinem Selbstbewusstsein vor. »Ich möchte mich gern vorstellen. Ich bin Rebecca Brandon, geborene Bloomwood, die Mitarbeiterin, die das *Sprygge*-Konzept in diesen Shop gebracht hat. *Sprygge* ist für uns eine überbordende Form von Glücksgefühl und Wohlbefinden.

Es ist sonnig und freudvoll.« Ich breite die Arme aus. »Euphorisch und vollendet. Und doch komplex. Wenn auch gleichzeitig simpel.«

Ich lächle Karina an in der Hoffnung, dass wir das Thema *sprygge* damit ausgiebig geklärt haben, doch sie scheint mir ungerührt.

»Und dennoch nicht norwegisch«, sagt sie. »Wie Sie behaupten.«

»Ich denke nicht, dass wir das behauptet haben«, sage ich nach kurzer Überlegung. »Oder, Suze? Wir haben nur gesagt, dass *manche* Leute glauben, der Ausdruck könnte aus Norwegen stammen.«

»Welche Leute?«, fragt Karina Gunderson sofort.

»Ich denke nicht, dass wir präzisieren, welche Leute«, erkläre ich nach einer weiteren kurzen Pause. »Manche Leute eben.«

»Genau«, sagt Suze, als sie ihre Stimme wiederfindet. »Manche Leute.«

»Manche Leute«, bestätigt Irene eifrig.

»Was stimmt«, füge ich lässig hinzu. »Also.«

Es folgt Schweigen. Karina Gundersons undurchschaubare blaue Augen sind starr auf mich gerichtet, was mir ein wenig unangenehm ist.

»Obwohl manche Leute natürlich behaupten, dass es nicht stimmt«, sage ich, als mir plötzlich ein Ausweg einfällt. »Es gibt noch eine andere Lehrmeinung, die davon ausgeht, dass es, hm … finnisch sein könnte.«

»*Finnisch?*«, wiederholt Karina Gunderson ungläubig.

»Genau.« Ich weiche ihrem Blick aus. »Es ist eine

der großen unbeantworteten Fragen des Lebens. Welchem Quell entsprang *sprygge*?« Ich gestatte mir eine kleine dramatische Geste. »Recherchen haben ergeben, dass das eine so wahr oder unwahr ist wie das andere. Während jedoch der *Sprygge*-Streit in Festschriften und … an anderer Stelle tobt … möchten wir auf unsere bescheidene Weise nur Glück in die Welt bringen. Durch Kissen und andere Geschenkartikel.«

»Die Becher sind beliebt«, fügt Irene nervös hinzu. »Sehr beliebt, nicht wahr, Becky? Und die Wandschilder sind ausverkauft.«

»Bitte nehmen Sie sich doch einen Becher auf Kosten des Hauses«, sagt Suze hastig, greift nach einem Becher und hält ihn ihr hin. »Oder … auch nicht«, fügt sie hinzu, als Karina Gunderson keine Anstalten macht, diesen entgegenzunehmen. »Ganz wie Sie wollen.«

Sie sieht mich an, und es entsteht eine weitere lange, bedrückende Pause. Ich kann nicht recht sagen, ob Karina Gunderson lächeln oder die Polizei rufen wird.

»Allerdings …«, fahre ich vorsichtig fort, »… ist es doch ein komischer Zufall. Erst kürzlich haben wir überlegt, den Verkauf von *Sprygge*-Produkten auszusetzen, bis die Forschung zum Ursprung des Wortes auf die eine oder andere Weise abgeschlossen ist. Stimmt es nicht, Suze? Das könnte möglicherweise die richtige Entscheidung sein. Alles in allem betrachtet.«

»Ja«, sagt Karina Gunderson. »Könnte es.« Sie nimmt den Becher von Suze entgegen und betrachtet ihn fast schon lächelnd. »›Don't worry, be *sprygge*‹«, liest sie laut, doch ihr Ton verrät nichts. Sie sieht jede einzelne von uns lange an – dann wendet sich an Suze. »Auf Wiedersehen. Ihr Haus ist wirklich sehr hübsch.«

»Ach! Na, dann auf Wiedersehen!«, sagt Suze mit derart offensichtlicher Erleichterung, dass ich lachen möchte. Wir stehen da und sehen Karina Gunderson hinterher, als sie den Laden verlässt, dann sinkt Suze in meine Arme.

»O mein *Gott*«, sagt sie.

»Ich weiß.« Ich drücke sie an mich. »Keine Sorge, sie ist weg.«

»Bex, wir müssen damit aufhören«, sagt Suze mit Inbrunst. »*Sprygge* muss ein Ende haben. Jetzt gleich. Sonst kriegen wir noch richtig Ärger.«

»Ich sage es nicht gern«, räume ich traurig ein. »Aber ich bin deiner Meinung. Wie viel ist denn noch auf Lager?«

»Nicht viel«, sagt Irene. »Nur noch zehn Becher oder so, drei Kissen, ein paar Schlüsselringe …«

»Na, die behalten wir als Andenken«, sagt Suze entschlossen. »Nehmt euch, was ihr haben wollt. Aber verkauft nichts mehr davon. Lasst uns lieber gleich den ganzen Tisch wegräumen.«

Irene fängt an, die Schlüsselanhänger einzusammeln, während Suze und ich die Becher wegpacken.

»Aber es hat Spaß gemacht, nicht?«, sage ich wehmütig und fahre mit dem Finger an den Worten entlang. »Und jetzt wird *sprygge* niemals in die norwegische Sprache aufgenommen.«

»Ich weiß, Bex«, sagt Suze augenrollend. »Aber dafür landen wir auch nicht als Betrüger im Gefängnis.«

Ehrlich. Immer muss Suze so übertreiben. Wir wären doch niemals im *Gefängnis* gelandet. (Oder doch?) Andererseits hat sie für jede von uns eine richtig große Schachtel Hotel-du-Chocolat-Pralinen bestellt, zur Feier des kurzen Erfolges von *sprygge,* also hatte das Ganze auch was Positives.

Wir haben uns beide den Nachmittag für das Krippenspiel freigenommen, und ich will vorher noch kurz zu Hause vorbei. Es gab einen richtigen Temperatursturz, und als ich zur weißen Wolkendecke aufblicke, denke ich: Ob es wohl schneien wird?

Vielleicht ja! Warum denn nicht? Irgendwann muss es doch mal schneien. Und wenn es richtig schneit, ist es, als wären wir tatsächlich in einem Weihnachtsfilm. Wir könnten im Garten vor dem Haus einen Schneemann bauen, und alle würden sagen: »Wisst ihr noch Beckys Weihnachtsfest? Das war toll! Wir hatten sogar *Schnee*!«

Als ich die Haustür aufmache, bin ich so optimistisch wie lange nicht mehr. Vielleicht hat Suze recht, vielleicht sollte ich mich mal entspannen. Positiv in die Zukunft blicken. Gerade bin ich dabei, mir einen perfekten Weihnachtstisch vorzustellen, mit all meinen Freunden und Verwandten, die sich um einen gelungenen Truthahn versammelt haben und sagen: »Becky, das ist das tollste Weihnachten *aller* Zeiten!«, als ein Geräusch aus dem Wohnzimmer meine Aufmerksamkeit auf sich zieht. Eilig laufe ich dorthin und bleibe abrupt stehen. Meine Glücksgefühle verfliegen, und schwer atmend stehe ich da, von Weihnachtswut ergriffen.

Meine verfluchten Girlanden sind schon wieder runtergefallen. *Schon wieder.* Das Geräusch kam davon, dass die hübsche Girlande mit den Zweigen in den Kamin gefallen ist, wobei sie die goldene mitgerissen hat. Irgendwie ist sie schon wieder unter meinen Hanteln herausgerutscht. *Nur wie?*

Ich meine, was muss man tun, damit Girlanden hängen bleiben? Sie in Beton gießen? Mit Stahlträgern stützen?

Sollte ich mir mal wieder ein Haus kaufen, dann nur eins mit eingebauten Girlanden, nehme ich mir vor, während ich das Durcheinander von goldenen Zweiglein aus dem Kamin sammle. Es ist mir egal, ob das dann komisch aussieht. Das hier mache ich jedenfalls nicht jeden Dezember mit.

Ich werfe die Girlanden auf das Sofa, um mich später darum zu kümmern – dann versuche ich, meine ruhige, optimistische Stimmung wiederherzustellen. Ist schon okay. Ich werde eine Lösung finden. Eben bin ich dabei »Girlanden bleiben hängen Hilfsmittel unfehlbar« zu googeln, als mein Telefon klingelt und ich zusammenzucke.

»Hallo?«, sage ich und hoffe gegen jede Hoffnung, dass es eine Girlandenfirma ist, die irgendwie weiß, was ich gegoogelt habe, und eine Lösung parat hat.

»Oh, hallo«, höre ich eine Stimme in der Leitung. »Ist das Mrs Brandon? Hier ist *Ve-Gen Foods.* Ich rufe nur an, um Ihnen Bescheid zu geben, dass der vegane Truthahn, den Sie bestellt haben, leider nicht verfügbar ist. Möchten Sie stattdessen ein anderes Produkt bestellen, oder wäre Ihnen eine Rückerstattung lieber?«

Ich brauche einen Moment, um zu begreifen, was sie mir da Schreckliches erzählt. Sie sagt meinen veganen Truthahn ab? Das kann sie doch nicht machen!

»Aber ich brauche einen veganen Truthahn!«, sage ich. »Meine Schwester ist Veganerin, und ich habe ihr für Weihnachten einen veganen Truthahn versprochen.«

»Viele Kunden haben sich für den Pilz-Risotto entschieden«, erwidert die Frau höflich. »Der hat ähnliche Zutaten und ist genauso festlich.«

Ich starre mein Telefon an, und wieder kommt die Weihnachtswut in mir hoch. Was soll der Quatsch? Pilz-Risotto ist *nicht* genauso festlich.

»Warum ist der vegane Truthahn denn nicht mehr verfügbar?«, frage ich. »Denn ich brauche ihn wirklich, wirklich dringend.«

»Das kann ich leider nicht sagen«, erklärt die Frau. »Heißt das, Sie möchten eine Rückerstattung?«

»Haben Sie denn nicht vielleicht noch *einen* veganen Truthahn?«, frage ich, denn so leicht gebe ich nicht auf. »Nur *einen* einzigen, den keiner mehr braucht?«

»Nein«, sagt die Frau nur. »Dann werde ich Ihnen den Betrag auf Ihre Karte zurücküberweisen. Entschuldigen Sie die Unannehmlichkeit. Fröhliche Weihnachten.«

»*Fröhlich?*«, erwidere ich in der Hoffnung, dass sie meinen Sarkasmus mitbekommt, doch sie hat schon aufgelegt.

Ich schnaufe schwer, aber es hat ja keinen Sinn, bitter, rachsüchtig oder mürrisch zu sein, auch wenn ich es bin. Eben mache ich mich daran, die nächste

Google-Suche zu starten: »veganer Truthahn Last Minute verfügbar kein Mangel Lieferung nächster Tag«, als es an der Tür klingelt und ich aus dem Fenster spähe. Draußen steht ein Lieferwagen. Na, wenigstens etwas kommt pünktlich.

»Hallo!«, sage ich, als ich die Haustür einem freundlichen Mann im weißen Overall öffne.

»Guten Tag!«, gibt er freundlich zurück. »Ich bringe Ihren Fisch.«

Ich starre ihn nur an. Fisch?

»Räucherlachs«, erklärt er mit Blick auf sein Klemmbrett. »Für Rebecca Brandon.«

Natürlich. Der Räucherlachs vom Weihnachtsmarkt. Den hatte ich schon ganz vergessen.

»Wunderbar!«, sage ich lächelnd. »Perfekt! Pünktlich zum Weihnachtsfest.«

»Ganz genau! Wo soll er hin?«, fügt er hinzu, und ich starre ihn leicht verwundert an. Wo soll er *hin*?

»Wie meinen Sie das?« Ich halte ihm meine Hände hin. »Können Sie ihn mir nicht einfach … geben?«

Der Mann wirft mir einen amüsierten Blick zu. »Fünfzehn Lachsseiten? Wohl kaum.«

»*Fünfzehn Seiten?*«, wiederhole ich ratlos.

»Dreißig Pfund.« Er nickt. »Ich gehe mal eben meine Karre holen«, fügt er über seine Schulter hinweg hinzu, als er sich wieder auf den Weg zum Lieferwagen macht. »Zeigen Sie mir, wo die Tiefkühltruhe steht. Ich packe sie Ihnen voll.«

Ich kriege kein Wort heraus. Dreißig Pfund? Als Gewicht? Was redet er da? Das muss ein Missverständnis sein.

Panisch rufe ich die Kreditkartenabrechnung in meinem Telefon auf und gehe die Einträge durch, wobei ich aufpasse, nicht allzu genau hinzusehen (£ 49.99 bei Marks & Spencer? Das kann ich gar nicht gewesen sein, das war bestimmt Luke), bis ich ihn plötzlich finde. Whitson Fish. £ 460.

Mir wird ein bisschen kalt. *Janice hat 460 Pfund für Räucherlachs ausgegeben?*

Verzweifelt versuche ich, mich daran zu erinnern, dass sie mir all diese wahllosen Fragen gestellt hat, als ich hinter dem silbernen Lama her war. Vielleicht hat sie tatsächlich irgendwas von »dreißig Pfund« gesagt. Aber ich dachte, sie meinte *Geld*. Dreißig Pfund in *Scheinen*! Nie im Leben hätte ich gedacht, dass sie fünfzehn Kilo meint. Wer kann denn fünfzehn Kilo Fisch essen?

Und – o Gott – da kommt er schon, schiebt die Karre den Weg herauf, die Styropor-Boxen hoch gestapelt.

»Guter Qualitätsfisch«, sagt der Mann zufrieden, als er bei mir ankommt. »Das ist beste Ware.« Er klopft auf den obersten Behälter, auf dem KALT GERÄUCHERTER LACHS – GEFROREN steht.

»Okay.« Nervös lecke mir über die Lippen. »Ehrlich gesagt liegt da ein winzig kleines Missverständnis vor. Ich wollte eigentlich nicht so viel bestellen. Könnten Sie alles wieder mitnehmen?«

Augenblicklich mustert mich der Mann mit skeptischem Blick, und er schüttelt den Kopf.

»O nein, nein, nein. Wir übernehmen keine Rücksendungen. Das müssen Sie mit der Firma klären. Das ist Ihre Sache. Haben Sie denn die Möglichkeit, den Fisch zu lagern?«

O Gott. Wir haben nur das Eisfach im Kühlschrank, und das ist voll mit Minnies Fischstäbchen.

»Nicht … wirklich.« Ich schlucke.

»Dann lassen Sie den Fisch am besten vorerst draußen«, sagt der Mann. »Wo wollen Sie ihn hinhaben? Hier?« Er nickt zu dem winzigen Rasenstück vor dem Haus hin, und als ich nicht antworte, fängt er an, die Boxen von der Karre zu laden und die Lachsseiten auszupacken, die in Plastik eingeschweißt sind.

»Könnten Sie mir die Boxen nicht dalassen?«, frage ich konsterniert, doch er schüttelt den Kopf.

»Die nehmen wir wieder mit. Steht so im Vertrag. Ohne Verpackung.«

Schon bald stapelt sich der ganze Fisch auf dem Rasen, und ich habe dem Mann den Empfang bestätigt, und er fährt mit seinem Lieferwagen weg. Ich starre den Stapel an, fühle mich etwas unwirklich. Ich habe einen Vorgarten voller Tiefkühllachs. Was soll ich tun?

Mein Telefon piept mit einer Nachricht, und ich werfe in Gedanken einen Blick darauf – eine Nachricht von Suze:

Die Reihen füllen sich, hab zwei Plätze für dich und Luke besetzt, aber ihr solltet euch beeilen!!!

O Gott.

»Isolierung!«, denke ich plötzlich. Das brauche ich.

Ich wetze nach oben, schnappe mir Minnies Paddington Bär-Decke vom Bett und renne damit wieder runter in den Garten. Eilig lege ich sie um den

Lachs, zupfe herum und klemme sie fest, damit er gut geschützt ist. Als ich wieder aufstehe, sehe ich, dass mich eine alte Frau von der anderen Straßenseite aus beobachtet.

»Ist das ein *Kind?*«, fragt sie mich voller Entsetzen

Bitte? Ich meine: *bitte?*

»Nein!«, fahre ich sie an. »Das ist Fisch!« Ich fixiere sie mit bösem Blick, bis sie weitergeht, dann schnappe ich mir meinen Mantel und meine Tasche, fühle mich regelrecht belästigt.

Na komm, Becky!, sage ich mir. Es wird schon gehen. Ich fahre erst mal zum Krippenspiel und sehe mir Minnie an ... und *dann* kümmere ich darum. Und auch um den veganen Truthahn. Und die Girlanden. Und Lukes Geschenk, wie mir siedend heiß einfällt. Und o Gott, ich habe mich immer noch nicht entschieden, welche Füllung ich denn nun machen will ...

Nein. Hör auf. Bleib ruhig. Mach dich nicht verrückt.

Forschen Schrittes marschiere ich durchs Dorf, remple sechs Leute fast an, weil ich gleichzeitig im Netz eine Tiefkühltruhe bestelle, Lieferung am nächsten Tag, dazu ein paar »Flaschenkühltaschen«, die es im Paket billiger gab, und dazu ein Buch mit dem Titel *100 leckere Sachen mit Lachs.*

Die Schulaula ist schon voller Eltern, und es gibt kaum noch freie Plätze, aber ich erspähe zwei Stühle, an denen Zettel kleben, mit Suzes Handschrift darauf: *Reserviert für die Brandons.* Erleichtert sinke ich auf einen davon und sehe mich nach Suze um, kann sie aber nicht finden, also schreibe ich ihr kurz:

Danke fürs Reservieren!!! Wo bist du?

Gleich darauf antwortet sie:

Ich bin auf der anderen Seite.

Dann kommt ein paar Sekunden später eine Fortsetzung:

Kann es kaum erwarten, Minnies Kostüm zu sehen!!!!

Ich starre mein Telefon an, als mir plötzlich einfällt, dass ich Suze noch gar nicht erzählt habe, was passiert ist. Langsam fange ich an zu schreiben: **Ich habe es Steph Richards gegeben**, doch dann stutze ich, bin ganz hin- und hergerissen. Suze weiß nicht mal, dass ich Steph überhaupt *kenne*. Möglicherweise würde sie unangenehme Fragen stellen wie: »Warum?«

Ich sehe mich nach Steph um – kann sie aber auch nicht finden. Ich überlege noch einen Moment, dann lösche ich meine Nachricht. Ich erzähle es Suze später. Aber vorher möchte ich Steph fragen, ob ich Suze in ihr Geheimnis einweihen darf. Schließlich haben drei Köpfe mehr Ideen als zwei, und ich weiß, dass Suze sie bestimmt gut verstehen kann …

»Hi!« Lukes Stimme unterbricht mich. Er setzt sich gut gelaunt auf den Stuhl neben mich. »Das große Ereignis! Endlich!«

»Ich weiß!«, sage ich strahlend. »Ist es nicht aufregend?«

Sollte ich schnell hinzufügen: »Übrigens haben wir

fünfzehn Kilo Fisch auf dem Rasen, aber keine Sorge, ich habe schon eine Tiefkühltruhe bestellt.«

Nein. Nicht jetzt.

»Am meisten freue ich mich auf Minnies Kostüm«, sagt Luke genüsslich. »Nachdem ich gesehen habe, wie lange du daran gesessen hast, Becky. Ich hoffe, Minnie weiß, was sie an dir hat. Denn *ich* weiß es«, fügt er sanft hinzu. Und bei seinem warmherzigen, liebevollen Gesichtsausdruck stockt mir direkt der Atem. »Ich habe meine Kamera dabei«, fügt er noch hinzu und holt tatsächlich seinen Fotoapparat hervor. »Ich dachte mir, das wäre dem Anlass angemessen.«

Luke benutzt diesen Fotoapparat fast nie. Es ist eine echte Profikamera, und er nimmt sie nur für besondere Gelegenheiten, wenn er meint, sein Handy könne vielleicht nicht gut genug sein. Und plötzlich schnürt sich mir die Kehle zu.

»Luke«, flüstere ich ihm ins Ohr. »Ich muss dir was sagen. Minnie …« Ich schlucke. »Also, sie wird das Kostüm nicht tragen, das ich für sie genäht habe. Ich habe es einem anderen Kind geschenkt.«

»Wie bitte?« Luke erstarrt vor Schreck. »Du hast es … *Warum?*«

»Schscht!«, mache ich. »Die brauchten es. Es ist … Es hatte seinen Grund. Das war eine gute Tat.«

Noch immer starrt Luke mich fassungslos an.

»Und was trägt Minnie jetzt?«

»Kein Problem. Ich habe was improvisiert. Es macht ihr nichts aus.«

»Aber macht es *dir* was aus?«, fragt Luke sofort – und ich weiß nicht so recht, wie ich darauf antworten soll. Ich dachte, es würde mir nichts ausmachen. Aber wenn ich hier so sitze, inmitten der allgemeinen Vorfreude, fällt es mir doch schwer, nicht ein kleines bisschen …

Egal. Geht schon.

Luke schweigt einen Moment und betrachtet mich mit seinen dunklen Augen.

»Jeden Abend hast du an diesem Kostüm gearbeitet, Becky«, sagt er schließlich so leise, dass ich ihn kaum hören kann. »Es hat dir so viel bedeutet.«

»Ich weiß.« Ich zögere. »Aber ich habe großes Glück. Und es gibt Leute, die haben nicht so großes Glück. Mehr darf ich dazu nicht sagen.«

Luke antwortet nicht, aber er nimmt meine Hand und drückt sie fest. Und ich denke: Ich habe so ein Glück. Was auch alles schiefgehen mag: Ich habe echt Glück.

Obwohl es mir eine halbe Stunde später nicht mehr so vorkommt, als hätte ich sonderlich großes Glück. Der Kreativität tut Improvisation bestimmt gut. Nicht so gut ist es, ein komplettes Krippenspiel von Kindern improvisieren zu lassen.

Die Geschichte fleddert völlig auseinander. Einige Kinder haben offenbar mit ihren Eltern geübt, wohingegen andere keine Ahnung haben, was sie da tun. Eins hat angefangen zu weinen, und ein anderes hat dem Erzengel Gabriel erklärt, dass es zur Toilette muss.

Meine Beine sind taub vom Sitzen auf diesem Plastikstuhl. Es kommt mir vor, als ginge dieses Stück schon eine halbe Ewigkeit. Jesus wurde geboren, und die Hirten waren da und sind wieder weg, und alle haben gesungen *Ihr Kinderlein kommet* und *Lass jetzt los* (Hä?). Und jetzt scheint irgendwie keins von den Kindern weiterzuwissen.

»Wo sollen wir denn sonst hin?«, deklamiert Maria traurig mit der Jesuspuppe auf dem Schoß. »Es gibt hier keine Hotels.«

Das hat sie schon etwa dreißig Mal gesagt.

»Der Esel ist müde«, meint Josef, obwohl der Esel den Stall schon vor zwanzig Minuten verlassen und sich zum Engel umgezogen hat.

»Wo sollen wir denn sonst hin?«, fragt Maria ein wenig verzweifelt. »Es gibt hier keine Hotels.«

»Könige!«, höre ich Miss Lucas zischen, und sie winkt mit Nachdruck. »Könige! Rauskommen!«

Im nächsten Moment betritt Minnie gemeinsam mit zwei kleinen Jungs die Bühne, alle in ihren leuchtenden Kostümen. Das Publikum dämmert schon eine ganze Weile gelangweilt vor sich hin, doch nun scheinen alle aufzuwachen, denn wilder Applaus bricht aus, als würden die drei Könige von Prominenten gespielt, die hier einen Gastauftritt haben.

Ich kann nicht anders, als Harvey bewundernd anzustarren, denn er sieht *fantastisch* aus. Die mitternachtsblaue Seide ist spektakulär, und die goldenen Pailletten glitzern im Licht der Scheinwerfer. Selbst seine Schatulle schimmert prachtvoll.

Aber Minnie sieht auch gut aus, sage ich mir sofort. Wenn auch auf eher unkonventionelle, zusammengewürfelte Weise. Sofort strahlt sie uns an und winkt herüber. Sie sieht aus, als würde sie es genießen, im Mittelpunkt zu stehen.

»Ich bringe Myrrhe für das Jesuskind«, verkündet der erste König mit monotoner Stimme. Er ist ein schwerfälliger Junge namens George, dem offensichtlich seine Mutter diese Zeile eingepaukt hat.

»Ich bringe Weihrauch für das Jesuskind«, sagt Harvey überdeutlich, was das Publikum zum Lächeln bringt.

Und jetzt ist Minnie an der Reihe. Ich merke, wie nervös ich plötzlich bin. Meine Tochter, auf der Bühne, in einem Theaterstück! Ich werfe Luke einen Blick zu, und er grinst zurück.

Ich sehe, dass Minnie Harveys glitzernde Schatulle betrachtet – die ich für sie gebastelt habe und mit der wir zu Hause geprobt haben –, dann ihre eigene Schatulle mit den goldenen Gs. Sie runzelt die Stirn, guckt verwundert, holt tief Luft, dann stutzt sie.

»Ich bringe Gucci«, sagt sie schließlich. »Für das Jesuskind.« Sofort hört man ein Prusten in unserer Reihe.

»Gucci?«, fragt Luke neben mir. »Myrrhe, Weihrauch und Gucci?«

»Gold!«, flüstere ich in der Hoffnung, dass sie meine Lippen lesen kann. »Gold! Nicht Gucci!«

Unsicher sieht Minnie mich an.

»Ich bringe Gucci«, wiederholt sie entschlossener und schwenkt die Gucci-Schatulle. »Meine Mama hat eine Gucci-Handtasche«, fährt sie fort, und wieder hört man ein Prusten. »Meine Mama hat auch das Tuch gekauft«, fügt sie beiläufig ans Publikum gewandt hinzu. »Mein Papa hat das Geld. In der Hosentasche.«

O Gott, sie erinnert sich an alles, was ich ihr über dieses erste Denny-&-George-Tuch erzählt habe. Was wird sie noch erzählen?

Überall sehe ich Leute, die sich vor Lachen schütteln, und höre die eine oder andere spöttische Bemerkung. Oben auf der Bühne wirkt George etwas unglücklich, dass Minnie allen die Show stiehlt.

»Ich bringe Myrrhe ...«, wiederholt er laut.

»Ich bringe Gucci!« Trotzig fährt Minnie ihm über den Mund.

»Da drüben sitzt übrigens der Pastor«, sagt Luke zu mir und nickt nach links. »Nur für den Fall, dass du es noch nicht wusstest.«

»Hör auf.« Ich beiße mir auf die Lippe. »Konzentrier dich auf das Stück.«

Inzwischen ist Minnie der Schwung ausgegangen. Schweigen macht sich auf der Bühne breit, und Maria richtet sich auf.

»Wo sollen wir denn sonst hin?«, wiederholt sie traurig. »Es gibt hier keine Hotels.«

Ich sehe Minnie an, dass bei dem Wort »Hotels« etwas in ihr aufwacht.

»Keine Minibar«, sagt sie ernst. Sie wendet sich Josef zu und deutet mit dem Finger auf ihn. »Keine Minibar. Keine Süßigkeiten. Viel *zu teuer.*«

Der ganze Saal bricht in schallendes Gelächter aus.

»Allerdings!«, ruft einer der Väter.

»Finger weg von der Toblerone!«, wirft ein anderer ein.

»Haben wir nicht *all-inclusive* gebucht?«, ruft ein Dritter, und wieder brandet Gelächter auf.

Alle grinsen Luke und mich an, und ich lächle zurück, obwohl es in meinem Kopf brodelt. Unsere Tochter stand gerade im ärmlichen Stall von Maria und Josef und hat ihnen gesagt, sie sollen sich von der Minibar fernhalten. Ich möchte *im Boden versinken*.

Als das Stück zu Ende ist, gibt es im Speisesaal Glühwein und Mince Pies für die Eltern. Luke und ich nippen an unseren dampfenden Bechern, während das Wort »Minibar« aus sämtlichen Gesprächen herauszuhören ist, untermalt von Lachsalven. Ich höre auch, wie Leute sich über Harveys »wundervolles Kostüm« auslassen, und immer wenn sie es tun, drückt Luke meine Hand. Steph habe ich noch nirgendwo entdeckt, aber ich denke doch, dass sie hier ist. Schließlich gehen alle zum Krippenspiel.

»O mein Gott, Bex.« Suze taucht neben mir auf mit roten Wangen vom Lachen. »›Keine Minibar‹. Legendär! Und Minnie hatte ja ein *tolles* Kostüm«, fügt sie vorsichtig hinzu. »Sehr schön, Bex! Woraus hast du es gemacht, aus einem Tuch? Ist es von Denny & George?«

Ich kenne Suze. Sie redet so nett wie möglich über ein Kostüm, das ganz offensichtlich in fünf Minuten mit Sicherheitsnadeln zusammengesteckt wurde. Und ich weiß ihr Taktgefühl zu schätzen. Aber innerlich brenne ich vor Frust. Am liebsten möchte ich entgegnen: »Glaubst du wirklich, daran habe ich wochenlang gearbeitet? Von mir ist das *schöne* Kostüm! Von dem alle reden!« Aber das kann ich nicht riskieren.

»Danke«, sage ich etwas angespannt und kippe meinen Drink, während Luke einen Anruf entgegennimmt. Er spricht eine halbe Minute, dann dreht er sich zu mir um und sieht mich verdutzt an.

»Becky, das war der Bürgermeister. Er meint, es hätten sich bei ihm mehrere Leute wegen eines Obdachlosen in unserem Garten gemeldet. Offenbar hat sich da jemand eingerichtet mit seiner Bettdecke. Hast du eine Ahnung, wovon die reden?«

Das kann doch wohl nicht wahr sein!

»Das ist kein Obdachloser!«, platze ich heraus. »Das ist Fisch!«

»Fisch?« Luke ist verblüfft.

»Ich habe etwas Fisch gekauft und eine Paddington-Bär-Bettdecke darum gewickelt«, erkläre ich etwas ungeduldig. »Mehr habe ich nicht gemacht. Und schon zieht alle Welt die völlig falschen Schlüsse.«

»Du hast Fisch … in eine Bettdecke gewickelt?«, fragt Luke.

»Ich musste!«, verteidige ich mich. »Was hätte ich denn sonst damit tun sollen?«

Schweigen macht sich breit, und ich sehe, wie Luke verwunderte Blicke mit Suze tauscht.

»Bex, versteh mich nicht falsch«, sagt Suze vorsichtig. »Aber du wirkst ein wenig … angespannt.«

»Ich bin nicht angespannt«, schieße ich zurück. »Das ist doch lächerlich. Es geht mir gut. Ich bin die Ruhe selbst. Stimmt's nicht, Luke?«

»Du bist ein bisschen angespannt«, sagt er, und ich werfe ihm einen düsteren Blick zu. Verräter.

»Bist du, Bex.« Suze legt mir eine Hand auf den

Arm. »Ehrlich gesagt wirkst du schon angespannt, seit du dich bereit erklärt hast, das Weihnachtsfest zu übernehmen. Lass mich dir helfen. Bitte. Ich würde dir *so gern* helfen. Oder … lass mich das Fest ausrichten! Kleine Planänderung!«

Bitte?

Fassungslos starre ich Suze an, während sie sich an Luke wendet: »Vielleicht ist das die Lösung. Ich könnte es ohne weiteres übernehmen. Alle könnten nach Letherby Hall kommen und …«

»Du meinst also, ich kriege das nicht hin?« Genervt fahre ich ihr über den Mund. Ich schüttle ihre Hand ab, und sie schreckt zurück. »Meinst du, ich kann das nicht, Suze?«

»Nein!« Suze macht eilig einen Rückzieher. »O Gott! Selbstverständlich kannst du das! Ich meinte nur … Du wirkst so gestresst … Ich will dir doch nur helfen …«

»Na, du könntest mir helfen, indem du Vertrauen in mich setzt. Du könntest mir helfen, indem du meine Idee für eine Lebkuchenparty *unterstützt* …«

»Tu ich ja!«, sagt Suze vorsichtig. »Aber natürlich tue ich das, Bex! Wir können das gern machen, wenn du möchtest. Ich hab nur …«

»Gut«, falle ich ihr etwas schrill ins Wort. »Denn wenn du es genau wissen willst: Alles ist gut. Es läuft problemlos, und ich bin superentspannt, und es wird ein traumhafter Weihnachtstag.« Ich trinke meinen Glühwein aus. »Es gibt also absolut keinen Grund zur Sorge.«

Chats

WEIHNACHTEN!

Becky
Liebe Leute, ich lade euch alle herzlich ein, am 23. Dezember bei uns Lebkuchenhäuser zu basteln. Lasst uns als Freunde und Familie beieinandersitzen, Glühwein trinken und fröhlich sein. Garderobe: Weihnachtspullis! Liebe Grüße Becky xxx

Von: Kundendienst@ramblesons.com
An: Becky Brandon
Betreff: NICHT VERFÜGBARER ARTIKEL

Sehr geehrte Mrs Brandon,

wir bitten um Entschuldigung, dass der folgende Artikel

Truthahn aus Freilandhaltung

nicht verfügbar ist.

Wir haben uns erlaubt, diesen durch einen möglichst ähnlichen Artikel zu ersetzen. Wir hoffen, unsere Wahl trifft Ihre Zustimmung.

Mit freundlichen Grüßen
Ihr Kundendienstteam
Ramblesons Online Lebensmittel GmbH

BESTELLUNG: TSK7468675

Nicht verfügbarer Artikel:	Menge
Truthahn aus Freilandhaltung 7 kg	**1**
Ersatzartikel:	Menge
Formfleisch Truthahnscheiben Packung 200g	**35**

ACHTZEHN

Ich habe gelogen. Es ist keineswegs alles gut, und nichts läuft nach Plan.

Ich habe keinen Truthahn, ich habe kein Geschenk für Luke, gestern fielen die ersten Nadeln vom Weihnachtsbaum (warum?), und ich weiß immer noch nicht, was ich Suze schenken soll, und ständig stoße ich in der Küche gegen die neue Tiefkühltruhe, sodass ich schon einen fetten blauen Fleck am Oberschenkel habe.

Zum Glück habe ich sicherheitshalber noch einen bestellt. Zum *Glück*. Ich habe meiner Liste »zweiter Truthahn« hinzugefügt, und der müsste morgen da sein. Auch wenn es mich nicht recht beruhigen konnte. Was wäre gewesen, wenn ich *nicht* zwei bestellt hätte? Wie können diese Leute am 22. Dezember einen Truthahn durch Formfleisch ersetzen wollen? Wie nur? Sind das *Sadisten*?

Immer wieder meldet sich der Weihnachtsstress wie eine von diesen Maschinen in Krankenhausserien, die lospiepen, woraufhin dann alle wie verrückt herumrennen. Nur gibt es hier niemanden, der wie verrückt herumläuft, denn Luke ist auf Geschäftsreise und Minnie zum Spielen verabredet. Ich bin allein mit sechs Pfund Pilzen. Als letzte Möglichkeit habe ich beschlossen, *selbst* einen veganen Truthahn zu basteln. Im Netz habe ich eine Beschreibung gefunden, und es ist jetzt mein dritter Versuch. Leider ist das Ding schon wieder in sich zusammengefallen.

Zunehmend verzweifelt betrachte ich die Konstruktion vor meinen Augen. Sie sieht kein bisschen wie ein Truthahn aus. Sie sieht aus wie ein Klumpen aus Pilzen und Kichererbsenmehl. Ich gehe noch mal zum Anfang des YouTube-Videos und sehe mir zum zehnten Mal an, wie die Frau fröhlich sagt. »Jetzt formen Sie Ihre Mischung zu Schenkeln.« Ich habe es *versucht*. Aber meine Schenkel wollen einfach keine Schenkel *bleiben*.

Ich starre meinen klebrigen Klumpen an und überlege verzweifelt. Vielleicht könnte ich … Pappe nehmen? Ich weiß ja, dass Veganer normalerweise keine Pappe essen, aber vielleicht könnte ich daraus ja Knochen basteln, oder? Ich könnte beiläufig sagen: »Vorsicht mit der Pappe!«, so wie man sagt: »Vorsicht mit den Gräten!«

Ich suche mir eine leere Klopapierrolle aus Minnies Bastelkiste und stopfe sie voll mit meiner Pilzmixtur. Das sieht kein bisschen aus wie ein Truthahnschenkel, aber vielleicht könnte ich es ja … anmalen? Ich nehme Minnies Fläschchen mit brauner Malfarbe (ungiftig) und einen Pinsel. Hastig trage ich etwas Farbe auf, dann lege ich den »Schenkel« auf einen Teller und sehe ihn mir genauer an.

Nein. Ich kann unmöglich angemalte Klopapierrollen als vegane Option zu Weihnachten anbieten.

Ich bin schon ganz wuschig davon, mir immer wieder dasselbe YouTube-Video anzusehen, und beschließe, dass ich frische Luft brauche. Ich werde zum Supermarkt gehen. Vielleicht stoße ich da ja unvermittelt auf ein brandneues Sortiment von veganen Truthähnen, denke ich in einem plötzlichen Anflug von Optimismus. Möglich wäre es doch, oder?

Die Fahrt zum Supermarkt dauert nur zehn Minuten, und als ich durch die Glastüren trete, sehe ich eine große Auslage von Geschenkpapier unter einem Schild: »Alles 50 % billiger.« Was echt nervig ist, weil ich erst letzte Woche Papier gekauft habe und das hier viel hübscher ist. Es hat rote und grüne Streifen, *und* es ist herabgesetzt. Ich kann mich gar nicht davon losreißen. Brauche ich vielleicht noch mehr Geschenkpapier? (Eigentlich nicht. Wirklich nicht.)

Moment! Ich weiß! Ich werde was fürs nächste Jahr kaufen! Und das übernächste. Genau. Finanziell ist das absolut sinnvoll. Geschenkpapier werden wir schließlich immer brauchen, oder?

Danach geht es mir schon besser, und ich lege zwölf Glitzerrollen und sechs Rollen von preisreduziertem Geschenkband mit Stechpalmen-Aufdruck und dazu ein paar festliche Puschel in meinen Einkaufswagen. Und eben versuche ich mich zu entscheiden, ob ich eine Großpackung mit 500 Namensschildern in Form von Schneeflöckchen kaufen sollte (kann man ja immer brauchen), als ich jemanden sagen höre:

»Hi, Becky.«

Erschrocken blicke ich auf und erstarre vor Schreck. Es ist Craig, der mit einem Einkaufswagen voller Tüten lächelnd auf mich zukommt. *Lächelnd.* Als wären wir beste Freunde, und alles wäre super. Der hat ja Nerven.

»Hi, Craig«, sage ich kalt. »Deine Freundin stand neulich unerwartet bei uns vor der Tür.«

»Oh. Ja. Das habe ich gehört.« Craig verzieht das Gesicht, und ich warte darauf, dass er sagt: »Tut mir echt leid, das war wirklich unangemessen.« Stattdessen kneift er den Mund zusammen und schüttelt den Kopf.

»Ja, Nadine war nicht gerade begeistert. Sie fand, Luke hätte ihr ruhig mehr Zeit geben sollen. Mehr Respekt, weißt du?«

Bitte? Ist das sein *Ernst*?

»Wir hatten gerade ein Familienfest«, sage ich. »Und Luke führt normalerweise keine geschäftlichen Besprechungen ohne vorherige Absprache. Schon gar nicht zu Hause. An einem Sonntag. Am *Geburtstag seiner Tochter*.«

Ich könnte nicht direkter sein, doch Craig scheint davon nichts mitzubekommen.

»Ja«, sagt er nachdenklich. »Nadine war ziemlich sauer. Und mit Nadine möchte man sich echt nicht anlegen.« Er wirft mir einen reumütigen Blick zu. »Ich fürchte, Luke hat sie sich damit zur Feindin gemacht.«

Luke hat sich Nadine zur Feindin gemacht? O Gott, da haben wir jetzt aber Angst! Bestimmt schlottert Luke schon mit den Knien. Vermutlich endet das Ganze in einem Showdown, an einem riesigen Konferenztisch mit Blick auf The Shard.

Wohl kaum.

»Das ist ja schade«, sage ich. »Na, dann wünsche ich euch frohe Weihnachten.« Ich will meinen Einkaufswagen weiterschieben, doch Craig hält ihn fest.

»Ihr seid immer noch zu unserer Weihnachtsparty eingeladen«, sagt er. »Vielleicht können sich Luke und Nadine da wieder vertragen, unterm Mistelzweig.« Hintersinnig blitzt er mich an, und mir stellen sich die Nackenhaare auf. Was soll *das* denn heißen?

»Das möchte ich bezweifeln«, sage ich abweisend. »Ich denke, da können wir nicht.«

»Die letzte Chance, den Whirlpool zu testen, bevor wir ausziehen«, sagt Craig und wackelt verführerisch mit den Augenbrauen. Überrascht starre ich ihn an.

»Ausziehen?«

»Ja, wir wollen weg. Mieten uns was anderes. Ist hier doch etwas zu still für uns. Zu nichtsig.« Er zögert, dann fügt er hinzu: »Außerdem hat Nadine rausgefunden, wo Lord Alan Sugar wohnt. Den möchte sie gern kennenlernen.«

O mein Gott, sie ist noch verrückter, als ich dachte.

»Genialer Plan«, sage ich und gebe mir Mühe, nicht das Gesicht zu verziehen. »So geht das. Ich bin mir sicher, dass sie eines Tages eine ganz große Nummer ist. Bald schon.«

Ich bin mir ziemlich sicher, dass Craig nicht merkt, wie sarkastisch ich bin, denn er sieht mich freundlich an.

»Nadine hat Power«, sagt er bewundernd. »So viel Power.«

Ja, antworte ich im Stillen. Und je schneller sie sich aus Letherby wegpowert, desto besser.

»Na, viel Glück dabei«, sage ich höflich. Zwei Frauen kommen durch die Glastür herein, und ich sehe, wie sie sich gegenseitig anstupsen. Plötzlich betrachte ich ihn mit ihren Augen: lange Haare, Drei-Tage-Bart, eindringlicher Blick. Der größte Rockgott, den Letherby je gesehen hat.

Innerlich muss ich doch lachen. So war ich auch, als ich unter seinem glühenden Blick dahingeschmolzen bin. Was war ich doch für eine *Idiotin*.

Dennoch trifft es mich ein wenig, als er sagt: »Na, dann mach's gut, Becky. Und frohe Weihnachten.« Ich werde ihn vielleicht nie wiedersehen. Und schließlich war er doch ein wichtiger Teil meines Lebens (gewissermaßen). Außerdem gibt es da noch ein paar unbeantwortete Fragen.

Also, zumindest eine unbeantwortete Frage.

»Warte, Craig«, sage ich. »Bevor du gehst ... Eins habe ich mich immer schon gefragt.« Ich zögere, dann platze ich heraus: »Hast du je einen Song über mich geschrieben? Oder mich zumindest ... erwähnt? Dich irgendwann mal auf mich bezogen?«

Langsam breitet sich Craigs sexy Lächeln auf seinem Gesicht aus – dann nickt er.

»*Girl who broke my Heart*«, sagt er lapidar, und ich starre ihn an.

»Wow. Aber das Mädchen in dem Song ist Französin. War das so eine Art Tarnung? Geht es wirklich um *mich*? Bin ich dieses Mädchen?« Mit einem Mal bebt meine Stimme von der Dramatik dieses Augenblicks. »Craig ... Habe ich dir das Herz gebrochen?«

»Nein«, sagt Craig amüsiert. »Und du bist auch nicht dieses Mädchen. Aber du bist in der dritten Strophe, erste Zeile. Bis dann.«

Er schiebt seinen Einkaufswagen aus dem Supermarkt, und ich starre ihm wie gebannt hinterher, dann komme ich in Gang. Eilig google ich mit meinem Telefon »Lyrics Girl who broke my heart Craig Curton«. Ich bin in einem Song! Ich bin tatsächlich in einem Song! Das ist ja so cool! Was steht da?

Sekunden später erscheint der Text auf meinem Bildschirm. Atemlos scrolle ich zur dritten Strophe und lese die erste Zeile:

»She had better hair than the one before.«

Eine Weile starre ich die Worte an und versuche, sie mir zu erklären. Was hat das mit mir zu tun? Hatte ich hübschere Haare als eine andere? Ich kann es mir irgendwie nicht erklären. Typisch Craig, etwas derart Unverständliches zu schreiben.

Okay. Sehen wir es uns genauer an. Der Song handelt von einem französischen Mädchen, und »die hatte hübschere Haare als die davor«.

Moment. Ich runzle die Stirn, als mir die grausame Wahrheit bewusst wird. Das Mädchen, mit dem er davor zusammen war? Ich bin »die davor«? Die mit den *gruseligen Haaren*?

Ich schnaufe vor Empörung. Will er damit etwa sagen, dass ich gruselige Haare hatte? Ich hatte keine gruseligen Haare. An der Uni trugen alle die Haare so. Er muss sich gerade melden. Und wer war dieses französische Mädchen überhaupt? Wer sagt, dass ihre Haare so toll waren? Ich wette, sie hatte einen langweiligen Bob.

Ich spähe zum Supermarkt hinaus, fühle mich halb versucht, ihm hinterherzurennen und ihn zu fragen: »Was soll das heißen: *gruselige Haare*?«, aber er ist weg.

Hmpf. Nie wieder lasse ich mich auf einen Rockmusiker ein!

Na ja, sowieso nicht, füge ich eilig im Stillen hinzu.

Selbstredend.

Zum hunderttausendsten Mal hoffe ich, dass Luke nicht meine Gedanken lesen kann. Denn ehrlich gesagt wäre das eine Katastrophe.

Noch immer leicht empört schiebe ich meinen Einkaufswagen in den Supermarkt. Wie sehr hoffe ich, auf ein Schild zu stoßen, auf dem steht: »Veganer Truthahn im Sonderangebot!« Aber überall sehe ich nur preisreduzierte Mince Pies und Adventskalender. Noch mal hmpf.

Eben überlege ich, wohin ich zuerst will, als ich eine vertraute nervige Lache höre. Anfangs kann ich sie nicht recht einordnen, aber neugierig, wie ich bin, folge ich dem Lachen hinter einen Stapel von Dosen. Und o Gott, natürlich: Wampe, abgewetzte Jeans, grau melierter Bart. Es ist Stephs Mann Damian, der sich da in der Backwaren-Abteilung mit jemandem unterhält.

Na toll. Noch so ein supernerviger Mann. Ist heute der Tag der supernervigen Männer?

Und als er weitergeht, sehe ich zu meinem Entsetzen, dass die andere Person Steph ist. Bedeutet das … Sind die beiden wieder zusammen?

Als ich Stephs Gesicht sehe, scheint es mir doch eher unwahrscheinlich. Sie faucht ihn wütend an und gestikuliert herum, während er augenrollend auf seine Uhr sieht und ihr sogar herablassend auf die Schulter klopft. Ich schäume stellvertretend – und dabei kann ich nicht mal verstehen, was er sagt.

Schließlich hebt er beide Hände, als hätte er genug, und er geht weg, woraufhin Steph langsam in sich zusammensinkt. Zögernd bleibe ich an der Ecke zum Gang stehen, bin hin- und hergerissen. Am liebsten möchte ich hingehen und Steph in den Arm nehmen – aber was ist, wenn ich ihr damit zu nahe trete? Was ist, wenn sie nicht möchte, dass irgendwer diese Szene mitbekommen hat?

Während ich voll Sorge dastehe, macht sie sich auf den Weg ins Café und setzt sich an einen Tisch. Das ist die Entscheidung. Ich lasse ihr fünf Minuten Zeit, bevor ich mich zu ihr setze. Und bis dahin – ich kann nicht widerstehen – werde ich Damian hinterhergehen.

Lässig schlendere ich in die Richtung, die er genommen hat, und biege eben um eine Ecke, als ich gerade noch sehe, wie er sich zu einer Frau mit einem Einkaufswagen gesellt und sie zärtlich auf den Mund küsst. *Aaaah!* Das ist sie! Das muss sie sein. Die aus der Veranstaltungsabteilung. Die, mit der er im Malmaison in Manchester was angefangen hat.

Sprachlos starre ich die beiden an. Sie ist höchstens Mitte zwanzig. Teure Strähnchen, aber ein verkniffenes Gesicht. Die wird *so was von* fies zu ihm sein, sage ich mir im Stillen. Wenn der Lack erst mal ab ist. Sie wird schrecklich sein, man sieht es ihr schon an. Und er hat es auch total verdient. Er hat Steph für dieses verkniffene Weib sitzen lassen?

Er fummelt an ihrem Hintern herum, wie ich angewidert feststelle. Ist das denn angemessen in der Pizza-Abteilung? Am liebsten würde ich mich bei der

Geschäftsführung beschweren. Ich würde gern sehen, wie ein Mann im Anzug zu ihm geht und ihm sagt, dass er nicht so eklig sein soll.

Ich weiß, ich müsste eigentlich weiter einkaufen, aber irgendwie kann ich mich von diesem grässlichen Pärchen nicht losreißen. Als sie auf die Milchwaren-Abteilung zusteuern, folge ich ihnen mit einigem Abstand und beobachte angewidert, wie sie Halbfettjoghurt nimmt und ihm zeigt, während er dabei an ihrem Hintern herumfummelt. Die ganze Beziehung scheint nur darauf zu bauen, dass er sich an ihrem Hintern zu schaffen macht. Hoffentlich kriegt er davon ein Karpaltunnelsyndrom.

Ich bin empört, mit jeder Faser meines Körpers. (Wenn ich ehrlich sein soll, liegt es auch daran, dass mein Zorn auf Craig noch nicht ganz verraucht ist.) Ich möchte ihn dafür bestrafen, dass er so gemein ist. Auch wenn ich nichts damit zu tun habe und ich eigentlich nach einem veganen Truthahn suchen sollte, und wie könnte diese Bestrafung denn überhaupt aussehen?

Mehrmals sage ich mir, ich sollte es einfach sein lassen. Ich sollte aufhören, die Rachefee der Weihnacht zu spielen. Aber irgendwie kann ich es nicht lassen, den beiden zu folgen, während ich überlege, was um alles in der Welt ich tun könnte.

Und als ich dann auf Zehenspitzen den Gang mit den Fertiggerichten entlangschleiche, sehe ich, dass dort ein Supermarktmitarbeiter seine offizielle Fleeceweste abgelegt hat. Sie ist grün, mit einem Logo darauf, und im Moment scheint niemand sie zu brauchen. Und während ich sie anstarre, kommen mir plötzlich – paff – voll ausgeformte Ideen. Solche Ideen, bei denen man denkt: *Bitte?*, und dann: *Neeeeiin. Das kann ich nicht machen.* Und dann: *Doch! Kann ich wohl!*

Ich ziehe mir die Fleeceweste an und fühle mich augenblicklich unsichtbar. Ich bin nicht mehr Becky, ich bin eine anonyme, namenlose Supermarktmitarbeiterin. Ich lasse meinen Einkaufswagen stehen und laufe an Damian vorbei, um sicherzugehen – und er zuckt mit keiner Wimper. Obwohl unsere Kinder dieselbe Schule besuchen, erkennt er mich kein bisschen wieder. Natürlich nicht. Er ist einer von diesen Männern, die in ihrer eigenen Welt leben und dort der Star sind. Alle anderen sind nur Statisten.

Was mir nur recht ist.

Ich laufe kurz in den Gang mit den Schreibwaren und sammle ein paar Utensilien zusammen. Klemmbrett. Notizbuch. Lesebrille zur zusätzlichen Verkleidung. In meiner Tasche habe ich ein altes Schlüsselband, mit dem ich Minnie manchmal herumspielen lasse. Es stammt aus einem Spielparadies, aber ich lege es trotzdem an, dann drehe ich meine Haare zu einem Knoten und befestige sie mit einem Gummiband.

Und bevor ich den Mut verliere, trete ich mit einnehmendem Lächeln auf Damian zu, halte Klemmbrett und Stift bereit.

»Hallo, Sir«, begrüße ich ihn mit zuckersüßem Singsang. »Ist heute in unserem Laden alles zu Ihrer Zufriedenheit?«

»Alles gut«, sagt Damian, wobei er sich kaum umdreht.

»Ich bin hier, um sicherzustellen, dass wir alles tun, um auch unsere ältere Kundschaft zufriedenzustellen«, fahre ich fort. »Kommen Sie heute gut zurecht, Sir, oder gibt es irgendwelche Probleme, auf die Sie gern hinweisen möchten?«

»Was?« Stirnrunzelnd sieht Damian mich an.

»Uns sind die Herausforderungen, denen sich Ihre Altersgruppe ausgesetzt sieht, sehr wohl bewusst«, entgegne ich beschwichtigend, »und wir sind hier, um zu helfen, wenn es um Mobilität geht, um größere Schilder für die visuell Benachteiligten, um Hörhilfen … Haben Sie alles, was Sie brauchen?«

Plötzlich prustet Miss Kneifgesicht los.

»Ich bin doch kein alter Mann!«, sagt Damian verärgert.

»Natürlich nicht! ›Alterseingeschränkt‹, wollte ich sagen«, erwidere ich nickend. »Ich verstehe. Das ist ein empfindliches Thema …«

»Ich bin vierundfünfzig!«, bellt Damian. »Vierundfünfzig!«

»Wie gesagt, wir möchten Ihrer Generation gern zu einem effektiven Einkaufserlebnis verhelfen, das Ihren Bedürfnissen gerecht wird.« Ich sehe Miss Kneifgesicht an und füge fröhlich hinzu: »Oh, ist das Ihre Pflegerin? Haben Sie irgendwelche Anmerkungen oder Vorschläge? Er ist ein liebenswerter alter Herr, nicht wahr?«

»Pflegerin?« Damian geht richtig in die Luft. »*Pflegerin?* Kann ich bitte Ihren Vorgesetzten sprechen? Wie heißen Sie?« Er greift nach meinem Schlüsselband, doch ich weiche eilig zurück.

»Ich bitte um Verzeihung, Sir. Ich merke, dass Sie an unserer Studie nicht teilnehmen möchten, also lasse ich Sie in Ruhe. Nur *eine* kleine Information noch …«, füge ich hilfsbereit hinzu. »Inkontinenzhilfen sind diese Woche im Sonderangebot, falls das für Sie von Interesse sein sollte.«

Bevor er auch nur Luft holen kann, verschwinde ich schnell um die nächste Ecke, reiße mir Weste und Brille vom Leib und öffne meine Haare – dann renne ich dorthin, wo ich meinen Wagen stehen gelassen habe. Als ich Damian und Miss Kneifgesicht aus dem Gang kommen sehe, bin ich wieder eine Kundin mit einem Einkaufswagen und blicke stur in die andere Richtung.

»Das war doch eigentlich ganz lustig, Baby«, sagt Miss Kneifgesicht gerade beschwichtigend. »Ich glaube, es war einfach nur ein Irrtum.« Innerlich muss ich laut lachen. Das war nicht nur lustig, es war zum Schreien komisch, und ich *wünschte,* Steph wäre dabei gewesen.

Ich laufe kurz durch den ganzen Laden, kann aber keine veganen Truthähne finden, und ich möchte Steph nicht verpassen. Sobald ich also sicher bin, dass Damian und Miss Kneifgesicht den Laden verlassen haben, bezahle ich meine Einkäufe, gehe ins Café und winke ihr zu, als ich mich für einen Tee in die Schlange stelle.

»Hi! Becky!« Sie sieht mich und winkt erfreut zurück. »Komm, setz dich zu mir!«

Auf dem Weg zu Stephs Tisch merke ich, dass sie erheblich fröhlicher wirkt als noch vorhin.

»Weihnachtseinkäufe?«, frage ich mit Blick auf ihre Tüten, und sie zieht eine Grimasse.

»Mehr oder weniger. Ich bin ja mit Harvey ganz allein, und Harvey ist nicht so scharf auf Truthahn. Und nur für mich werde ich ganz sicher keinen ganzen Truthahn zubereiten, also …« Sie zuckt mit den Schultern. »Dann gibt es eben Würstchen.«

»Cool!«, sage ich, obwohl mir das Herz schwer wird, wenn ich mir Steph und Harvey an Weihnachten vorstelle, so ganz allein. »Könntet ihr nicht mit deiner Familie feiern?«, frage ich.

»Zu weit weg. Mum ist in Leeds. Und im Moment ist die Arbeit mal wieder der helle Wahnsinn. Ich muss heute hin, obwohl ich den Tag eigentlich freihaben sollte.«

»An einem Samstag?« Ich verziehe das Gesicht.

»Ich weiß«, sagt sie resignierend. »Ich bin nur mal kurz hier rein, um uns was zu essen zu besorgen. Harvey ist heute bei seiner Tagesmutter.«

»Hast du deiner Mum schon von Damian erzählt?«, frage ich, obwohl es mich wirklich nichts angeht.

»Noch nicht«, sagt Steph nach kurzer Pause, und ich beiße mir auf die Lippe. Weil es mir nicht zusteht, ihr zu sagen, was sie tun soll. Aber es ist Weihnachten. Und ihre Angehörigen wissen nicht mal, dass sie allein ist.

»Wenn ich deine Mum wäre, würde ich es gern wissen«, sage ich und sehe, wie ein Schatten über Stephs Gesicht streicht. Dann mache ich mir Sorgen, dass ich vielleicht zu weit gegangen bin, also füge ich eilig hinzu: »Habe ich Damian da eben gesehen?«

»Ja.« Steph macht ein langes Gesicht. »Mit *ihr.*«

»Ich finde sie echt hässlich«, sage ich ernst, und Steph muss lachen.

»Becky, du weißt nicht, was du redest.«

»Weiß ich wohl. Sie ist ordinär.«

»Sie ist ungefähr dreiundzwanzig und wunderschön. Hast du ihre Haare gesehen? Hast du ihren *Po* gesehen?«

Am liebsten möchte ich sagen: »Nein, Damians dicke, fette Hand war im Weg«, aber das wäre nicht gerade hilfreich. Stattdessen beschließe ich, lieber das Thema zu wechseln.

»Harvey war *toll* in dem Stück«, sage ich. »Er hat so ein süßes Lächeln!«

»Ach ja?« Wehmütig leuchtet Stephs Gesicht auf. »Ich konnte nicht. Ich habe mir in letzter Zeit zu oft von der Arbeit freigenommen. Aber es wird doch bestimmt eine DVD davon geben, oder?«

Unglücklich starre ich sie an. Sie war nicht mal da. Und da stelle ich mich an, nur weil ich Minnie nicht in ihrem eigentlichen Kostüm sehen konnte.

»Steph, was machst du morgen?«, frage ich spontan. »Hättest du Lust, mit Harvey zu einer Lebkuchenhaus-Bastelparty zu kommen?«

»Wirklich?« Sie strahlt mich an. »Und wie!«

»Super!«, sage ich. »Ich schick dir eine Nachricht, wann und wo. Wir tragen Weihnachtspullis und basteln Lebkuchenhäuser und … na ja, das war's schon.«

»Hat das in deiner Familie Tradition?«

»Eigentlich nicht. Es ist eine … neue Tradition.«

Ich werde nicht hinzufügen: »die ich gerade erst erfunden habe, um meine verfeindeten Weihnachtsgäste zu versöhnen.«

»Es ist wirklich nett von dir, uns einzuladen.« Plötzlich greift Steph über den Tisch und nimmt meine Hand. »Danke, Becky. Für alles. Kann ich morgen irgendwas mitbringen?«

»Nein«, sage ich. »Nur euch selbst.«

Steph schüttelt den Kopf. »Das sagt man immer so, aber es muss doch irgendwas geben. Was wünschst du dir im Moment am allermeisten? Und sag jetzt nicht *Weltfrieden*.«

»Einen veganen Truthahn«, sage ich aufrichtig. »Wenn du so was hättest, wäre ich dir superdankbar.«

Überrascht starrt Steph mich an. »Lebst du vegan?«

»Nein, aber meine Schwester«, erkläre ich. »Und ich habe ihr einen veganen Truthahn bestellt. Aber die haben abgesagt, also dachte ich, vielleicht mache ich selbst einen ...« Ich erzähle ihr die ganze Geschichte, und als ich bei den bemalten Klopapierrollen angekommen bin, muss Steph lachen, dass sie mit Tee prustet.

»Du bist doch verrückt!«, sagt sie. »Servier deiner Schwester einen Risotto, genau wie die Frau gesagt hat. Mach dir ein leichtes Leben!«

»Ich will mir aber kein leichtes Leben machen«, sage ich stur. »Ich will ihr einen veganen Truthahn hinstellen.«

»Na, dann mach ihn doch aus ...« Steph sieht sich um. »Woraus kann man denn mal einen Truthahn machen?«

»Genau! Das ist das Problem! Ich habe es mit Pilzen und Pappe versucht. Hat nicht geklappt.«

Wir schweigen – da ruft Steph mit einem Mal:

»Moment!« Sie holt eine Packung Donuts aus ihrer Tasche, betrachtet sie, dann zeigt sie triumphierend mit dem Finger darauf. »Wusst ich's doch! Die sind vegan. Nimm die hier!«

Ich sehe einen Sticker mit der Aufschrift »NEUE REZEPTUR – JETZT VEGAN!«

»Donuts?«, frage ich verwundert. »Ich kann doch keinen veganen Weihnachtstruthahn aus *Donuts* basteln.«

»Warum nicht? Was ist denn mit Donuts? Jeder mag Donuts.« Steph fängt an zu lachen und steckt mich damit an – und für einen Moment kriegen wir vor Lachen beide kein Wort heraus.

»Okay, das mache ich«, sage ich schließlich, immer noch kichernd. »Ich mach es. Warum eigentlich nicht?«

»Und ich helfe dir«, sagt Steph. Vor lauter Lachen ist sie ganz rot im Gesicht. So optimistisch habe ich sie schon lange nicht mehr erlebt. »Ich komme morgen etwas früher und bring Donuts mit – und dann basteln wir den allergeilsten veganen Donut-Truthahn, den die Welt je gesehen hat.«

NEUNZEHN

Als ich am nächsten Morgen auf Steph warte, ist mir richtig beschwingt zumute. Das Haus sieht total weihnachtlich aus. Die Tannenbaumlichter funkeln, all meine Girlanden sind an Ort und Stelle, und ich habe die Piñata im Wohnzimmer aufgehängt.

Außerdem trage ich ein hübsches »Mrs Santa-Kostüm«, über das ich im Supermarkt gestolpert bin. Es ist knallrot mit weißem Kunstfell und hat sogar ein kleines Cape mit einer genialen Handytasche. Und Minnie sieht in ihrem Weihnachtspulli einfach zum Knutschen aus. Er ist überall mit Satinschleifchen verziert, wie ein Geschenk.

»Du *bist* ein Geschenk«, sage ich und schließe sie fest in die Arme, aus denen sie sich zappelnd befreit, um zu fragen:

»Donuts?«

Okay, es war ein Fehler, Minnie von dem Donut-Truthahn zu erzählen. Heute Morgen um fünf kam sie ins Schlafzimmer gerannt und rief: »DONUTS! Wo sind die DONUTS?«

»Die kommen gleich!«, sage ich. »Harvey und seine Mama sind bestimmt bald da.«

In diesem Moment klingelt es, und da stehen sie schon vor der Tür, beide mit festlichen Pullovern und breitem Grinsen im Gesicht und – o wow, schwebt da etwa eine *Schneeflocke* durch die Luft?

»Toll, oder?«, sagt Steph, als sie meinem gespannten Blick folgt. »Schnee! Na ja, zumindest so was Ähnliches«, räumt sie ein. »Ich habe ungefähr fünf Schneeflocken gezählt.«

»Fünf sind besser als gar keine!«, sage ich. »Guck mal, Minnie, Schnee! Wir kriegen weiße Weihnachten!«

Pflichtschuldig blicken beide Kinder zum Himmel auf, und wir warten alle gespannt ... aber anscheinend hat der Himmel den Laden schon wieder zugemacht.

»Vielleicht kommt der Schnee später«, sage ich schließlich. »Geht ihr zwei doch erst mal spielen!«

»Hübsches Kostüm, Mrs Santa!«, sagt Steph, als wir reingehen.

»Was, dieses alte Ding?« Grinsend zupfe ich an meinem rotweißen Outfit. »Das habe ich doch nur eben kurz übergeworfen.«

Schon bald mache ich Steph einen Kaffee, während sie ungefähr eine Million Donutpackungen vom Plastik befreit. Außerdem hat sie Schaschlikspieße und Zahnstocher mitgebracht, um die Donuts zusammenzustecken.

»Frohe Weihnachten«, sagt sie, und wir stoßen mit unseren Kaffeetassen an. »Das kriegen wir schon hin!«

Während Minnie und Harvey herumrennen und Verstecken spielen, fangen Steph und ich mit unserer Donut-Konstruktion an, was sich als ungeheuer beruhigende, geradezu therapeutische Tätigkeit entpuppt. Nachdem wir ungefähr vierzig Donuts verarbeitet haben, treten wir einen Schritt zurück und beurteilen unser Werk.

»Ist schon ganz gut«, sage ich, um positiv zu bleiben. »Nur dass es noch nicht *unbedingt* wie ein Truthahn aussieht.«

Um die Wahrheit zu sagen: Es sieht kein bisschen aus wie ein Truthahn. Es könnte auch der Osterhase sein oder der Mount Everest.

»Noch sieht es nicht aus wie ein Truthahn«, entgegnet Steph. »Aber es hat ja auch noch nicht den letzten Schliff bekommen. Hast du Knetgummi?«

Zehn Minuten später hat Steph Minnies gesamtes Knetgummi konfisziert und den Kindern aufgetragen, auf dem Tisch truthahntypische Formen auszurollen. Schon bald fügt sie dem Donut-Truthahn orangefarbene Knetgummiflügel hinzu. Dann schwarze Krallen. Und große Glubschaugen.

»O mein Gott«, sage ich und mustere das Ding mit einer Mischung aus Entsetzen und Bewunderung. »Es guckt mich an.«

»Und dann noch den Schnabel«, sagt Steph und befestigt ein spitzes rotes Knetgummiding. »Siehe da … ein veganer Truthahn!«

Ich muss zugeben, dass er jetzt tatsächlich wie ein Truthahn aussieht. Oder zumindest wie ein Vogel. Ein schräger, gruseliger Donut/Knetgummi-Vogel, von dem wir vermutlich ein Leben lang Albträume haben werden.

»Geschafft!«, sage ich und hebe meine Hand, um sie abzuklatschen. »Du könntest glatt einen neuen Beruf daraus machen!«

»Hoflieferantin für vegane Truthähne«, sagt Steph nickend. »Ja, ich glaube, das wäre was für mich.«

Sie ist ganz rot im Gesicht, an ihrer Wange klebt ein Stückchen Knetgummi, und sie sieht aus, als würde sie sich bestens amüsieren. »Wie wollen wir ihn nennen, Kinder?«, fragt sie.

»Peppa Wutz!«, schlägt Harvey prompt vor, und ich schnaube vor Lachen.

»Okay, dann heißt er Peppa Wutz«, sage ich. »Peppa Wutz, der vegane Truthahn.«

»Ist das euer einziger Truthahn für Weihnachten?«, fragt Steph plötzlich etwas besorgt. »Oder habt ihr auch noch einen richtigen?«

»Wir haben auch noch einen richtigen«, sage ich. »Also, noch *haben* wir ihn nicht, aber er kommt heute Nachmittag um fünf.«

Und sollten die uns ersatzweise dreißig Gläser Truthahnpaste schicken – so sage ich mir im Stillen –, dann bringe ich endgültig jemanden um.

Vorsichtig trage ich den Truthahn zum Tresen und bedecke ihn mit einer Pappbox, damit unsere Gäste ihn nicht sehen. Dann fange ich an, Lebkuchen für die Häuschen zu verteilen, rundherum am Tisch. Draußen vor dem Fenster sehe ich die eine oder andere Schneeflocke, und mit einem Mal fühle ich mich tatsächlich wie in einem Weihnachtsfilm. Als wären wir gesegnet. Wir alle. Bestimmt wird es meinen Gästen doch genauso gehen, oder?

Es ist noch ein paar Minuten hin, bis die anderen kommen, also mache ich noch mehr Kaffee und lege die übrig gebliebenen Donuts auf einen Teller. Dann ziehe ich mit Steph ins Wohnzimmer um, während Harvey und Minnie im Flur ihre Monster Trucks fahren lassen.

»Dann will ich dir mal eben erzählen, wer heute alles kommt«, beginne ich. »Da wären einmal Suze und Tarkie und ihre drei Kinder, die du ja schon kennst. Dann wären da meine Eltern und ihre Nachbarn Janice und Martin. Und dann meine Schwester Jess mit ihrem Mann Tom, *falls* er rechtzeitig wieder aus Chile zurück ist. Übrigens ist er der Sohn von Janice und Martin«, füge ich hinzu. »So haben Jess und Tom sich kennengelernt.«

»Wow«, sagt Steph, nachdem sie sich alles angehört hat. »Ihr seid eine eng verwobene Gemeinschaft.«

»Ich glaube schon«, sage ich und nicke.

»Schöner großer Weihnachtstisch.« Sie lächelt.

»Das wird es wohl.« Ich nicke, dann beuge ich mich spontan vor. »Steph, kommt doch auch! Du und Harvey. Kommt zu Weihnachten. Platz haben wir genug, und wir würden uns freuen …«

Ich stutze, als Steph lächelnd den Kopf schüttelt.

»Becky, du bist süß«, sagt sie, »und ich weiß das Angebot wirklich zu schätzen.« Sie strahlt mich an. »Meine Eltern und meine Schwester wollen kommen. Sie bringen einen Truthahn mit, und wir feiern alle zusammen Weihnachten.«

»*Echt?*« Begeistert starre ich sie an. »Das ist ja fantastisch!«

»Ich weiß.« Steph macht eine Pause, dann fügt sie leiser hinzu: »Ich habe ihnen von Damian erzählt. Nach dem, was du gestern gesagt hast, bin ich nach

Hause und habe sofort meine Mum angerufen und …« Mit einem Mal kommen ihr die Tränen, und für einen Moment kriegt sie kein Wort heraus. »Ich weiß gar nicht, warum ich es ihnen nicht eher erzählt habe«, bringt sie schließlich hervor. »Das war dumm.«

»Weil es schwer ist«, sage ich verständnisvoll. »Der Familie zu erzählen, dass man Probleme hat, ist sehr schwer.«

»Das ist das Schwerste.« Sie nickt. »Man möchte es einfach nicht zugeben. Immer wieder dachte ich: ›Wenn es nicht laut ausgesprochen wird, stimmt es vielleicht auch nicht.‹«

»Ach Steph.« Ich beiße mir auf die Lippe.

»Aber sobald es raus war, habe ich mich besser gefühlt. *Stärker.*« Steph nippt an ihrem Kaffee. »Jedenfalls machen wir an Weihnachten unser eigenes Ding. Aber ich freue mich, deine Familie heute kennenzulernen. Es klingt, als wäre sie nett.«

»Ist sie«, sage ich etwas abgelenkt, denn Stephs Worte haben mich ins Mark getroffen. Sie hat mir so vieles anvertraut – und jetzt möchte ich ihr etwas anvertrauen.

»Kennst du meine Schwester Jess?«, frage ich vorsichtig. »Die Veganerin. Ich glaube, dass sie womöglich auch Probleme in ihrer Ehe hat. Und sie will auch nicht darüber sprechen. Sie ist ein eher verschlossener Mensch und zieht sich lieber zurück. Es ist gar nicht so leicht, ihr zu helfen.«

»Hab einfach Geduld«, sagt Steph und nickt verständnisvoll. »Falls es ihr so ähnlich geht wie mir, fühlt sie sich bestimmt total verletzlich. Ich habe mich so dafür geschämt, dass Damian mich verlassen hat.«

»*Geschämt?*«, frage ich verdutzt. »Steph, *er* sollte sich schämen, nicht du!«

»Ich weiß.« Scheu lächelt sie mich an. »Es ist nicht rational. Aber man wünscht sich doch, dass es funktioniert. Und man gibt sich die Schuld, wenn es nicht klappt. Tut mir leid, das von deiner Schwester zu hören«, fügt sie hinzu. »Das ist nicht leicht.«

»Deshalb dachte ich … Falls sich beim Basteln der Lebkuchenhäuschen eine Gelegenheit ergeben sollte, könntest du dann vielleicht mal mit ihr reden? Ganz diskret?«

»Aber natürlich«, sagt Steph. »Ich weiß keine Lösungen, aber auf jeden Fall verstehe ich die Probleme. Wann kommen die anderen denn eigentlich?«

»Oh«, sage ich mit einem Blick auf meine Uhr. »Eigentlich müssten sie schon da sein.« Und gerade will ich mein Telefon hervorholen, um nachzusehen, ob ich was verpasst habe, als mir die Ankündigung einer Nachricht zuvorkommt. Ich zücke mein Handy und sehe eine neue Nachricht von Jess.

Liebe Becky, tut mir leid, aber ich werde aus persönlichen Gründen weder heute noch morgen kommen. Tut mir leid, dass du dir so viel Mühe gemacht hast. Frohe Weihnachten! Jess (und Tom)

Was?

Sie … *Was?*

Ich kriege kaum Luft vor lauter Fassungslosigkeit.

Den ganzen Morgen habe ich damit verbracht, einen veganen Truthahn für Jess zu basteln … und jetzt kommt sie gar nicht? Sie *kommt nicht*?

»Becky!«, sagt Steph besorgt. »Was ist passiert? Alles okay?«

»Nicht wirklich«, sage ich und versuche zu lächeln, was mir kein bisschen gelingen will. »Nein, nicht wirklich. Du weißt doch – meine Schwester Jess, von der ich eben erzählt habe? Für die wir den veganen Truthahn gebastelt haben? Die hat eben abgesagt. Sie kommt heute nicht und morgen auch nicht. Ohne Vorwarnung. Ohne vernünftige Entschuldigung. Nur ›aus persönlichen Gründen‹.«

Steph schlägt die Hand vor den Mund und schweigt einen Moment lang. »Ist sie denn sonst auch eher unzuverlässig?«, fragt sie schließlich.

»Nein! Sie ist total zuverlässig! Sie ist unerschütterlich. Sie … sie ist aus Granit. Sie lässt nie jemanden im Stich, niemals!«

»Aha.« Ich sehe Steph an, dass sie scharf nachdenkt, und endlich erwidert sie meinen Blick. »Sie leidet. Das würde ich vermuten. Sie schafft es einfach nicht, den anderen in die Augen zu sehen. Es fällt ihr zu schwer, es ist zu schmerzhaft, also geht sie euch lieber aus dem Weg.«

»O Gott«, sage ich bedrückt. »Was soll ich tun? Sollte ich gleich jetzt zu ihr rübergehen?«

»Damit verschreckst du sie möglicherweise«, warnt Steph. »Sie muss bereit sein, darüber zu sprechen, sonst zieht sie sich nachher nur noch mehr zurück.«

»Aber sie kann Weihnachten doch nicht *ganz allein*

verbringen!«, sage ich bestürzt, als mein Telefon klingelt.

»Ist sie das?«, fragt Steph sofort, aber ich schüttle den Kopf.

»Das ist meine Mum«, sage ich eilig, dann ins Telefon: »Seid ihr schon unterwegs? Hör mal, ich habe da eben so eine seltsame Nachricht von Jess bekommen …«

»Ach Schätzchen«, unterbricht mich Mum, bevor ich fortfahren kann. »Dad und ich sind beide total angeschlagen. Fieser Virus. Ich fürchte, wir können leider nicht kommen.«

»Ach«, sage ich verblüfft. »Na gut … Seid ihr denn morgen wieder auf dem Damm?«

»Ich glaube nicht, Liebes«, sagt Mum bedauernd. »Wir wollen den Kindern nicht unsere Bazillen weitergeben. Macht euch einen schönen friedlichen Tag ohne uns. Das mit den Weihnachtsgeschenken machen wir ein andermal.«

Ich starre mein Telefon an, fühle mich etwas überrumpelt. Ein andermal. Aber Weihnachten ist *morgen*. Wir haben alles bereit. Wir haben *Quality Street* gekauft, die Fernsehzeitung und alles.

Meine Lippen beben. Aber ich darf Mum nicht merken lassen, wie enttäuscht ich bin. Das wäre nicht fair, wenn sie so krank ist.

»Okay«, sage ich mit der muntersten Stimme, die ich zustande bringe. »Na, das ist aber wirklich schade, aber viel wichtiger ist, dass es euch bald wieder besser geht. Ruht euch aus, bestell Dad schöne Grüße, trinkt immer genug …«

»Das machen wir, Liebes«, sagt Mum. »Und ihr macht euch morgen einen superschönen Tag.«

»Mum, apropos ...«, sage ich. »Ich habe gerade so eine Nachricht von Jess bekommen, die schreibt, dass sie auch nicht kommt ...«

»Schätzchen, ich muss los.« Mum fällt mir ins Wort, bevor ich noch mehr sagen kann. »Tut mir so leid, dass wir uns nicht sehen, aber ich wünsche euch frohe Weihnachten!«

Bevor ich noch eine Silbe von mir geben kann, hat sie aufgelegt, und ich starre ins Leere, bin etwas umnebelt. Aber wieso musste sie denn so schnell auflegen?

»Becky?«, fragt Steph ein paar Sekunden später. »Becky, rede mit mir. Was ist passiert?«

»Das war meine Mum«, sage ich, wobei ich mich schwer konzentrieren muss. »Sie hat auch für Weihnachten abgesagt. Sie ist krank. Und mein Dad auch.«

»O nein«, sagt Steph entsetzt. »Was für ein Pech.«

»Ich weiß.«

Mein Telefon meldet mir piepend die nächste Nachricht, und ich werfe einen Blick darauf, um nachzusehen, ob sie von Jess ist – aber sie kommt von Janice.

Liebe Becky, entschuldige bitte, dass ich dir erst so spät Bescheid gebe, aber Martin und ich haben beschlossen, Weihnachten doch lieber ganz ruhig zu Hause zu verbringen. Ich hoffe, ihr habt einen wundervollen Tag zusammen! Janice xx

Ich starre die Worte an. In meinem Kopf dreht sich alles. Ich verstehe nicht. Was passiert hier?

»Sprich mit mir!«, meint Steph. »Becky, du siehst furchtbar aus!«

»Ich fühle mich auch furchtbar«, sage ich und schlucke. »Alle sagen Weihnachten ab. Am Tag vorher. Ohne Vorwarnung. Ohne Grund.«

»O Becky.« Steph sieht mich betrübt an. »Nach all der Arbeit, die du dir gemacht hast. Ich meine … Könntest du es nicht verschieben? Eine Feier organisieren, wenn es allen wieder besser geht?«

»Du verstehst nicht!«, sage ich verzweifelt. »Warum machen alle einen Rückzieher?«

»Na ja«, sagt Steph vorsichtig. »Deine Eltern sind krank … Deine Schwester fühlt sich zu angreifbar, wie wir annehmen …«

»Was ist mit Janice?«

»Ich kenne Janice nicht. Tut mir leid.«

»Denken denn alle, dass ich nicht in der Lage bin, ein Weihnachtsfest auszurichten?«

»Was?« Steph starrt mich an. »Sei nicht albern!«

»Suze dachte, ich kriege es nicht hin«, sage ich, höre sie kaum. »Sie wollte es sogar lieber selbst ausrichten. Hat sie den anderen eingeredet, dass Weihnachten bei mir ein Reinfall wird?«

»Becky!« Steph klingt entsetzt. »Das ist doch paranoid! Menschen werden nun mal krank. Sie sagen manchmal ab, okay? So was passiert.«

»Menschen sagen nicht innerhalb von fünf Minuten alle dasselbe ab«, entgegne ich, und vor lauter Anspannung überschlägt sich meine Stimme. »So was passiert nicht einfach! Statistisch ist das nicht möglich. Okay? Das ist statistisch *unmöglich.*«

Ich sehe, dass Steph den Mund aufmacht, um etwas zu entgegnen, doch dann scheint sie es sich anders zu überlegen.

»Suze wird auch absagen«, flüstere ich traurig. »Ich weiß es genau.«

»Du bist verrückt«, sagt Steph entschieden. »Das wird sie natürlich nicht tun. Das Ganze ist doch keine Verschwörung. Es ist einfach Pech. Du hast eine tolle Familie und tolle Freunde, die alle liebevoll miteinander umzugehen scheinen …«

»Die sind nicht liebevoll!«, gebe ich verzweifelt zu. »Die gehen sich gegenseitig an die Kehle! Alle haben Streit miteinander! Deshalb wollte ich diese Lebkuchen-Party geben, damit sich alle wieder vertragen können.«

»Oh«, sagt Steph verdutzt. »Okay. Das war mir nicht klar.«

»Vielleicht sagen deshalb alle ab.« Wieder überkommt mich die reine Verzweiflung. »Sie können es nicht ertragen, einander gegenüberzusitzen. Aber begreifen sie denn nicht, dass ich sie alle miteinander versöhnen wollte?«

Mein Telefon klingelt, und wir zucken zusammen. Und obwohl ich ja schon damit gerechnet habe, rutscht mir doch der Magen in die Knie, als ich *Suze* auf dem Display sehe. Schweigend halte ich es so, dass Steph den Namen lesen kann.

»Sprich mit ihr!«, sagt sie mit besorgter Miene. »Vielleicht geht es um was ganz anderes.«

Ich lasse das Telefon noch zweimal klingeln, während ich versuche, mich zu fangen. Dann drücke ich auf *Antworten* und sage mit seltsam hoher Stimme:

»Oh, hi, Suze, bist du noch unterwegs zur Lebkuchen-Party?«

»Oh, hi, Bex«, antwortet Suze und klingt dabei ganz aufgeregt und auch irgendwie seltsam. »Hm, tut mir leid, ich weiß nicht, ob wir es schaffen. Ich habe da so einen dringenden Weihnachts-Shopping-Notfall, der sich eben erst ergeben hat.«

Ich hatte recht.

Es fühlt sich an, als lastete ein schwerer Stein auf meiner Brust. Mir war nicht klar, wie sehr ich mir gewünscht hatte, *unrecht* zu haben.

»Kein Problem«, sage ich benommen. »Macht ja nichts. Es war nur eine … du weißt schon. Ist nicht so schlimm.«

»Und wegen morgen.« Suze klingt, als würde sie sich überhaupt nicht wohlfühlen, als würde sie auf einem Bein stehen und das andere darumschlingen, was vermutlich auch der Fall ist. »Was Weihnachten angeht. Tarkie möchte seinen Onkel Rufus nun doch besuchen. Tut mir leid, dass ich so kurzfristig absage, Bex, aber … Du bist mir doch nicht böse, oder?«

Und plötzlich waren alle weg.

Mein Herz wird immer schwerer, meine Augen brennen, aber irgendwie halte ich mich aufrecht.

»Okay.« Ich schlucke. »Nein, *natürlich* bin ich dir nicht böse. Da müsst ihr hin! Viel Spaß!«

»Du hast wirklich nichts dagegen?«, fragt sie besorgt.

»Selbstverständlich nicht!«, sage ich schrill. »Im Grunde ist es mir sogar eine Erleichterung. Du hattest recht. Weihnachten auszurichten ist totaler Stress.«

»Genau«, sagt Suze erleichtert. »*Viel* leichter für dich.«

Sie traut es mir nur nicht zu. Ich höre es an ihrer Stimme. Sie glaubt nicht daran, dass ich ein Weihnachtsfest ausrichten kann. Mit einem Mal laufen mir zwei Tränen über die Wangen. Ich versuche, sie zu ignorierten.

»Absolut!«, sage ich fröhlich. »Es wird wunderbar! Also, macht euch einen schönen Tag mit Onkel Rufus, und wir sprechen … irgendwann mal. Frohe Weihnachten. Viele Grüße an alle … Bye!«

Ich stelle mein Telefon ab, starre vor mich hin, meine Kopfhaut kribbelt, ich kriege kein Wort raus.

Innerhalb von zehn Minuten hat sich mein gesamtes Weihnachtsfest in Wohlgefallen aufgelöst.

ZWANZIG

Steph tut ihr Bestes. Sie drückt mich fest. Sie erklärt mir, dass alles reiner Zufall sei und meine Freunde und Familie mich *wirklich* lieben, *natürlich* tun sie das. Sie erzählt mir die Geschichte von einem katastrophalen Weihnachten in ihrer Kindheit, als ihr Onkel in Wales festsaß, und bringt mich damit (mehr oder weniger) zum Lachen.

Dann bekommen wir Nachricht, dass die Schule das Krippenspiel auf der Website hochgeladen hat, und Steph schlägt vor, dass wir es uns zur Ablenkung auf ihrem iPad ansehen.

Es ist auch eine Ablenkung. Mehr oder weniger. Aber außerdem ist es eine schmerzliche Erinnerung daran, worum es an Weihnachten geht. Als ich all die süßen Kinder sehe, wie sie *Ihr Kinderlein kommet* singen, wird mir unerträglich sentimental zumute. Und nach »sentimental« kommt gleich »traurig«. Und nach »traurig« kommt gleich, dass man hemmungslos heulend auf die Knie sinkt und den Himmel anfleht: »Waruuuuum?«

Steph dagegen ist ganz fasziniert vom Krippenspiel. Als Minnie, Harvey und George ihren Auftritt als Könige haben, himmelt sie ihren kleinen Harvey an.

»Er war ganz toll«, sage ich, als die drei Könige den Weg frei machen für einen Pulk von Engeln.

»Sie waren alle ganz toll«, sagt Steph. »Minnie war unbezahlbar! Wollen wir uns ihren Auftritt noch mal ansehen?«

Wir gehen zurück und fangen nochmal dort an, wo die Könige auftreten. Steph sieht sich die Details genauer an.

»Moment mal«, sagt sie plötzlich. »Warte.« Sie drückt die Pausentaste und starrt den Bildschirm an. »Becky, du hast gesagt, dieses Kostüm, das du mir gegeben hast, wäre ein Ersatz.«

»Oh«, sage ich überrascht. »Ja. Absolut! War es auch.«

»Aber ich sehe doch, dass Minnie nur ein Tuch trägt, das du zu einem Kleid umfunktioniert hast«, sagt Steph. »Wohingegen Harveys Kostüm ein echtes Kunstwerk ist. Allein diese Pailletten!« Bestürzt sieht sie mich an. »Du hast mir Minnies Kostüm gegeben, stimmt's?«

»Nein!«, sage ich automatisch. »Gott! Ich meine … ist doch egal. »Es geht doch nicht um die Kostüme. Es war ein hübsches Krippenspiel! Komm, gucken wir weiter!« Ich bin mir nicht sicher, ob Steph mich überhaupt hört.

»Ich war an dem Tag dermaßen am Ende«, sagt sie wie zu sich selbst. »Ich habe nicht mal *nachgedacht* … Ich meine, warum solltest du ein Ersatzkostüm in deiner Tüte dabeihaben? Das ist doch eher unwahrscheinlich. Ich bin so eine *Idiotin*. Minnie hätte dieses Kostüm tragen sollen.«

Und als könnte sie unsere Gedanken lesen, blickt Minnie von dem Spiel auf, das sie gerade mit Harvey spielt, und kommt herüber, um einen Blick auf das iPad zu werfen.

»Das ist *mein* Kostüm«, sagt sie und deutet mit dem Finger auf das erstarrte Bild von Harvey. »Meeeiiin Kostüm. Wir haben es Harvey geschenkt.«

Also ehrlich. Man kann nicht darauf bauen, dass Minnie irgendwas für sich behält. Ich sehe Steph an und zucke verlegen mit den Schultern.

»Ich weiß«, sagt Steph zu Minnie. »Und wir sind euch sehr dankbar dafür, stimmt's, Harvey? Denn deine Mama hat hart an diesem Kostüm gearbeitet. Sie hat es extra für dich genäht, nicht?«

Minnie überlegt einen Moment, dann schüttelt sie den Kopf und sagt: »Mummy hat es *genadelt*. Die Nadel hat mich *gepikst*. Ich hab ›Autsch!‹ gesagt!«

»Autsch«, wiederholt Harvey mitfühlend.

»Autsch! Nadel!«, kreischt Minnie, lacht dabei vor Freude und pikst Harvey mit dem Finger. »Nadel!«

Meine Tochter ist eine echte Dramaqueen. Ja, ich habe sie mit einer Nadel gestreift, ein einziges Mal, beim Anpassen. *Gestreift.*

»Nadel! Nadel!«, kreischen Minnie und Harvey und jagen sich gegenseitig aus dem Zimmer. Steph seufzt schwer.

»Becky«, flüstert sie. »Ich weiß gar nicht, was ich sagen soll.«

Als ich aufblicke, sehe ich zu meinem Entsetzen, dass sie Tränen in den Augen hat. Nein. Nein. Das darf sie nicht, sonst bin ich gleich ein heulendes Wrack.

»Das ist doch keine große Sache«, sage ich eilig. »Vergiss es.«

»Aber es ist eine große Sache. Es ist das Großzügigste, was jemals jemand für mich getan hat.«

»Ach was«, sage ich und blicke stur aus dem Fenster. »Das hätte doch jeder getan. Also.«

»Du hast das nicht verdient.« Mit einem Mal klingt Steph ganz aufgebracht. »Du hast das *so was* von nicht verdient, Becky.« Ihr Telefon piept mit einer Nachricht, und genervt wirft sie einen Blick darauf – dann verzieht sie das Gesicht. »O Gott. Meine Familie ist da. Zu früh. Die stehen bei mir vor der Tür. Aber ich möchte dich so nicht allein lassen.«

»Du musst los!«, sage ich sofort. »Geh nur! Hab ein schönes Weihnachtsfest!«

»Gibt es jemanden, den du anrufen könntest? Zum Beispiel …« Ihr Satz verklingt, und ich weiß, was sie denkt. Wen könnte ich anrufen? Meine engsten Freunde? Meine Familie? Wieder spüre ich diesen schrecklichen Schmerz, aber ich zwinge mich zu einem Lächeln.

»Es geht schon. Luke ist schon auf dem Weg. Er wird bald hier sein. Steph, du musst zu deiner Familie. Ich wünsch dir eine schöne Zeit mit ihnen!«

Steph wirft mir einen letzten gequälten Blick zu, dann steht sie auf und sammelt Harvey ein. Ich höre die Freude in ihrer Stimme: »Oma ist da, mein Kleiner! Bei uns zu Hause!«

Nach einer letzten engen Umarmung ist sie weg, und ich sitze mit Minnie allein da und warte auf Luke. Ich stelle Minnie den *Schneemann* an und rolle mich neben ihr auf dem Sofa ein, versuche, es mir gemütlich zu machen. Aber mein Kopf ist ganz heiß und schwer.

Plötzlich sehe ich Minnies *Grinch*-Buch auf dem Boden liegen und hebe es auf, höre noch Lukes Stimme in meinem Kopf. *Der Grinch kann alles stehlen … nur nicht Weihnachten selbst.* Ich blättere in dem Buch herum, bis ich zu der Seite komme, auf der sich die Whos bei den Händen halten und gemeinsam singen. Die Seite, die für mich ein Sinnbild des Glücks ist. Gemeinschaft. Weihnachten eben. Ich starre sie an, bis die Zeichnungen und die Worte vor meinen Augen verschwimmen, und mein Kopf wird noch schwerer als zuvor.

Ich habe die Geschenke und die Dekoration und sogar einen veganen Truthahn. Aber ich habe keine Freunde und auch keine Familie. Mir fehlt genau das, was Weihnachten ausmacht.

Und da kann ich die Fassade nicht mehr aufrechterhalten. Mein Kopf sinkt herab, und ich schluchze lautlos in meine Knie, damit Minnie nicht merkt, dass irgendwas los ist.

Wie konnte es passieren, dass mein erstes Weihnachten zu Hause dermaßen schiefgeht? Was habe ich bloß falsch gemacht?

Ich atme schwer, meine Nase läuft, und ich kneife die Augen zusammen … als ich wie in einem Traum Lukes Stimme höre.

»Becky?« Ich fühle seine Arme um mich. »Becky! O mein Gott! Was ist passiert?«

»Oh. Hi.« Eilig blicke ich auf, wische mir übers Gesicht. »Alles gut. Weißt du … es ist nur … hm … alle haben Weihnachten abgesagt, und deshalb war ich ein bisschen enttäuscht. Aber es geht schon wieder.«

»Abgesagt?« Verwundert starrt Luke mich an.

»Kommen nicht.«

»Wer kommt nicht?«

»Alle. Mum und Dad, Janice, Suze … Jess …«

Für einen Augenblick scheint es Luke die Sprache verschlagen zu haben. Dann sagt er mit der höflichen Elternstimme, die wir in Minnies Gegenwart benutzen:

»Becky, könntest du mal kurz mit mir in die Küche kommen?«

Ich folge ihm, und wir ziehen die Tür hinter uns zu. Dann fährt Luke herum.

»Was hat das zu bedeuten? Ganz von vorn. Was ist passiert?«

»Na ja«, sage ich stockend. »Erst kam eine Nachricht von Jess, dass sie nicht kommen kann aus persönlichen Gründen. Und dann meinte Mum, dass sie und Dad krank sind. Und Janice meinte, sie möchte lieber einen ruhigen Tag mit Martin verbringen, und Suze fährt zu ihrem Onkel Rufus.«

»Das ist doch nicht zu fassen!«, sagt Luke mit leiser, unheildrohender Stimme. »Nicht zu *fassen.*« Er ist kreidebleich. So böse sieht man Luke selten. »Man sagt Weihnachten nicht so kurzfristig ab. So behandelt man andere nicht.«

»Wenn sie nicht kommen wollen, ist das ihre Entscheidung«, sage ich trübsinnig.

»Scheiß drauf!«, explodiert Luke. »Sie müssen sich erklären. Das lasse ich mir nicht bieten, Becky. Das nicht. Du hast so verdammt hart für dieses Weihnachtsfest gearbeitet, und so gehen die *nicht* mit dir um.«

»Du hast auch geholfen«, sage ich, doch Luke schüttelt den Kopf.

»Ich habe mich nicht so darauf gestürzt wie du. Es ist deine Show. Deine Feier. Das hast du nicht verdient.«

Schon zückt er sein Telefon und wählt. Einen Moment später runzelt er die Stirn und sagt: »Mailbox. Hi, Jane«, sagt er nur. »Luke hier. Ich wäre dir dankbar, wenn du mich mal anrufen könntest.«

Dieselbe Nachricht hinterlässt er bei Suze, Janice und Jess, dann steckt er sein Telefon weg mit verkniffener Miene. Mit einem Mal kommt mir unsere Küche so schlicht vor. Überhaupt nicht weihnachtlich.

»Möchtest du einen Kaffee?«, fragt Luke schließlich. »Oder einen Drink?«

Ich schüttle den Kopf, fühle mich so kraftlos. Luke nickt, dann stellt er den Wasserkocher an. Dabei fällt ihm der Pappkarton auf. Er hebt den Deckel an und schreckt angesichts des Donut-Truthahns zurück.

»Du meine Güte! Was ist *das*?«

»Ein veganer Truthahn«, sage ich mutlos. »Er heißt Peppa Wutz.«

»Aha.«

Ich sehe Luke an, dass er sich dieses Ding zu erklären versucht, dann den Versuch aufgibt und den Deckel wieder draufstellt. Er macht sich einen Becher Kaffee und rührt langsam darin herum.

»Dann hast du also mit keinem von ihnen gesprochen? Erzähl mir alles noch mal.«

»Mit Suze habe ich gesprochen. Und sie klang seltsam. Irgendwie betreten. Gar nicht wie Suze. Luke, ich glaube, da ist was im Busch«, sage ich verzweifelt. »Ich weiß, es klingt paranoid, aber trotzdem. Sie haben alle innerhalb von zehn Minuten abgesagt. Es war, als ob … als ob sie sich abgesprochen hätten.«

Luke atmet aus, sein Blick geht ins Leere. Sein Zorn ist verraucht, und er verfällt ins Grübeln.

»Aber was um alles in der Welt könnte sie dazu bewogen haben, Weihnachten abzusagen?«

»Ich weiß es nicht! Ich habe schon überlegt und überlegt. Ist es immer noch wegen Flo? Oder irgendeinen anderen Streits? Sind alle in einer geheimen WhatsApp-Gruppe und haben sich gegen mich verschworen? Es kommt mir vor, als wüssten alle etwas, das ich nicht weiß«, sage ich verzweifelt. »So fühle ich mich. Und keiner will mir was sagen.«

Schweigend trinkt Luke einen Moment lang seinen Kaffee, dann sieht er mir in die Augen.

»Okay«, sagt er. »Wer aus deiner Familie sagt am ehesten geradeheraus, was er denkt?«

»Jess«, sage ich, ohne zu zögern.

»Genau. Jess. Wir holen es aus Jess raus.« Er nimmt sein Telefon und wählt. »Mailbox. Wie ihr Festnetz?«

»Zu Hause«, sage ich. »Mums und Dads Nummer in Oxshott.«

»Ach ja, stimmt.« Er wählt noch mal, lauscht aufmerksam – dann sagt er: »Ist besetzt. Also ist sie zu Hause.« Er geht aus der Küche und ruft: »Minnie! Mäuschen! Zieh dir Schuhe an. Und deinen Mantel. Wir fahren jetzt sofort zu Jess«, sagt er zu mir mit entschlossener Miene. »Und wir gehen nicht wieder weg, bis sie uns gesagt hat, was los ist.«

Es dauert ungefähr eine halbe Stunde bis Oxshott, und je näher wir dem Haus kommen, desto mehr schlägt mir die ganze Sache auf den Magen. Immer wieder gehe ich vom Schlimmsten aus. Aber was *ist* das Schlimmste?

Die anderen feiern gemeinsam Weihnachten, ohne uns, weil sie uns auf einmal nicht mehr leiden können. Nein, weil sie uns noch nie leiden konnten. Unser ganzes Leben war eine große Lüge, eine einzige Heuchelei. O Gott, nein, das kann nicht sein. Ehrlich gesagt weiß ich überhaupt nicht, was ich denken soll.

Als wir da sind, steigen wir schweigend aus dem Wagen, gehen auf das Haus zu, und Luke drückt die Klingel. Insgeheim hoffe ich, dass keiner da ist, doch nach einer Weile geht die Tür auf, und Jess starrt uns an.

»Hi.« Ihr Blick geht von mir zu Luke und wieder zurück. »Euch hätte ich jetzt nicht erwartet.«

»Nein«, sagt Luke knapp. »Und wir hätten nicht erwartet, dass ihr alle Weihnachten absagt. Dürfen wir reinkommen?«

»Ja«, sagt Jess nach kurzer Überlegung, und sie führt uns schweigend ins Wohnzimmer.

Es sieht genauso aus wie immer. Soweit ich es beurteilen kann, hat Jess nichts Eigenes hinzugefügt, abgesehen von ein paar Geologiebüchern und einer Yogamatte, die zusammengerollt in der Ecke liegt, daneben die dicksten Gymnastikhanteln, die ich je gesehen habe. Wir setzen uns und machen für Minnie wieder den *Schneemann* auf dem iPad an. Dann wirft Luke mir einen Blick zu, lässt mir den Vortritt.

»Jess«, beginne ich. »Ich weiß, du hast gesagt, du

hättest persönliche Gründe, aus denen du Weihnachten nicht mit uns feiern möchtest. Und ich respektiere das. Tu ich wirklich. Aber wir finden, es ist doch ein seltsamer Zufall, dass alle im selben Moment Weihnachten absagen.« Meine Stimme bebt. »Wir finden es seltsam. Und … und verletzend. Und ich möchte gern wissen, warum.«

Schweigen. Jess mustert mich, als wollte sie in meinem Gesicht lesen.

»Du bist aufgebracht«, sagt sie schließlich.

»Ja! Natürlich bin ich aufgebracht!«

»Du bist nicht erleichtert?«

»Erleichtert?« Ich glotze sie an. »Mein ganzes Weihnachtfest ist kaputt! Wieso sollte ich *erleichtert* sein?«

Wieder schweigt Jess lange, während ihr Blick zwischen Luke und mir hin- und hergeht, als folgte sie einem inneren Algorithmus. Dann runzelt sie die Stirn und sagt:

»Luke, da ist offensichtlich was schiefgegangen. Du musst jetzt Klartext reden. Erzähl Becky, was du getan hast. Sei ehrlich.«

»Luke?«, sage ich verdutzt, dann drehe ich mich zu ihm um. *»Luke?«*

»Ich weiß nicht, was du meinst, Jess«, sagt Luke perplex. »Was habe ich denn getan?«

»Deine E-Mail«, sagt Jess nur.

»Welche E-Mail?«

»An Suze. Sie hat sie an uns alle weitergeleitet. Wir haben sie alle gesehen.«

»Was für eine E-Mail an Suze?«, protestiert Luke. »Wovon *redest* du? Ich habe keine E-Mails verschickt.

Ich war weg. Als ich zurückkam, saß Becky da und war am Boden zerstört. Mehr weiß ich nicht. Was ist hier los?«

Wieder dieses Schweigen, und Jess' Blick geht hin und her. Dann nimmt sie ihr Telefon, scrollt einen Moment darauf herum und reicht es Luke.

»Du hast diese E-Mail nicht geschrieben?«

Während Luke liest, fallen ihm fast die Augen aus dem Kopf.

»Lukebrandonwork@LBC.com«, sagt er entsetzt. »Das ist schon mal gar nicht meine Mailadresse. Was ist hier los?«

Ich dagegen beachte die Adresse gar nicht, stürze mich gleich auf den Text.

Liebe Suze,

ich weiß nicht recht, wie ich es sagen soll, aber ich möchte dich bitten, Weihnachten abzusagen, so taktvoll wie möglich. Bitte überleg dir eine Ausrede, irgendeine. Becky ist mit den Nerven am Ende, fühlt sich furchtbar und hat richtig Angst vor dem Tag. Wir hatten uns ein stilles Weihnachtsfest gewünscht, nur wir drei, bis sich alle bei uns eingeladen haben. Seitdem ist Becky dermaßen gestresst, dass ich mir richtig Sorgen um sie mache bei all euren Sonderwünschen und WhatsApps. Sie weint oft, ist total erschöpft und nimmt es euch echt übel …

Entsetzt blicke ich auf mit brennenden Wangen. *Das* denken alle?

»Jess, ich nehme niemandem etwas übel«, sage ich. »Ich bin auch nicht erschöpft. Ich habe keine Ahnung, was hier vor sich geht, aber nichts davon entspricht der Wahrheit.«

»Und ich habe das nicht geschrieben!« Wütend deutet Luke darauf. »Das habe ich *nie* geschrieben, das ist absoluter Quatsch.«

Ich bin schon dabei runterzuscrollen, um das Ende zu lesen.

Vor allem aber nimm KEINEN Kontakt zu Becky auf und lass sie nicht wissen, dass ich dir geschrieben habe. Sie hat ihren Stolz und würde alles abstreiten, selbst wenn es ihr gesundheitlich gewiss schaden würde. Fakt ist – was Becky im Moment am dringendsten bräuchte, wäre, dass Weihnachten diskret abgesagt wird. Sag bitte auch den anderen Bescheid.

Viele Grüße

Luke

Ich starre die Worte an, mein Herz rast. Da klingelt irgendwas … irgendwas klingelt da …

Fakt ist … Fakt ist …

»O mein Gott!« Ich reiße den Kopf hoch. »Nadine! Nadine hat das geschickt!«

»Nadine?« Erstaunt starrt Luke mich an. »Nadine?«

»Ist das nicht eure neue Freundin?« Verwundert legt Jess die Stirn in Falten.

»Sie ist keine Freundin«, sage ich mit Nachdruck. »Sie ist unsere Feindin. Sie hasst uns. Und sie weiß, was bei uns los ist.« Ich sehe Luke an. »Sie *weiß*, dass sie es uns damit heimzahlen kann. Wir haben uns über Weihnachten unterhalten, weißt du noch? Sie weiß, dass ich etwas gestresst war.« Wie im Fieber zähle ich es an den Fingern ab. »Sie weiß, dass sich alle zu Weihnachten selbst eingeladen haben. Sie weiß von den WhatsApps.« Ich deute auf die E-Mail. »Niemand sonst sagt ständig ›Fakt ist‹. *Und* sie kennt sich mit Computern aus. Sie war es! Hast du gesehen, wie böse sie uns angesehen hat, bevor sie ging? Sie will Rache.«

»Mannomann.« Luke bläst die Wangen auf.

Plötzlich erinnere ich mich an Nadines zuckersüße Stimme, an diesem Abend im Cottage. *Du wirst dein Weihnachtsfest mit Freunden und Familie schon bekommen, Becky.*

Sie weiß, was mir am meisten bedeutet – und sie hat versucht, es mir zu nehmen. Wir haben sie unterschätzt.

»Die ist schlimmer als der Grinch«, sage ich düster. »Die ist grinchiger als der Grinch. Der Grinch hat nur Zeugs gestohlen. Sie hat *Menschen* gestohlen.«

»Aber wir hätten uns nicht stehlen lassen dürfen!«, ruft Jess mit einem Mal empört. »Becky, es tut mir so leid …«

»Aber was ist denn passiert?« Ich fahre zu ihr herum, klinge verletzt. »Ihr habt diese Mail gelesen und einfach alle gesagt: ›Okay, sagen wir eben ab!‹?«

»Nein!«, ruft Jess erschrocken. »Natürlich nicht. Wir haben ausgiebig darüber diskutiert. Tagelang. Aber am Ende haben wir uns darauf geeinigt, dir für Weihnachten abzusagen, aus unterschiedlichen Gründen, damit du keinen Verdacht schöpfst.«

»Vielleicht hättet ihr nicht alle gleichzeitig absagen sollen«, sagt Luke trocken. »Das war dann doch zu offensichtlich.«

»Aber wieso habt ihr es geglaubt?«, heule ich fast.

»Weil es uns … glaubwürdig erschien«, sagt Jess verlegen. »Du wirktest in letzter Zeit wirklich gestresst, Becky. An Minnies Geburtstag warst du fix und fertig. Und Suze meinte, du hättest irgendwas davon erzählt, dass du einen Fisch in eine Bettdecke wickeln wolltest …«

»Auf der Party war ich fix und fertig, weil Flo ein Albtraum war!«, verteidige ich mich. »Und mein Kuchen war eine Katastrophe, und Nadine hat Luke vor der Haustür bedrängt. *Deshalb.* Und für den Fisch unter der Bettdecke gibt es eine absolut vernünftige Erklärung. Und außerdem«, füge ich hinzu, nehme langsam Fahrt auf, »selbst wenn ich vielleicht ein bisschen gestresst war – an Weihnachten ist doch *jeder* gestresst! Deshalb sagt man es doch nicht gleich ab! Ist denn keiner mal auf die Idee gekommen, Luke anzurufen?« Unwillkürlich klinge ich etwas vorwurfsvoll, und Jess verzieht das Gesicht.

»Doch!«, sagt sie. »Natürlich! Suze hat es versucht. Aber er war nicht zu erreichen.«

»Nadine wusste, dass ich auf Geschäftsreise musste«, wirft Luke trocken ein.

»Aber Suze hat dir doch eine Nachricht hinterlassen, Luke«, fügt Jess hinzu – und ich erstarre.

»Nachricht? Was für eine Nachricht?« Ich fahre zu Luke herum. »Hast du eine Nachricht gekriegt?«

Ich sehe Luke an, dass ihm ein Licht aufgeht.

»Ach«, sagt er ausweichend. »Stimmt. Ja. Kann sein, dass da eine Nachricht von Suze war. Aber die fing an mit ›Luke, wegen Weihnachten‹, und ich dachte, das kann bestimmt warten, bis ich wieder da bin.«

Fast möchte ich rufen: »Dann hast *du* also Schuld!« Aber das stimmt natürlich nicht. Und auch Suze trifft keine Schuld. Und auch sonst niemanden. Als ich aufblicke, sehe ich, dass Jess und Luke mich beide reumütig anstarren, und mit einem Mal kribbelt meine Nase.

»Als alle abgesagt haben, war mir … ich dachte …« Ich schlucke. »Ich wusste nicht, was ich denken sollte.«

Eine Weile schweigen wir, dann kommt Jess und legt mir eine Hand auf die Schulter.

»Wir wussten auch nicht, was wir denken sollten«, sagt sie. »Und falls es dir ein Trost sein sollte, haben wir es uns damit wirklich nicht leicht gemacht.« Sie zeigt mir auf ihrem Telefon die Einträge einer WhatsApp-Gruppe namens »Ist Becky okay???«.

Ich wusste es! Ich war nicht paranoid. Es gibt tatsächlich eine geheime WhatsApp-Gruppe. Ich fange an, die Nachrichten durchzugehen – und bin richtig schockiert, als ich sie lese.

Janice
Das ist alles meine Schuld. Ich hätte Flo NIE mit zu Becky nach Hause bringen dürfen. Ich schäme mich.

Jane
Es ist MEINE Schuld, Liebes. Wir hätten nicht nach Shoreditch ziehen sollen.

Janice
Wir brauchen keine Piñata!!! Warum habe ich nicht gemerkt, was ich mit meinen endlosen, übermäßigen Forderungen anrichte?

Suze

Wir haben alle so großen Druck auf Becky ausgeübt. Ich habe ein SCHRECKLICH schlechtes Gewissen, dass wir uns für Weihnachten einfach bei ihr eingeladen haben. Ich habe gar nicht darüber nachgedacht.

Jane

Jetzt fällt es mir wieder ein – als ich Becky gebeten habe, Weihnachten zu übernehmen, war sie richtig erschrocken über die Idee. Sie meinte, es würde ihr »schlaflose Nächte« bescheren. Das hat sie WORTWÖRTLICH so gesagt, Janice. »Schlaflose Nächte«.

Verwundert stutze ich. Das hat sich Mum doch ausgedacht. Ich bin mir ziemlich sicher, dass ich nie gesagt habe, es würde mir »schlaflose Nächte« bereiten.

Jane

Ich habe DIE NÖTE MEINER EIGENEN TOCHTER nicht wahrgenommen.

Janice

Liebes, macht dir keine Vorwürfe. Wir haben alle Schuld.

»Jess …« Ich blicke auf. »Das ist doch verrückt. Wir müssen den anderen schnell Bescheid sagen.«

»Ja.« Jess nickt und nimmt ihr Telefon. Eilig schreibt sie eine Nachricht, dann blickt sie auf. »Du hattest schon genug Ärger, Becky. Wir klären das. Und nur um sicherzugehen …« Sie zögert. »Wir feiern Weihnachten also doch bei dir, ja?«

»Ja«, sage ich entschlossen. *»Ja!«*

Während Jess noch schreibt, bin ich doch leicht überwältigt von dem, was hier so geschrieben wurde.

»Das Gute daran ist, dass alle wieder miteinander reden«, sage ich, als sie fertig ist und mich grinsend ansieht.

»Deine Mum und Janice hat die Sorge um dich richtig zusammengeschweißt. Von Flo ist keine Rede mehr.«

»Wirklich?«, sage ich und bin schon viel besser drauf. »Na, das ist doch schon mal was!«

»Ich mache uns einen Tee«, sagt Luke erleichtert. »Komm mit, Minnie, du kannst mir helfen! Und bring das iPad mit!«, fügt er hinzu, als sie den Mund aufmacht, um zu protestieren.

»Diese Nadine scheint ja ziemlich …«, Jess schüttelt den Kopf, »… nachtragend zu sein.«

»Ich denke, sie glaubt *tatsächlich,* dass sie ein Anrecht auf alles Mögliche hat«, sage ich stirnrunzelnd. »Sie meinte, sie hätte ein Anrecht auf Lukes Geld. Als sie das nicht kriegen konnte, hat sie beschlossen, sie hätte das Recht, uns Weihnachten kaputtzumachen. Wie dem auch sei«, füge ich eilig hinzu, als Jess eine Grimasse zieht. »Halten wir uns nicht damit auf. Wir haben es rechtzeitig herausgefunden, also … ist ja nichts passiert.«

»Zum Glück seid ihr vorbeigekommen.« Plötzlich muss Jess heftig gähnen und hält die Hand vor den Mund. »Entschuldige. *Entschuldige.*«

»O Gott«, sage ich reumütig. »Bist du müde, Jess? Geht es dir nicht gut?«

Ich war dermaßen besessen von Weihnachten, dass ich Jess gar nicht richtig beachtet habe. Und wenn ich sie so betrachte, sieht sie furchtbar aus. Blass und dünn. Und irgendwie aufgewühlt. Immer wieder weicht sie meinem Blick aus, als ginge ihr etwas Großes durch den Kopf.

»Jess, da wir gerade vom Gutgehen sprechen …«, sage ich mit sanfterer Stimme. »Wie geht es *dir* denn eigentlich?«

Schweigend mustert sie mich.

»Du machst dir immer noch Sorgen um mich, was?«

Mir fällt auf, wie dunkel die Schatten um ihre Augen sind. Genau wie bei Steph. O Gott, da mache ich mir selbstsüchtig Sorgen um Weihnachten, und dabei ist es Jess, die hier aussieht wie der Tod persönlich.

»Ja«, sage ich unverblümt. »Das tue ich. Jess, ich weiß, es geht mich nichts an, aber ich habe gerade mit einer Freundin gesprochen, die hatte auch … Schwierigkeiten. Sie meinte, es könnte sein, dass du dich zu verletzlich fühlst, um dich öffnen zu können. Und ich möchte einfach nur, dass du weißt, wenn es dir schlecht geht …«

»Du meinst, es geht mir schlecht.« Mit gepresster Stimme schneidet Jess mir das Wort ab. »Weil Tom mich betrügt.«

Atemlos starre ich sie an. Will sie sich endlich öffnen?

»Becky«, fährt sie mit derselben sonderbaren Stimme fort. »Hast du denn aus dem, was heute passiert ist, rein *gar nichts* gelernt, was wilde Vermutungen angeht?«

»Bitte?«, sage ich, komme nicht hinterher, und wieder folgt so seltsames Schweigen – dann scheint sie nachzugeben.

»Ich will dir was zeigen.« Sie steht auf und winkt mir, ihr zu folgen. »Wir kommen rauf«, ruft sie.

»Wen rufst du?«, frage ich verdutzt, als wir die Treppe hinaufsteigen.

»Tom.«

»Tom?«, wiederhole ich baff. »Tom ist *hier*?«

»Natürlich ist er hier. Ich habe dir doch gesagt, dass er Weihnachten nach Hause kommt.«

»Stimmt«, sage ich eilig. »Klar.« Aber mein Verstand steht Kopf. Ich komme nicht mehr hinterher.

»Du bist schlau, Becky«, sagt Jess, als wir oben sind. »Ich verheimliche dir etwas. Euch allen. Wir wollten es einfach auf keinen Fall verderben.«

»Was denn?« Eine atemlose Hoffnung wächst in mir heran, die ich lieber gar nicht in Worte fassen möchte für den Fall, dass … »Was ist los, Jess. *Was denn?*«

»Hi, Becky.« Tom begrüßt mich in der Tür. Braun gebrannt lächelt er mich an, obwohl auch er Schatten unter den Augen hat. »Komm rein! Sieh selbst …«

O mein Gott … *o mein Gott … das kann doch nicht sein …*

Tom führt mich ins Gästezimmer, und ich bleibe abrupt stehen mit Tränen in den Augen. Auf dem Doppelbett schläft tief und fest ein Kind mit schwarzen Locken.

»Das ist Santiago, unser Sohn. Wir sind gestern am späten Abend gelandet. War ein langer Flug.« Tom verzieht das Gesicht. »Das war es aber wert.«

Ich merke, dass ich nach Jess' Hand gegriffen habe, ohne es gemerkt zu haben. Ich kann mich gar nicht von Santiago abwenden. Er muss so etwa vier oder fünf sein, vermute ich. Er hat lange Wimpern und goldene Haut, und er trägt ein beigefarbenes T-Shirt mit dem Aufdruck »Recycled« am Rücken.

»Ich hatte ja keine Ahnung, dass die Adoption so kurz bevorstand«, bringe ich schließlich hervor. »Herzlichen Glückwunsch! Meinen *allerallerherzlichsten* Glückwunsch!«

Ich schlinge meine Arme um Jess und Tom, und als ich mich von ihnen löse, haben wir alle etwas glänzende Augen.

»Wir hatten ja auch keine Ahnung«, sagt Tom. »Es gab so gut wie keine Vorwarnung. Als die Nachricht eintraf, kam Jess sofort rübergeflogen …«

»Du bist mal kurz nach Chile und wieder zurück?« Ich starre Jess an.

»Na klar«, sagt sie, ohne mit der Wimper zu zucken.

»Wir haben die Formalitäten erledigt«, fährt Tom fort, »haben alle Termine erledigt, die zu erledigen waren, dann sind wir mehr oder weniger direkt ins Flugzeug und …«

»Wir haben überhaupt nicht geschlafen.«

»Wir müssen nicht schlafen.« Tom legt einen Arm um Jess.

Beide sehen kaputt aus, aber glücklich. Sie sehen genau so aus, wie frischgebackene Eltern aussehen. Wie kann es angehen, dass es mir nicht sofort klar war, sobald ich einen Fuß in die Tür gesetzt hatte?

»Und wie lange habt ihr … Ich meine, wie habt ihr …?« Ich habe den Faden verloren.

»Es wurde uns schon vor einer Weile angekündigt, aber wir wussten nicht, wann es schließlich so weit sein würde. Und wir wollten es niemandem erzählen«, fügt Jess etwas trotzig hinzu. »Solange es nicht definitiv war.«

»Jess hatte ihre Konferenz schon gebucht.« Tom übernimmt die Geschichte. »Also haben wir beschlossen, dass sie zurück nach England fliegt und ich noch dableibe für den Fall, dass es vor Weihnachten noch etwas Neues gibt.«

»Wir haben versucht, geduldig zu warten«, sagt Jess. »War nicht einfach.«

Deshalb war Jess so angespannt. Da war gar nichts anderes. Ich bin so *blöd*!

Außerdem ist Suze schuld. Sie hat mich bei meiner Khaki-Hot-Pants-Theorie unterstützt.

»Jess, es tut mir so leid«, stottere ich. »Ich weiß, ich habe da offenbar falsche Schlüsse gezogen …«

»Dachtest du, dass *ich* eine Affäre habe – oder *Jess*?«, fragt Tom trocken. »Das war uns nicht ganz klar.«

Er wirft Jess einen Blick zu, und sie rollt demonstrativ mit den Augen. O Gott, ist es mir peinlich! Vor allem, weil Jess und Tom verliebter wirken, als ich sie je gesehen habe.

»Was sagen denn Janice und Martin dazu?« Eilig wechsle ich das Thema. »Die sind doch bestimmt außer sich vor Freude.«

»Sie wissen es noch nicht«, sagt Jess nach einem Blick zu Tom. »Die waren vorhin schon weg, bevor wir sie erwischen konnten, und am Telefon wollten wir es ihnen nicht erzählen. Also … du bist die Erste, die Santiago zu sehen bekommt, Becky.«

»Ich bin die *Erste*?« Mit einem Mal habe ich einen dicken Kloß im Hals. »Es … es ist mir eine Ehre.«

Ich strecke eine Hand aus und berühre eine von Santiagos Locken, will ihn nicht wecken, kann aber auch nicht widerstehen.

»Willkommen, Santiago«, füge ich leise hinzu.

»Er kann nicht hören«, sagt Jess sachlich. »Er ist taub.«

»Oh«, sage ich verdutzt. »Okay. Verstehe. Na … dann lernen wir eben Zeichensprache. Wir bringen sie ihm bei. Wir tun alles, was er braucht. Sagt mir einfach, wie ich helfen kann.«

Als ich aufstehe, blinzle ich heftig, denn bis gerade eben wusste ich nicht mal, dass Santiago existiert, aber schon bin ich fest entschlossen, ihm beizustehen, sein Leben lang, um jeden Preis.

»Das ist wundervoll.« Ich sehe Jess und Tom an. »Ich freue mich so für euch. Und dann noch pünktlich zu Weihnachten!«, füge ich mit sentimentalem Seufzer hinzu. »Dadurch wird es noch viel besonderer.«

»Da bin ich anderer Meinung«, sagt Jess ganz ruhig. »An jedem anderen Tag des Jahres wäre es genauso besonders gewesen.«

Ich beiße mir auf die Lippe, um nicht loszulachen. Das ist so typisch Jess. Und natürlich hat sie recht. Aber ich finde, ein bisschen habe ich auch recht.

Chats

BEX UND SUZE

Suze
Becky!!! OMG!!!!! Ich fühle mich SCHRECKLICH!!! Xxxxxxxxx

Suze
Ich kann nicht fassen, dass ich dieser Mail geglaubt habe!!!

Suze
Ich glaube nie wieder IRGENDWELCHEN E-Mails. NIE WIEDER.

Suze
Wir dachten, du brichst uns zusammen!!!

Suze
Nadine ist BÖSE.

Suze
Ich kann nicht fassen, dass ihr kurz davor wart, Gruppensex mit ihr zu haben.

Suze
Ihr hattet doch keinen Gruppensex, oder? Oder etwa doch? Du kannst es mir ruhig sagen. Ich würde euch nicht verurteilen.

EINUNDZWANZIG

Als wir später zu Hause ankommen, fühle ich mich emotional völlig ausgebrannt. Während der ganzen Fahrt im Auto habe ich mir mit Suze WhatsApps geschrieben, habe ihr versichert, dass – ja – ich ihr verzeihen werde und – ja – die Einladung für Weihnachten noch steht. Und – nein – wir hatten keinen Gruppensex, und – ja – ich würde es ihr erzählen, wie es war.

Sobald wir drinnen sind, wendet sich Luke an Minnie.

»Mäuschen, ich muss für Mama noch was einkaufen. Wir beide gehen los und erledigen das, dann kann sie die Füße hochlegen und sich einen Weihnachtsfilm ansehen. Klingt das gut, Becky?«

»Klingt super«, sage ich dankbar.

Ich gehe ins Wohnzimmer und betrachte all die festlichen Dekorationen, die Lichter und Geschenke und empfinde zum ersten Mal seit langem so etwas wie Zufriedenheit. Jetzt wird doch noch alles gut. Vielleicht kann ich tatsächlich mal die Füße hochlegen und mich entspannen. Eben überlege ich, wo ich die Fernbedienung gelassen haben könnte, als ich aus den Augenwinkeln etwas Graues über den Boden huschen sehe.

Bitte?

Das war doch wohl keine …

Wieder huscht sie vorbei, und diesmal sehe ich sie richtig und stöhne auf vor Entsetzen. Eine Maus! Eine echte *Maus*! In unserem *Haus*? An *Weihnachten*?

»Hast du die Mail nicht gelesen?«, frage ich das Tier empört. »Mäuse sind hier unerwünscht. Aaaah!« Unwillkürlich kreische ich, als sie knapp an meinem Fuß vorbeiläuft. Ehrlich gesagt fürchte ich mich vor Mäusen.

In diesem Moment kommt Minnie herein, und ich kriege kurz einen Schreck. Ich möchte *auf keinen Fall*, dass sie in der Schule herumerzählt, wir hätten Mäuse. Aber es ist zu spät. Sie hat sie schon gesehen.

»HAMPER!«, schreit sie, und ihre Freude könnte nicht größer sein. »Guck mal, Mami, ein HAMPER!«

Hamper? Stirnrunzelnd starre ich sie an. Was redet sie da?

Die Maus rennt schon wieder an meinen Fuß vorbei, aber ich verkneife mir den Drang loszukreischen, denn es ist nicht gerade vorbildlich, wegen Mäusen loszukreischen.

»Hamper!« Minnie rennt der Maus hinterher. »HAM-PER! Der Weihnachtsmann bringt mir einen Hamper«, fügt sie im Plauderton hinzu. »Er bringt mir einen Hamper durch den Schornstein. HAM-PER! Komm her!« Als die Maus wieder vorbeiwetzt, breitet Minnie die Arme aus, als wollte sie das Tier umarmen, während ich sie nur ansehe, wie zur Salzsäule erstarrt, und mir die Bedeutung ihrer Worte langsam bewusst wird.

Hamper. Nicht Picknickkorb von HAMPA. Sondern *Hamster*. Die ganze Zeit hat sie sich einen Hamster gewünscht, wild entschlossen, unerschütterlich. Einen *Hamster*.

Als mir die fürchterliche Wahrheit dämmert, wird mir ganz kalt. Es ist Heiligabend, und die Läden machen gleich zu, und jetzt erst begreife ich, was meine Tochter sich wirklich zu Weihnachten wünscht. Der schlimmste aller Weihnachtsalbträume wird wahr.

So ruhig wie möglich gehe ich raus auf den Flur – dann schnappe ich mir Luke und zerre ihn in die Küche.

»Luke«, stottere ich. »Katastrophe! Minnie wünscht sich zu Weihnachten einen Hamster.«

»Einen *Hamster*?« Er starrt mich an. »Aber ich dachte …«

»Ich weiß«, fahre ich ihm vor Verzweiflung über den Mund. »Ich weiß. Keine Zeit. Während du mit ihr unterwegs bist, gehe ich los und kaufe ihr einen. Und außerdem müssen wir ihr dringend diese Babysprache abgewöhnen!«, füge ich hinzu und sehe ihm an, dass er langsam begreift.

»Mist.« Er kneift den Mund zusammen. »*Mist.* Ist aber eigentlich auch ganz lustig.«

»Ist es nicht! Denn wir haben keinen Hamster! Es sei denn … Hast du mir zufällig einen gekauft?«, füge ich mit leiser Hoffnung hinzu, weil Luke einmal im Scherz gesagt hat, er würde mir zu Weihnachten einen Hamster kaufen und ihn Ermintrude nennen.

»Nein, leider nicht.« Luke wirkt amüsiert. »Becky, entspann dich«, fügt er hinzu und legt seine Hände auf meine Schultern. »Die Läden haben noch geöffnet. In der Ellerton Street gibt es eine Tierhandlung.«

»Okay«, sage ich heftig nickend. »Ja. Da fahre ich hin. Aber was ist, wenn die keinen haben?«

»Haben sie bestimmt. Alle Tierhandlungen führen Hamster. Oder soll ich das machen?«

»Nein, das geht nicht! Nimm du Minnie mit! Sonst merkt sie was! Ich besorg einen Hamster. Jetzt gleich!«

»Als Mrs Santa verkleidet?«, erkundigt sich Luke.

»*Jetzt* interessierst du dich auf einmal dafür, was ich anhabe?«, gebe ich gestresst zurück. »Das hat im Moment ja wohl nicht gerade Priorität, Luke!«

Ich schnappe mir mein Telefon und meine Tasche und renne zum Wagen. Ein Hamster. Ich kann es nicht fassen. Ein verdammter Hamster.

Auf dem Weg zur Ellerton Street rast mein Herz. Das hätte nicht passieren dürfen. Das ist nicht in Ordnung. Ich habe *rechtzeitig* mit meinen Weihnachtseinkäufen angefangen. Ich war *gut organisiert.* Minnie ein Geschenk zu kaufen war das Erste, was ich getan habe! Das Allererste! Und doch renne ich hier an Heiligabend panisch durch die Gegend, ganz genau so, wie ich es *nicht wollte.*

Ich parke den Wagen, sprinte über den Bürgersteig zur Tierhandlung und bleibe entsetzt davor stehen. Geschlossen. *Geschlossen.* Sie kann doch nicht geschlossen sein! Wie kann eine Tierhandlung an Heiligabend geschlossen sein? Und was ist mit Last-Minute-Hamstern?

Ich rüttle an der Tür für alle Fälle, aber ich weiß, es ist sinnlos. Als ich mich abwende, zittere ich fast vor Panik. Eine alte Dame mit einer Einkaufskarre beobachtet mich neugierig.

»In Bickersly gibt es noch eine Tierhandlung«, sagt sie. »Woodford Street. Da könnten Sie es probieren.«

»Okay!«, sage ich. »Danke!«

Ich weiß nicht mal, wo Bickersly liegt, aber mit meinem Navi finde ich es bestimmt. Ich folge einer seltsamen Route durch Dörfer, in denen ich noch nie gewesen bin, und finde mich schließlich in einer kleinen Seitenstraße wieder. Drei Läden reihen sich dort aneinander. Einer davon heißt Pete's Pets, und dort brennt noch Licht. Gott sei Dank! *Gott* sei Dank!

Als ich hineinstürme, kommen mir doch gewisse Zweifel. Die einzigen Tierhandlungen, die ich bisher gesehen habe, waren groß und wirkten gepflegt. In dieser hier arbeitet ein tätowierter Typ, der aussieht, als würde er die Hamster für satanische Rituale züchten. Aber ich habe keine Wahl, also trete ich höflich lächelnd an ihn heran.

»Hallo, Mrs Santa«, sagt er grinsend, während er mich von oben bis unten mustert.

»Hallo«, sage ich. »Ich hätte gern …«

»Wir schließen bald«, unterbricht er mich. »Sie sollten sich beeilen.«

»Kein Problem. Ich hätte gern einen Hamster. Und einen Käfig. Und Futter«, füge ich noch hinzu. »Und was ein Hamster so braucht.«

»Okay.« Er nickt. »Was für eine Sorte Hamster?«

»Die … Hamster-Sorte.«

Er wirft mir einen seltsamen Blick zu und führt mich zu einem Plastikkäfig voller Hamster in einzelnen Abteilungen, die umherwetzen und Futter futtern und tun, was Hamster so tun. »Suchen Sie sich einen aus.«

»Okay«, sage ich und gebe mir Mühe, begeisterter zu klingen, als mir zumute ist.

Denn im Grunde sind es Nagetiere. Ausgerechnet ich wähle einen Nager aus, um ihn in mein Haus zu bringen, aber Minnie wird sich schrecklich freuen. Und das ist wichtiger als meine Angst.

Ich überlege, welche Farbe ihr wohl gefallen würde. Ob Luke es vielleicht heimlich herausfinden könnte? Ich zücke mein Telefon, um ihn anzurufen – habe aber keinen Balken auf meinem Display. Dreck.

»Ja, unser Netz ist hier nicht so toll«, sagt der Typ. »Also, welchen möchten Sie?«

Ich mustere die Hamster, wobei ich versuche, sie mit Minnies Augen zu sehen. »Vielleicht den da!«, sage ich und deute auf einen beigefarbenen.

»Das ist ein Goldhamstermännchen. Wollen Sie ihn sich mal näher ansehen?«

Er nimmt ihn aus dem Käfig und hält ihn mir hin – und ich versuche, meinen Widerwillen zu unterdrücken. »Hatten Sie denn schon mal einen Hamster?«, fügt er skeptisch hinzu.

»Äh … nein. Aber ich werde mich an die Gebrauchsanweisung halten«, sage ich eilig. »Ich werde gut auf ihn achtgeben. Versprochen.«

Er gibt mir den Hamster, und ich halte das Tier vorsichtig in der Hand. Es ist pelzig und schnüffelig und krabbelig mit richtig scharfen Krallen.

»Aaaah!«, kreische ich, als der Hamster plötzlich auf den Tisch hüpft und wegrennt.

»Bloß nicht *loslassen*!«, sagt der Typ entgeistert und fängt den Hamster wieder ein.

»Das wollte ich nicht!«, sage ich beschämt. »Tut mir leid. Er hat mich überrascht.«

»Sie sollten ihn nicht kaufen, wenn Sie nicht damit umgehen können«, sagt er missbilligend, und ich merke, dass ich leicht panisch werde. Wird er mir gleich sagen, dass ich als Hamster-Besitzerin ungeeignet bin? Gibt es da einen Test, und bin ich gerade durchgefallen?

»Kann ich!«, sage ich entschlossen. »Ich kann damit umgehen. Versprochen.«

»Okay, also Hamster, Käfig, Streu, Futter ...« Er überlegt. »Wollen Sie Extras?«

Interessiert blicke ich auf. Ooh. Extras?

Der Typ zeigt mir ein Regal voller Zeug, und ich traue meinen Augen nicht. Wer hätte gedacht, dass es so viel Zubehör für Hamster gibt? Ich suche einen Spielball, ein »Hamster-Cottage« und ein echt cooles Röhrengerüst aus, in dem der Hamster herumwetzen kann. Und eben überlege ich, eine Hamster-Wippe zu kaufen, als mir etwas siedend heiß einfällt: meine Lieferung. Mein Truthahn. *Verdammt.* Den habe ich in der Aufregung total vergessen. Er kommt in einer halben Stunde. Ich muss nach Hause, und zwar schnell.

»Okay«, sage ich hastig. »Ich bin fertig. Das wär's.«

Ich bezahle alles, dann muss ich mehrmals laufen, um all die Sachen in den Wagen zu schaffen, denn die sind doch ziemlich sperrig. Zuletzt fehlt nur noch der Hamster in seinem Käfig, und als ich ihn eben vom Boden anheben will, kommt mir eine Idee. Ich könnte schnell ein Foto machen und es Luke schicken! Ich muss sowieso üben, das Tier anzufassen.

Ich gehe in die Knie, greife nach dem zappeligen kleinen Vieh und hole es heraus, versuche, nicht zurückzuschrecken. Na also. Ich bin jetzt schon viel besser damit. Ich meine, der kleine Kerl ist ja wirklich ganz süß mit seiner Schnüffelnase. Wir müssen uns einen guten Namen für ihn ausdenken.

Ich mache ein Foto und will ihn gerade wieder in den Käfig zurücksetzen, als der Typ mit einem Mal »*Verpiss* dich!« in sein Festnetztelefon bellt.

Was mich zusammenzucken lässt. Was mich den Hamster eine Nanosekunde lang loslassen lässt.

Nur für eine Nanosekunde. Aber das reicht schon. Und zu meinem abgrundtiefen Entsetzen, bevor ich wieder zugreifen kann, windet sich der Hamster aus meiner Hand und rennt über den Boden davon. Er bleibt kurz stehen und starrt mich an, als wollte er »Haha!« sagen (okay, könnte sein, dass ich das jetzt projiziere), und ich starre zurück mit klopfendem Herzen.

Ich kann unmöglich zugeben, dass ich den Hamster schon wieder fallen gelassen habe. Der Typ wird sagen, dass ich verantwortungslos bin, und ihn mir nicht verkaufen. Ich beschließe, den kleinen Kerl einfach selbst zu fangen. Vorsichtig strecke ich die Hand nach ihm aus, doch er weicht zurück. Ich greife noch mal entschlossener zu, doch diesmal rennt er ganz weg, durch eine offene Seitentür.

Scheiße.

Lautlos schleiche ich dem Hamster durch die Tür hinterher und finde mich in einem trübe beleuchteten Lagerraum wieder. Eilig ziehe ich die Tür hinter mir zu und sehe mich um. Es ist ein sehr kleiner Raum, und es gibt nur diesen einen Ausgang. Ich *muss* diesen verdammten Hamster finden.

Ich lausche, ob ich ein Scharren höre, aber da ist nichts. Also stelle ich die Taschenlampenfunktion am Handy ein und leuchte damit herum, suche nach zwei blitzenden Knopfaugen. Nichts.

Da entdecke ich auf einem Regal einen Karton mit »Hamster-Leckerli«, und da habe ich eine Idee. Ich reiße ihn auf, sage mir, dass ich ihn kaufen werde, und habe plötzlich eklige kleine Pellets in der Hand, die für Hamster vermutlich so etwas wie Kaviar sind.

Daneben steht noch ein großer, aber leerer Pappkarton. Den lege ich auf die Seite und streue einen Haufen Leckerli hinein. Dann hocke ich mich ein Stück abseits hin, bereit, die Hamsterfalle blitzschnell zuschnappen zu lassen. Ich komme mir vor wie einer aus dem Team von Richard Attenborough, der darauf wartet, einen Serengeti-Löwen am Wasserloch zu fangen.

Da fällt mir ein, dass diese Teams manchmal wochenlang warten müssen.

Nein. So darf ich nicht denken. Ich gehe lieber davon aus, dass sie manchmal auch nur ganz kurz warten müssen, bis der Löwe auftaucht. Genau.

Ein paar unerträgliche Minuten vergehen. In der Hocke tun mir richtig die Beine weh, aber ich wage nicht, mich zu bewegen. David Attenboroughs Leute beschweren sich auch nicht, wenn ihnen die Nasen abfrieren, oder? Also sollte ich mich auch nicht beschweren.

Trotzdem ist mir irgendwie trostlos zumute. Wie konnte es so weit kommen? Es sollte doch ein *orga-*

nisiertes Weihnachten werden. Ein *entspanntes* Weihnachten. Kein Weihnachten, an dem man in einem feuchten Hinterzimmer darauf wartet, dass ein Hamster Hunger bekommt.

Gerade frage ich mich, ob das vielleicht eine selten dämliche Idee ist und ich einfach zu dem Mann gehen und ihm gestehen sollte, was passiert ist, als ich mit einem Mal ein leises Scharren höre. Ich spähe im Dämmerlicht – und sehe zwei Knopfaugen, die mich anblitzen! Ja! Es funktioniert!

Als der Hamster sich dem Futterhaufen nähert, muss ich mich richtig beherrschen, um nicht laut loszujubeln. Ich habe es geschafft! Ich bin eine wahre Hamsterflüsterin! Jetzt muss ich nur noch …

Moment mal, was ist das?

Ungläubig starre ich das Tier an, als es sich in den Karton schleicht. Das ist ein anderer Hamster. Das ist der falsche Hamster. Der hier ist halb beige, halb weiß. Er muss sich irgendwo im Lagerraum versteckt und das Futter gewittert haben.

Was jetzt? Die Gedanken fliegen wild durch meinen Kopf, während ich den Hamster dabei beobachte, wie er ein Leckerli zwischen seine Pfoten nimmt. (Das ist richtig niedlich.) Was soll ich tun? Soll ich den hier fangen? Aber den will ich nicht. Ich will *meinen*. Wo ist *meiner*?

Als ich mich zu entscheiden versuche, wie ich weiter vorgehen soll, gesellt sich plötzlich ein weiterer Hamster zu dem ersten. Aber das ist auch der falsche Hamster. Er hat eine dunklere graubraune Farbe. Wie viele Hamster sind denn in diesem Lagerraum?

Fast möchte ich dem Ladenbesitzer schon sagen, dass er von Hamstern überrannt wird, nur bringe ich es nicht fertig, mich zu rühren. Denn wenn diese Hamster vom Futter angelockt wurden, dann vielleicht … ganz vielleicht …

Ich erstarre, als ich schon wieder ein Scharren auf dem Steinfußboden höre – und mein Herz tut einen Satz. Ja! Es ist der beigefarbene! Er nähert sich ganz vorsichtig, doch dann bleibt er plötzlich stehen.

Geh weiter, rufe ich lautlos. Komm schon, hol dir das Futter! Du willst es doch!

Er stutzt, und ich fixiere ihn, bringe all meine übersinnlichen Hamsterkräfte zum Einsatz. *Geh schon …*

Nach einer unerträglichen Minute etwa kommt er wieder in Bewegung. Vorwärts … vorwärts … Ja! Er ist auf der Seite vom Karton! Blitzschnell stelle ich den Karton aufrecht, woraufhin alle drei Hamster einschließlich der Leckerli auf dem Kartonboden landen. Jetzt können sie mir nicht mehr entkommen.

Ich richte mich auf. Mein Herz klopft, und meine Beine kribbeln wie verrückt. Okay. Kein Grund mehr zur Panik. Ich habe meinen Hamster. Ein Blick auf die Uhr erleichtert mich enorm. Ich habe immer noch Zeit genug, um es bis nach Hause zu schaffen und den Truthahn in Empfang zu nehmen. Es ist also alles gut. Es ist sogar alles *supergut,* denn jetzt habe ich einen Hamster *und* eine Geschichte, die ich Luke erzählen kann. (Man muss immer das Positive sehen.)

»Ich habe Ihre Hamster eingefangen!«, sage ich, als ich aus dem Lagerraum trete mit dem Karton in Händen – und abrupt stehen bleibe.

Der Laden ist dunkel. Keiner mehr da.

Fassungslos blicke ich mich um, betrachte die Ladenkasse. Das Schild an der Tür. Das Metallgitter vor der Ladenfront. *Geschlossen?* Die haben *abgeschlossen*? Obwohl ich noch *drinnen* bin?

Gedanken schießen wie Raketen durch meinen Kopf. Was soll ich tun? *Was soll ich tun?* Der Truthahn kommt in einer Viertelstunde. Wenn ich nicht da bin, nehmen sie ihn wieder mit. Ich muss hier raus. Aber wie? Ich könnte jemanden anrufen. Aber ich habe kein Netz.

Ich knipse alle Lichter an, dann laufe ich rüber zum Kassentresen, um das Festnetztelefon zu benutzen, mit dem der Typ vorhin telefoniert hat – doch es ist nicht mehr da. Wo ist es? *Wo ist das verdammte Telefon geblieben?* Ich versuche es mit den Schubladen, aber die sind alle abgeschlossen. O Gott …

Ich renne zur Tür und schlage mit den Fäusten dagegen, schreie »Hilfe! Hilfe! Lasst mich raus!« Doch die Straße ist menschenleer. Nachdem ich volle fünf Minuten geschrien und geklopft habe, bin ich heiser, und es ist noch niemand aufgetaucht, geschweige denn, dass mir jemand geholfen hätte.

Und da gehen mir noch viel schlimmere Sachen durch den Kopf. Was ist, wenn keiner an dem Laden vorbeikommt? Was ist, wenn mich keiner sieht? Luke weiß nicht, dass ich hier bin. Niemand weiß, dass ich hier bin. Ich könnte über Weihnachten eingesperrt sein. Ich könnte Weihnachten komplett verpassen, gefangen in einem Laden, in Gesellschaft kleiner Tiere.

Als ich auf die leere Straße hinausspähe, ist mir

leicht surreal zumute, und mir wird etwas schwindlig. Ich habe mich getäuscht. *Das* hier ist der schlimmste Weihnachtsalbtraum. Und ich bin mittendrin.

Vier Uhr kommt und geht. Halb fünf kommt und geht. Fünf Uhr kommt und geht. Draußen ist es mittlerweile dunkel, und ich habe keinen einzigen Passanten gesehen. Langsam füge ich mich in mein albtraumhaftes Schicksal. (Hätte ich gewusst, dass ich Weihnachten in einem Laden verbringe, hätte ich mir zumindest einen Klamottenladen ausgesucht.)

Ich habe angefangen, mir mit einem Kuli Striche auf die Hand zu malen – fünf für jede halbe Stunde. Weil man sich ja irgendwie beschäftigen muss. Man muss sich Struktur geben – sonst verfällt man dem Wahnsinn. Ich habe *Cast Away – Verschollen* mit Tom Hanks gesehen, also kenne ich mich mit so was aus. Und ich möchte nicht am Ende ein Gesicht auf einen Hamsterball malen.

Außerdem habe ich eine Liste meiner Vorräte angelegt, und zum Glück steht in der Ecke ein Wasserspender. Ich kann mich von Sonnenblumenkernen ernähren, und wenn mir die ausgehen, ist da immer noch das Hamsterfutter. Sollte ich es rationieren müssen, dann ist es eben so.

Und seltsamerweise halten mich die Tiere in Gang, tapfer und kameradschaftlich, wie sie sind. Ich habe mich mit allen angefreundet – den Hamstern, den Rennmäusen, den Fischen – und wenn das alles vorbei ist, sind wir – glaube ich – Freunde fürs Leben.

Alle fünf Minuten hämmere ich an die Tür, schreie

mir die Seele aus dem Leib – dann sinke ich verzweifelt in mich zusammen. Das ist die leerste Straße, die ich je gesehen habe. Aber vielleicht liegt es auch daran, dass alle drinnen sind, in ihren gemütlichen Häusern, und die *Muppets-Weihnachtsgeschichte* gucken und mitsingen und deshalb mein Rufen nicht hören.

Mit heiserer Kehle nehme ich mir eine Handvoll Sonnenblumenkerne und zerknirsche sie trübsinnig. Der Gedanke an die *Muppets-Weihnachtsgeschichte* erinnert mich an all die Weihnachtsfilme, die ich jetzt gucken könnte, kuschelig eingerollt auf dem Sofa. *Buddy – der Weihnachtself.* Oder *Ist das Leben nicht schön?* Oder wenn Luke aussuchen darf, *Stirb langsam,* von dem er immer behauptet, es sei ein Weihnachtsfilm, was ich nicht finden kann, und dann streiten wir darum.

Es wird wieder Zeit, an die Tür zu klopfen, also nehme ich meine ganze Kraft zusammen, hämmere mit den Fäusten gegen die Scheibe und schreie, so laut ich kann. Ich kriege keine Reaktion von der leeren Straße. Doch als ich schließlich eine Pause einlege, rotieren meine Gedanken so seltsam.

Stirb langsam. Ich kann nicht aufhören, an *Stirb langsam* zu denken. Warum? Normalerweise denke ich nicht an *Stirb langsam,* aber jetzt kann ich gar nicht aufhören.

Immer wieder sehe ich Bruce Willis vor mir, wie er durchs Fenster fliegt und sechs Leute gleichzeitig erschießt. Für den nichts unmöglich scheint. Der immer weiß, was zu tun ist, und es dann auch tut.

Und plötzlich weiß ich, wieso ich diese Bilder in

meinem Kopf habe. Ich weiß, was mir mein Hirn sagen will. Ich schäme mich für meine Schwäche. Warum habe ich mich meinem Schicksal ergeben? Warum denke ich an *Cast Away – Verschollen*? Ich sollte an *Stirb langsam* denken! Wenn Bruce Willis an Weihnachten in einer Tierhandlung gefangen wäre, würde er nicht einfach dasitzen und sich damit abfinden, oder? Er würde mit einer Waffe in der Hand durch die Belüftungsschächte klettern oder sich den Weg frei sprengen oder irgendwas.

Ich bin keine Schiffbrüchige, sage ich mir entschlossen. Ich bin keine *Gefangene*. Ich werde hier nicht vor mich hin schimmeln, zu Weihnachten Sonnenblumenkerne knabbern und darauf hoffen, gerettet zu werden.

Als ich auf die Beine komme, sehe ich mir die Hamster an.

»Ich werde Weihnachten mit meiner Familie verbringen«, erkläre ich ihnen mit knurriger Bruce-Willis-mäßiger Stimme. »Und niemand wird mich daran hindern.«

Ich kann diesem Laden entkommen, natürlich kann ich das. Es ist nur ein unbekanntes Gebäude mit einem Metallgitter vor dem Eingang und einer schwer verriegelten Hintertür. Komm schon, Becky, lass dir was einfallen!

Zum ersten Mal, seit ich diesen Laden betreten habe, blicke ich zur Decke auf – und da sehe ich eine Falltür. Die muss doch irgendwohin führen. O mein Gott. Wieso habe ich nicht früher daran gedacht?

Ein paar Minuten später habe ich einen Stock mit

einem Haken am Ende gefunden und ziehe schon bald darauf eine zusammengeklappte Dachbodenleiter herunter. Eilig klettere ich in eine Art Bodenraum mit versifftem Teppich und Stapeln von Kisten und suche einen Weg nach draußen, vielleicht ein Schild, auf dem »Notausgang« steht.

Okay. Es gibt hier also keinen beschilderten Ausgang. Aber es gibt ein Oberlicht. Das kann ich nutzen. Der Riegel lässt sich schwer bewegen, aber schließlich kriege ich ihn auf, finde einen Stuhl, auf den ich klettern kann, und strecke meinen Kopf raus in die kalte Nacht. Ich bin draußen! Mehr oder weniger. Gierig sauge ich die frische Luft in meine Lunge, sehe die Straße unter mir, werde fast emotional. Nie wieder werde ich meine Freiheit für selbstverständlich nehmen. Nie wieder!

Das Problem ist nur, dass das Oberlicht ziemlich eng ist. Aber vielleicht kann ich mich trotzdem hindurchzwängen. Und dann vom Dach runterklettern … irgendwie.

Mit allergrößter Mühe ziehe ich mich hoch, bis mein Kopf und die Schultern aus dem Oberlicht hinausragen. Ich quetsche und zwänge mich, schiebe mich verzweifelt hoch … aber es hat keinen Zweck. Meine Hüften passen nicht hindurch. Blödes Myriad-Miracle-Workout.

Irgendwann beschließe ich, es aufzugeben und mir was anderes zu überlegen. Doch als ich vom Stuhl steigen will … kann ich es irgendwie nicht. Nach reichlich Schnaufen und verzweifeltem Zwängen wird mir die schreckliche, peinliche Tatsache bewusst: Ich stecke fest. Ich bin im Oberlicht eingeklemmt, halb drinnen, halb draußen.

Okay, keine Panik, sage ich mir. Dann stecke ich also Heiligabend in einem Oberlicht fest, und keiner weiß, wo ich bin. Es wird schon eine Lösung geben. Es gibt immer eine Lösung.

Ich warte darauf, dass sich mir die Lösung präsentiert – aber offensichtlich ist sie scheu. Und langsam verliere ich meinen Optimismus. Und Moment mal … war das eine Schneeflocke?

Ungläubig blicke ich auf, als winzig kleine Punkte von weißen Flocken herabtaumeln, auf meinen Haaren und meinem Hals landen. *Echt jetzt,* Himmel? Ausgerechnet jetzt machst du meinen Traum von einer weißen Weihnacht wahr? Was ist, wenn ich Frostbeulen kriege? Was ist, wenn ich erfriere? Ich hätte niemals auf meinen inneren Bruce Willis hören sollen, ich bin so ein Idiot …

Da kommt mir plötzlich eine Idee. Es gäbe da noch eine winzig kleine Möglichkeit.

Mit vor Hoffnung rasendem Herzen hole ich mein Telefon aus der Tasche. Ich hebe es hoch, so hoch, ich kann, strecke meinen Arm aus und blinzle das Display an … und es ist ein Wunder! Das Wunder von der Woodford Street! Ich habe Empfang! Ein Balken! Sofort tippe ich eine Nachricht:

Luke! Bin bei Pete's Pets. Woodford Street in Bickersly. Hilfe!!! xxx

Ich schicke sie ab und starre mein Telefon atemlos an – dann erscheint »Gesendet«. Mit jeder Faser meines Körpers sinke ich vor Erleichterung in mich zusammen. Er wird es lesen. Alles wird gut. Ich bin gerettet.

Da ich jetzt Empfang habe, trudeln alle möglichen Nachrichten bei mir ein, und während ich sie lese, wird mein Gesicht ganz heiß. **Becky, können wir reden? … Becky, wir haben ein ganz schlechtes Gewissen!!! … Becky, Liebes, dein Dad und ich kommen rüber. Wir müssen alles erklären … Becky, WO BIST DU??? Wir machen uns SORGEN!!!!**

Wenn ich jemals dachte, dass ich meinen Freunden und meiner Familie egal bin, dann ist das jetzt der Beweis, dass es nicht stimmt. Und ich weiß, man sollte keinen Beweis brauchen. Aber trotzdem … diese Nachrichten werde ich so bald nicht löschen.

Während ich lese, weckt ein Geräusch meine Aufmerksamkeit, und als ich aufblicke, stockt mir der Atem. Menschen! Echte Menschen auf dieser Straße! Meine Retter! Es ist ein Pärchen mit einem kleinen Jungen, auf der anderen Straßenseite, und sie zeigen auf mich und lächeln. Wütend starre ich zurück. Was gibt es denn da zu grinsen?

»Hilfe!«, schreie ich, aber ich glaube, die können mich gar nicht hören, denn sie lächeln nur wieder, und der Vater hebt den kleinen Jungen hoch, damit er mich besser sehen kann. Einen Moment lang begreife ich es gar nicht – dann wird es mir klar. Ich trage mein Mrs-Santa-Kostüm. Halten die das hier für eine Inszenierung oder so was?

»Ich stecke *fest*!«, rufe ich. »Ich bin nicht die Frau vom Weihnachtsmann! Ich stecke *fest*!«

Aber sie sind zu weit weg, um mich richtig zu

hören. Sie lächeln und winken zurück, und der Vater macht ein Foto von mir – Frechheit –, dann winken alle fröhlich und gehen weiter.

Na toll. Ganz *toll.* Man sieht jemanden an Heiligabend im Weihnachtsmannkostüm auf einem Dach … und es kommt einem nicht in den Sinn, ihn zu retten? In was für einer kranken Welt leben wir eigentlich?

Schon bin ich dabei, einen gepfefferten Brief an die *Times* zu entwerfen, als unter mir ein Auto mit quietschenden Reifen zum Stehen kommt und Luke aussteigt. Er stürmt auf die Tierhandlung zu und klopft laut an die Tür. »Becky?«

»Hi!«, rufe ich. »Luke! Hier oben! Auf dem Dach!«

»*Becky?*« Er tritt zwei Schritte zurück und steht mit offenem Mund da, starrt zu mir hoch. »Was ist passiert? Ich habe den Besitzer aufgetrieben. Da kommt gleich jemand, der dich rauslässt … Ist alles okay?«

»Alles gut!«, rufe ich zurück, als das nächste Auto mit quietschenden Reifen anhält, aus dem Suze, Janice und meine Eltern steigen.

»Becky!«, kreischt meine Mum entsetzt, als sie mich sieht. »Sei vorsichtig, Liebes! Fall nicht runter! Graham, guck mal, sie ist da oben auf dem Dach!«

»Das sehe ich!«, entgegnet Dad gereizt. »Ich bin ja nicht blind. Becky, halte durch, Schätzchen!«

»Becky, es tut mir ja so leid!«, ruft Suze. »Wir wollten dir doch niemals wehtun!«

»Wir möchten alle mit dir Weihnachten feiern, Liebes!«, ruft Janice, deren dünne Stimme durch die Abendluft zu mir heraufweht. »O Jane, ob alles wieder gut wird?« Sie nimmt Mums Hand, dann auch Suzes wie zum Trost. »Was ist, wenn sie runterfällt und sich das Genick bricht?«

»Keine Sorge!«, rufe ich hinunter. »Ich bin einfach nur froh, dass alles geklärt ist!«

»Diese Nadine ist ein Scheusal!«, ruft Dad. »Schockierendes Verhalten!«

»Wir haben alles missverstanden!«, stimmt Suze mit ein, so laut, sie kann. »Wir waren so *dumm*!«

»Wir kommen alle morgen zu dir!«, fügt Mum hinzu. »Alle! Und das Essen und das alles ist uns völlig egal. Nur du bist uns wichtig! Kannst du mich hören, Becky, Schätzchen? DU!«

Alle blicken auf, stehen Seite an Seite, halten sich bei den Händen, Schneeflocken rieseln auf ihre Köpfe, und sie sehen tatsächlich aus wie die Whos in Minnies Buch vom Grinch. Und mit einem Mal wird mein Herz ganz weit, und all meine Sorgen sind vergessen. Ich habe keinen Truthahn. Nichts wird perfekt sein. Aber wenn ich da unten die Menschen sehe, die ich liebe … da merke ich, dass es mir ganz egal ist.

ZWEIUNDZWANZIG

Ich *habe* einen Truthahn!

Als ich ihn aus dem Ofen hole, ganz golden und knusprig und saftig, kann ich es gar nicht glauben. Ich bin hier. Am Weihnachtstag. Mit all meinen Liebsten. Und das Essen sieht gut aus. Und alle sind bester Laune …

Und ich trage ein Kleid von Alexander McQueen, *das mir passt*!

Luke hat es mir heute Morgen gegeben, kurz nachdem wir zugesehen hatten, wie Minnie ihren Hamster mit überbordender Freude begrüßt hat. Er gab mir ein Päckchen in Geschenkpapier und meinte ganz trocken: »Ich weiß, die Geschenke sind eigentlich erst später dran, aber wenn ich mich nicht täusche, hast du ein Faible für solche Kleider, oder?« Verwundert habe ich das Päckchen angestarrt und dann aufgerissen. Mit offenem Mund stand ich da.

Es war ganz genau das wunderschöne Kleid, das ich im Angebot gekauft habe – nur zwei Nummern größer! (Luke meinte, er hätte es »besorgt«, was nicht ganz einfach gewesen sein dürfte, aber natürlich hat er den Aufwand heruntergespielt.) Was für ein fantastisches, aufmerksames Geschenk!

Okay, ja, vielleicht hätte ich es vorgezogen, in das

kleinere reinzupassen. Aber man sollte sich an den Sinn und Zweck von Weihnachten erinnern, wie der Pfarrer uns heute Morgen in der Kirche so weise erklärt hat. Der Sinn und Zweck von Weihnachten ist es nicht, sich in ein Kleid zu zwängen, in dem man keine Luft kriegt und stirbt und alle sagen: »O nein, und dann auch noch an Weihnachten.« Sinn und Zweck der Weihnacht ist es, ein Kleid zu tragen, in dem man Luft kriegt *und* seine Arme bewegen kann, denn wie sich herausstellt, braucht man beides an Weihnachten – bei all den Umarmungen, dem Jubel, dem Kochen und Zuprosten.

Und als ich mich dann vor dem Spiegel bewunderte, machte Luke mir das beste Weihnachtsgeschenk überhaupt. Er kam aus dem Bad, frisch geduscht, und ich habe ihn angestarrt und dachte: »Irgendwas ist anders ... irgendwas hat sich verändert ...« Bis es mir auffiel. Der Schnurrbart war weg!

»Dein Bart, Luke!«, rief ich vorsichtig. »Ist es ... Hast du ...?«

»Du hast doch nichts dagegen, oder, Becky?«, sagte Luke. »Du bist doch hoffentlich nicht allzu traurig! Ich weiß, du mochtest meinen Schnäuzer, aber ich finde einfach, er passt nicht zu mir.«

»Nicht so schlimm«, hatte ich großzügig geantwortet. »Du musst machen, was *dir* am besten gefällt, Luke.«

»Du mochtest ihn *wirklich*?«, fügte er leicht ironisch hinzu und sah mir in die Augen.

»Selbstverständlich«, entgegnete ich würdevoll. »Das habe ich doch gesagt, oder?«

»Ja, Liebste«, antwortete er und wirkte amüsiert. »Das hast du gesagt.«

Ich weiß immer noch nicht, wie er es rausgefunden hat – aber es ist mir auch egal. Ich habe einen Mann mit ohne Schnurrbart! Juhuu!

Und inzwischen ist es zwei Uhr am Nachmittag, und ich habe jetzt schon das Gefühl, als hätten wir hunderttausend Sachen gemacht. Wir haben uns das Weihnachstliedmedley des Pfarrers angehört, das schrecklich schiefgegangen ist, aber durch inspiriertes Tamburinspiel überdeckt wurde. Die Kinder haben auf die Piñata eingeschlagen und vor Freude gequiekt, als die Süßigkeiten auf sie herabprasselten. Mum und Janice haben sich Kerzen auf den Kopf gesetzt, um schwedische Lieder zu singen, was allerdings nur dreißig Sekunden gedauert hat, weil es beiden dann doch nicht ganz geheuer war. Schließlich hat Janice jedem von uns ihr »Weihnachts-Make-up« verpasst, sodass wir jetzt alle ein bisschen glänzen und streifig und seltsam aussehen.

Wir haben Sekt ausgeschenkt, Baileys, süßen Sherry, festliche Mojitos und biologisch angebautes Kombucha (Jess). Ich habe ein paar Häppchen herumgereicht, bestehend aus Räucherlachs auf Brot, Räucherlachs auf Crackern, Räucherlachs auf Blinis und Räucherlachs auf Cocktailspießen.

Und jetzt wird es Zeit für unser großes Truthahnessen, und ich fühle mich … Wie fühle ich mich?

»Ich fühle mich *sprygge*«, sage ich, als Suze in die Küche kommt. »Absolut, total *sprygge.*«

»Ich auch«, sagt Suze leidenschaftlich. »Weißt du,

gestern dachten wir, du wärst entführt worden! Ich glaube, mein Herz hat gerade eben erst aufgehört zu beben.«

Ich wickle den Truthahn in Alufolie, so wie Mary Berry es rät, und sage: »Okay, er ruht«, mit meiner fundiertesten Weihnachts-Gastgeberinnen-Stimme. (Ich bin mir nicht sicher, was es mit diesem »Ruhenlassen« eigentlich auf sich hat, aber Mary Berry vertraue ich voll und ganz.)

»Wie viele Füllungen machst du?«, fragt Suze bei einem Blick in den Ofen.

»Drei. Und noch scharfe Falafel«, füge ich hinzu und deute auf den oberen Rost.

»Scharfe Falafel?« Suze starrt mich an.

»Scharfe Falafel mag doch wohl jeder zu Weihnachten«, sage ich etwas trotzig. »Und sie sind ethisch vertretbar. Komm schon, Zeit für die Geschenke.«

»Also, der Truthahn sieht super aus, Bex«, sagt Suze, als wir aus der Küche gehen, zurück ins Wohnzimmer. »Alles sieht super aus. Dank Steph!«

Denn es war Steph, die uns an der Truthahn-Front den Tag gerettet hat. Als wir endlich von der Tierhandlung wieder zu Hause waren, alle ein wenig hysterisch (und in meinem Fall grün und blau, denn aus einem engen Oberlicht gezerrt zu werden ist nicht halb so lustig, wie man meinen sollte), war sie da. Saß vor der Tür. Mit einem riesigen Truthahn neben sich und Minnies Kostüm auf dem Schoß.

»Ich habe die Lieferung angenommen!«, rief sie, als wir zum Gartentor hereinkamen. »Keine Sorge, der Vogel ist echt.«

»Steph!«, rief ich perplex. »Du bist die Größte! Vielen, vielen Dank! Aber … deine Familie …«

»Das war das Mindeste, was ich tun konnte«, sagte Steph. »Und meine Mum war derselben Meinung, als ich ihr davon erzählt habe. Sie meinte, ich solle sofort herfahren. Sie ist … wir sind dir alle sehr dankbar, Becky.«

»Bex, was macht denn Steph Richards hier?«, fragte Suze verwundert. »Wovon redet sie?« Und für einen Augenblick wusste ich nicht, wie ich unsere Freundschaft erklären sollte, ohne allzu viel zu verraten. Aber ich hätte mir keine Sorgen machen müssen, denn als wir näher kamen, stand Steph auf und sagte resolut:

»Hi, Suze. Ich weiß nicht, ob Becky es erwähnt hat, aber mein Mann hat mich gerade verlassen.«

»Oh«, sagte Suze perplex. »Okay. Nein. Ich hatte keine Ahnung. Tut mir leid, das zu hören.«

»Na ja, ich wollte es lieber für mich behalten«, sagte Steph. »Aber jetzt nicht mehr. Jedenfalls war Becky mir in den letzten Wochen ein echter Halt, und da wollte ich gern auch für sie da sein.« Dann hielt sie mir das blaue Seidenkostüm hin und meinte: »Das sollte Minnie an Weihnachten tragen. Es gehört ihr. Du hast es genäht, Becky. Du sollst dich daran freuen!« Woraufhin Suzes Augen immer größer wurden und sie sagte:

»Das ist Minnies Kostüm? Aber … Bex …«

Und so musste alles erklärt werden. Woraufhin Suze meinte, sie hätte gewusst, dass ich ein besseres Kostüm als das mit dem Denny-&-George-Tuch genäht haben musste. Was sie dann sofort wieder zurücknahm, für den Fall, dass ich gekränkt sein könnte, und sie fing an, mir zu erklären, dass ihr das von Denny & George in mancher Hinsicht *besser* gefiele, weil es so besonders einfallsreich sei.

Schließlich meinte Steph, sie sollte mal lieber los, aber sie drückte mich fest an sich und flüsterte mir ins Ohr: »Lass uns frohe Weihnachten haben, ja?« Und als sie sich von mir losmachte, sah sie zum ersten Mal aus, als würde sie selbst daran glauben.

Was mich angeht, so habe ich das glücklichste Weihnachtsfest aller Zeiten, und das obwohl der Schnee schon wieder weg ist (typisch). Wir hören Weihnachtslieder. Das Essen duftet phänomenal. Minnie ist im siebten Himmel. Mum und Janice sind wieder beste Freundinnen, und Mum trägt eins von Janices alten Kostümen und dazu eine Lametta-Kette. Bei einem Buck's Fizz sagte sie heute Morgen: »Wir genießen Shoreditch. So wie man einen Urlaub genießt. Aber es ist nicht …«, und sie legte eine Hand auf ihr Herz. Mehr hat sie nicht gesagt, aber ich wusste, was sie meinte.

Dabei hat Janice jetzt schon etwa hundertmal gesagt, wie gern sie Mum öfter besuchen und an »Workshops und Events« teilnehmen möchte, und »Vielleicht suchen Martin und ich uns auch eine Wohnung in Shoreditch!« Ich habe also keine Ahnung, wie das weitergeht. Was das Thema Flo betrifft, so hat keiner je wieder ein Wort darüber verloren. Es ist, als hätte es sie nie gegeben.

Der Star der Show ist natürlich Santiago. Wir geben alle vor, uns für die Geschichten und Scherze der Erwachsenen zu interessieren, aber in Wahrheit kann sich keiner von ihm abwenden. Im Moment spielt er mit den anderen ein neues Spiel von Clemmie, das mit Bildern von Hüten zu tun hat. Und die Kinder sind wirklich süß und achten darauf, ihn miteinzubeziehen, dass einem ganz warm ums Herz wird.

»Er ist toll«, sage ich alle fünf Minuten zu Jess, denn das ist er. Ist er wirklich.

Außerdem ist er das am ethisch einwandfreisten gekleidete Kind, das ich je gesehen habe, in Bambus und recyceltem Leinen, mit veganen Lederschuhen. *Und* er ist das einzige Kind, das Interesse für meinem Öko-Baum gezeigt hat, was ihm natürlich Extrapluspunkte einbringt, ganz im Gegensatz zu meinem Patenkind Ernest, der nur meinte: »Was soll das sein? Kommt das auf den Kompost?« Fairerweise muss ich sagen, dass der Baum wirklich nicht sonderlich eindrucksvoll aussieht. Es ist ein Ast aus dem Garten, mit drei Löffeln geschmückt. Aber Santiago hat die Löffel gestreichelt und gelächelt – sein Lächeln ist absolut hinreißend –, und während Jess ihn dabei beobachtet hat, konnte ich sehen, wie vernarrt sie in ihn ist.

Und tatsächlich muss sie im siebten Himmel schweben, denn vor einer Stunde etwa hat Minnie dem strahlenden Santiago Berge von Lametta und Lichterketten um den Hals gehängt. Doch als ich entsetzt angerannt kam, um ihn davon zu befreien, weil ich dachte: »O Gott, böses Plastik, böses Lametta, Jess wird bestimmt empört sein und gehen«, hob sie eine Hand, um mich aufzuhalten. Und etwas verlegen sagte sie:

»Warte. Er sieht so süß aus. Lass mich schnell ein Foto machen!«

Und dann hat sie allen Ernstes ein Foto von ihrem Sohn gemacht, während dieser mit Plastik behängt war! Jess, die Plastik hasst! Es muss wohl daran liegen, dass sie Mutter geworden ist. Das macht etwas mit ihr.

Eben will ich mit einer Gabel an mein Glas klopfen und vorschlagen, dass wir ein paar Geschenke auspacken, als Suze plötzlich atemlos neben mir steht und sagt:

»Bex. Komm doch mal eben her.«

Sie führt mich raus in den Flur und zeigt mir einen großen Pappkarton, von Regentropfen und Vogelkot übersät. »Das stand vorn in eurem Garten!«, sagt sie. »Ich war eben draußen, um was zum Müll zu bringen, und habe es da stehen sehen, hinter eurem Rosenbusch. Ich denke, es muss wohl schon vor ein paar Tagen da abgestellt worden sein.«

»O Gott«, sage ich mit schlechtem Gewissen. »Es muss etwas sein, das ich im Netz bestellt habe.«

»Aber was?«, fragt Suze erwartungsvoll. »Es ist ziemlich groß.«

»Keine Ahnung. Sag nur nichts zu Luke.«

Hastig reiße ich den Karton auf, damit ich seinen Inhalt unter dem Bett verstecken kann, was es auch sein mag – doch der Anblick, der sich mir bietet, lässt mich augenblicklich erstarren. Es ist aus Leder. Dunkelbraunem Leder. Als ich die Pappe weiter einreiße, klopft mein Herz, und ich sehe einen Griff. Einen Messinganhänger mit der Aufschrift »LB«. Wie im Wahn reiße ich den Rest der Pappe auf – und da ist er. Der Portmanteau. Ich fasse es nicht!

»Wow!«, ruft Suze. »Genial! Wo hast du das denn her?«

Mir fehlen die Worte. Ich suche nach einem Umschlag, einer Karte, irgendwas – und plötzlich sehe ich einen teuren gefütterten Umschlag. Ich reiße ihn auf und halte eine Karte in der Hand, darauf eine handschriftliche Notiz:

Liebe Mrs Brandon (geborene Bloomwood),

wie mir zugetragen wurde, haben Sie der Mitgliedschaft von Frauen im London Billiards Club den Weg bereitet. Mein Mann, Sir Peter Leggett-Davey, ist in höchstem Maße verstimmt.

Sein Zorn hat zur Folge, dass ich von ganzem Herzen wünschte, ich hätte selbiges vor Jahren schon getan, und ich bewundere Ihre Entschlossenheit und Courage.

Simon Millet berichtete mir, Ihr Wunsch sei es gewesen, diesen Preis in der Tombola zu gewinnen. Gern sende ich Ihnen diesen zu mit herzlichen Grüßen und den besten Wünschen.

Lady Rosamund Leggett-Davey
(geborene Wilson)

»Von wem ist es?«, fragt Suze, und als ich sie ansehe, ist mir fast schwindlig.

»Ach … nichts weiter«, sage ich schließlich. Als ich

Luke dann lachen höre, komme ich eilig in Bewegung. »Schnell. Suze. Hilf mir, das Ding zu verpacken.«

Fünf Minuten später haben wir es hübsch verpackt und unter den Christbaum bugsiert, und ich klopfe mit einer Gabel an mein Glas.

»Lasst uns vor dem Essen noch ein paar Geschenke verteilen!«, sage ich, als sich alle um den Baum versammeln. »Luke – mit dir möchte ich anfangen. Frohe Weihnachten!«

»Aber ich habe mein Geschenk doch schon gesehen«, sagt Luke verwundert. »Es war viel kleiner.«

»Das war ein Ablenkungsmanöver«, improvisiere ich eilig. »Ha! Reingelegt!«

Macht nichts. Den Pullover kriegt er zum Geburtstag.

Luke reißt das Papier ab, und ich beobachte ihn, beiße mir auf die Lippe, während er sein Geschenk anstarrt, dann blinzelt, es sich genauer ansieht, mit der Hand über das Leder streicht, es auf- und zuklappt, das Futter betrachtet, den »LB«-Anhänger … dann endlich sieht er mich an. Er wirkt ziemlich überwältigt.

»Becky«, sagt er schließlich und kommt zu mir herüber, um mir einen Kuss zu geben. »Das ist unglaublich. Wo um alles in der Welt hast du ihn her?«

»Äh …« Ich zögere. Vielleicht werde ich Luke eines Tages die ganze Geschichte erzählen – aber nicht jetzt. »Ich habe ihn in einem Schaufenster gesehen«, improvisiere ich. »Und er war einfach perfekt, also *musste* ich ihn besorgen! Okay!«, füge ich hinzu und lenke das Gespräch in andere Bahnen. »Nun lasst uns alle Janice ihre Geschenke geben und uns bei ihr für das hübsche Make-up bedanken, das sie uns verpasst hat!«

Unwillkürlich blicke ich grinsend in die Runde, denn ich muss zugeben, dass wir uns abgesprochen haben. Wir hatten nämlich selbst eine geheime WhatsApp-Gruppe namens »Geschenke für Janice« – und ich kann es kaum erwarten, ihr Gesicht zu sehen.

Das Geschenk von Suze befindet sich in einer Kühlbox. »Ich weiß ja, wie gern du frische Krabben isst«, sagt sie ernst. »Aber sie sind *sehr* leicht verderblich, also musst du sie *sehr* bald essen.«

Das Geschenk von Mum kommt in einem flachen Päckchen, und als Janice es aufmacht, findet sie darin eine Zeichnung von ihrem Haus in Oxshott. »Siehst du?«, sagt Mum fröhlich. »Mit allen Details. Ich hoffe, ihr habt Freude daran!«

Mein Geschenk ist eine Haarbürste mit der Gravur »Janice«. Tom schenkt ihr eine »Janice«-Teekanne und Jess Pralinen mit dem Aufdruck »Für meine Schwiegermutter Janice«.

»Gute Güte!«, sagt Janice, als sie gerührt in die Runde blickt. »Was für zauberhafte Geschenke! Ganz toll!«

»Aber Janice!«, sagt Martin, bei dem der Groschen offenbar jetzt erst fällt. »Was wird aus deinem Schrank? Davon kannst du doch nichts weiterverschenken.«

»Martin!«, fährt Janice ihn an und kriegt ganz rote Wangen.

»O Janice!«, sage ich und schlage die Hand vor den Mund. »Da wirst du dich an deinen Geschenken wohl erfreuen müssen.« Ich grinse sie an, um ihr zu zeigen, dass ich sie nur ein bisschen ärgern will, und da wird Janice erst richtig rot.

»Ja!«, sagt sie, richtet ihre Frisur, peinlich berührt. »Nun. Vielen Dank. Vielen Dank euch allen.« Sie nimmt die Teekanne und scheint sich mit einem Mal doch zu freuen. »Die werde ich *gern* benutzen«, sagt sie. »*Ganz bestimmt.*«

»Na gut, und jetzt mein Geschenk für Suze!«, verkünde ich. »Jess hat uns erzählt, dass es von ihr in diesem Jahr nur verpackungsfreie Geschenke geben wird, und das hat uns inspiriert. Deshalb schenken wir einander Sachen aus unseren Schränken. Leider konnte ich mich nicht entscheiden … also … Augenblick mal …«

Ich gehe hinaus, greife mir den Sack, den ich im Garderobenschrank versteckt habe, zugebunden mit einer großen roten Schleife, und schleppe ihn ins Wohnzimmer.

»Suze, hier ist ein ganzer Haufen von meinen Sachen. Nimm dir einfach, was du möchtest. Ehrlich, ich glaube, es würde dir alles stehen.«

»Bex!«, lacht Suze. »Ich habe dasselbe gemacht!« Sie greift hinters Sofa und holt drei Müllsäcke hervor, und ich bin begeistert! Drei Säcke voll mit Suzes Kleidern? Das perfekte Weihnachtsgeschenk! Ich kann nicht widerstehen, in einen davon reinzugreifen, und hole ihren weiten rosafarbenen Kaschmirpulli hervor.

»Den mochte ich schon immer so gern!«, sage ich verzückt.

»Und ich mochte die hier immer schon so gern!«, stimmt Suze mit ein, als sie meine Ally Smith-Strickjacke mit dem berühmten Knopf hervorzieht. »O mein Gott, Bex, bist du sicher?«

»Na klar! Zieh sie an! Lass mal sehen!«

»Vielleicht solltet ihr das nach dem Essen klären«, sagt Luke eilig. »Oder … besser erst nach Weihnachten. Gibt es jetzt bitte was zu essen? Wollen wir die restlichen Geschenke später verteilen?«

»Ja«, sage ich widerwillig und lege eine Federboa zurück. »Oder eigentlich … nein!« Abrupt setze ich mich auf, weil mir eine Idee kommt. »Ich finde, Jess und Tom sollten ihre Geschenke noch vor dem Essen verteilen. Verschenkt ihr immer noch Wörter?«, frage ich Jess neugierig.

»Ja«, sagt Jess und wird ein wenig rot. »Wir haben für jeden von euch ein Wort.«

Ich kann es kaum erwarten, diese Wörter zu hören. In meinem *ganzen* Leben habe ich noch kein Wort geschenkt bekommen.

»Na … super«, sage ich. »Raus damit!«

Jess und Tom stehen auf und gehen rüber zu Dad, der »Ach du je, ich?« sagt und nervös lacht – dann verfällt er unter den ungerührten Blicken von Tom und Jess in Schweigen. Regungslos betrachten sie ihn einen Moment, und langsam wird mir kribbelig. Es ist eigentlich ganz magisch. Als ich mich umsehe, scheint es mir, als würden alle so empfinden – als wären sie irgendwie eingeschüchtert und doch neugierig, was wohl als Nächstes passieren mag. Plötzlich ist es, als würden wir an einer besonderen Zeremonie teilnehmen.

»Graham«, sagt Tom schließlich ernst, »dir schenken wir das Wort … ›weise‹.«

»Grundgütiger!«, sagt Dad verdutzt. »Also … danke. Vielen Dank dafür!«

Und als hätten sie es eingeübt (was vermutlich der Fall ist), rücken Tom und Jess weiter zu Clemmie und mustern sie mit demselben ernsten Blick.

»Clemmie«, sagt Jess sanft. »Dir schenken wir das Wort ›Nachtigall‹.«

Nachtigall! Das ist genial, denn Clemmie hat tatsächlich eine sehr hübsche Singstimme.

»Danke«, sagt Clemmie etwas verlegen, dann rücken Tom und Jess weiter zu Tarkie.

»Tarquin«, sagt Tom. »Dir schenken wir das Wort ›dynamisch‹.«

Das ist auch für Tarkie echt clever, denn man sieht ihm an, wie entzückt er ist. Und dann bewegen sie sich auf mich zu, beide mit konzentrierter Miene – und ich kann nicht anders, als total aufgeregt zu sein. Bitte, bitte nicht »verschuldet«! Oder womöglich »flatterhaft«.

»Becky«, sagt Jess feierlich. »Dir schenken wir das Wort ›Freude‹.«

Freude? Ich kriege Freude? Absurde Begeisterung überkommt mich, und ich lächle Luke selig an. Ich habe Freude! Während Jess und Tom sich langsam durch den Raum bewegen, bin ich richtig fasziniert wie alle anderen auch. Janice bekommt »Schönheit«, woraufhin sie vor Entzücken ganz rosig wird. Luke bekommt »Integrität«, was ihm bestimmt gut gefällt. Schließlich haben alle ein Wort bekommen, und Tom und Jess stehen einander gegenüber, mit dem ernst dreinblickenden Santiago dazwischen.

»Tom«, sagt Jess mit feierlicher Miene. »Dir schenke ich ›Kraft‹.«

»Jess«, sagt Tom. »Dir schenke ich ›resolut‹.«

Und dann wenden sich beide Santiago zu und machen etwas, das vermutlich Zeichensprache ist, während er sie mit großen Augen betrachtet. Als sie fertig sind, entsteht eine kurze Pause, bevor sie beide Luft holen und gleichzeitig sagen:

»Santiago. Unser Sohn. Dir schenken wir ›geliebt‹.«

Geliebt. O mein Gott. Mir schnürt sich die Kehle zusammen, und noch im selben Moment beschließe ich, dass ich zu Weihnachten nie wieder etwas anderes haben möchte als ein Wort. Wörter rocken. Wörter sind das beste Geschenk überhaupt.

Als wir uns zwanzig Minuten später um den Tisch versammeln, sind alle immer noch ganz hingerissen von ihren tollen Worten.

»Mein Wort ist ›kühn‹«, erzählt Ernie immer wieder voller Stolz. »Es bedeutet ›mutig‹. Es bedeutet, dass ich sehr mutig bin.«

»Ach Becky!«, ruft Janice plötzlich. »Fast hätte ich es vergessen. »Ich habe doch noch eine Kleinigkeit für dich. Nichts Großes, aber ich habe es auf dem Weihnachtsmarkt gefunden. Ich wollte es dir schon an dem Tag geben, als kleines Dankeschön, habe es aber vergessen. Ganz lustig, fand ich.« Sie läuft kurz raus in den Flur, dann reicht sie mir eine kleine Geschenktüte. »Wie gesagt, es ist nur eine Winzigkeit ...«

Ich greife in die Tüte, erwarte Lipgloss oder so – aber meine Hand schließt sich um was Weiches, das in Seidenpapier gewickelt ist. Ich hole es hervor und sehe etwas Silbernes. Mir stockt der Atem.

Gibt's ja nicht. Das gibt's doch gar nicht!

Ich reiße das letzte Papier ab – und da ist es! Das silberne Lama! Ich kann es nicht glauben. *Janice hatte die ganze Zeit eins?*

»Wie gesagt, es ist nichts Großes«, meint Janice, »aber es ist mir doch aufgefallen …«

»Janice!« Ich schlinge meine Arme um sie. »Ich bin *begeistert*!«

»Nun!«, sagt sie zufrieden. »Gute Güte. Fröhliche Weihnachten, Liebes!«

Ich kann nicht widerstehen, ins Wohnzimmer zu laufen und das Lama sofort an den Baum zu hängen. Ich befestige es ganz vorn, dann trete ich zurück und betrachte es bewundernd. Es verändert den ganzen Baum!

Dann gehe ich in die Küche, wo ich Luke vorfinde, der regungslos dasteht und sein Telefon anstarrt.

»Was macht der Truthahn?«, frage ich. »Sieht er wohlgeruht aus? Luke?«, füge ich hinzu, da er offenbar nicht reagieren kann. »*Luke?*«

Schließlich blickt er auf und betrachtet mich ein paar Sekunden lang.

»Becky«, sagt er mit seltsamer Stimme. »Ich habe gerade eine Mail von einem gewissen Simon Millet bekommen, der mir frohe Weihnachten wünscht und mich über das eine oder andere aufgeklärt hat.«

Was? Er hat Luke geschrieben? Die Petze.

»Ach«, sage ich hastig. »Na, auf den würde ich nicht hören …«

»Ihm zufolge hast du etwas mehr getan, als nur ›mein Geschenk in einem Schaufenster gesehen‹. Er hat mir einen Link zum Newsletter vom London Club geschickt. Den ich übrigens selbst *auch* bekomme«, fügt er mit noch seltsamerer Stimme hinzu, »allerdings nie lese. Weil ich nicht erwarten würde, darin ein Bild von meiner Frau zu finden.«

Er dreht sein Telefon um, und ich sehe ein Foto von mir, auf dem ich vor den 93-Jährigen spreche, mit ausgebreiteten Armen und offenem Mund. Wer hat denn dieses fürchterliche Foto ausgesucht? Ich wette, das war Sir Peter.

»Ach so«, sage ich, da Luke eine Antwort zu erwarten scheint. »Ja. Ich bin einem Club beigetreten.« Ich gebe mir Mühe, lässig zu klingen. »Ich wollte es schon erzählen. Du kannst als mein Gast mitkommen, wenn du möchtest.«

»Becky …« Luke scheint nach Worten zu suchen. »Ein Billard-Club?«

»Na ja, ich wollte den Portmanteau haben!«, verteidige ich mich. »Er hatte deine Initialen!«

»Also hast du die Regeln eines der ältesten Clubs der Stadt geändert«, sagt Luke und sieht mich an, als gäbe es noch tausend andere Dinge, die er sagen möchte, wüsste aber nicht, wo er anfangen soll. »Nach diesem Simon Millet zu urteilen hast du sie auf den Kopf gestellt. Ich *wünschte,* ich wäre dabei gewesen!«

»Ach, na ja.« Ich zucke mit den Schultern. »Ich wollte dir nicht irgendein langweiliges, altes *Aftershave* schenken …«

Und weiter kann ich nichts mehr sagen, weil Luke mich so fest in die Arme geschlossen hat. So fest, dass ich kaum noch Luft kriege.

»Du bist einmalig, Becky«, sagt er heiser an meinem Hals. »Absolut einmalig auf der ganzen Welt.«

So etwas sagt Luke ziemlich oft zu mir. Und manchmal bin ich mir nicht sicher, ob er es eigentlich positiv meint. In diesem Fall bin ich mir allerdings ziemlich sicher, dass es so gemeint ist.

Schließlich machen wir uns voneinander los, holen tief Luft und erinnern uns daran, was wir eigentlich gerade vorhatten, nämlich das Weihnachtsessen aufzutischen. Luke trägt den echten Truthahn, und ich folge ihm mit Peppa Wutz, der veganen Version. Das ganze Esszimmer bricht in Jubel aus, und Tarkie ruft kehlig:

»For he's a jolly good fellow!«

In den folgenden Minuten wird geschnitten und gelöffelt und ein Teller nach dem anderen herumgereicht. Dann endlich sind alle versorgt, wir haben die Knallbonbons gezogen (nachhaltig, handbedruckt von nepalesischen Frauen), und alle tragen Papierhüte. Das Weihnachtsessen kann losgehen. Der Tisch sieht super aus, mit all den karierten Schottenschleifen, dem Neon-Tischkonfetti und den skandinavischen Kerzenhaltern. (Am Ende habe ich das Thema »Mischmasch« gewählt.) Martins Teller ist voller Rosenkohl, Suze hat auf ihrem Teller Brokkoli gestapelt, und jeder hat sich mindestens einen Donut genommen. Peppa Wutz ist ein Riesenerfolg – es könnte sein, dass wir von jetzt an jedes Jahr einen veganen Truthahn haben werden.

»Nun!«, sagt Mum, deren Wort »Quelle« ist und die mir eben gestanden hat, sie dachte, Tom und Jess hätten »Qualle« gemeint, was sie doch sehr verwundert hatte, sodass man es ihr erklären musste. »Was für ein wundervolles Weihnachtsfest!« Sie steht auf und klopft mit dem Puddinglöffel gegen ihren Teller, bis überall am Tisch Ruhe einkehrt. »Ihr Lieben! Ich würde gern etwas sagen. Wir wissen ja alle, dass Becky es in den letzten Tagen nicht gerade leicht hatte aus verschiedenen Gründen. Aber hier sind wir nun versammelt und freuen uns an einem zauberhaften Weihnachtsfest in diesem wunderschön geschmückten Haus, und ich möchte euch sagen, Becky und Luke und Minnie … vielen Dank!« Sie erhebt ihr Glas. »Auf die Brandons!«

»Auf die Brandons!«, rufen alle und erheben sich, und Suze ruft:

»Geborene Bloomwood!«, und alle brechen in schallendes Gelächter aus, dann setzen sie sich wieder hin und machen sich hungrig über ihr Essen her.

Ich lehne mich auf meinem Stuhl zurück und sehe mir einen Moment lang alle an, freue mich daran, wie froh sie sind – Mum schneidet Minnies Truthahn, Suze prüft ihren Papierhut im Spiegel, Jess liest skeptisch den Infozettel über die Nachhaltigkeit der Knallbonbons. Weihnachten ist das Größte. Selbst wenn es schiefgeht, ist es das Größte. Dann sehe ich Luke an, der links von mir sitzt, am Kopfende des Tisches.

»Wie fandst du eigentlich das mit den Wörtern?«, frage ich ihn im Schutz der allgemeinen Gespräche. »Ich meine Toms und Jess' Geschenke.«

»Ziemlich beeindruckend«, sagt Luke. »Hätte ich gar nicht erwartet.«

»Ich auch nicht.« Ich nicke, um dann so beiläufig wie möglich hinzuzufügen: »Und – welches Wort würdest du mir schenken?«

»Oh, ich weiß nicht«, sagt Luke und lacht.

»Mach schon, Luke, schenk mir ein Wort. Schenk mir ein Wort zu Weihnachten!« Ich meine es irgendwie im Scherz, aber irgendwie auch ernst. Plötzlich möchte ich sein Wort hören. Das Wort, das er für mich aussuchen würde.

Und als könnte er das spüren, legt Luke Messer und Gabel beiseite. Er wendet sich zu mir um und blickt mir tief in die Augen, dann sagt er leise:

»Liebenswert.«

Mein Kopf wird ganz heiß, und ich spüre so ein Prickeln in der Nase. Das ist sein Wort für mich. Liebenswert. Ich mag mein neues Kleid. Tu ich wirklich. Aber das ist das Geschenk, an das ich mich immer erinnern werde.

»Das ist ein gutes Wort«, sage ich und versuche, meine Haltung zu wahren. »Vielen Dank.«

»Es ist mir ein Vergnügen.« Luke nimmt Messer und Gabel und macht sich wieder ans Essen. »Jetzt schenk du mir ein Wort«, fügt er hinzu. »Aber auch ein gutes.«

Einen Moment lang schweige ich und denke scharf nach. Dann hole ich leicht bebend Luft und sage: »Okay. Ich schenke dir ein Wort.«

»Sehr gut!« Luke wischt sich den Mund ab. »Meinst du, es gefällt mir?«

»Ich glaube, es wird dir gefallen«, sage ich mit klopfendem Herzen. »Sicher. Bist du so weit?«

Ich warte, bis er sich umgedreht hat und mir in die Augen sieht. Ich warte. Und warte.

Dann beuge ich mich vor und flüstere ihm leise ins Ohr. »Schwanger.«

The London Billiards and Parlour Music Club
Est. 1816
St James's Street
London SW1

Liebe Mrs Brandon, geborene Bloomwood,

vielen Dank für Ihren Brief, in dem Sie darum bitten, den Prince-of-Wales-Room für Ihre »Babyparty« nutzen zu dürfen, was, wie ich vermute, ein amerikanischer Brauch sein dürfte.

Leider muss ich Ihnen mitteilen, dass dies unmöglich ist. Der Anlass wäre dem fraglichen Raum unangemessen. Darüber hinaus widerspricht es der Ernsthaftigkeit dieses Clubs, einen seiner Räume mit »Millionen Luftballons« zu füllen, wie Sie es formulieren. Einige unserer Mitglieder sind schon älteren Jahrgangs, und ein solcher Anblick könnte sich beunruhigend, wenn nicht fatal auf sie auswirken.

Hochachtungsvoll
Sir Peter Legget-Davey
Vorsitzender

The London Billiards and Parlour Music Club
Est. 1826
St James's St
London SW1

PROTOKOLL DER QUARTALSMÄSSIGEN MITGLIEDERVERSAMMLUNG (AUSZUG)

ANTRAG 6
Dass es Mrs Brandon (geborene Bloomwood) gestattet sein soll, 1. eine »Babyparty« im Prince-of-Wales-Room zu veranstalten, 2. den Prince-of-Wales-Room mit aufblasbaren Luftballons zu füllen, 3. eine »Cupcake-Pyramide« aufzustellen, 4. Prosecco auszuschenken und 5. elektrisch verstärkte Musik einer gewissen »Beyoncé« abzuspielen.

Beantragt von Mrs Rebecca Brandon
(geborene Bloomwood)

Unterstützt von Lord Edwin Tottle

**Angenommen mit 56 Ja-Stimmen –
bei 3 Gegenstimmen**

DANKSAGUNGEN

Ich möchte mich bei meiner wundervollen Leserschaft bedanken – besonders bei all denen, die sich so nett nach Becky erkundigt haben. Eure Liebe und Begeisterung waren mir eine ungeheure Inspiration, dieses Buch zu schreiben.

Außerdem danke ich Linda Evans, dass sie für Becky noch mal aus dem Ruhestand zurückgekehrt ist!

Autorin

Sophie Kinsella ist Schriftstellerin und ehemalige Wirtschaftsjournalistin. Ihre Schnäppchenjägerin-Romane um die liebenswerte Chaotin Rebecca Bloomwood werden von einem Millionenpublikum verschlungen. Die Verfilmung ihres Bestsellers »Shopaholic – Die Schnäppchenjägerin« wurde zum internationalen Kinohit. Sophie Kinsella eroberte die Bestsellerlisten aber auch mit Romanen wie »Sag's nicht weiter, Liebling«, »Frag nicht nach Sonnenschein«, »Dich schickt der Himmel« oder mit ihren unter dem Namen Madeleine Wickham verfassten Romanen im Sturm. Die Autorin lebt mit ihrer Familie in London.

Mehr Informationen zu Sophie Kinsella und ihren Romanen finden Sie unter: www.sophie-kinsella.de

Die Romane mit Schnäppchenjägerin Rebecca Bloomwood in chronologischer Reihenfolge:

Die Schnäppchenjägerin. Roman · Fast geschenkt. Roman · Hochzeit zu verschenken. Roman · Vom Umtausch ausgeschlossen. Roman · Prada, Pumps und Babypuder. Roman · Mini Shopaholic. Roman · Shopaholic in Hollywood. Roman · Shopaholic & Family. Roman · Christmas Shopaholic. Roman

Außerdem lieferbar:

Sag's nicht weiter Liebling. Roman · Göttin in Gummistiefeln. Roman · Kennen wir uns nicht? Roman · Charleston Girl. Roman · Die Heiratsschwindlerin. Roman · Reizende Gäste. Roman · Kein Kuss unter dieser Nummer. Roman · Das Hochzeitsversprechen. Roman · Schau mir in die Augen, Audrey. Roman · Frag nicht nach Sonnenschein. Roman · Muss es denn gleich für immer sein? Roman · Dich schickt der Himmel. Roman

(Alle auch als E-Book erhältlich)

Unsere Leseempfehlung

528 Seiten
Auch als E-Book erhältlich

Fixie führt den Tante-Emma-Laden ihrer chaotischen Familie in London. Für mehr hat sie eigentlich keine Zeit – außer für Ryan, den besten Freund ihres Bruders, zu schwärmen. Als sie den Laptop eines Fremden vor einer einstürzenden Decke rettet, ist das ihre Chance, Ryan nahezukommen. Denn der Jungunternehmer Sebastian besteht darauf, Fixie einen Gefallen für ihre gute Tat zu schulden. Und so bittet sie ihn kurzerhand, den arbeitslosen Ryan einzustellen. Doch in Sebs Unternehmen zeigt Ryan sein wahres Gesicht. Und plötzlich schuldet Fixie dem charismatischen Sebastian einen Gefallen ...